GOOD GIRL COMPLEX

Ce livre est une fiction. Toute référence à des évènements historiques, des personnages ou des lieux réels serait utilisée de façon fictive. Les autres noms, personnages, lieux et évènements sont issus de l'imagination de l'auteur, et toute ressemblance avec des personnages vivants ou ayant existé serait totalement fortuite.

Couverture : Vi-An Nguyen

Ouvrage dirigé par Bénita Rolland
Traduit par Thierry Laurent

Pour la présente édition

34-36, rue la Pérouse
75116 - Paris
www.hugopublishing.fr

ISBN : 9782755665628
Dépôt légal : septembre 2022
Imprimé en France par Corlet
N° d'imprimeur : 22100584 - mars 2023

NEW ROMANCE®

Elle Kennedy

GOOD GIRL COMPLEX

AVALON BAY TOME 1

Hugo Roman

Chapitre 1
COOPER

J'en ai ras le bol, des Jägerbombs[1] ! Hier, j'étais collé à mon mixeur, enchaînant piña coladas et daïquiris à la fraise. Un vrai travailleur illégal dans un atelier clandestin. Ce soir, c'est vodka, Red Bulls et FireBall. Sans oublier le rosé ! Tous ces connards avec leur rosé, ils sont là, agglutinés au bar à beugler leur commande, avec leur chemise en lin couleur pastel et leur coupe de cheveux à trois cents dollars. J'en ai marre. En plus, il fait trop chaud pour supporter tout ce merdier.

À Avalon Bay, les saisons sont ponctuées par un cycle sans fin d'exodes et d'invasions, comme ces marées qui se transforment immanquablement en tempêtes. L'été n'est pas fini qu'une nouvelle débâcle arrive. Les touristes, brûlés par le soleil, ont à peine fait leurs bagages, avec leur mini-van et leurs gosses aux poches bourrées de sucre, ils ne sont pas encore rentrés vers l'intérieur des terres pour retrouver leur banlieue et leur bureau, qu'ils sont remplacés par un flot d'étudiants, fils et filles à papa, toujours bronzés. Une armée

1. Le Jägerbomb est un cocktail constitué de Jägermeister et de boisson énergisante. (NdT, ainsi que pour les notes suivantes)

de clones qui reviennent à Garnet College. Ce sont tous de jeunes héritiers dont les superbes villas de famille cachent la vue sur mer à des gens comme nous qui devons vivre de l'argent tombé de leurs poches.

– Hey mec, six shots de tequila ! aboie un des clones en tapotant sa carte bleue sur le bois humide et collant du bar.

Il pense qu'il m'impressionne. En fait, il n'est rien d'autre qu'un de ces typiques connards de Garnet, tout droit sorti d'un catalogue Sperry.

– Rappelle-moi pourquoi nous faisons tout ça, je demande à Steph.

Je pose une série de Cocas Jake Daniels sur la partie du bar réservée aux serveurs. Avant de les mettre sur son plateau, elle remonte ses seins dans son soutien-gorge, histoire de les faire bien ressortir de son débardeur noir marqué « Joe's Beachfront Bar ».

– Les pourboires, Coop, les pourboires !

C'est vrai, rien ne se dépense aussi vite que l'argent des autres. C'est une course à la surenchère chez les gosses de riches… grâce à la carte de crédit de papa, bien entendu.

Sur la promenade du bord de mer, les week-ends ressemblent souvent à un carnaval. Ce soir, c'est le dernier vendredi avant le début du semestre d'automne à Garnet, ce qui veut dire trois jours de bringue non-stop jusqu'à lundi matin, et tous les bars bondés. L'argent coule à flots. Je n'ai pas prévu de faire ça toute ma vie, mais je travaille ici au noir tous les week-ends pour me faire un petit pécule qui me permettra de ne plus être employé par les autres. Mon but : devenir mon propre boss. Dès que j'en aurai mis assez de côté, je dégage de ce bar vite fait… et pour toujours !

– Fais gaffe à toi, je hurle à Steph, en la voyant mettre les verres sur son plateau. Crie si tu as besoin que j'attrape la batte.

Ce ne serait pas la première fois que je malmène un mec qui ne sait pas rester à sa place. Dans des soirées comme celle-ci, l'ambiance est particulière. L'humidité se fait si dense qu'on pourrait presque étaler l'air salé sur sa peau comme une crème solaire. Corps contre corps, les inhibitions tombent et la testostérone infusée de tequila réveille les instincts primaires. Heureusement, Steph est une dure à cuire.

– T'inquiète, je gère.

Elle attrape son plateau en me faisant un clin d'œil. Un beau sourire illumine son visage, elle se retourne et s'en va en faisant balancer sa longue queue-de-cheval noire.

Je me demande comment elle arrive à tolérer tous ces mecs qui la tripotent. Je dois avouer que certaines des femmes qui s'intéressent à moi peuvent être parfois sans-gêne, voire trop envahissantes. Mais ce soir, les nanas à qui je fais un grand sourire en les servant ne font que glousser avec leurs copines et elles me foutent la paix. Avec les mecs, les gros cons de l'équipe, ces enfoirés de *Greek Row*, ce n'est pas la même histoire. Steph n'arrête pas de se faire alpaguer, de se faire peloter… ils sont là, à constamment lui hurler des insanités à l'oreille malgré la musique qui hurle. Incroyable, je ne sais pas comment elle supporte, mais elle les laisse faire sans les rabrouer.

On doit constamment rester sur ses gardes dans ce boulot. S'occuper de ces parasites, de ces espèces envahissantes qui nous utilisent, nous les locaux, et nous laissent sur les rotules. Et puis un jour, ils repartent… ne laissant derrière eux que leurs poubelles.

Et pourtant, il faut l'avouer, cette ville existerait à peine sans eux.

– Alors, ces shots, ça vient ? aboie une nouvelle fois le clone.

Je fais un signe de tête, comme pour dire « voilà, je suis à toi tout de suite », alors qu'en fait, je pense « regarde-moi bien, je fais exprès de t'ignorer ». Un sifflement à l'autre bout du bar attire alors mon attention. Les locaux sont servis les premiers, sans exception. Ensuite viennent les habitués qui laissent un bon pourboire, les gens polis, les jolies femmes, les « petites vieilles » et, après seulement, les connards trop bien nourris. À l'autre bout du bar, je dépose donc un shot de bourbon pour Heidi et un autre pour moi. On prend le temps de trinquer et je lui en sers un deuxième.

– Qu'est-ce que tu fous ici ? je lui demande.

Normalement, aucun local ne se risque sur le front de mer un soir comme celui-ci. Trop de clones finissent par tuer l'ambiance.

– Je viens déposer les clés de Steph, j'avais besoin de passer chez elle.

En cours préparatoire, Heidi était la plus jolie de toutes et, depuis, les choses n'ont pas beaucoup changé. Même avec son short miteux et son top bleu tout simple, elle est indéniablement la femme la plus sexy de ce bar.

– Tu fais la fermeture ce soir ?

– Ouais, je ne serai sans doute pas sorti d'ici avant trois heures du mat.

– Tu veux passer après ? me demande Heidi en se redressant légèrement pour se pencher sur le bar.

– Nan, je fais double service demain. Il faut que je dorme un peu.

Elle fait la moue. Toute joyeuse au début, elle devient plus distante en se rendant compte que je n'ai aucune envie de sortir avec elle ce soir. Si on s'est amusés à sortir ensemble au début de l'été, en faire une habitude ressemblerait à commencer une véritable relation. Sincèrement, je n'ai pas envie de me fourvoyer dans ce genre d'histoire avec l'une de mes meilleures amies. J'espère qu'elle va s'en rendre compte et cesser de me demander de sortir avec elle.

– Hey, hey ! (La tête de nœud à l'autre bout du bar, toujours aussi impatient, fait tout ce qu'il peut pour attirer mon attention.) Hey vieux, hurle-t-il, promis, juré, je t'échange un bifton de cent dollars contre un putain de shot !

Heidi me lance un petit sourire entendu, tout en m'envoyant un baiser de la main.

Tu ferais mieux de retourner à ton boulot.

Je prends mon temps pour aller vers lui. Tout droit sorti du moule des clones d'ici, BCBG standard, un vrai Ken avec sa raie sur le côté, le mec me décoche le plus beau sourire qu'une super assurance maladie privée puisse acheter. À côté de lui se tiennent deux acolytes, sortis du même moule, bien entendu. Je pense que, pour ces types, l'idée d'un travail manuel doit se résumer à celui d'essuyer leur cul.

– Montre-le-moi, j'ose lui dire.

Fier de lui, le clone fait claquer un Benjamin Franklin sur le bar. Ne me rappelant plus très bien ce qu'il m'avait demandé, je verse un seul shot de bourbon et fais glisser le verre dans sa direction. Il lâche le billet pour prendre son drink, je l'attrape aussitôt et le mets dans ma poche.

– J'ai demandé six shots, me dit-il d'un ton suffisant.

– Mets encore un billet de cinq cents et je te les fais.

Je m'attendais à ce qu'il commence à pleurnicher ou qu'il se foute en rogne. Au lieu de ça, il éclate de rire en agitant son doigt comme pour me donner une leçon. Pour lui, ce n'est sans doute rien de plus qu'une de ces charmantes coutumes locales qu'ils aiment trouver ici quand ils viennent s'encanailler. J'ai remarqué que les jeunes riches se font souvent rouler dans la farine sans réagir. À ma grande surprise, ce crétin sort cinq billets supplémentaires d'une grosse liasse et les dépose sur le bar.

– Le meilleur que tu as ! ajoute-t-il.

Quelques bouteilles de Johnnie Walker Blue et une tequila dont je n'arrive pas à prononcer le nom sont les seules bouteilles d'alcool de bonne qualité que ce bar a en stock, mais aucune ne coûte un tel prix, surtout au détail ! Je fais mine d'être impressionné et me hisse sur un tabouret pour attraper une bouteille de tequila toute poussiéreuse sur l'étagère du haut. Je sais très bien ce qu'il a demandé, et je lui sers donc ses shots hors de prix. Sur ce, Richie Rich se dirige sans sourciller vers une table, l'air satisfait.

Lenny, mon copain barman, me lance un regard qui en dit long. J'ai bien conscience que je ne devrais pas encourager ce genre de comportement, ça ne fait que conforter l'idée que nous sommes corrompus et que cette ville leur appartient. Merde… Après tout, je ne vais pas être barman jusqu'à la fin de mes jours, j'ai de plus grands projets en tête.

Une voix féminine aguicheuse s'élève sur ma gauche :

– À quelle heure tu finis ?

Je me retourne doucement en attendant la phrase suivante. En général, il y a deux options : « Parce que j'ai envie que tu me fasses jouir » ou : « Parce que j'ai envie de te faire jouir. »

Suivant la réponse, il est facile de déterminer si on va se retrouver au pieu avec une égoïste ou avec une femme qui adore faire des pipes. Aucune des deux réponses n'est une façon de draguer particulièrement originale, mais qui a dit que tous ces clones qui pullulent chaque année à Avalon Bay étaient originaux ?

– Alors ? insiste la blonde.

Je n'ai pas de formule mielleuse en réserve. Donc je réponds simplement :

– Le bar ferme à deux heures.

– Sors avec nous quand tu as fini, insiste-t-elle.

Son amie et elle ont toutes les deux des cheveux soyeux, des corps de rêve et des peaux satinées par une journée de soleil. Même si je les trouve très mignonnes, je ne suis pas dans le mood d'accepter ce qu'elles ont à m'offrir.

– Désolé, je ne peux pas. Mais vous devriez regarder autour de vous, vous allez trouver quelqu'un qui me ressemble beaucoup. Mon frère jumeau doit être quelque part là-bas, j'ajoute en agitant la main vers un amas de corps serrés comme des sardines dans un coin. Je suis certain qu'il sera ravi de vous faire passer un bon moment.

Je dis ça, persuadé qu'Evan sera furieux, mais après tout, qui sait, peut-être me remerciera-t-il. Même s'il méprise tous ces clones, il n'est pas contre ces riches princesses quand il les voit toutes nues. Je mettrais ma main à couper qu'il est en train d'essayer de trouver un moyen pour rester dormir en ville, même s'il dit toujours qu'il s'emmerde ici… Je le laisse croire que je le crois.

– Oh mon Dieu, vous êtes deux ?

En un rien de temps, les yeux des deux filles se mettent à briller. J'attrape un verre, j'y fais tomber quelques glaçons et je continue à leur parler pour les mettre à l'aise :

– Oui. Il s'appelle Evan. Si vous le trouvez, dites-lui que c'est Cooper qui vous envoie.

Quand elles s'éloignent enfin, leur cocktail aux fruits à la main, je pousse un soupir de soulagement.

Être barman, c'est vraiment un boulot de merde. Je fais glisser un bourbon on the rocks vers le maigrichon qui me l'a commandé et récupère l'argent qu'il me tend. J'ai à peine le temps de respirer avant de passer au client suivant. Pendant la majeure partie de la nuit, les ivrognes ont gardé leur calme. Il faut dire que Daryl, le portier, vire toute personne susceptible de dégobiller partout. De notre côté, Lenny et moi dégageons vite fait les imbéciles qui tentent de passer derrière le bar.

Je garde un œil sur Steph et les autres serveuses qui circulent au milieu de la foule. Steph s'occupe d'une table de mecs de Garnet qui salivent en la regardant. Elle sourit, mais je la connais. Et ça ne rate pas, au moment où elle s'éloigne, l'un d'eux l'attrape par la taille.

Je le reconnais, c'est le type à qui j'ai soutiré six biftons !

J'ai déjà presque sauté par-dessus le bar quand je croise le regard de Steph qui secoue la tête, comme si elle avait prévu le coup. Elle arrive habilement à se dégager des mains baladeuses du connard et revient vite au bar.

– Tu veux que je les foute dehors ?

– Non, ne t'inquiète pas, je gère.

– Je sais, mais tu n'as pas à faire ça. J'ai réussi à piquer six cents balles à ces abrutis. Si tu veux, on les partage et je nous débarrasse de ces mecs.

– Laisse tomber, donne-moi plutôt trois Corona et deux Jägs.

– Arrête, pas ça !

Mon corps entier frémit en entendant ce mot. Je ne supporte plus l'odeur de cette horrible mixture noire.

– Il faut que je récupère une pince pour mon nez.

– On dirait bien que tu es traumatisé, me répond-elle, amusée, en me voyant souffrir pendant que je remplis les verres, l'air dégoûté.

– Je devrais toucher une prime de risque, j'ajoute en poussant les boissons vers elle. Sérieux, si ces mecs n'arrivent pas à contrôler leurs mains, je vais aller leur dire deux mots.

– Ça va, je t'assure. Mais c'est vrai que j'aimerais bien qu'ils débarrassent le plancher. Cela dit, je ne sais pas qui est le pire ce soir : Monsieur mains baladeuses ou ce grand dadais de terminale dans le patio qui pleurniche parce que son père n'a pas tenu parole et ne lui a pas acheté un yacht pour son bac !

Je ricane doucement en entendant ça. Steph ne peut s'empêcher de soupirer et s'éloigne avec son plateau.

Pendant l'heure qui suit, je n'ai pas le temps de lever le nez, le bar est tellement bondé que les visages finissent par se mélanger en une masse de chair informe, je n'arrête pas de servir des verres et de faire glisser les cartes de crédit dans la machine. Je suis dans une sorte de transe, à peine conscient de ce que je fais.

Je jette un coup d'œil vers Steph pour voir Richie Rich essayer de la forcer à danser avec lui. Elle esquive comme un boxeur, bougeant dans tous les sens pour s'éloigner du mec. Je n'entends pas ce qu'elle lui dit, mais ce n'est pas très difficile à deviner, quelque chose comme « Je travaille, s'il vous plaît, laissez-moi bosser, vous voyez bien que je ne peux pas danser avec vous, j'ai du taf ! ».

Elle essaie de rester polie, mais je vois bien dans ses yeux qu'elle en a marre.

– Len, je dis en pointant le menton vers ce qui se passe, tu m'excuses un moment ?

Il acquiesce. On a l'habitude de se serrer les coudes entre membres du staff.

Je me précipite vers eux en sachant que j'en impose naturellement. Avec mon mètre quatre-vingt-dix, ma barbe de deux jours et mes cheveux qui auraient besoin d'une bonne coupe, je pense avoir l'air assez menaçant pour dissuader ces mecs de faire une connerie.

– Tout va bien, ici ? je lance à la cantonade en approchant du groupe.

Au ton de ma voix, on sait tout de suite que je pense le contraire et que le mec ferait mieux de se calmer, sinon je vais le foutre dehors avec un grand coup de pied au cul !

– Va te faire foutre, gitan ! me hurle l'un d'eux.

L'insulte glisse sur moi, j'ai l'habitude. Je lève les sourcils et réplique :

– Je ne bougerai pas d'ici, sauf si ma collègue me le demande.

Je ne quitte pas des yeux la main de Richie Rich fermement agrippée au bras de Steph.

– Elle ne travaille pas pour se laisser peloter par de riches connards.

Le mec a la bonne idée de retirer sa main et Steph en profite pour se rapprocher de moi.

– Tu vois, tout va bien, dit-il, l'air moqueur, pas de demoiselles en détresse à sauver.

– Parfait. Continue comme ça, je le préviens en lui décochant à mon tour un petit rire moqueur. Et garde tes mains pour toi.

Steph et moi sommes sur le point de partir quand on entend le bruit d'un verre qui se brise. Peu importe le bruit qu'il y a dans une salle, même si elle est bourrée de gens qui assourdissent les sons, un verre se casse par terre et, dans la seconde qui suit, le silence se fait. On entendrait une mouche voler, même de très loin. Toutes les têtes se tournent vers le copain de Richie Rich qui a fait tomber le verre. Il cligne innocemment des yeux en me regardant.

– Oups ! lâche-t-il.

Rires et applaudissement brisent tout à coup le silence, les conversations reprennent peu à peu.

– Merde… murmure Steph entre ses dents. Retourne au bar, Coop, je m'en occupe.

Elle s'exécute, visiblement agacée. La bande de crétins ne prête même plus attention à nous et recommence à discuter bruyamment en éclatant de rire.

– Tout va bien ? me demande Lenny quand j'arrive au bar.

À nouveau, je jette un coup d'œil au groupe. Un peu inquiet, je me rends compte que le leader de la bande a disparu. Merde… où est-il ?

– Pas sûr, pas sûr du tout, j'ajoute lentement. Y a un truc qui cloche, donne-moi encore une minute.

Une fois de plus, je laisse Lenny seul au poste de combat et je contourne le bar pour aller chercher Steph, disparue elle aussi. Je me dirige spontanément vers la pièce du fond, pensant qu'elle est allée y chercher un balai pour ramasser les bris de verre, quand soudain j'entends :

– Bas les pattes !

Furieux, je me précipite à l'intérieur. Tout de suite, je repère le polo pastel de Richie Rich. Il a réussi à coincer Steph au bout du petit couloir où se trouve le placard à fournitures. Quand elle essaie de s'échapper, je vois qu'il lui barre la route, lui attrape le poignet d'une main et tente de lui peloter les fesses de l'autre.

Cette fois, c'en est trop. Je fonce droit devant et l'attrape par le col. Une seconde plus tard, le voilà par terre, le cul sur le sol tout collant.

– Fous le camp ! je lui hurle dans les oreilles.

– Cooper !

Steph se précipite sur moi. Un grand merci brille dans ses yeux, elle est heureuse que je sois venu la tirer de ce mauvais pas. Trop, c'est trop, je la secoue un peu pour l'aider à retrouver ses esprits.

– Allez, lève-toi et dégage ! je crie au minable, tout surpris de ce qui lui arrive.

Furieux, il nous couvre d'injures en se relevant. Comme les toilettes sont à côté, il ne faut pas longtemps avant que ses cris d'indignation attirent les curieux. Des filles d'une association d'étudiantes se précipitent en hurlant, suivies de près par quelques curieux, quand soudain d'autres voix envahissent le couloir.

– Pres ! Ça va, vieux ?

Deux de ses amis s'approchent de nous. Comme des petits coqs, ils viennent encadrer leur chef de bande, mais gardent leur calme. Ils savent que s'ils sont foutus dehors devant tous ces gens, pour eux, les bars, c'est fini et l'année sera longue à boire des coups seuls dans leurs chambres d'étudiants.

– C'est quoi ton problème, mec? éructe le peloteur en me fusillant du regard.

– Il n'y a plus de problème, je réponds en croisant les bras. Je voulais juste sortir les poubelles.

– Tu sens cette odeur, Preston? dit un des potes de Richie Rich, l'air suffisant. Il y a quelque chose qui pue ici.

– C'est la benne à ordures que j'ai vue dehors ou c'est ta roulotte? ajoute l'autre en se foutant de ma gueule.

– Tu veux bien me répéter ça d'un peu plus près, s'il te plaît?

Je les provoque parce que je commence à en avoir ras le bol de ces faces d'œufs qui cherchent la bagarre. J'évalue mes chances: c'est du trois contre un, et ce ne sont pas des maigrichons, ils font au moins un mètre quatre-vingt-cinq, à peu près ma taille. On dirait la moitié d'une équipe de water-polo sponsorisée par Brooks Brothers. Moi, je travaille pour vivre et mes muscles ne sont pas là pour épater la galerie, j'ai donc toutes mes chances.

– Coop, arrête, dit Steph qui s'interpose en me poussant légèrement. Laisse tomber, je m'en occupe, retourne au bar.

– Ouais, Coop, c'est ça, retourne à ton bar, reprend Preston en se foutant de ma gueule. Puis il s'adresse à ses potes et continue: Pas un seul cul de cette ville ne mérite autant d'histoires.

Je regarde Steph en haussant les épaules. Trop tard, ce connard de Rich aurait dû se casser quand je lui en ai donné l'occasion. Il est encore en train de se marrer avec son air suffisant quand je m'approche, empoigne son Ralph Lauren et lui balance mon poing dans la figure.

Il titube, tombe sur ses potes qui le repoussent vers moi. Couvert de sang, on dirait un monstre sorti d'un film d'horreur. Il se jette sur moi et on s'écrase sur les filles de la sororité qui se mettent à hurler, jusqu'à se retrouver coincés contre le mur. Le vieux téléphone à pièce, qui n'a pas fonctionné depuis plus de quinze ans, me rentre dans le dos, ce qui donne une chance à Preston de m'envoyer un bon coup de poing sur la mâchoire. J'arrive à nous dégager, je le pousse contre une cloison en placo et je suis sur le point de lui foutre un autre coup dans la gueule quand Joe, le propriétaire du bar, Daryl et Lenny m'attrapent et nous séparent.

– Espèce d'ordure ! me dit-il d'un ton goguenard. Tu sais quoi ? T'es un homme mort, mets-toi bien ça dans le crâne.

Jo, l'ancien combattant du Viêtnam à la barbe grise de hippie et à la queue-de-cheval, pointe un doigt sur Preston en hurlant :

– Assez ! Pas de bagarre dans mon bar, sortez d'ici !

Preston, vexé, répond sur un ton péremptoire.

– Je veux que ce cinglé soit viré !

– Va te faire foutre !

– Coop, ferme-la, m'ordonne Joe en demandant à Daryl et Lenny de me lâcher. Je vais faire une retenue sur ton salaire pour tout ce grabuge.

– Ce n'était pas la faute de Coop, intervient Steph, s'adressant au patron. Ce type ne me lâchait pas, ensuite il m'a suivie jusqu'à la pièce du fond et m'a coincée dans le petit couloir. Cooper essayait juste de le foutre dehors.

Tout en pinçant son nez qui n'arrête pas de pisser le sang, Preston, furieux, éructe :

– Vous savez qui est mon père ? Sa banque est propriétaire de la moitié des immeubles de ce bord de mer ignoble. Un seul mot de moi, et votre vie va devenir très compliquée.

Joe serre les dents sans répondre.

– Votre employé a osé lever la main sur moi, continue Preston qui ne décolère pas. Je ne sais pas comment vous gérez ce trou à rats, mais si ce genre d'histoire arrivait ailleurs, je peux vous affirmer que la personne qui a agressé un client serait virée sur-le-champ !

Son petit air suffisant me fait bouillir. Je ne peux pas m'empêcher de serrer les poings. J'ai envie de l'étrangler.

– Donc, continue-t-il, soit vous vous en occupez, soit j'appelle mon père pour qu'il le fasse à votre place. Je sais qu'il est tard, mais il sera debout, c'est un oiseau de nuit.

Plein de morgue, il ajoute :

– C'est comme ça qu'il a gagné tous ses milliards.

Un silence pesant s'installe. Joe soupire avant de se tourner vers moi, l'air désolé.

Je le regarde, éberlué.

– Tu plaisantes, j'espère ?

Joe est une vieille connaissance. Mon frère et moi faisons des extras au bar depuis le lycée. Nous l'avons aidé à rebâtir ce lieu après les ouragans. Et puis, merde ! J'ai même accompagné sa fille au bal de promo !

Joe passe une main sur sa barbe, l'air résigné.

– Joe, sérieusement, tu vas laisser un de ces mecs te dire comment gérer ton bar ?

Il secoue la tête d'un air désolé :

– Je dois penser à mon business, à ma famille. Cette fois, tu as dépassé les bornes, Coop. Prends ce que je te dois pour ce soir dans la caisse et je te prépare ton solde de tout compte pour demain matin.

Visiblement satisfait, Richie Rich ricane.

– Tu vois, rat des villes, dans la vraie vie, c'est comme ça que ça marche.

Il jette une liasse de billets tachés de sang à la tête de Steph, crache par terre une grossse glaire rougeâtre et ajoute :

– Tiens ! Nettoie-moi tout ça, chérie.

– Cette histoire n'est pas finie, je préviens Preston, alors que ses amis et lui s'éloignent.

– C'était fini avant de commencer, répond-il avec sarcasme par-dessus son épaule. Visiblement, tu es le seul qui ne le savais pas.

Je vois dans les yeux de Joe une expression de défaite. Il n'a plus la force ni l'envie de mener ce genre de combat. C'est comme ça qu'ils finissent par nous avoir. Petit à petit, ils nous cassent jusqu'à ce que nous lâchions prise. Puis ils pillent nos biens, détruisent nos business et finissent par arracher la dignité de nos mains épuisées.

Je vais chercher le cash dans la caisse, mais je le rends à Joe immédiatement en le faisant claquer dans ses mains.

– Tu sais, Joe, chaque fois que nous leur cédons, il leur est un peu plus facile de nous baiser la fois suivante.

Sauf que… NON ! J'emmerde la prochaine fois. Je ne leur donnerai jamais l'occasion d'une prochaine fois.

Chapitre 2
MACKENZIE

Depuis que j'ai quitté la maison de mes parents à Charleston ce matin, une petite idée me trotte derrière la tête, elle devient de plus en plus insistante et me dit de tout recommencer. Partir, m'enfuir. Faire comme dans le célèbre poème, « rager, enrager » contre mon année sabbatique « qui se meurt[2] ».

Alors que mon taxi traverse un tunnel de chênes verts en direction de Tally Hall sur le campus de Garnet College, je suis prise de panique.

Cette fois, impossible de reculer, j'y suis.

Derrière la grande pelouse et les files de voitures, j'aperçois des étudiants de première année avec leurs parents. Ils s'agitent dans tous les sens, occupés à transporter leurs cartons dans un bâtiment de quatre étages dont les briques rouges se détachent sur le bleu du ciel. Je vois aussi les bordures blanches qui encadrent les rangées de fenêtres et soulignent le toit, un détail remarquable de l'un des cinq bâtiments d'origine de ce campus historique.

---

2. Dylan Thomas (1914-1953), poète irlandais : *N'entre pas apaisé dans cette douce nuit.* « [...] Rage, enrage contre la lumière qui se meurt. » (Trad. Line Audin)

Je m'adresse au chauffeur tout en mettant mon duffel-coat sur mes épaules et en posant ma valise à roulettes par terre :

– Je reviens tout de suite chercher ces cartons, je veux juste vérifier que je suis bien au bon endroit.

– Pas de problème, prenez votre temps.

Il reste imperturbable, probablement parce que mes parents lui ont donné un confortable forfait pour me servir de chauffeur toute la journée.

En passant sous l'énorme lanterne en fer forgé suspendue à la poutre, juste au-dessus de la porte d'entrée, j'ai l'impression d'être une prisonnière évadée revenant au point de départ après un an de cavale. C'était trop beau pour durer. Comment vais-je faire pour me remettre aux devoirs et aux interros surprises ? Ces douze derniers mois, j'ai suivi des cours par correspondance et j'ai eu la chance d'être mon propre patron.

Une mère m'apostrophe dans les escaliers pour me demander si je suis la responsable du dortoir. Super, je me sens vieille tout d'un coup. Une nouvelle fois, la tentation de tourner les talons et de rentrer me prend aux tripes, mais je m'efforce de ne plus y penser.

Je me traîne jusqu'au quatrième étage où les chambres sont plus spacieuses et plus jolies. Une option pour les parents désireux de dépenser plus afin d'élever le Produit Intérieur Brut de cette petite nation bien à part que représente Garnet. Si j'en crois le mail que j'ai reçu, cette année j'occupe la chambre 402.

À l'intérieur, un petit living et une kitchenette divisent les deux chambres disposées de part et d'autre. Dans celle de gauche, un lit vide, un bureau et une armoire en bois assortis, c'est tout. Dans celle de droite en revanche, à travers la porte grande ouverte, j'aperçois une blonde, avec un short en jean et sans chemise, très occupée à mettre ses vêtements sur des cintres.

– Salut ! je lance pour attirer son attention. Je pose mes sacs et tente : Bonjour, ouh ouh !

Elle continue à m'ignorer. Hésitante, je m'approche doucement et lui tape sur l'épaule. La fille sursaute et pose instinctivement une main sur sa bouche pour éviter de crier.

– Oh, tu m'as fait peur ! me dit-elle avec un fort accent du Sud.

Tout en reprenant son souffle, elle enlève ses écouteurs et les glisse dans sa poche.

– J'en ai presque pissé dans mon froc !

Je ne vois que ses seins, exposés sans complexe, elle ne fait aucun effort pour les cacher. Un peu gênée, j'essaie de la regarder dans les yeux, mais très vite je détourne mon regard vers la fenêtre.

– Désolée de débarquer comme ça, je ne m'attendais pas à… *trouver ma roommate au premier acte d'un porno amateur*, je pense en moi-même.

– T'en fais pas, me répond-elle en rigolant.

– Je peux, euh… revenir dans un moment ? Si tu…

– Mais non, pas de problème, ajoute-t-elle pour me rassurer.

Je ne peux pas m'empêcher de l'observer avec ses mains sur les hanches et ses yeux qui me toisent en mode plein phare.

– Y avait-il une case « nudiste » sur le formulaire de la chambre, que j'aurais cochée par accident ?

Elle éclate de rire en attrapant un débardeur.

– J'aime bien m'imprégner de l'énergie d'un lieu. Une maison n'est pas ta maison tant que tu n'y as pas vécu toute nue, tu ne crois pas ?

– Mais… les stores sont relevés, je lui fais remarquer.

– C'est pour éviter un bronzage rayé, ajoute-t-elle en me faisant un clin d'œil. Au fait, je m'appelle Bonnie May Bauchamp, je suppose que nous sommes colocataires ?

– Mackenzie Cabot.

Elle me serre dans ses bras, ce qu'en d'autres circonstances j'aurais considéré comme une atteinte à ma vie privée, mais, je ne sais pas pourquoi, venant de sa part, ça ne me dérange pas. Qui sait, c'est peut-être une espèce de magicienne qui m'a envoûtée… avec ses seins de magicienne ! En tout cas, il y a quelque chose que j'aime bien chez cette fille.

Ses traits sont doux, réguliers, ses grands yeux d'un marron profond, son franc et beau sourire ne sont pas menaçants pour la gent féminine, et attirants pour les hommes. En un mot, Bonnie May est la petite sœur de tout le monde… avec des nichons !

Elle finit par me relâcher et me demande :

– Où sont toutes tes affaires ?

– Mon copain vient tout à l'heure avec la plus grosse partie, j'en ai aussi dans la voiture en bas, le chauffeur m'attend.

– Je vais t'aider à les monter.

En fait, il n'y a pas grand-chose, juste deux ou trois cartons, mais j'apprécie qu'elle propose de m'aider. Nous allons chercher les cartons et les déposons dans notre studio avant d'aller explorer les couloirs, histoire de nous familiariser avec notre environnement direct.

– Tu es de Caroline du Sud ? me demande Bonnie.

– De Charleston, et toi ?

– De Géorgie. Mon père voulait que j'aille à Georgia State, et ma mère est allée à Garnet, ils ont parié sur le résultat d'un match de foot et j'ai atterri ici.

Arrivées au troisième étage, nous tombons sur un type qui déambule avec une glacière sur le dos remplie de rosé. Il propose tout de suite de nous offrir un verre en échange de nos numéros de portable. Ses bras, sa poitrine et son dos sont couverts de gribouillages faits au feutre permanent noir. Il manque un chiffre ou deux à la plupart des numéros, les autres sont sans doute faux. Après avoir refusé son offre, nous le quittons en pouffant de rire.

Nous poursuivons notre chemin au milieu de petits groupes d'étudiants.

– Ne le prends pas mal, mais tu n'as pas l'air d'une fille de première année. Tu viens d'ailleurs ? me demande Bonnie.

Je savais que ça allait arriver. J'ai l'impression d'être une cheftaine, ici. Il faut dire que j'ai deux ans de plus que les autres à cause de l'année sabbatique que j'ai prise et aussi parce que j'ai commencé la maternelle avec un an de retard. À ce moment-là, mes parents avaient décidé de prolonger leur croisière en Méditerranée plutôt que de revenir à la maison à temps pour la rentrée.

– Je viens de prendre une année sabbatique. J'avais fait un deal avec mes parents : intégrer l'école de leur choix s'ils me laissaient d'abord m'occuper de mon business.

Mais si ça ne tenait qu'à moi, j'aurais volontiers sauté l'étape université, obligatoire selon eux pour le passage à l'âge adulte.

– Tu as déjà ton propre business ? me demande Bonnie, l'air étonnée. Moi, j'ai passé tout l'été à regarder des rediffusions de Vanderpump[3] et à faire la fête au lac.

– J'ai créé un site web et une appli. Tu sais, rien d'énorme, je n'ai pas encore fondé Tesla ou un truc pareil !

– Quel genre d'app ?

– C'est un site où les gens postent leurs histoires drôles ou embarrassantes sur leurs petits amis. Ça a commencé

3. Lisa Vanderpump : actrice et animatrice de TV anglaise, connue notamment pour sa participation à l'émission de téléréalité américaine, *The Real Housewives of Beverly Hills*.

comme une blague pour mes amies du lycée, et puis tout a explosé. L'année dernière, j'ai donc lancé une autre appli où les gens postent des histoires sur leurs petites amies.

J'ai démarré seule avec un simple blog et puis, devant l'ampleur que prenaient les choses l'année dernière, j'ai engagé une cheffe de pub, des modérateurs web et une équipe marketing. J'ai donc des salaires à payer, des impôts et un compte bancaire professionnel à sept chiffres. Comme si ce n'était pas assez, il faut maintenant que je me préoccupe de mes devoirs et des exams de mi-semestre. Un deal est un deal, une parole est une parole et je m'y tiendrai, mais cette histoire d'université me semble tout à coup bien inutile.

– Ça alors… je le connais, ce site ! s'exclame Bonnie en m'attrapant le bras, tout excitée. (Ouille ! Cette fille a des doigts en acier.) *BoyfriendFails*[4] ! Putain… En terminale, mes copines et moi, on a probablement passé plus de temps là-dessus que sur nos devoirs ! Je me rappelle celui de ce mec avec son intoxication alimentaire après une sortie et, quand le père de sa petite amie les a ramenés à la maison, le type avait une colique terrible sur la banquette arrière.

Elle est prise d'un vrai fou rire. Moi aussi j'éclate de rire, je me souviens bien de ce post. On a eu plus de trois cent mille clics sur cette histoire, des milliers de commentaires, et on a doublé les revenus de pub par rapport aux autres posts de ce mois-là.

– Waouh, lance-t-elle dès qu'elle peut reprendre ses esprits, tu arrives à te faire beaucoup d'argent avec ce genre de trucs ?

– Oui, avec la pub. Ça rapporte pas mal, je réponds, l'air faussement modeste.

– Cool ! ajoute-t-elle avec une moue d'approbation. Je suis jalouse. Je me demande ce que je fous ici, Mac. Je peux

4. « Les ratés (les dérapages) de mon boyfriend ».

t'appeler Mac ou tu préfères Mackenzie ? Mackenzie, ça fait tellement formel…

– Mac, ça me va, je confirme en essayant de ne pas rire.

– Après le lycée, l'université, c'est ce que je suis censée faire, tu es d'accord ? C'est dingue, je n'ai encore aucune idée de ce que je dois prendre comme matière principale. Ou de ce que je veux faire plus tard.

– On dit toujours que c'est à l'université que tu trouves ta voie.

– Ah ? Je croyais que c'était à Panama…

Je pouffe de rire. Décidément, je l'aime bien, cette fille.

***

Une heure plus tard, mon copain arrive avec le reste des cartons. On ne s'est pas vus depuis des semaines. J'ai eu des tas de trucs à faire pour le boulot avant que je puisse passer le relais à la nouvelle équipe que j'ai engagée à plein temps. Du coup je n'ai pas pu voir Preston. Nous venons de vivre notre plus longue séparation depuis que sa famille avait passé ses vacances d'été sur le lac de Côme.

J'avais émis l'idée de prendre un appart ensemble hors du campus, mais Preston a trouvé ça ridicule. Pourquoi aller s'enterrer dans un logement minable quand on a une piscine, un chef et une femme de ménage à la maison ? Je n'ai pas su quoi répondre sans paraître condescendante. Si prendre notre indépendance n'est pas une motivation suffisante pour emménager ensemble, que dire de plus ?

Être indépendante est mon idée fixe depuis le lycée. Vivre avec ma famille, c'est comme s'enfoncer dans des sables mouvants. Je m'y serais engloutie tout entière si je n'avais pas fait tout ce que je pouvais pour m'en sortir. Mon business, par exemple. Je ne suis pas faite pour être entretenue. C'est sans doute pour ça que quand mon copain – que je n'ai pas vu depuis plus d'un mois – entre dans la pièce avec les premiers cartons, je ne suis ni submergée par un désir profond ni prise de cette excitation après une longue séparation.

Ce n'est pas qu'il ne m'a pas manqué ni que je ne suis pas contente qu'il soit là, c'est juste que… je pense à tous ces béguins que j'avais au lycée. Au temps où les heures qui s'écoulaient entre le déjeuner et la sortie semblaient une éternité à mon petit cœur de jeune fille. J'ai grandi, je suppose. Preston et moi, ça va. Pas de problème, nous sommes un couple stable, un peu comme un vieux couple marié.

Et… il y a beaucoup à dire sur la stabilité.

– Salut, bébé ! me lance Pres, légèrement en sueur après avoir gravi les quatre étages. (Il me prend dans ses bras et m'embrasse sur le front.) Tu m'as manqué, tu as l'air en forme.

– Toi aussi.

L'attirance n'est certainement pas le problème. Grand, mince et athlétique, Preston a la beauté d'une gravure de mode. Une vraie prestance, avec de magnifiques yeux bleus, incroyablement brillants sous le soleil. Un visage de statue grecque qui capte l'attention où qu'il soit. Il s'est fait faire une nouvelle coupe depuis la dernière fois que je l'ai vu. Ses beaux cheveux blonds sont maintenant courts sur les côtés et plus longs sur le dessus.

Quand il se tourne vers moi, je remarque que son visage est tuméfié.

– Mais… que t'est-il arrivé ? je demande, soudain inquiète.

Il touche son œil, prend un air détaché et me répond :

– Ça ? Les gars et moi, on jouait au basket l'autre jour et j'ai pris le ballon en pleine figure. Rien de grave.

– Tu es sûr ? Ça a l'air de faire mal.

Sincèrement, ce n'est pas très joli. On dirait une brûlure avec du jaune d'œuf qui lui coule sur le côté.

– T'inquiète, tout va bien. Oh… avant que j'oublie, j'ai ça pour toi.

Il fouille dans la poche arrière de son kaki avant d'en sortir une sorte de carte de crédit sur laquelle je lis : *Grand Java*. Je la prends sans sourciller.

– Oh ! Merci, bébé. C'est pour la cafète du campus ?

Il hoche la tête en ajoutant :

– J'ai pensé que c'était le meilleur cadeau de bienvenue à Garnet pour la véritable amatrice de café que tu es. J'ai mis 2 000 dollars dessus, tu es parée.

Venant du coin cuisine, Bonnie, qui n'en perd pas une miette, s'écrie :

– Quoi ! J'ai bien entendu ? Deux mille dollars !

OK, deux mille dollars de café, c'est un peu exagéré, mais Pres est un type très attentionné et j'aime ça chez lui. Il vient de se farcir trois heures de route pour aller chez mes parents récupérer mes affaires, puis autant pour le retour jusqu'au campus, et tout ça avec le sourire. Jamais une plainte, jamais il ne me fait sentir que je suis un poids ou que j'exagère. Preston est un vrai gentil.

Et… il y a beaucoup à dire sur la gentillesse.

Je me tourne vers Bonnie.

– Bonnie, je te présente Preston, mon copain, Pres, je te présente Bonnie.

– Content de te connaître, répond-il, tout sourire comme à son habitude. Je vais aller chercher les cartons de Mac qui sont encore en bas et, après, que diriez-vous si je vous invitais à déjeuner ?

– Je suis partante ! s'exclame Bonnie, j'ai une faim de loup.

– Super ! j'ajoute, merci.

Il a à peine tourné les talons que Bonnie me lance un regard entendu tout en levant son pouce.

– Bravo ! Depuis quand vous êtes ensemble ?

– Quatre ans.

Je la suis dans la salle de bains, histoire de nous refaire une beauté avant le déjeuner, et ajoute :

– Nous avons fait notre prépa dans la même école. J'étais en deuxième année. Lui, il terminait.

En fait, je connais Preston depuis l'enfance. Même si nous n'étions pas vraiment amis vu notre différence d'âge. Je le voyais surtout au country club quand mes parents m'y traînaient pendant les vacances, ou pendant les levées de fonds organisées pour des associations caritatives, etc. Quand j'ai commencé à Spencer Hill, il m'a tout de suite saluée dans les couloirs et parlait avec moi durant les fêtes. Ce qui m'a permis de gagner la popularité dont j'avais besoin pour survivre et ma place dans les eaux infestées de requins que sont ces écoles préparatoires.

– Tu dois te sentir soulagée de l'avoir enfin rejoint à l'université. À ta place, j'aurais été inquiète en me demandant ce qu'il pouvait bien faire seul ici.

– Ça ne marche pas comme ça entre nous, je réponds en me brossant les cheveux. Preston n'est pas du genre à me tromper. Il est très attaché aux valeurs familiales et au projet, tu vois ce que je veux dire.

– Au projet ? Quel projet ?

Ce mot ne m'avait jamais semblé étrange, jusqu'à ce que je croise le regard ahuri de Bonnie dans le miroir.

– Tu sais, nos parents sont amis depuis toujours. Comme nous sortons ensemble, au bout d'un moment, il est apparu comme une évidence qu'un jour nous serions diplômés, puis mariés, et puis… enfin, tout ça… le plan, tu comprends ?

Elle me regarde fixement, les yeux écarquillés.

– Et tu… tu es d'accord avec ce plan ?

– Pourquoi pas ?

L'histoire se répète, mes parents ont vécu la même chose avant de finir ensemble… idem pour leurs parents avant eux. Je sais, on n'est pas loin du mariage arrangé et, pour être tout à fait honnête, je soupçonne qu'on a fait pression sur Preston pour qu'il sorte avec moi la première fois. Lui, l'étudiant en dernière année, et moi la fille un peu empotée qui n'était encore qu'une deuxième année. Que ses parents aient incité Pres à m'inviter ou pas, peu importe, aucun de nous n'a jamais eu le sentiment d'avoir été forcé à sortir ensemble. Nous étions bien l'un avec l'autre, et c'est toujours le cas.

– Moi, je serais dégoûtée qu'on planifie toute ma vie avant mon premier jour d'université ! C'est comme si on me racontait la fin du film alors que je fais la queue pour les pop-corns, me confie Bonnie en se remettant du gloss. Mais, après tout, tant que tu es heureuse…

Chapitre 3
COOPER

Depuis le temps où nous étions ces petits voyous turbulents qui se couraient après pieds nus en laissant nos traces sur les dunes devant les grandes maisons à un million de dollars, fuyant les flics, nous, la jeunesse perdue d'Avalon Bay, avons une tradition. Le dernier dimanche de l'été se termine par un feu de joie.

Une seule règle : seuls les locaux sont admis.

Ce soir, mon frère jumeau et moi organisons la fiesta chez nous. Cette maison de plage à deux étages, style cabane en bois, appartient à notre famille depuis trois générations. Et ça se voit. Elle est en mauvais état et aurait bien besoin d'une sérieuse rénovation, mais même très délabrée, elle garde un charme fou. Un peu comme ses propriétaires, je suppose. Evan est un type charmant, ouvert, sympathique, contrairement à moi qui suis plutôt d'un caractère sombre et impulsif.

Heidi me rejoint sur la terrasse en bois située à l'arrière et pose une flasque sur la rambarde.

– On a des tonnes d'alcool en bas, je précise.

– Rien à voir avec cette flasque.

Elle se pose dos à la balustrade, en s'appuyant sur ses coudes. Heidi est comme ça. C'est une éternelle insatisfaite, dont les centres d'intérêt n'ont rien à voir avec ceux des autres. Quand nous étions enfants, c'est ce qui m'a attiré chez elle. Elle regardait toujours loin devant elle, et moi, je voulais voir ce qu'elle voyait.

– Alors, pourquoi cette flasque ?

– Je me sens d'humeur coquine, la flasque n'est qu'un prétexte.

Elle me fixe, un sourire provocateur aux lèvres. Elle s'est faite toute belle, ce soir. Autant que possible pour Avalon Bay. Cheveux bouclés, rouge à lèvres foncé, elle porte un vieux tee-shirt Rancid qu'elle a elle-même taillé en débardeur. On voit nettement son soutien-gorge en dentelle noire au travers des échancrures. Il est clair qu'elle a fait des efforts, mais clair aussi que je n'y suis pas sensible.

– Pas vraiment dans le mood, hein ? me lance-t-elle, voyant que je ne mords pas à l'hameçon.

Je hausse les épaules. C'est vrai, je ne suis pas dans le mood pour la fête.

– On n'est pas obligés de rester ici, dit Heidi en se redressant. (Elle fait un signe de tête vers l'extérieur et continue.) Allons faire un tour, comme au temps où nous piquions les clés du gros van de ta mère, tu te souviens ? On filait n'importe où sur les routes du Tennessee. On dormait dans le lit cabine…

– En se faisant foutre dehors du parc national par les gardes forestiers à quatre heures du mat !

Elle éclate de rire en me donnant un grand coup de coude.

– Nos escapades me manquent.

– Le charme n'est plus le même quand ce sont tes propres clés et que tu as l'âge légal de boire de l'alcool, je réponds en buvant une gorgée de sa flasque.

– Je t'assure, il nous reste encore plein de bêtises à explorer.

Cette insistance à flirter qui brille dans ses yeux me rend un peu triste. C'est vrai qu'on s'est beaucoup amusés tous les deux, mais aujourd'hui, la distance s'est installée et je ne suis plus très à l'aise avec elle.

– Coop ! (C'est mon frère qui m'appelle en bas dans la cour.) On organise une fête, vieux. Descends tout de suite !

Entre jumeaux, la télépathie, ça marche bien. Je laisse Heidi sur la terrasse, descends les escaliers quatre à quatre et attrape une bière sur le chemin de la plage où je retrouve Evan autour du feu avec quelques amis. Pendant l'heure qui suit, je descends lentement ma bière en écoutant les mêmes histoires que nous racontons depuis dix ans. Ensuite, notre ami Wyatt organise une partie de foot au clair de lune, la plupart le suivent, ne laissant autour du feu qu'une poignée d'entre nous. Dans la chaise Adirondack à côté de la mienne, Evan éclate de rire en écoutant notre amie Alana. Moi, je ne suis pas vraiment d'humeur à m'amuser ce soir. Un truc me ronge, obsédant et tenace. La colère et la rancune ne veulent pas me quitter.

– Hey, Coop ! lance soudain Evan en me balançant un coup de pied, arrête de te morfondre, vieux !

– T'inquiète, ça va.

– Oui, ça se voit, répond-il, plein de sarcasme. (Il attrape la bouteille de bière vide dans ma main et m'en donne une autre, sortie de la glacière.) Ça fait deux jours que tu es d'une humeur massacrante. Je peux comprendre que tu sois furieux, mais au bout d'un moment, ça lasse. Saoule-toi la gueule, fume un pétard. Heidi est dans le coin, elle se remettra peut-être avec toi si tu le lui demandes gentiment.

Je lâche un grand soupir. Décidément, pas de secret possible dans ce groupe. La première fois que nous avons couché ensemble avec Heidi, nous avions à peine ouvert les yeux le lendemain matin que tout le monde était au courant. Ce qui est une preuve supplémentaire que ce n'est pas une bonne idée d'y aller. Sortir avec des amis n'attire que des ennuis.

– Dégage, connard ! s'exclame Heidi de l'autre côté du feu, en jetant une poignée de sable sur Evan.

Elle lui fait un doigt d'honneur.

– Oups ! Désolé, ajoute-t-il, alors qu'il savait très bien qu'elle était là.

– C'est marrant, continue Heidi d'une voix glaciale où l'on sent très bien qu'elle est prête à vous couper les couilles. C'est marrant, vous êtes de vrais jumeaux, et pourtant Evan, je ne sucerais pas ta bite, même si tu avais la tête de Cooper.

– Bien dit, s'exclame Alana, qui rit avec Heidi et Steph.

Ces trois-là ont fait baver tous les mecs de la baie depuis le CM2. Une trinité loin de la sainteté, entre séductrices torrides et bourreaux des cœurs.

Evan se contente de répondre d'un geste obscène, les reparties ne sont pas son fort.

– Je continue à croire, dit-il en se tournant vers moi, qu'il faut attendre que ce clone sorte de chez lui. Là, on pourra lui sauter dessus. Tu sais, les gens parlent, Coop. Tout le monde est au courant que tu as laissé filer cette merde. Du coup, ils ne sont pas loin de penser que n'importe qui peut se frotter à nous sans conséquence.

– Cooper a de la chance que ce connard n'ait pas porté plainte, fait remarquer Steph. Mais si vous transformez cette histoire en guerre ouverte, il pourrait changer d'avis.

Elle n'a pas tort. J'ai évité de passer les deux derniers jours en prison, parce que Preston était trop content de m'humilier. S'il n'est pas dans mon tempérament d'admettre une défaite, je suis surtout furieux d'avoir été viré. Evan a raison, les Hartley ne peuvent pas laisser passer ça. Nous avons une réputation à tenir dans cette ville. Les gens sentent la moindre faiblesse, et ça leur donne des idées. Même si tu ne possèdes pas grand-chose, il y a toujours quelqu'un qui essaie de prendre le peu que tu as.

– C'était qui, ce mec, d'ailleurs ? demande Heidi.

– Preston Kincaid, répond Steph. Sa famille est propriétaire de cette grande maison au bord de la côte. Ce sont eux qui ont abattu ces beaux chênes bicentenaires le mois dernier. Tout ça pour faire un troisième court de tennis.

– Mais… je connais ce type, ajoute Alana dont les cheveux roux brillent dans la lumière du feu. Il y a quelques semaines, Maddy pilotait la vedette de parachute ascensionnel de son père. Elle lui a fait faire un tour avec une nana qu'il avait embarquée. Ce qui ne l'a pas empêché de draguer Maddy devant elle, il lui a même demandé de sortir avec lui. Elle a poliment décliné l'offre pour ne pas perdre son pourboire, mais il a continué à l'emmerder. Il a même essayé de la persuader de faire un plan à trois sur le bateau. Maddy était furieuse et m'a confié qu'elle l'aurait bien jeté par-dessus bord.

– Un sale type, vraiment, ajoute Steph en grimaçant.

– Et voilà ! s'exclame Evan, en faisant sauter la capsule d'une bière fraîche. Il l'a bien cherché ! On va lui rabaisser son caquet, ça fera plaisir à tout le monde. Vengeance, mec ! Il t'a bien fait chier, on va lui rendre le double.

Je dois reconnaître que j'ai bien envie de lui rendre la monnaie de sa pièce. Voilà deux jours que la colère me remue les tripes. Cet emploi de barman n'était pas mon seul revenu, mais j'ai besoin de cet argent. Tout ce pour quoi je travaillais s'est éloigné quand cet abruti m'a fait virer.

Je réfléchis à voix haute :

– Impossible de lui casser la gueule, sinon, je vais direct en prison. Impossible de lui piquer son boulot, parce que… de qui se moque-t-on, il n'en a pas évidemment, il est né avec une cuillère en argent dans le cul. Alors, quoi d'autre ?

– Oh… cette pauvre idiote, s'exclame tout à coup Alana qui contourne le feu pour nous rejoindre et nous montrer l'écran de son portable. Je viens de jeter un coup d'œil sur ses réseaux sociaux et, devinez quoi ? Il a une copine.

Je regarde attentivement l'écran. Intéressant. Un peu plus tôt dans la journée, Kincaid a posté une histoire sur l'emménagement de sa petite amie au dortoir de Garnet. Le post, accompagné d'émojis en forme de cœur, raconte les conneries habituelles, dégoulinantes de bons sentiments. Typique du mec qui trompe sa copine et cherche à se dédouaner.

À son tour, Evan attrape le portable et fait défiler des photos d'eux sur le yacht tape-à-l'œil des Kincaid.

– Putain… la nana est super sexy !

Il a raison. La photo sur laquelle Evan zoome montre une grande fille aux cheveux noirs, avec de beaux yeux verts et une peau caramel. Elle porte un crop top blanc qui laisse apparaître une épaule où se dessine la bretelle d'un maillot de bain bleu. Je ne sais pas pourquoi, mais cette fine bande de tissu me paraît plus sexy que n'importe quelle image porno que j'ai vue. C'est un appel, une invitation. Une idée inavouable germe soudain dans le pire recoin de mon cerveau.

– Saute-la ! s'exclame Evan.

Malgré nos différences, nous sommes tous les mêmes.

Les yeux d'Alana s'allument avec malice.

– Fais-le !

– Quoi ? Lui piquer sa copine ? s'insurge Heidi, incrédule. Cette fille n'est pas un jouet, c'est…

– Une super idée ! interrompt Evan. Pique la fille de ce clone, fais en sorte qu'il le sache, qu'il le prenne en pleine gueule et après, tu laisses tomber ce cul de riche.

– Tu me dégoûtes, Evan. (Heidi se lève et lui arrache le portable d'Alana des mains. Ils continuent à se chamailler.) Tu parles d'un être humain.

– Non, c'est une clone, comme les autres.

– Tu veux qu'elle largue Kincaid n'est-ce pas ? Alors, pourquoi ne pas le surprendre en train de la tromper ? Et lui envoyer la preuve pour qu'elle le largue. Même résultat, fait remarquer Heidi.

– Ce n'est pas la même chose, argumente mon frère.

– Et en quoi ce n'est pas pareil ?

– Parce que… (Evan pointe le goulot de sa bouteille en direction de Heidi.) Parce que ce n'est pas suffisant pour qu'il perde. Il doit savoir qui lui a piqué sa copine. On doit faire en sorte que ça lui fasse vraiment mal.

– Cooper n'a pas besoin de la piéger au point qu'elle tombe amoureuse de lui, répond Alana. Séduis-la juste assez pour qu'elle largue Preston. Quelques petits rendez-vous, et basta !

– La séduire ? Tu veux dire la baiser. (Heidi dévoile la véritable raison pour laquelle elle n'est pas d'accord avec ce plan.) Là encore, je trouve ça dégueulasse.

Normalement, j'aurais pu être d'accord avec elle. Mais pas ce soir. Ce soir, je suis en colère et j'ai envie de sang. En plus, je ferais une faveur à cette fille en la sauvant des bras de ce Kincaid, en lui épargnant une vie de misère avec ce bâtard infidèle. Le genre de mec à s'occuper d'elle le temps de lui faire deux enfants et demi pour ensuite reporter son attention sur ses maîtresses.

Toute ma vie, j'ai rencontré des mecs comme Preston Kincaid. Un de mes premiers souvenirs remonte à mes cinq ans. Mon père, mon frère et moi étions sur la jetée et je ne comprenais pas pourquoi tous ces gens bien habillés parlaient à mon père comme à une merde. Peut-être que la copine de Kincaid est encore pire que lui.

Steph soulève une question importante :

– Mais s'il l'a déjà trompée, est-ce qu'il tient vraiment à elle ? Si ça se trouve, il s'en fout de se faire larguer par cette fille.

– Elle marque un point, je réponds en regardant Evan.

– Pas si sûr… marmonne Alana qui pose un bras sur l'épaule de Heidi pour regarder le portable. En faisant défiler les photos, on a la preuve qu'ils sont ensemble depuis des années. Je parie que ce tour qu'on va lui jouer sonnera la fin de la partie.

Plus cette idée me trotte dans la tête, plus j'aime ce plan. Surtout pour voir la tête que Kincaid va faire quand il réalisera que j'ai gagné. Mais aussi parce que même si je n'avais pas su qu'elle était la petite amie de Kincaid, j'aurais tout fait pour essayer de sortir avec cette fille.

– Rendons l'affaire plus intéressante, dit Steph en échangeant un regard avec Alana qui se rend compte des possibilités qu'offre un tel plan. Voici ce que je propose : tu n'as pas le droit de mentir ; interdiction de faire semblant d'être amoureux d'elle ; tu ne couches pas avec elle à moins qu'elle te le demande expressément ; les baisers sont autorisés ; interdiction également de lui demander de rompre avec Preston, l'idée doit venir d'elle. Sinon, où est l'intérêt ? Autant suivre le plan de Heidi.

C'est presque injuste tellement ce sera simple.

– Deal !

– Oublier aussi, c'est mentir ! s'écrie Heidi qui se lève, furieuse.

Hors d'elle, elle se précipite vers la maison sans attendre de réponse.

– Laisse tomber, Connor, moi j'adore ce plan, dit Alana.

Evan, lui, me jette un regard réprobateur et pointe légèrement son menton vers la maison.

– Tu ne peux pas la laisser comme ça, fais quelque chose.

Mouais, peut-être. Après quelques rendez-vous un peu chauds, Heidi et moi en sommes revenus à une relation platonique. L'été s'est passé plutôt cool. Je ne sais pas pourquoi, tout à coup, le vent a tourné. Elle ne décolère pas et, apparemment, c'est ma faute.

– C'est une grande fille, je lui réponds.

Heidi défend ce qu'elle croit être son territoire, ça lui passera. On est amis depuis le cours préparatoire, elle ne peut pas m'en vouloir éternellement.

– Bref, réponse finale pour le clone ? me demande Evan, visiblement impatient.

Je porte la bouteille de bière à mes lèvres, j'en bois une gorgée, puis je hausse les épaules et dis :

– C'est parti !

Chapitre 4
MACKENZIE

Le samedi soir, la première semaine de première année derrière nous, Bonnie m'emmène en ville. « Pour prendre le pouls du coin », comme elle dit.

Jusqu'à présent, notre colocation se passe super bien. En fait, mieux que je ne l'aurais cru. Enfant unique, je n'ai jamais vécu ailleurs que chez mes parents et je craignais un peu de partager un espace avec une parfaite inconnue. Mais Bonnie est facile à vivre. Elle nettoie après elle et me fait beaucoup rire avec son inépuisable insolence, tellement typique du Sud. Elle est la petite sœur que je ne pensais pas vouloir.

Depuis qu'on a quitté le campus, elle n'a fait que renforcer ma théorie selon laquelle elle est une sorte de magicienne. Cette fille a des pouvoirs dont tout le monde rêve. À peine nous étions-nous approchées du bar de ce trou perdu, avec des culottes suspendues aux poutres et des plaques d'immatriculation collées aux murs, que trois gars ont traversé la salle pour nous offrir nos verres. Tout ça pour un sourire de Bonnie. Depuis, je les vois tomber sous son charme l'un après l'autre, sans qu'elle ait besoin de lever le petit doigt.

Un simple clin d'œil, un petit sourire, un mouvement de cheveux, et les voilà prêts à renier leur mère.

– Vous êtes nouvelles ici ? demande le dernier mec qui s'est approché de nous.

C'est un type à l'allure sportive, avec un tee-shirt trop petit pour lui, sentant trop fort le déodorant, et qui me hurle dans l'oreille en essayant de couvrir la musique. Même si c'est à moi qu'il parle, il ne peut s'empêcher de mater Bonnie qui parle avec animation avec les autres mecs. À mon avis, vu le bruit qui nous entoure, aucun d'entre eux ne la comprend, mais ça n'a pas l'air de les gêner.

– Ouais…

Je réponds, le visage collé à mon portable en envoyant un texto à Pres. Ce soir, il joue au poker chez un pote.

Alors que je prête peu d'attention au mec dont le rôle est visiblement de s'occuper de « l'amie », je vois ses deux copains se diriger vers la piste de danse avec Bonnie.

De temps en temps, j'acquiesce d'un mouvement de tête et je lève les yeux de mon téléphone pendant qu'il tente vaillamment d'alimenter la conversation. Effort inutile, nous le savons tous les deux, vu le niveau sonore du groupe qui joue à plein volume.

Environ quarante minutes après que le grand costaud s'est éclipsé, je sens qu'on m'agrippe le bras.

– Je m'ennuie, laissons tomber ces types, hurle Bonnie à mon oreille.

– Oui, s'il te plaît ! je réponds tout en hochant la tête.

Elle mime une fausse excuse aux deux types qui s'accrochent à ses basques comme des canetons qui suivent leur mère, et nous attrapons nos verres avant de nous frayer un passage vers les escaliers. À l'étage, juste au-dessus de la scène où le groupe continue de jouer, nous trouvons une table avec suffisamment de place pour être à l'aise.

C'est moins bruyant ici, au moins on peut parler sans être obligées de hurler ni d'utiliser un langage des signes pour le moins rudimentaire.

– Ça ne t'allait pas ? je demande à Bonnie en faisant référence à ses dernières conquêtes.

– Je peux me faire ce genre d'abrutis par douzaines à la maison. On ne peut pas faire un pas sans tomber sur un joueur de foot universitaire.

Je souris en regardant mon verre. Les cocktails aux fruits ne sont pas vraiment ce que je préfère, mais c'est ce que Bonnie a demandé à ses soupirants.

– Alors, dis-moi, c'est quoi ton genre ?

– Tatouages, grand, brun et cabossé par la vie. Plus il est sentimentalement indisponible, mieux c'est. (Elle rayonne comme une gamine.) Si, en plus, il a un casier judiciaire et une moto, je plonge tout de suite.

Je manque m'étouffer, tellement je ris. Elle me fascine, cette fille. Je ne m'attendais pas du tout à cette réponse.

– On devrait peut-être chercher un autre bar. Un endroit avec plein de Harley dehors ! Je ne pense pas que nous allons trouver ton bonheur ici.

À mon avis, dans ce bar, le choix est très limité. Les types de Garnet sont plutôt du genre country club ou membres de fraternités. Il y a aussi quelques mecs en débardeur, genre qui arrivent de la plage. Pas un qui ressemble au rêve plein de cuir et de clous de Bonnie.

– Oh, j'ai fait mes recherches, dit-elle fièrement. La rumeur circule qu'il y a exactement ce qu'il me faut à Avalon Bay… les jumeaux Hartley.

– Quoi, des jumeaux ? je réponds en levant un sourcil.

– Oui, des mecs d'ici, ajoute-t-elle en hochant la tête. Mais tu sais, je ne suis pas gourmande, un seul me suffira. Mes chances sont simplement doublées avec une paire.

– Et ces jumeaux Hartley cochent toutes les cases du bad boy ?

– Ouais. J'ai entendu parler de leurs exploits par les filles du campus. (Elle s'en lèche les babines.) Et ce soir, j'ai bien envie de me glisser dans la peau d'un exploit, tu vois ce que je veux dire ?

Décidément, cette Bonnie m'amuse beaucoup.

– Tu ne les connais même pas, ces types. Ils sont peut-être très moches !

– Impossible, si c'était le cas, leurs noms ne seraient pas sur les lèvres de toutes les filles, ajoute-t-elle, guillerette. En plus, la fille au bout de notre couloir, Nina ou Dina, j'ai déjà oublié, m'a montré une photo d'eux. Ne t'inquiète pas, Miss Mac, ils sont parfaits.

J'éclate de rire.

– OK, j'ai compris. Je cherche une paire de jumeaux au look bad boy.

– Merci. Bon, et toi ?

– Moi ?

– Oui, toi.

– Je ne suis pas à la recherche d'un bad boy.

L'écran de mon portable s'allume à nouveau. Un texto de Preston m'informe qu'il va commencer une nouvelle partie.

Parmi les choses que j'apprécie chez Pres, il y a son côté prévisible. Je préfère que les choses soient cadrées. J'aime planifier, organiser, c'est mon tempérament. Un petit ami qui court dans tous les sens, qui n'a pas d'heure et ne respecte pas ses engagements, n'aurait pas de place dans ma vie. De toute façon, je n'ai pas l'impression que Bonnie soit sur le marché pour un investissement à long terme, je la sens plutôt à la recherche d'une transaction à court terme.

– Je dis ça, je dis rien, continue Bonnie en me faisant un clin d'œil. Tu peux compter sur moi, jamais je ne dénoncerais une colocataire si elle avait envie de s'amuser en faisant un petit extra.

– J'apprécie, merci. Mais j'ai tout ce qu'il me faut. Pres et moi, on se fait confiance. Je n'aurais jamais tenté une relation à distance si je n'avais pas été sûre de sa fidélité. Maintenant que nous sommes tous les deux à Garnet, une incartade me paraît plus inutile que jamais.

Elle me regarde d'un air bizarre, avec un petit sourire légèrement condescendant, même si je sais qu'elle ne me juge pas.

– Si je comprends bien, tu es du genre relation durable.

– Ouais. C'est vrai, je ne suis sortie qu'avec Preston. Mais même avec un autre, j'aurais fait pareil. La monogamie, c'est mon truc. Je ne vois pas l'intérêt d'aller voir ailleurs. Si tu veux sortir avec d'autres types, reste célibataire. Inutile d'entraîner quelqu'un dans une histoire.

– Eh bien, buvons à la différence de nos points de vue, ajoute Bonnie en levant son verre. Allez, on y va, j'ai des jumeaux à trouver.

Nous trinquons et vidons nos verres d'un coup sec.

Elle ne plaisantait pas. Pendant les deux heures suivantes, je me retrouve à courir derrière Bonnie, comme si je tenais en laisse un fin limier renifleur de bites. Elle me traîne d'un bar à l'autre à la recherche de ses jumeaux introuvables, tout en laissant dans son sillage d'innombrables victimes hypnotisées par sa seule présence. Les uns après les autres sont prêts à se jeter à ses pieds dès qu'ils aperçoivent ses fossettes. Je n'ai jamais eu de mal à attirer l'attention des mecs, mais à côté de Bonnie May Beauchamp, j'ai l'impression de n'être qu'un vieux tabouret de bar tout déglingué. Heureusement, j'ai un copain, sinon, il y aurait de quoi développer un complexe.

Je veux bien aider Bonnie dans la recherche de son bad boy, mais son obstination finit par m'ennuyer à mesure que la nuit s'avance. Si elle n'arrête pas, je crois que je vais l'assommer.

– C'est le dernier ! je la préviens en franchissant le seuil du Rip Tide, un nouveau bar sur la promenade. Si tes jumeaux ne sont pas là, tu devras te contenter du premier bad boy venu.

– Le dernier, c'est promis.

Bonnie m'adresse alors un de ces battements de cils dont elle a le secret. Comme tous les types qu'on a rencontrés ce soir, je fonds. Décidément, c'est impossible de lui en vouloir. Elle glisse son bras sous le mien et m'entraîne au milieu du Rip Tide.

– Allez ma poule, cette fois, c'est du sérieux. Je ne sais pas pourquoi, mais j'ai le pressentiment que nous sommes dans le bon.

Chapitre 5
COOPER

Elle est là.

Les planètes s'alignent avec notre plan. Je suis venu un samedi soir, avec des amis, écouter le groupe d'un pote au Rip Tide, quand je la vois. Elle est seule devant un mange-debout, placée sur mon chemin, comme si une puissance supérieure l'y avait mise.

Je la reconnais tout de suite. Et putain, elle était belle sur les photos, mais en vrai, c'est une bombe. Le genre de fille qui se détache des autres dans la foule. Superbe, avec de longs cheveux noirs et des yeux perçants qui brillent dans le feu des projecteurs de la scène. Même à distance, elle dégage une fraîcheur spontanée, une assurance naturelle. Vêtue d'un simple tee-shirt blanc noué à la taille et d'un jean, elle se distingue des autres par sa simplicité désarmante.

Tout ça aurait déjà suffi à attirer mon attention, même si elle n'avait pas eu ce corps de rêve. Des jambes incroyablement longues, une poitrine généreuse, des fesses bien rebondies. C'est simple, cette fille est mon rêve éveillé.

Alana se penche vers moi pour suivre mon regard vers l'endroit où se tient la copine de Kincaid.

– C'est elle ? Waouh… elle est encore plus belle en vrai.

Je sais.

– On se fait une clope rapide, avant le prochain groupe ? demande notre ami Tate.

Il se lève et passe la main dans sa tignasse blonde.

– Nan, on reste ici, répond Alana pour tout le monde.

– Coop ? insiste-t-il en me regardant.

Une fois encore, Alana répond à ma place.

– Cooper essaie de réduire les bâtons à cancer. Allez-y, ajoute-t-elle en faisant un geste de la main.

Suivi de Wyatt et de Ren, la copine de Wyatt, Tate s'éloigne en haussant les épaules. À peine ont-ils disparu qu'Alana se tourne vers moi.

– Raconte-moi, dit-elle d'un ton autoritaire.

– Raconter quoi ?

– Ton petit jeu, le plan. Allez, au moins les grandes lignes.

Elle remonte ses cheveux et pose le menton sur ses mains croisées, puis elle me fait des yeux de biche, non sans une pointe d'ironie.

– Va te faire foutre, je n'ai pas besoin d'un coach pour draguer.

– Peut-être, mais tu as besoin d'un plan, insiste-t-elle.

L'ennui avec Alana, c'est qu'une fois qu'elle a mordu sa proie, elle ne sait pas la lâcher. Elle continue :

– Tu ne peux pas juste la rejoindre et déposer ta bite sur ses genoux.

– Merci du conseil, je m'en serais douté.

Je termine ma bière et me lève de table. Alana m'arrête, déroule les manches de mon Henley noir et me passe sa main dans les cheveux.

– Qu'est-ce que tu fous, bordel ?

– Il faut mettre toutes chances de ton côté, dit-elle. Qui sait, cette fille est peut-être un peu prude et les tatouages, ça fait fuir les filles prudes. (Elle recule, me toise et fait un signe de la main.) C'est bon, tu es prêt. Vas-y, va la conquérir.

C'est toujours le même problème avec une bonne copine, elle se mêle de tout.

Avant de m'installer à sa table, je jette un rapide coup d'œil autour de la pièce pour m'assurer que Kincaid ne se cache pas quelque part. Je n'ai aucun scrupule quant à ma revanche, mais se battre dans un bar ne fait pas partie du plan. Ça marchera mieux si je peux m'immiscer incognito dans l'histoire jusqu'à ce qu'il soit trop tard pour qu'il intervienne. Je dois la conquérir avant même qu'il sache que l'ennemi est dans la place.

Heureux de savoir qu'elle est sortie sans son boyfriend ce soir, je me dirige vers sa table. Le visage collé sur son portable, elle ne me remarque pas jusqu'à ce que je lui tapote le bras.

D'une voix assez forte pour couvrir la musique des haut-parleurs, je lui demande :

– Hey ! Tu as besoin de ce tabouret ?

– Non, répond-elle, sans même quitter son écran des yeux. Vas-y.

Dès que je m'assieds, elle relève brusquement la tête.

– Oh… je pensais que tu le voulais pour une autre table. Mais, OK, pas de problème.

– J'ai fait un pari, je lui dis en me rapprochant.

Elle sent bon, un parfum entre vanille et agrumes. Tellement bon que j'en oublierais presque pourquoi je suis là. Elle ne m'a pas viré ni jeté son verre à la figure, ce qui est un bon début.

– Euh… quel genre de pari ?

Je devine une légère hostilité dans ses yeux avant que son expression se radoucisse. Je la sens ensuite plus détendue. À voir comment elle me dévisage, je sais que je commence à l'intriguer.

– Et si je te disais que, dans moins d'une heure, tu auras quitté ce bar avec moi ?

– Je te répondrais que j'admire ton culot, mais que tu ferais mieux de choisir une autre cible.

– Tope là ! Si je comprends bien, nous avons un pari.

Je la fixe droit dans les yeux en lui tendant la main. Je trouve que le meilleur moyen de vraiment connaître une personne est de la provoquer et de voir ensuite comment elle réagit.

– J'ai un copain, me dit-elle, distante, en ignorant ma main. Tu as déjà perdu.

Je la fixe à nouveau avec insolence.

– Je ne t'ai pas parlé de ton copain !

Pendant un instant, elle est décontenancée. Bien sûr qu'elle l'est, personne ne lui parle de cette façon, et certainement pas son connard de copain. Les filles comme elle ont l'habitude d'avoir des parents qui répondent à leur moindre désir et des domestiques qui les attendent au garde-à-vous. Comme mon image s'installe petit à petit dans son esprit, je sens arriver le moment où elle décide que je suis plus intéressant que ce qu'elle regardait sur son téléphone.

Elle l'éteint et le range.

Je m'y attendais. Toutes les filles fortunées de bonne famille sont curieuses de savoir ce que ça fait de sortir avec un mec qui habite du mauvais côté de la barrière dorée.

– C'est une plaisanterie ? me demande-t-elle en regardant autour d'elle. C'est Bonnie qui est à l'origine de ça ?

– Je ne connais pas de Bonnie. Je m'appelle Cooper.

– Mackenzie, répond-elle, visiblement étonnée. (Elle se demande encore si c'est un piège.) Mais tu sais, tu perds ton temps, j'ai vraiment un copain.

– Tu te répètes.

Cette fois, quand je me penche, elle ne recule pas. La distance entre nous s'est réduite à quelques centimètres. Peu à peu, l'espace qui nous sépare s'amenuise.

– Dans la majeure partie du monde civilisé, ça compte, dit-elle doucement

– J'ai beau regarder autour de moi, je ne vois pas ce type qui te préoccupe tellement.

Sur son visage amusé, je sens naître le doute. Elle connaît parfaitement son pouvoir de séduction. C'est clair, elle a l'habitude que les hommes lui courent après. Malgré tout, je perçois un certain malaise, je l'ai déstabilisée. Elle réfléchit, elle hésite. J'ai rencontré des tonnes de filles comme elle, couché avec quelques-unes et je sais qu'en ce moment les fantasmes les plus fous commencent à germer dans sa tête. Et si… doit-elle penser secrètement.

– Je suis avec ma coloc ce soir… C'est une sortie entre filles.

Il y a encore de la combativité dans sa voix, de la détermination de tenir bon ou du moins de donner l'impression de le faire. C'est une femme qui n'a jamais joué la cible facile.

– Mouais… tu as l'air de passer une nuit de folie, je lui dis en pointant son verre d'eau. On a le complexe de la petite fille sage et bien rangée, hein ?

– Je meurs d'envie de savoir comment le fait de me rabaisser va te faire gagner ton pari.

– Ne bouge pas, tu verras bien.

Elle lève son verre d'eau.

– C'est que j'appelle être une bonne copine. J'ai déjà atteint mon quota d'alcool de deux verres.

– Si tu le dis, princesse.

– En fait, j'essaie de garder un œil sur ma coloc, avoue-t-elle en faisant tourner sa paille.

– Et si je trouvais que tu as l'air seule ?

Elle penche la tête, l'air pensive. Je sens tout un mécanisme qui s'est mis en branle dans sa tête : elle me toise, elle me teste, elle m'analyse.

– Pourquoi je me sentirais seule ?

– Arrêtons ces conneries.

Elle acquiesce en souriant.

– Oui, faisons ça.

– Tu es une très belle fille, seule dans un bar bondé, le visage collé à son téléphone parce qu'elle voudrait être ailleurs. Peu importe où, le problème, c'est que quelqu'un s'y amuse sans toi pendant que tu es là, assise, à porter ton ennui comme un badge de loyauté. Tu penses sans doute qu'être malheureuse prouve combien tu restes une fille droite et honnête. Donc oui, je crois que tu te sens seule. Au fond de toi, tu as tellement envie de t'amuser que tu es secrètement heureuse que je sois là. Et, dans la partie la plus sombre de ton cerveau, tu aimerais bien que je te donne une raison de lâcher prise.

Mackenzie ne répond rien. Avec la tension qui grandit peu à peu dans l'espace étroit qui nous sépare, je vois le trouble envahir ses yeux. Elle réfléchit à tout ce que je viens de lui dire en écrasant la paille dans son verre d'eau.

Si elle décide de me dire d'aller me faire voir, c'est maintenant. Je viens de la bousculer, donc si elle ne me dit pas de dégager, ça veut dire qu'elle pense que je n'ai pas tout à fait tort. Si elle me dégage, alors le chemin qui s'ouvre à elle est parsemé d'embûches. Il n'y a pas de règles, et pour quelqu'un dont la vie est balisée depuis l'enfance, c'est un terrain dangereux. Être riche signifie souvent ne jamais avoir à penser par soi-même. Si elle choisit de me suivre, son avenir sera moins prévisible.

Je la sens toujours dubitative quant à mes motivations, mais je la vois aussi de plus en plus intriguée.

– D'accord, dit-elle finalement, je prends le pari. Je te préviens, si tu penses que tout ça va finir par me mettre dans ton lit, tu peux payer tout de suite.

– Compris. Je ne voudrais surtout pas te tenter avec une partie de plaisir.

Elle lève les yeux au ciel et peine à cacher un sourire.

– Je t'assure, même de là-bas, je pouvais sentir l'ennui qui t'envahissait, j'ajoute en faisant un signe de tête en direction de la table où Alana et nos amis ont bien du mal à faire semblant de ne pas nous observer. Sincèrement, je tente juste un protocole de modération. Si ton comportement ne s'améliore pas, nous allons devoir te demander de partir avant que ta déprime nous contamine.

– Oh, dit-elle en prenant un air faussement sérieux, s'il s'agit d'une urgence médicale, c'est différent. Va pour le protocole. Et, vite, s'il te plaît.

Au moins, elle a de la repartie. J'ai eu peur d'avoir affaire à une de ces pimbêches coincées qui n'arrivent pas à aligner deux phrases si elles ne parlent pas chiffon ou manucure. En m'embarquant dans cette histoire, j'ai pensé que j'allais me retrouver face à l'une de ces typiques petites garces qui se croient tout permis, mais cette fille me semble plutôt normale, sans prétention.

– Alors, dis-moi, pourquoi as-tu décidé de sortir ce soir ?

Plus je la fais parler d'elle, plus les barrières vont tomber, plus elle aura l'impression de garder le contrôle.

– Ma coloc est à la recherche de jumeaux.

Non… je rêve ! Son regard fait le tour du bar à la recherche de l'insaisissable coloc.

– Pour le jeu ou pour consommer ?

Son regard fait le tour du bar à la recherche de l'insaisissable coloc.

– Un peu des deux. Elle a un faible pour les marginaux, avec une forte personnalité, et elle s'est mis en tête que les jumeaux répondaient à ces critères. Personnellement, je pense qu'une poussée d'herpès ne vaut pas le selfie du lendemain sur Instagram. Mais qu'est-ce que j'en sais !

J'ai du mal à garder mon sérieux. Tout est trop parfait. Je me sens presque mal de lui jouer un tel tour. Bon, elle a aussi suggéré que j'avais un herpès ? Donc, ça compense.

– Tu les connais, ces jumeaux ? je lui demande d'un air innocent.

– Non, mais ils ont une telle renommée que leur réputation sur le campus est arrivée aux oreilles d'une première année, dès la rentrée. Je ne te dis pas les horreurs qui doivent circuler sur eux ! (Elle prend un air dégoûté. Si je ne m'amusais pas autant, j'aurais pu me vexer.) Des mecs comme ça qui couchent à droite à gauche peuvent remplir une boîte de Petri[5] avec leurs germes de MST.

– C'est sûr, je réponds d'un ton solennel, tu as le nom de ces patients zéros ?

– Les Hartley, ce sont des locaux. (Tout à coup, son visage s'illumine.) Tu ne les connaîtrais pas, par hasard ? Bonnie serait ravie d'avoir un indice pour sa recherche. Ce sont peut-être des amis à toi ?

Je piaffe d'impatience en attendant la suite.

– Nan… oublie ces mecs. (Je lutte pour ne pas exploser de rire.) Ce sont de belles ordures, ces deux-là.

– Mac ! J'ai besoin d'un dernier verre et ensuite, on… Oh !

Une petite blonde s'approche de nous et s'arrête net en me dévisageant. Elle se retourne brutalement vers Mackenzie,

5. Boîte cylindrique transparente peu profonde, utilisée pour la mise en culture de micro-organismes, de bactéries ou de cellules d'organismes supérieurs.

rouge comme une tomate. Quelques secondes d'un va-et-vient silencieux de questions-réponses entre les deux filles avant que Mackenzie m'attrape le poignet, remonte ma manche et découvre mes tatouages.

– Oh, putain… me lance-t-elle, hors d'elle. Non ! C'est dégueulasse. Tu savais que je parlais de toi et tu m'as laissée continuer sans broncher.

– Je ne rate jamais un show gratuit, je réponds, me laissant enfin aller à rire.

Sa coloc se glisse sur le tabouret à côté d'elle et nous observe attentivement. Il me vient tout à coup à l'esprit que son irruption peut poser un problème. Soit la fille fout mes plans en l'air en mode « désolée, j'étais preum's », et dans ce cas, elle écarte Mackenzie avant que j'aie pu tenter ma chance, soit elle peut être un joker dans cette impasse. Il faut qu'elle soit de mon côté pour que j'arrive à mes fins. Heureusement j'ai un atout de taille : un deuxième moi.

– Tu m'as tendu un piège. (Cette fois, Mackenzie me prend de haut.) Tu m'as trompée avec l'intention de me nuire. C'est moche. Notre conversation est nulle et non avenue. On ne s'est jamais rencontrés. Je ne te connais pas.

Je m'écarte de la table en essayant de ne pas éclater de rire.

– Wouah ! Ça fait beaucoup de choses à digérer, je vais avoir besoin d'un verre pour m'en remettre. Une tournée ?

Je m'adresse à sa coloc qui n'arrête pas de me regarder, éperdue d'admiration.

– Oui, s'il te plaît…

Mackenzie s'apprêtait à dire non, mais elle lui lance un regard suppliant, merci.

Je vais au bar. Et je vois Alana qui se lève de la table où sont réunis nos amis pour me suivre. Elle fait un détour pour passer devant Mackenzie et sa coloc pendant que je commande les bières.

– On dirait que tout s'est bien passé, me dit-elle en arrivant près de moi.

– Elle est cool, je réponds en haussant les épaules. Un peu grande gueule, mais ça ne m'a jamais arrêté.

Le groupe qui jouait s'est tu, une brève accalmie s'installe dans le bar. On diffuse de la musique enregistrée pendant que le groupe suivant prend ses marques. Alana en profite pour se commander un verre.

– Ouais, mais bon, ne t'attache pas, dit-elle en se commandant un shot.

– Détends-toi, je viens juste de la rencontrer.

S'attacher n'a jamais été mon fort. En grandissant, j'ai appris que tout est temporaire. Inutile de trop s'investir, c'est plus simple ; les choses restent claires et ça évite des problèmes.

– Je les ai entendues discuter, ajoute Alana en avalant son shot et en grimaçant sous l'effet de l'alcool. La blonde disait « il est à toi, si tu le veux », l'autre a répondu « non, vas-y ! toi », alors… (Elle se retourne vers la salle et s'appuie contre le bar pour regarder la table des filles.) Tu as encore pas mal de boulot sur ce coup-là.

– L'histoire est un peu longue, mais je risque de devoir pousser Evan dans les bras de la blonde.

– Comment va-t-il gérer ça ? demande Alana en levant les yeux au ciel.

La coloc est sexy, c'est sûr, mais elle n'est pas mon genre. Elle fait la moitié de ma taille et je déteste me casser le dos pour embrasser une fille.

Le barman revient avec les verres que j'ai commandés, je les prends et, quand je retourne à la table des filles, j'entends Alana me crier : « Allez, tu l'auras, mec ! » J'ai sous-estimé l'horreur que je vais vivre, à faire de ma vie sexuelle un spectacle pour tous.

Je pose les boissons sur la table avant de m'asseoir. En voyant Mackenzie mettre son eau de côté pour attraper sa bière, je sais qu'elle est dans le jeu. Si c'était trop pour elle et qu'elle avait voulu s'enfuir, elle l'aurait fait avant que je revienne.

– Cooper Hartley, je dis en tendant ma main à la coloc qui continue à me dévisager, bouche bée.

Elle me serre la main en la laissant traîner dans la mienne autant que possible.

– Bonnie May Beauchamp, répond-elle avec un fort accent du Sud. Je suppose que ton frère n'est pas dans les parages.

– Non, il est probablement en train de s'attirer des ennuis ailleurs, je ne peux pas le sortir, le gamin.

En fait, il escroque des gosses de riches au billard, un peu plus loin. C'est pratiquement son second job.

– Dommage, répond Bonnie avec une moue espiègle.

C'est clair que cette petite Bonnie est une boule de feu, une énergie sexuelle émane d'elle par tous les pores de sa peau.

– On espérait que tu avais des infos sur l'after, n'est-ce pas, Mac ? Un endroit plus intime peut-être ?

Mackenzie regarde sa coloc, médusée. Je me retiens de rire. Si elle refuse, elle empêche son amie de prendre du bon temps. Situation délicate, n'est-ce pas, Mac ? Bonnie et moi devenons vite amis. Voilà qui va être plus facile que je l'espérais. Je reprends :

– Plus intime, tu dis ?

Mackenzie me jette un regard pensif, elle vient de réaliser qu'elle n'avait aucune chance de gagner à notre petit jeu. Je me sentirais mal si j'en avais quelque chose à faire. Cette fille est super sexy, et plutôt sympa, mais je n'ai pas oublié pourquoi je suis ici. Elle n'est qu'un moyen d'arriver à mes fins.

– Je connais un endroit…

Il est trop tôt pour les inviter à la maison. Trop brutal, je sais instinctivement que ce n'est pas la bonne stratégie. Elle a besoin d'une approche plus délicate De construire une relation. De devenir amis. Je sais être patient quand il le faut, je vais la laisser venir à moi. Ma mission est de la faire rompre avec Kincaid. Pour que ça marche, il faut qu'elle s'investisse d'elle-même.

– On est bien ici, dit Mackenzie d'un ton un peu agressif.

– Je vais envoyer un texto à mon frère, pour voir s'il ne préférerait pas avoir des ennuis avec nous plutôt que là où il est, ça vous va ?

– Je suis partante, s'empresse de répondre Bonnie.

Puis elle regarde Mackenzie avec des yeux qui ont l'air de dire « Oh… oh, papa, je peux avoir un poney ? ».

– Je ne sais pas, répond-elle en regardant son téléphone. Il est presque une heure du matin et mon copain est probablement chez lui à attendre que je l'appelle.

– Il s'en remettra, insiste Bonnie. (Son ton suppliant devient plus pressant.) Mac, s'il te plaît…

– Allez, princesse, vis un peu !

Mackenzie pèse le pour et le contre en silence. Pendant un instant, moi aussi, je me pose des questions. Peut-être ai-je fait une erreur de jugement la concernant. Peut-être n'est-elle pas cette petite fille riche qui s'ennuie en attendant de s'éclater. Peut-être est-elle encore capable de se lever et de partir sans se retourner.

– Bon, OK… Une heure max.

Ouf ! Je la tiens toujours.

Chapitre 6
MACKENZIE

Je ne sais plus très bien comment nous sommes arrivés ici. Le fait est que je me retrouve autour d'un feu rougeoyant, avec Bonnie, Cooper et Evan, son vrai jumeau. Le bruit des vagues et de la marée couvre celui de la promenade. De petites étincelles s'échappent des braises qui vacillent dans l'air tiède venu de l'océan. Au loin, des lumières scintillent derrière les dunes de sable et se reflètent sur l'eau.

J'ai clairement perdu la tête. C'est comme si quelqu'un d'autre était entré dans mon cerveau quand j'ai accepté de laisser cet étranger nous entraîner dans la nuit. Maintenant, alors que j'observe Bonnie s'acoquiner avec son bad boy, un certain malaise m'envahit peu à peu. Pas de doute, il vient de l'autre côté des flammes, là où est assis Cooper.

– Tu me fais marcher, s'exclame Bonnie.

Assise à côté de moi, les jambes croisées, elle rit comme une folle.

– Non, je ne te raconte pas de conneries ! insiste Evan en levant les bras pour montrer sa bonne foi. Imagine la scène : Coop est assis avec cette satanée chèvre à l'arrière de la voiture de police, elle a peur et se débat. Elle finit par lui donner un coup de sabot au front, et Coop pisse le sang. Il tente de calmer la chèvre, mais ça glisse sur la banquette à cause du sang. Il y en a partout, sur lui, sur la chèvre, sur les fenêtres. Et moi, j'essaie de me concentrer au volant de cette voiture de flics volée. Pendant ce temps-là, les sirènes hurlent et les gyrophares clignotent derrière nous. Tu vois le tableau ?

Cette fois, c'est moi qui éclate de rire en l'entendant raconter cette histoire de dingues, en gesticulant dans tous les sens. Evan semble plus enjoué que son frère qui est plus froid. Physiquement, ils se ressemblent vraiment, mais c'est facile de les différencier : les cheveux d'Evan sont plus courts et il n'a pas les bras tatoués.

– Et on les entend à la radio, ajoute Cooper. (L'ombre et la lumière, qui dansent à travers les flammes, rendent son visage plus que séduisant.) Attention, hurlent-ils, deux jeunes cinglés ont volé une chèvre et une voiture. Établissez un périmètre de sécurité, verrouillez le pont. Et nous, on se dit : Merde ! Comment se débarrasser de cette caisse ?

Je n'arrive pas à détacher mon regard de ses lèvres. De ses mains. De ses bras musclés. J'essaie de suivre les contours de ses tatouages quand il fait des gestes dans l'air. C'est une torture, attachée sur une chaise, rendue à moitié folle à force de regarder ses yeux sombres et son sourire si désarmant. Evan a beau avoir exactement le même visage, pour une raison que j'ignore, il ne me fait pas le même effet. Pas du tout. Je n'ai d'yeux que pour Cooper.

– Nous avions à peine treize ans, quand nous nous sommes lancés dans cette course-poursuite à travers la ville, continue Evan. Tout ça, parce que Steph a vu cette chèvre enchaînée dans une cour et qu'elle a sauté par-dessus la barrière pour la libérer juste au moment où le propriétaire sortait avec un fusil de chasse. Coop et moi, on a tout de suite pensé, putain… si ça continue, elle va vraiment se prendre une balle dans le cul à cause de cette foutue chèvre.

– On a sauté la barrière pour la rejoindre et j'ai éclaté le cadenas avec un marteau.

– Vous aviez un marteau avec vous ?

C'est à peine si je reconnais ma voix. Accaparée par leur histoire, je cherche ma respiration, mon cœur s'emballe, même si je suis restée assise tout le temps, parfaitement immobile.

– Ouais. (Il me regarde comme si ma question lui paraissait bizarre.) C'était un cadenas bon marché, j'ai tapé plusieurs fois sur le côté et il s'est brisé. Evan a attrapé la chèvre et on a évité de prendre du plomb, parce que le proprio était bourré comme un coing et qu'il n'arrivait pas à viser.

– Mais d'où venait la voiture de police ? demande alors Bonnie.

– On était en train de fuir avec cette chose en laisse quand un flic nous coince. Evan s'anime de plus en plus, faisant des grands gestes avec la bouteille de bière qu'il tient dans la main. À ce moment-là, il sort son taser, mais on est trois, plus la chèvre. Il hésite, il ne sait pas qui viser. Il avait la porte de sa bagnole ouverte. Là je me suis dit : tant pis, allez je monte dedans.

– Evan et moi, on plonge à l'intérieur, Steph court autour pour faire diversion. Tout ça pour dire que la chèvre a fini par me blesser en se débattant et que je ne suis pas loin de me sentir mal quand Evan me dit : « Frérot, il faut abandonner cette caisse quelque part et se casser vite fait ! »

– Et la chèvre, alors ? Que lui est-il arrivé ?

Cette fois, c'est moi qui pose la question, sincèrement intéressée par le sort de ce pauvre animal. Les yeux toujours rivés sur Cooper, j'ai peur que tout le monde remarque à quel point je suis troublée.

– Evan s'engage alors sur une route de sortie d'urgence qui traverse le parc national. Il réussit à faire sortir la bête de la banquette arrière et la laisse filer dans la forêt. Il me laisse là sur le sol, à côté de la voiture, inconscient. Quand les flics arrivent, ils me découvrent comme ça, couvert de sang. Ils pensent que je suis mort et paniquent. Ils appellent tout de suite une ambulance et, quand je me réveille, je suis à l'hôpital. Dans la confusion générale qui règne autour de moi, je parviens à foutre le camp de là et finis par rejoindre Evan à la maison… comme si rien ne s'était passé.

– Et toi, ils ne t'ont jamais attrapé ? demande Bonnie qui n'arrête pas de rigoler.

– Mais non, répond Evan, j'en suis sorti indemne.

– Si je comprends bien, tu as laissé une chèvre toute seule dans les bois.

Je les regarde fixement tous les deux, amusée mais horrifiée.

– Que pouvait-on faire d'autre avec elle ? bafouille Cooper.

– Surtout pas ça ! Oh mon Dieu, la pauvre chèvre… Maintenant, je vais faire des cauchemars en pensant à cette petite bête, bêlant seule dans la forêt sombre, une proie facile pour un puma ou une autre bête sauvage.

– Tu vois, s'exclame Evan en attrapant le bras de son frère. Je te l'ai déjà dit, il ne faut pas laisser les filles nous convaincre de jouer les héros. Elles ne sont jamais satisfaites.

Malgré tout, l'image de ces deux-là traversant la ville, à peine capables de voir par-dessus le volant, avec une chèvre paniquée qui se débat dans tous les sens, m'amuse beaucoup.

Nous restons là, près du feu, à échanger nos petites histoires idiotes. Comme celle de Bonnie qui, avec son équipe de pom-pom girls du lycée, avait transformé l'escalier d'un grand hôtel en toboggan lors d'une compétition en Floride. Ou cette autre fois, pendant des vacances avec une amie et sa famille, où on avait rencontré des garçons et failli mettre le feu au camping en jouant avec des feux d'artifice.

Arrive enfin le moment que Bonnie a attendu toute la soirée. Evan attrape la couverture qu'il a récupérée plus tôt dans sa voiture et lui demande si elle veut aller se balader. Ces deux-là se font les yeux doux depuis qu'on est arrivés ici. Avant de partir, Bonnie se retourne vers moi et s'assure que je suis OK pour rester seule. Je lui fais un petit signe de la tête. Même si je suis terrifiée à l'idée de rester seule avec Cooper, j'en ai aussi très envie.

– Eh bien voilà, mon boulot de la soirée est terminé, je dis, en essayant d'avoir l'air la plus naturelle du monde.

Cooper rassemble les braises et arrange les bûches avec un bout de bois.

– Ne t'inquiète pas, elle est en sécurité avec lui. Il parle comme un voyou, mais Evan n'a rien d'un mauvais garçon.

Je me lève et prends la place d'Evan sur le sable à côté de Cooper. Je sais, je ne devrais pas… mon petit côté maso, sans doute. Je ne sais pas si c'est lui ou l'odeur enivrante du bois flotté qui brûle, mais j'ai la tête qui tourne. Pourtant, je n'ai bu qu'une seule bière.

– Je ne suis pas inquiète. Honnêtement, vous n'êtes, ni l'un ni l'autre, ce à quoi je m'attendais. Dans le bon sens du terme, bien sûr.

Humm, je réalise que cette phrase ressemble à de la drague, je rougis en espérant qu'il ne prenne pas ce commentaire pour une marque d'intérêt.

– Mouais… n'empêche que j'attends toujours des excuses pour ta mauvaise blague sur l'herpès.

– OK, je plaide le cinquième amendement[6].

J'essaie de garder mon sérieux.

6. Le cinquième amendement de la Constitution américaine donne au citoyen le droit de rester silencieux quand la police l'interroge.

– Alors c'est comme ça, hein ?

Il arque un sourcil, me défiant d'un air bravache.

– Je ne sais pas de quoi tu parles, je réponds en haussant les épaules.

– Très bien. Je vois. Souviens-toi de ça, Mac. Quand tu as eu la chance d'être la plus mature.

– Ohhh, je me moque. Alors c'est la guerre maintenant, hein ? Ennemis jurés jusqu'à la mort ?

– Moi, les problèmes, je ne les crée pas, je les résous.

Il fait sa tête de gros dur et me jette du sable sur les pieds.

– Humm… très mature comme geste.

– Maintenant, revenons à ce pari, princesse.

Là, je ne sais plus trop quoi répondre. Rien que ce surnom dans sa bouche provoque en moi un trouble que je ne peux ignorer.

Cooper est sexy.

Vraiment sexy.

Et ce n'est pas seulement à cause de son visage dur et anguleux ni de ses yeux sombres et profonds qui ont l'air de venir d'un autre âge. Il y a aussi chez lui un certain je-m'en-foutisme qui me touche beaucoup. Même si, dans la lumière du feu, il y a quelque chose de presque inquiétant. Comme un couteau dont les flammes feraient briller la lame. Ce qui ne fait que rajouter à son indéniable magnétisme.

Je ne me souviens pas d'avoir été attirée par un homme d'une façon aussi viscérale, si ça ne m'est jamais arrivé. Je n'aime pas ça. Pas seulement parce que j'ai un copain mais parce que mon pouls s'emballe, que mes joues s'enflamment et que je déteste cette sensation de ne plus contrôler mon corps.

– On n'a jamais fixé les enjeux, marmonne Cooper.

– Alors, tu veux quoi ?

– Donnant-donnant, je n'ai pas que des qualités, mais je sais tenir parole.

– Tu veux qu'on s'embrasse ?

Je la joue cool, mais mon pouls passe à la vitesse supérieure.

– Quoi d'autre ?

– J'ai pensé que c'était trop tôt pour une pipe, mais puisqu'on en parle, tout est négociable.

Je souris malgré moi.

– Eh bien… tu n'as pas froid aux yeux.

Je ne sais pas comment il s'y prend, mais il arrive à détendre la tension qui s'était installée, à effacer la gêne dans nos échanges et à me faire perdre peu à peu le contrôle de moi-même.

– J'ai compris, dit-il avec un sourire sexy. Tu es bonne en négo, je vais te bouffer le minou en premier.

– Mouais… là, je pense que nous sommes dans une impasse.

Il me regarde, les yeux mi-clos. Je sens qu'il me déshabille dans sa tête.

– OK ? Comme tu veux, le point est pour toi. Mais tu m'en dois une.

***

Quelques instants plus tard, mon portable vibre dans ma poche. À ce moment-là, Cooper et moi sommes plongés dans une discussion sur les implications socio-économiques des pâtisseries. Je jette un coup d'œil à mon téléphone pour m'assurer que ce n'est pas Bonnie qui a besoin d'aide, mais c'est juste Preston qui dit qu'il est rentré de sa partie de poker.

– Pas du tout, argumente Cooper. La pâtisserie est réservée aux gens riches. Tu ne verras jamais quelqu'un qui gagne le Smic entrer dans une boulangerie et acheter plein de croissants. Peut-être des donuts, une petite tarte, des biscuits sortis d'une boîte ou un truc comme ça, mais certainement pas une merde de scone.

– Désolé, mais un donut, c'est une pâtisserie et une boutique de donuts, c'est une sorte de boulangerie.

– Foutaises ! Il y a cinq boulangeries-pâtisseries dans cette ville et trois d'entre elles ne sont ouvertes que l'été. Tu en dis quoi ?

– Simplement que la population augmente pendant la saison touristique et que ces magasins ouvrent quand la demande se fait sentir. Ce qui ne prouve rien sur le public qui les fréquente.

Il rigole, en jetant du bois dans le feu.

– Tu dis n'importe quoi.

Même si on donne l'impression de s'engueuler, le sourire narquois sur ses lèvres me dit qu'il s'amuse. Se disputer est pratiquement un passe-temps chez moi, je suis donc assez douée pour ça. Je ne sais pas où Cooper a appris à argumenter de cette façon, mais il a du répondant. Bien entendu, aucun de nous ne veut céder.

– Tu n'es pas le pire clone que j'aie rencontré, dit-il.

Bonnie et Evan ne sont toujours pas revenus. La promenade derrière nous est maintenant plus tranquille. Malgré l'heure tardive, je ne me sens pas fatiguée. Au contraire, je déborde d'énergie.

– Clone ? je réponds, ironique, qu'est-ce que c'est que ça ?

– C'est comme ça qu'on appelle les gens riches, ici. Vous êtes tous les mêmes.

Il semble perdu dans ses pensées, ses yeux brillent sous le clair de lune.

– Mais peut-être que tu n'es pas tout à fait comme les autres.

– Je ne sais pas si c'est un compliment insultant ou une insulte élogieuse.

Cette fois, c'est moi qui lui envoie du sable.

– Non, justement, je voulais dire que tu n'es pas celle que je croyais. Tu es plutôt cool. Franche, directe.

Il continue à me dévisager. Tous les jeux et les faux-semblants sont oubliés. Je ne vois plus que de la sincérité dans ses yeux. Le vrai Cooper. Il continue :

– Tu n'es pas une de ces connasses coincées tellement occupées d'elles-mêmes qu'elles ne savent plus regarder le monde qui les entoure.

Il y a quelque chose dans sa voix, c'est plus que l'agacement superficiel envers les touristes yuppies et les riches abrutis. On dirait une vraie douleur.

Je lui envoie un coup de coude pour détendre l'atmosphère.

– Je comprends. J'ai grandi parmi ces gens. Tu peux penser qu'à un moment on ne remarque plus leur comportement, mais non. Pourtant, ils ne sont pas tous mauvais.

– Ton copain, c'est quoi son histoire ?

– Preston ? En fait, c'est un type de la région, sa famille vit sur la côte. Il va à Garnet, évidemment. Études de business et finance.

Cooper prend un air sarcastique.

– C'était pas la peine de préciser.

– Il n'est pas si mauvais. Je pense qu'il n'a jamais fait de squash, j'ajoute pour rigoler, mais la blague ne prend pas. C'est un type bien, pas le genre à être un con avec un serveur ou un truc comme ça.

Cooper ricane.

– En gros, tu es en train de me dire que ton Preston est gentil avec les petites gens. Tu ne trouves pas ça révélateur ?

Je soupire. Je ne dois pas savoir comment m'y prendre pour parler de mon copain à un mec que je viens de rencontrer. Surtout quand Cooper est clairement hostile à toute notre éducation.

– Ça va peut-être t'étonner, mais je pense que si tu lui donnais une chance, vous pourriez vous entendre. On n'est pas tous des crétins, je lui fais remarquer.

– Nan, je n'y crois pas. (Son expression s'est radoucie, ce que je prends pour un bon signe.) En fait, tu es l'exception qui confirme la règle, la seule fille sympa que j'aie jamais rencontrée à Avalon Bay depuis que je suis né.

– Dans ce cas, je serais contente de partager avec toi certaines qualités des gens qui me ressemblent.

– Je ne demande qu'à voir, répond-il, amusé.

– Vraiment ? Voilà qui ressemble drôlement à une invitation. Tu pourrais imaginer devenir ami avec… (je marque un temps pour l'effet) une clone ?

– Aucune chance. Appelle plutôt ça une expérience où tu jouerais le rôle de cobaye.

– Et quel genre d'expérience allons-nous tenter ?

– On va voir si une clone peut être déprogrammée et redevenir une personne normale.

Je ne peux m'empêcher de rire. Ce que j'ai beaucoup fait ce soir. Cooper a parfois le regard menaçant d'un mauvais garçon, mais il est bien plus drôle qu'il en a l'air. Je l'aime bien.

– Alors, on va vraiment faire ça ?

Il passe sa langue sur sa lèvre inférieure sans équivoque.

– S'embrasser avec fougue ? Putain, oui ! Allons-y !

Je continue de rire.

– Non, être ami. Je te demande si on peut être ami ? Mon Dieu, Hartley… tu es complètement obsédé par le sexe oral, on ne te l'a jamais dit ?

– Premièrement, c'est toi qui en parles, pas moi. Mon Dieu… Il s'arrête net et demande : Au fait, quel est ton nom de famille ?

– Cabot.

– Mon Dieu… Cabot, répète-t-il en m'imitant. Comment veux-tu que je ne pense pas au sexe oral quand je suis assis à côté de la femme la plus sexy de la planète !

Je sens mes joues s'empourprer. Bon sang ! Cette façon directe qu'il a de s'adresser à moi est extrêmement sexy. J'ai la gorge sèche et j'essaie, du mieux que je peux, de ne laisser mon corps réagir ni à son assaut verbal ni à son compliment. Mackenzie, rappelle-toi, tu as un copain… et je commence à épeler intérieurement C. O. P. A. I. N.

Est-ce mauvais signe d'avoir eu à le faire un bon nombre de fois ce soir ?

– Deuxième point, continue Cooper, tu es certaine qu'on ne va pas sortir ensemble ?

– Affirmatif.

Il lève les yeux au ciel.

– Bon alors, troisième point : je suppose que je vais me contenter de l'amitié.

– Comme c'est gentil de ta part !

– N'est-ce pas ?

– Attends, peut-être faut-il reconsidérer le deal. J'ai peur que tu deviennes un ami qui demande trop d'attention.

– Là, tu dis une connerie, argumente-t-il. Je peux devenir le meilleur ami que tu aies jamais eu. J'en fais toujours plus que ce qu'on attend de moi. Regarde, j'ai même libéré des chèvres pour une amie. Tu peux en dire autant ?

– Des chèvres, au pluriel ? je dis en ricanant. Ne me dis pas qu'il y en avait plus d'une !

– Nan, il n'y en avait qu'une. Mais j'ai aussi volé un poisson rouge pour mon amie Alana.

– Génial ! Je suis amie avec un voleur ! Tu en as trop dit, j'ai envie de l'entendre, cette histoire de poisson rouge.

Je lui donne un coup de coude, il répond d'un clin d'œil.

– Ah, celle-là, c'est encore une bonne histoire.

Nous parlons encore pendant longtemps devant le feu qui s'éteint. À peine si je remarque que les lueurs du matin ont remplacé le noir profond de la nuit, quand j'aperçois Evan et Bonnie se dirigeant vers nous, l'air tout guillerets. À ce moment-là, je réalise que j'ai reçu plein de textos de Preston qui se demande ce qui a bien pu m'arriver. Oups !

– Prends mon numéro, me dit Cooper d'une voix rauque. Envoie-moi un message quand tu arrives au campus, que je sache si tu es rentrée saine et sauve.

Malgré la petite alarme qui sonne dans ma tête, je rentre son numéro dans mon portable. *Allez Mac, rien de bien grave*, je me dis intérieurement, histoire de me rassurer. Un petit texto en rentrant, et je supprime son numéro. C'était amusant de plaisanter sur notre amitié toute récente, mais je sais que ce n'est pas une bonne idée. S'il y a une chose que j'ai apprise des comédies romantiques, c'est qu'une simple amitié est tout simplement impossible avec quelqu'un qui t'attire. L'attirance en elle-même est inoffensive, mais nous ne sommes que des humains et la vie peut durer parfois longtemps. Un jour, c'est fatal, on est obligé de ressentir une attirance physique pour un autre qui n'est pas notre partenaire. En revanche, quiconque provoque volontairement cette tentation ne fait que chercher des ennuis.

C'est pourquoi, quand Bonnie et moi sortons en titubant de fatigue de notre Uber, j'ai pris la décision d'effacer Cooper Hartley de mon téléphone. J'envoie un bref message : **Rentrée !** Puis je clique sur son numéro et passe le doigt sur le mot « supprimer » quand un message de Cooper apparaît :

Cooper : Trop fun ! On se refait ça bientôt ?

Je lis et relis son texto en me mordillant les lèvres. Le souvenir de ses yeux sombres brillant dans la lumière des flammes, de ses larges épaules et de ses bras musclés, danse dans ma tête fatiguée et chatouille mon entrejambe.

Supprime-le ! m'ordonne une voix intérieure.

Une amitié avec ce type est sûrement une mauvaise idée, mais je ne peux pas m'en empêcher, je réponds :

Moi : J'apporterai les donuts.

Chapitre 7
MACKENZIE

Deux semaines seulement se sont écoulées depuis le début du semestre et j'en ai déjà marre. Ce ne serait pas si mal si je pouvais suivre des cours de business, de finances, de marketing et de droit des médias. Même un peu de codage web de base me ferait du bien. Au lieu de ça, aujourd'hui, je suis coincée dans un amphithéâtre à regarder le visuel d'un être poilu, mi-humain mi-singe, qui, franchement, ressemble beaucoup aux types assis trois rangs devant moi.

Les élèves de première année en cours de culture générale sont nullissimes. Des cours de socio ou de psycho auraient pu m'être utiles pour mon business, mais ils étaient complets. Je suis donc coincée en anthropologie. Ce qui, pour le cours d'aujourd'hui, consiste à visionner dix minutes de diapos de proto-humains tout bizarres et à quarante minutes de discussion sur la théorie de l'évolution. Rien qui puisse profiter à mon compte en banque. Quand mes parents m'ont poussée à venir à l'université, j'espérais pouvoir dégager du temps pour m'occuper de mon business. Optimiser *Boyfriendfails* et son site équivalent pour les garçons, cibler les mots-clés, vérifier les retours publicitaires, etc. Mais non.

Je me retrouve à prendre des notes parce que notre prof est du genre à estimer que le A, c'est la perfection... En conséquence, personne n'aura de A dans ce cours de débiles. Je suis donc obligée de m'investir dans ce que je considère comme une perte de temps si je ne veux pas me retrouver avec un C de moyenne en fin de semestre.

Ce n'est qu'en mettant le nez dehors, sous un soleil de plomb, que je réalise que mes doigts sont engourdis. Il faisait un froid polaire dans l'amphi. Je me dirige vers la cafète pour prendre un café et je m'assieds sur un banc en béton, tiédi par le soleil, sous un magnolia. C'est ici que j'ai rendez-vous avec Preston dans environ une demi-heure, j'ai donc un peu de temps à tuer.

Pour éviter de trop penser que je n'ai pas encore eu de nouvelles de Cooper aujourd'hui, je sirote lentement mon café en consultant des mails professionnels.

Je dis *pas encore*, parce que, depuis samedi soir, il m'a envoyé des messages tous les jours. Je sais donc que j'aurai des nouvelles de lui aujourd'hui, la seule question est quand ? La première fois qu'il m'a envoyé un texto, j'ai hésité avant de l'ouvrir, de peur qu'une photo de son bazar me saute à la figure. Ou peut-être que j'espérais que ça arriverait. Je n'ai jamais particulièrement aimé les photos de bite, mais...

Mais rien du tout ! crie une voix dans ma tête.

Allez, il n'y a pas de *mais*. Je n'ai pas envie de voir le pénis de Cooper Hartley. Point final. Sincèrement, pourquoi j'aurais envie de voir le pénis du magnifique bad boy tatoué avec qui j'ai passé une nuit entière à parler sur la plage ? C'est tout simplement ridicule.

Étrange, je n'ai plus froid. Au contraire, j'ai même trop chaud.

J'ai besoin d'une distraction très vite.

Quand je vois le numéro de ma mère qui s'affiche sur l'écran de mon portable, j'hésite avant de répondre. Ce n'est pas du tout ce genre de distraction que j'espérais. Mais je sais par expérience qu'avec elle, ne pas répondre ne fait que l'encourager à m'envoyer texto sur texto pour que je la rappelle. Ensuite, elle contactera le FBI en leur racontant que j'ai été kidnappée pour une rançon. Je décroche donc, en espérant qu'elle ne va pas déceler un manque d'enthousiasme dans ma voix.

– Salut, maman !

– Mackenzie, ma chérie, bonjour.

Il y a un long blanc, pendant lequel je ne peux pas dire si elle est distraite ou si elle attend que je dise quelque chose.

Euh… c'est toi qui m'as appelée, maman.

– Ça va ? je demande pour rompre le silence.

– Je voulais prendre de tes nouvelles, tu avais promis d'appeler dès que tu aurais fini de t'installer, mais nous attendons toujours.

Argh, elle fait toujours ça. Elle a vraiment le chic pour me faire culpabiliser.

– J'ai appelé à la maison le week-end dernier, mais Stacey m'a dit que tu étais sortie ou occupée… je ne sais plus très bien.

Je passe plus de temps au téléphone avec l'assistante de ma mère qu'avec n'importe quel autre membre de ma famille.

– Oui, tu sais, je suis overbookée en ce moment. L'Institut d'histoire sponsorise une exposition à la Maison d'État et nous sommes déjà en train d'organiser le gala d'automne pour l'hôpital des enfants. Crois-moi, la persévérance est une grande qualité, Mackenzie. Tu aurais pu rappeler plus tard ce jour-là, par exemple.

Bien sûr. Ma mère a toute une équipe autour d'elle pour l'aider et, malgré ça, elle n'a jamais le temps de rappeler sa fille unique et c'est de ma faute. Bon… voilà une chose avec laquelle j'ai appris à vivre. Annabeth Cabot a toujours raison. Un trait de caractère dont j'ai hérité, tout au moins quand j'ai une discussion futile sur les donuts par exemple. Sur ce genre de sujets, c'est plus fort que moi, je veux avoir raison. Mais, contrairement à ma mère, je sais reconnaître mes torts quand il le faut.

– Comment ça se passe à l'université ? poursuit-elle. Tu aimes bien tes professeurs ? Et tes cours, pas trop difficiles ?

– L'université, c'est top.

Mensonge.

– Les profs sont captivants et jusqu'à présent les cours super-intéressants.

Mensonge. Mensonge.

– Je me plais beaucoup, ici.

Mensonge.

De toute façon, inutile de lui dire la vérité. Inutile de lui expliquer que la moitié des profs considèrent qu'enseigner aux étudiants de première année est une pure perte de temps, que l'autre moitié apparaît au début des cours, uniquement pour donner à leurs assistants une clé USB remplie de PowerPoints à projeter. Que mon temps serait mieux employé ailleurs, surtout dans mon business en pleine expansion. Tout ça, ma mère ne veut pas l'entendre.

La vérité est que mes parents ne se sont jamais intéressés à ce que j'avais à dire, à moins que ce ne soit sur un discours qu'ils ont eux-mêmes écrit et qu'ils m'ont forcée à lire. En ce qui concerne mon père, le laïus sur sa fille, généralement bredouillé lors de cérémonies officielles, s'accompagne d'un sourire radieux et hypocrite, destiné à ses électeurs.

– Je veux que tu t'impliques, Mackenzie. Une femme doit être mondaine et cutivée.

Sous-entendu : tout pour l'apparence. Pour ma mère, la seule utilité des études est de pouvoir tenir des conversations dans les cocktails.

– N'oublie pas de t'amuser, également. L'université représente une période charnière dans la vie d'une jeune femme. C'est l'endroit où tu vas rencontrer des gens qui formeront ton réseau pour les années à venir. C'est important de construire ces relations dès maintenant.

Pour maman, c'est simple, je suis censée suivre ses traces. Je suis vouée à devenir la parfaite femme au foyer qui siège dans tous les conseils d'administration des associations caritatives et organise des fêtes pour soutenir les aspirations professionnelles de son mari. Avec un peu de chance, je vais suivre ma propre voie sans que mes parents puissent m'arrêter dans mon élan.

Pour l'instant, je joue le jeu.

– Je sais, maman.

– Au fait, ta colocataire, quel est son nom ?

– Bonnie. Elle vient de Géorgie.

– Et son nom de famille ? Que font ses parents ?

Et voilà, l'essentiel aux yeux de ma mère : sont-ils des gens importants ?

– Beauchamp. Ils possèdent des concessions automobiles.

– Ah ? (Autre silence, de déception celui-là.) Je suppose qu'ils s'en sortent bien.

Ce qui veut dire que si leur fille partage ma chambre d'étudiante, ils ne peuvent pas être pauvres.

Je réprime un soupir et je mens à nouveau :

– Je dois y aller, maman. J'ai cours dans quelques minutes.

– Très bien. On se rappelle. À bientôt, ma chérie.

Je raccroche et respire un grand coup. Elle me gave. Depuis que je suis née, ma mère n'a fait qu'accumuler les espoirs et les attentes sur mes épaules. C'est vrai, nous avons des points communs : nos regards, une tendance à l'impatience, une certaine éthique dans le travail qu'elle affiche dans ses œuvres de charité et que j'applique dans mon business et mes études. Mais même si nous nous ressemblons, nous sommes deux personnes distinctes et nos priorités divergent. Elle ne va pas arriver à me modeler à son image, une idée qu'elle a du mal à intégrer.

– Hello, beauté !

Preston arrive, tout sourire, il a l'air de s'être bien remis de sa blessure. Il porte un petit bouquet de gueules-de-loup roses qu'il pourrait bien avoir piqué quelque part sur un parterre, sur le campus.

Il m'attire à lui, me serre fort dans ses bras et m'embrasse.

– Tu as l'air de bonne humeur, je lance, un peu taquine.

– C'est sympa de te voir plus souvent, maintenant que tu es ici.

Ses lèvres glissent sur mon cou où il me donne un léger coup de langue avant de remonter pour mordiller le lobe de mon oreille.

J'essaie de ne pas trop réagir, en général Preston déteste tout étalage public. Rares sont les fois où il me tient par la main. Ce n'est pas un copain très démonstratif et j'ai appris à vivre avec cet aspect de sa personnalité. En fait, cette absence de démonstration en public m'arrange, surtout quand on est en famille. Très jeune, j'ai compris que masquer ses émotions et savoir réprimer ses élans pouvait s'avérer très utile en société.

– Tu es prête ? me demande-t-il.

– Je te suis.

C'est une superbe journée, même s'il fait un peu chaud, et Preston me fait visiter le campus. Nous nous arrêtons d'abord au Kincaid Hall qui abrite le département Business et Finance. La famille de Preston est membre bienfaiteur de Garnet depuis déjà des générations. En sortant, il me prend la main et nous longeons le chemin bordé d'arbres jusqu'au département des Beaux-Arts. Avec ses vastes pelouses vertes, ses chênes majestueux, tous ses bâtiments en briques rouges et sa grande tour ornée d'une horloge au-dessus de la bibliothèque, le campus est vraiment magnifique. Si je ne suis pas enthousiasmée par la vie universitaire, je dois avouer que le site vaut le coup d'œil.

– Que penses-tu de Garnet jusqu'à présent ?

Avec Preston, je peux être honnête, je lâche un soupir et réponds :

– Je m'ennuie à mourir.

– J'étais pareil en première année, tu te souviens ? dit-il en riant. En fait, tu t'ennuies pendant les deux premières années, jusqu'à ce que tu puisses commencer les cours de niveau supérieur.

Nous passons à côté du théâtre où des étudiants, installés sur le parking, sont en train de peindre un décor qui ressemble à une ancienne rue.

– Au moins, toi, tu as un but. Pour pouvoir travailler dans la banque de ton père, tu as besoin d'un certain niveau d'éducation. Dans ce milieu-là, on a des attentes, des exigences. Mais moi, j'ai déjà mon propre business, je suis mon propre boss. Je n'ai pas besoin d'un diplôme pour prouver quoi que ce soit à qui que ce soit.

Il me serre fort la main.

– C'est ce que j'aime chez toi, bébé, répond-il en souriant. Tu ne demandes la permission à personne, tu fonces droit devant. Tu ne voulais pas attendre de grandir pour devenir un magnat.

– Tu as tout compris ! je m'exclame, rayonnante.

– Mais écoute, si tu veux vraiment continuer à travailler sur ton petit truc technologique à l'université, alors considère

Garnet comme ton incubateur. Il y a beaucoup d'opportunités ici pour développer ta marque.

Euh… je dois avouer que je n'avais pas pensé à ça. Bien que je n'aime pas beaucoup sa façon de formuler les choses – *ton petit truc technologique* –, je réalise qu'il a raison.

– Un point pour toi, Monsieur Kincaid.

Je me mets sur la pointe des pieds et dépose un baiser sur sa joue bien rasée avant de continuer notre promenade.

Une des autres raisons pour lesquelles Pres et moi sommes bien assortis : nous avons tous les deux l'esprit d'entreprise. Aucun de nous deux n'est ébloui par l'idéalisme d'un artiste ni envieux d'une traversée, soi-disant romantique, de l'Europe en sac à dos, pas plus que d'une randonnée sportive au Machu Picchu. Nous sommes de purs produits de notre éducation et du sang bleu qui coule dans nos veines. Deux redoutables futurs chefs d'entreprise.

Il y a beaucoup à dire sur la compatibilité.

Après notre tour dans le bâtiment des Beaux-Arts et la visite du petit musée où sont exposés les travaux des étudiants, nous avons flâné parmi les sculptures du jardin botanique et suivi l'allée qui traverse la serre et le potager. Preston m'invite à le suivre jusqu'à sa voiture.

– Viens, il y a autre chose que je voudrais te montrer.

Il m'ouvre la porte, je me glisse sur le siège passager en cuir lisse. Il décapote le toit de sa Porche argentée avant de démarrer. Nous passons à l'arrière du campus, puis devant le complexe sportif avant de monter sur une colline où se trouve un grand bâtiment circulaire surmonté d'un dôme : le télescope du département d'Astronomie. Preston me conduit sur le côté, vers une porte maintenue ouverte à l'aide d'un morceau de bois.

– Tu es sûr qu'on a le droit de renter ?

Une fois à l'intérieur, nous nous glissons le long d'un étroit couloir qui s'enroule autour du bâtiment.

– Je connais un gars qui… en fait, non, pas vraiment.

Nous continuons à suivre ce couloir jusqu'à un escalier métallique. Au deuxième étage, nous entrons enfin dans une pièce avec plein d'ordinateurs le long du mur et, au centre, un énorme télescope dirigé vers le ciel à travers une large fente ouverte dans le toit.

– Incroyable ! je m'exclame en m'approchant du télescope.

Preston m'arrête.

– Ce n'est pas ce qu'on est venus voir.

Il me conduit alors vers une petite porte donnant sur une échelle qui permet de monter sur le toit. Nous arrivons sur une plateforme. De là, on peut voir tout le campus. Les collines verdoyantes et les bâtiments aux toits blancs. En fait, on voit pratiquement toute la ville jusqu'à l'horizon bleu de la baie d'Avalon. C'est spectaculaire.

– C'est dingue ! je m'exclame, émue par sa gentillesse et cette surprise inattendue.

Preston se place derrière moi, enroule ses bras autour de ma taille et m'embrasse sur la tempe pendant que nous admirons le paysage.

– Ce ne serait pas un tour VIP si on ne profitait pas de cette vue. Je suis vraiment content que tu sois là, murmure-t-il d'une voix douce.

– Moi aussi.

Ces dernières années, le fait que lui soit déjà à l'université et moi encore au lycée a rendu les choses parfois tendues entre nous. Même si on pouvait se voir les week-ends, la relation à distante, c'est très frustrant. Ça a enlevé beaucoup de plaisir à notre relation. Je me rappelle avec émotion le début de notre histoire, quand je suis tombée amoureuse de lui. Le fait d'avoir été choisie par un élève de terminale me donnait l'impression d'avoir gagné le gros lot.

Et pourtant… alors que Preston me serre contre lui et me caresse le cou, une vision me hante.

Une vision pleine d'interdits.

La mâchoire carrée de Cooper, ses yeux profonds. La façon dont mon pouls s'est accéléré quand il s'est assis près de moi avec son sourire franc, légèrement arrogant. Je n'ai pas ce genre de réaction quand Preston entre dans une pièce. Pas la chair de poule quand il me touche. Mes cuisses ne se contractent pas et ma bouche ne devient pas toute sèche.

J'attache sans doute trop d'importance à mes réactions, toutes ces hormones qui se déchaînent en même temps peuvent obscurcir mon jugement. Les statistiques sont formelles, une relation basée sur le sexe plutôt que sur la compatibilité des personnes est toujours vouée à l'échec. Pres et moi, nous nous entendons à merveille, nous sommes faits l'un pour l'autre, nous suivons la même trajectoire et nos parents nous ont déjà donné leur bénédiction. Tout le monde y trouve son compte. Jouer sur plusieurs terrains, avoir une demi-douzaine de Cooper à mes basques, se faire plaquer encore et encore, et finir malheureuse comme les pierres ? Non, pourquoi se faire du mal inutilement ?

Il y a beaucoup à dire sur le fait de savoir reconnaître ce qu'il y a de bon dans ce que l'on a déjà.

Je me tourne vers Preston pour l'embrasser :

– Merci. Cette journée est parfaite.

Plus tard dans la soirée, je regarde Netflix tout en relisant mon cours de littérature anglaise, un frisson me parcourt des pieds à la tête quand je vois le nom de Cooper apparaître sur mon téléphone. Je me rappelle tout de suite que j'ai vraiment besoin de me calmer avec cette histoire.

Cooper : Tu veux dîner rapide ?

Moi : J'ai déjà dîné.

Cooper : Moi aussi.

Moi : Alors, pourquoi tu demandes ?

Cooper : Pour voir ce que tu allais répondre.

Moi : C'est malin.

Cooper : Tu fais quoi ?

Moi : Netflix et révision.

Cooper : C'est un code ?

Moi : Arrête !

Cooper : Je ne veux même pas imaginer quel genre de porno regardent les riches.

Rien qu'en lisant ce mot, un frisson parcourt mon entrejambe et des images terribles me viennent à l'esprit. Images que je m'empresse de ranger dans la boîte étiquetée « N'y pense même pas ».

Moi : Il s'agit surtout de grignoter des scones sur le *Wall Street Journal*.

Cooper : Vous êtes tous complètement cinglés.

Je pouffe de rire et mets vite une main sur ma bouche afin d'éviter que Bonnie m'entende et se précipite dans ma chambre pour voir ce qu'il y a de si drôle. C'est une fille vraiment adorable, mais elle ne sait pas toujours garder ses distances.

Moi : Et toi, tu fais quoi ?

Cooper : Je flirte avec une nana que je viens de rencontrer.

Je suis tombée directe dans le panneau.

Moi : J'ai toujours un copain.

Cooper : Pour l'instant.

Moi : Bonsoir, homme d'Avalon.

Cooper : Bonsoir, princesse.

Il essaie de me pousser à bout, je le sens. J'ai compris que le truc de Cooper, c'est la provoc, et je ne déteste pas ce petit jeu. C'est nouveau pour moi d'avoir un ami qui comprend cette partie de ma personnalité. Une technique de flirt que je me dois de désapprouver, mais qui m'amuse aussi beaucoup.

De toute façon, peu importent les frissons que Cooper provoque en moi, je suis loin d'être prête à quitter Pres pour le premier bad boy tatoué que je rencontre à l'université.

Chapitre 8
MACKENZIE

Le lendemain, mon emploi du temps me laissant toute liberté, je décide l'après-midi d'aller seule faire un tour en ville. Preston ne m'a-t-il pas conseillé de bien profiter de mon séjour à Garnet plutôt que de le vivre comme une peine de prison ? Suivant son conseil, j'enfile une petite robe d'été et j'appelle un taxi.

Avalon Bay est une ville côtière paradoxale, peuplée de marins robustes et de multimillionnaires. D'un côté de Main Street[7] s'étalent une rangée de boutiques haut de gamme où l'on trouve des savons faits main. De l'autre, des prêteurs sur gages et des salons de tatouage.

Pendant la semaine, les après-midi restent calmes sur la promenade du bord de mer. La plupart des bars sont quasi vides, on y voit juste quelques locaux en sueur rivés sur leur tabouret à regarder ESPN[8] avec leurs potes.

Je marche plus loin que la dernière fois que je suis venue ici, et j'arrive dans un quartier encore dévasté par l'ouragan qui a soufflé il y a déjà quelques années. Plusieurs bâtiments

7. La rue principale.
8. Chaîne de télévision américaine spécialisée dans le sport.

sont toujours en travaux. Devant moi, une équipe s'affaire à la restauration d'un bar-restaurant dont les murs sont couverts d'échafaudages. D'autres commerces ont été protégés avec des rubans en plastique rouge et blanc et des plaques de contreplaqué. À l'évidence, de nombreuses constructions n'ont pas été touchées depuis que la tempête a arraché les toits et inondé les sols.

Je m'arrête devant un hôtel en bois de style victorien, façade blanche rehaussée de garnitures sculptées peintes en vert. Toute la partie arrière du bâtiment a été détruite par l'ouragan, les murs ont été arrachés, on distingue parfaitement l'intérieur de l'hôtel. Les meubles de travers et la moquette plissée semblent attendre des clients qui ne reviendront plus. L'enseigne usée, « Hôtel Le Beacon » écrite en caractères dorés, est maintenant cassée en deux endroits. Je me demande ce qui est arrivé aux propriétaires qui n'ont jamais reconstruit. Personne ne s'est précipité pour le racheter et le restaurer ? C'est pourtant un emplacement de choix.

Mon téléphone vibre plusieurs fois, m'indiquant que j'ai reçu des mails. Je m'arrête chez un glacier et m'achète un cône à la vanille. Je m'assieds sur un banc pour faire défiler la boîte de réception d'une seule main.

Le premier mail vient d'un des modérateurs de mon site. Il m'informe qu'il a dû bloquer plusieurs utilisateurs qui avaient trollé tous les messages sur *GirlfriendFails* en y postant des commentaires racistes et sexistes. J'ouvre les captures d'écran jointes. Je n'en crois pas mes yeux devant le niveau d'horreurs que je lis. Du pur vitriol.

Je lui fais un retour rapide : « Bon réflexe, tu as bien fait. »

Le mail suivant est un appel au secours du gars que j'ai engagé pour superviser *BoyfriendFails*. Apparemment, un utilisateur nous menace de poursuite judiciaire, affirmant qu'un des messages du site serait diffamatoire.

Je clique sur le post concerné, son auteure a contacté un type qu'elle appelle Ted, et le Ted en question n'a pas révélé qu'il avait un micro-pénis, ce qu'elle a découvert quand ils sont sortis ensemble. Je reprends mon mail où je parcours la lettre à l'entête impressionnante que mon administrateur Alan a reçue d'un cabinet d'avocats de Washington. Je suppose que l'utilisatrice, butterflykisses44, a choisi un pseudo trop proche du vrai nom de son petit ami. Bingo ! Ted s'appelle en réalité Tad. Indigné et humilié, il exige que non seulement *BoyfriendFails* retire le message mais aussi qu'on lui verse des dommages et intérêts à hauteur du choc émotionnel subi. Le site étant une plateforme et non un éditeur, nous ne pouvons pas être poursuivis pour le contenu des messages de nos utilisateurs – utilisatrice, en l'occurrence. Je demande malgré tout à Alan de transmettre la lettre à mon propre avocat, au cas où.

Ensuite, j'éteins mon téléphone et continue à déguster ma glace très fondue. Et voilà… juste un autre jour dans la vie de Mackenzie Cabot, P.-D.G.

Pour être honnête avec moi-même, ces derniers temps, j'ai envie de quelque chose de plus… Bien sûr, j'aime mes applis, mais aujourd'hui, je suis devenue une machine à dire oui ou non. À signer ici, parapher là. Lire mail sur mail, approuver telle pub. Je suis loin de l'excitation du début, quand j'étais avec mes amis à réfléchir sur les fonctionnalités des applis et que je rencontrais des développeurs, des programmateurs qui donnaient vie à mes idées. Je créais les campagnes marketing pour attirer les utilisateurs et m'occupais de tout ce qui rend un lancement si passionnant.

C'était stimulant et excitant. Je ne me suis jamais autant amusée. C'est la partie que j'ai vraiment appréciée, je le réalise maintenant. La création, pas la maintenance. Je ne déteste pas mes sites et je ne veux pas les vendre. Ce sont toujours les bébés de mon empire naissant. Mais il est peut-être temps de réfléchir à de nouvelles idées de business.

Alors que le soleil descend doucement sur l'horizon, je fais quelques pas sur la plage et m'assieds sur le sable. J'écoute le va-et-vient des vagues tout en regardant les mouettes planer contre le vent. Derrière moi, une équipe de chantier termine sa journée. Les foreuses et les scies se sont tues. Perdue dans mes pensées, je ne réalise pas que quelqu'un s'approche et vient s'asseoir près de moi.

– Quoi de neuf, princesse ?

Je sursaute en apercevant Cooper en train d'enlever sa chemise et ses gants de travail.

Comme la nuit où je l'ai rencontré autour du feu, je suis scotchée par son allure. Ses cheveux en bataille et son jean sont couverts de sciure, sa poitrine musclée et ses abdominaux ruissellent de sueur. C'est la première fois que je vois tous les tatouages qui couvrent ses deux bras et s'étendent jusque sur ses pectoraux. Je me lèche les lèvres et je soupire intérieurement en réalisant combien sa seule présence éveille en moi le désir et me fait perdre mes moyens. Pensées que je m'empresse de ranger dans la boîte étiquetée « Pas touche ! ».

– Est-ce que tu me suis ?

– Et qui se promène sur mon chantier dans – il fait un geste en me toisant de haut en bas – une robe à volants, absolument ridicule, toutes jambes dehors, avec ce petit air de « surtout ne vous occupez pas de moi, les gars, je déteste attirer l'attention » ?

– Tout à fait mon genre, je réplique en levant les yeux au ciel. Et ma robe, qu'est-ce qu'elle a ? j'ajoute en passant une main sur l'ourlet du tissu imprimé.

– Il y a des fleurs dessus. Ce n'est pas ton genre, Mac.

– Ne m'appelle pas Mac.

– Pourquoi pas ?

– Parce que c'est un surnom réservé à mes amis.

– Mais nous sommes amis, meilleurs amis même, ajoute-t-il en se moquant de moi. Je constate que tu n'as pas nié quand je t'ai dit que les fleurs n'étaient pas ton genre

Il a raison. Je n'ai pas pour habitude de porter des imprimés qui font trop fille, pas plus que des robes à volants. Je préfère les tee-shirts blancs et les jeans usés ou les débardeurs et les shorts courts quand il fait chaud. Mais, de temps en temps, j'aime me sentir plus féminine. Continue, mon petit Cooper. Et de quel droit ose-t-il critiquer mes goûts vestimentaires ? Il veut discuter, alors allons-y… discutons.

– Il se trouve que j'adore les fleurs, surtout sur mes vêtements. Et plus c'est flashy, mieux c'est.

Cooper lève les yeux au ciel comme s'il savait que je mentais comme une arracheuse de dents.

– Tu sais, tu n'as pas besoin de compliquer les choses avec moi, je suis plutôt un mec simple, dit-il en croisant les bras et en ramenant ses genoux contre sa poitrine.

– Oh pardon, excuse-moi, mais qui en fait des tonnes ? Qui me parlait de porno il n'y a pas si longtemps ?

– Tu es vraiment tordue, répond-il en haussant les épaules. J'ai compris. Ce n'est pas mon truc, mais si ça peut te faire plaisir.

Hum… si seulement il savait, Preston et moi avons une vie sexuelle parfaitement normale, je ne suis même pas sûre que nous ayons assez de fantasmes pour y mettre un peu de piment. Au début, je pensais que le sexe c'était ça : fonctionnel, rapide, un tantinet ennuyeux. J'avais seize ans quand j'ai perdu ma virginité avec Pres, et j'étais plus que naïve sur le sujet. Quand, plus tard, j'ai parlé à mes amies de nos rencontres ennuyeuses, j'ai réalisé que le sexe était censé être – imaginez quoi – amusant.

Le jour où j'ai osé aborder le sujet avec Pres, il m'a simplement répondu qu'il ne voulait pas me faire peur en étant « trop passionné ». Je lui ai dit de se sentir libre de passer à la vitesse supérieure et, après ça, nos activités au lit se sont sensiblement améliorées. Mais, pour être tout à fait honnête, quatre ans plus tard, la passion dont il avait parlé se fait toujours attendre.

– En te regardant, je frémis à l'idée des images que tu dois avoir dans la tête quand tu te fais plaisir.

– Si tu essaies de me mettre dans ton lit, tu n'as qu'à demander, répond Cooper en me donnant un petit coup de coude.

Arrogant mais charmant, sûr de lui mais pas trop. C'est presque dommage de le voir gaspiller ses talents naturels dans la construction. Il ferait un sacré P.-D.G. s'il avait le sens des affaires. Comme je n'ai pas gagné mon premier million en me laissant manipuler facilement, je n'ai aucun mal à lui répondre.

– Désolé, ce petit numéro de psychologie à deux balles ne va pas marcher avec moi. Ne pense pas que je vais me laisser convaincre aussi facilement de finir au lit avec un quasi-inconnu, simplement parce qu'il m'a défiée de le faire.

Malgré tout, je ne perds rien de son sourire enjoué ni de ses yeux pleins de malice. Je ne suis pas immunisée contre ses larges épaules ni ses abdos de marbre. En plus, il y a un côté énigmatique chez Cooper qui est excitant. Plus je le vois, plus j'en apprends sur lui, plus je me demande si ses tatouages et son attitude ne cachent pas quelque chose. Mais quoi ? Ça tombe bien, j'adore les énigmes.

– Je ne voudrais pas qu'on me surprenne à sortir avec une clone de Garnet. J'ai une réputation à préserver.

– Oui, bien sûr. Tu ne voudrais pas qu'on te prenne pour un homme de goût.

Il retient un sourire. Dans le regard fugace qu'il me lance, je vois toutes sortes d'intentions inavouables. Je vois des nuits interdites et des regrets sauvages. Ma respiration se fait lourde, mon pouls s'accélère et je ne peux m'empêcher de crisper mes doigts de pied sur le sable.

Ce type est dangereux.

– Coop ! crie une voix qui vient du chantier. Tu viens au bar, oui ou non ?

– Allez-y sans moi, répond-il en regardant par-dessus son épaule.

J'entends des éclats de rire derrière nous. Comme je suis certaine d'être rouge comme une tomate, je suis bien contente que ses collègues ne puissent pas me voir.

– Pourquoi tu as fait ça ?

– Fait quoi ? Leur dire que je ne vais pas au bar avec eux ?

– Oui. Maintenant, ils vont penser que tu es resté pour baiser sur la plage avec moi.

– Je te garantis qu'ils ne pensaient pas à ça, me répond-il en riant. Mais maintenant, moi oui. Tu préfères baiser ici ou sous la jetée ?

– Va donc rejoindre tes copains au bar, Coop. Tu auras plus de chance de t'envoyer en l'air là-bas qu'en restant ici.

– Nan, je suis bien ici.

Il passe une main dans ses cheveux noirs. Je ne peux m'empêcher de regarder ses biceps rouler sous sa peau.

– Donc vous êtes en train de réparer ce restaurant ? (Malgré moi, j'ai les yeux rivés sur sa musculature tellement sexy.) Un énorme travail, je suppose.

– Ouais. Et une fois qu'on aura fini celui-là, nous aurons encore une bonne demi-douzaine de baraques à rénover.

Il pointe son bras sculpté vers la promenade en montrant les destructions laissées par l'ouragan.

– Tu aimes travailler dans le bâtiment ?

Il hoche la tête lentement.

– Oui, beaucoup. Evan et moi travaillons pour la société de notre oncle, comme ça, nous évitons les patrons abrutis qui pourraient nous arnaquer ou ceux qui exigent du travail bâclé pour grossir leurs marges. Levi est un homme bien et juste. Et puis, j'ai toujours été doué de mes mains.

Je déglutis. Il n'y a pas de sous-entendu dans son ton, mais mon regard glisse sur ses mains. Elles sont grandes, solides avec des doigts longs et des paumes calleuses. Ces ongles sont propres même après une journée de travail.

– Et toi, princesse ?

– Moi ?

– C'est la deuxième fois que je vois ce regard.

– Quel regard ?

Mais qu'est-ce qui me prend de répéter tout ce qu'il me dit ? L'intensité de son regard déclenche en moi un trouble que j'ai du mal à contrôler.

– Ce regard qui dit que tu en veux plus.

– Plus ? Plus de quoi ?

– Je ne sais pas, ajoute-t-il en m'observant. Plus. Comme un mélange d'ennui, d'insatisfaction, de frustration et de désir.

– Ça fait beaucoup pour un seul regard, tu ne crois pas ?

J'essaie de plaisanter, mais mon cœur bat plus fort. Il a plutôt bien résumé la situation en décrivant l'état d'esprit qui est le mien depuis que je suis à l'université. Et même depuis plus longtemps… peut-être depuis toujours ?

– Je me trompe ? ajoute-t-il, un peu brutal.

Nos regards se croisent. L'envie de me confier à lui devient si forte que je dois me mordre la langue pour me retenir.

Soudain, parmi le bruit des vagues qui s'écrasent et les cris incessants des mouettes, j'entends comme un gémissement.

– Tu as entendu ?

Je regarde autour de moi pour voir d'où peut venir ce son douloureux, presque désespéré.

– Arrête d'essayer de changer de sujet, dit Cooper en rigolant.

– Mais non, tais-toi… Sérieusement, tu n'entends pas ?

– Entendre quoi ? Je n'ai pas…

– Chut !

Il fait de plus en plus sombre, les lampadaires de la promenade s'allument et le crépuscule envahit la plage. Un autre glapissement retentit, plus fort cette fois.

Je me lève d'un bond.

– C'est rien, dit Cooper.

Je l'ignore et me rapproche de la jetée d'où semblent venir les petits cris. Il me suit, continuant à me dire de sa voix rauque que ce n'est rien, que j'imagine des trucs dans ma tête.

– Non, je t'assure, j'ai entendu quelque chose.

Enfin, je finis par apercevoir la source de mon inquiétude : au bout de la jetée, une forme échouée sur un rocher alors que la marée continue de monter. Le cœur battant, je me retourne vers Cooper.

– Regarde, c'est un chien !

Chapitre 9
COOPER

Je n'ai même pas le temps de réagir, Mackenzie a déjà retiré sa robe.

Cette fille est en train de se mettre à poil.

Pas complètement, elle n'a tout de même pas enlevé son soutien-gorge ni sa culotte. Ma déception de la voir arrêter trop tôt son petit strip-tease est compensée quand je vois comme elle est sacrément bien roulée en sous-vêtements. Mais quand elle se jette à l'eau et disparaît dans les vagues, mon cerveau se remet en marche.

– Mac ! je hurle, reviens ici !

Elle s'éloigne en nageant.

Génial, elle va se noyer en essayant de ramener ce chien perdu sur le rivage.

Furieux et marmonnant des jurons, j'enlève vite mon jean, mes chaussures et je me lance à la poursuite de Mackenzie qui est déjà en train de grimper sur le rocher pour attraper le chien. Surpris par un contre-courant, je dois lutter contre les vagues qui m'entraînent malgré moi vers les pylônes de la jetée. Je finis à mon tour par m'accrocher au rocher et me hisser hors de l'eau.

– Tu es complètement cinglée, tu sais.

Tout tremblant, le chien apeuré est assis à côté de Mac qui essaie de le réconforter.

– Nous devons l'aider, me dit-elle.

Merde. Cette chose minable et sale n'est qu'un chiot. Pas question que Mackenzie retourne sur la terre ferme avec lui. J'ai déjà eu du mal à lutter contre le courant en venant et je dois peser deux fois plus que Mac.

– Bon, donne-le-moi, je dis en soupirant. (Dès que j'approche du chiot, il se cache derrière Mac et tombe presque à l'eau quand je veux l'attraper.) Allez, viens ici, c'est moi ou rien.

– Ne t'inquiète pas, mon bébé. Il n'est pas aussi méchant qu'il en a l'air.

Mac réconforte le chiot en lui faisant des câlins et je suis là à les regarder.

Le chiot hésite toujours. Finalement, Mac le soulève et me le donne. Il se débat en me mordillant de ses dents pointues et en donnant des coups de patte pour essayer de s'échapper. Ça va être un putain de cauchemar.

Mackenzie caresse la fourrure trempée du chiot pour tenter de le calmer.

– Tu es sûr de ce que tu fais ? Je peux essayer…

Pas question. Les vagues pourraient lui arracher le chiot, et cette foutue petite chose, qui est en fait une petite chienne, serait capable de se noyer pendant que j'essaie d'aider Mac à rejoindre le rivage. On ne va pas faire comme ça.

– Vas-y la première, je lui dis d'un ton ferme. Je serai juste derrière toi.

Elle acquiesce, plonge et commence à nager vers la côte.

Debout sur le rocher, j'adresse quelques mots d'encouragement à la chienne.

– J'essaie de t'aider, OK ? Alors, ne me mords pas la figure, essayons de faire copain-copain pendant les prochaines minutes. Marché conclu ?

L'animal gémit et glapit… je suppose que je n'en obtiendrai pas plus.

Aussi doucement que possible, je rentre dans l'eau en tenant la chienne comme un ballon au-dessus des vagues et en nageant d'un seul bras. Pendant ce temps, la pauvre bête panique, elle doit penser que j'essaie de la noyer ou quelque chose comme ça, elle se débat. Elle n'arrête pas d'aboyer et d'essayer de se dégager en me blessant la main et l'avant-bras. En arrivant enfin sur le sable, je la lâche, elle court tout droit vers Mac et saute dans ses bras. Surtout ne dis pas merci, traîtresse !

– Tu vas bien ? me demande Mac.

– Ouais, ça va.

Nous sommes tous les deux essoufflés après avoir nagé. Il fait maintenant nuit noire, seule la lumière venant de la promenade éclaire faiblement la plage, c'est à peine si je distingue Mackenzie dans l'ombre. Ma colère éclate.

– C'était quoi, ce bordel ?

Une main sur la hanche et de l'autre tenant la chienne serrée contre elle, elle s'exclame :

– Tu plaisantes, j'espère. Ne me dis pas que tu es en colère parce que j'ai voulu sauver un animal sans défense. Il aurait pu mourir, tu sais.

– Toi, tu aurais pu mourir, tu as senti le courant, chérie ? Cette connerie aurait pu t'entraîner vers le large. Au moins une fois par an, quelqu'un se noie à cet endroit parce que les gens sont des abrutis.

– Je ne suis pas ta chérie, bougonne Mac. Ensuite, tu viens de me traiter d'abrutie, j'ai bien entendu.

– Agis comme une abrutie et tu seras traitée d'abrutie.

Je secoue rageusement mes cheveux, il ne m'échappe pas que la petite chienne est en train de faire la même chose. Nous sommes, tous les deux, des animaux sauvages, j'imagine.

Mackenzie la serre encore plus fort contre elle.

– Je ne m'excuserai pas d'avoir un cœur. Je ne peux pas croire que tu étais prêt à laisser cette pauvre petite bête mourir. Oh mon Dieu, je suis amie avec un homme tueur de chiots !

Les bras m'en tombent.

Bon sang, cette nana commence à me taper sur le système, je crois que je n'en ai jamais fait autant pour séduire une fille. Et pourtant, bien que j'aie pris un risque énorme pour aller la chercher et que je me fasse accuser de tentative de meurtre sur un chiot, ma colère se transforme en fou rire. Plié en deux, dégoulinant d'eau de mer, je ne peux plus m'arrêter.

– Pourquoi tu ris ?

– Tu m'as traité de tueur de chiot, tu es folle ?

Elle éclate de rire à son tour. Le chien nous regarde l'un après l'autre, l'air inquiet de voir ces imbéciles trempés et presque nus rigoler comme des dingues.

– D'accord, finit-elle par dire en retrouvant un peu de sérieux, j'ai peut-être dépassé les bornes. J'ai conscience du risque que tu as pris pour moi, et merci d'avoir nagé jusqu'au rocher pour m'aider.

– De rien, Mac. (Je remets mon jean qui colle à mon caleçon mouillé, du coup, j'ai du mal à remonter la fermeture Éclair.) Viens, prenons nos affaires et allons chez moi, il faut que je me change. Et tu pourras te sécher avant que je te ramène à l'université.

Elle reste plantée devant moi et me fixe, sans rien dire.

– OK, j'ai compris, on prend la chienne.

***

Aucune lumière dans la maison. Ni la moto ni la jeep d'Evan ne sont dans l'allée et la porte d'entrée est fermée à clé quand Mac et moi arrivons sur le porche. Heureusement la maison est à peu près rangée. Comme nos amis l'utilisent souvent pour faire des fêtes ou comme point de chute quand ils sortent dans les bars, elle a tendance à souvent être en désordre. Evan et moi, malgré notre manque d'éducation, essayons de garder notre maison propre. Nous ne sommes pas des animaux.

– Tu peux utiliser la douche, je dis à Mac en lui montrant ma chambre au rez-de-chaussée. Je vais te trouver quelque chose de sec à te mettre.

Je me sers ensuite une bière fraîche que je sors du frigo. J'ai bien mérité de boire un coup, après avoir héroïquement sauvé ce clébard de la noyade.

– Merci.

Elle porte la petite chienne sagement endormie contre elle. Dans le camion, je lui ai dit qu'elle pouvait la laisser ici et que je l'emmènerai au refuge demain matin. Bien que… je commence à me demander si je vais arriver à l'enlever de ses bras.

Pendant que Mac s'affaire dans la salle de bains, j'attrape un tee-shirt et un jean qu'Heidi a dû laisser ici il y a des années. À moins qu'ils n'appartiennent à Steph. Je ne sais pas pourquoi, mais les filles ont tendance à laisser des affaires derrière elles après une fête ou une journée de plage. Il y a longtemps que j'ai arrêté d'essayer de les rendre.

Je pose les affaires bien pliées sur mon lit. Je retire mes vêtements mouillés et j'enfile un tee-shirt et un jogging. La vapeur qui s'échappe de la porte de la salle de bains commence à me donner des idées. Je me demande comment Mac réagirait si j'entrais dans la douche, me glissais derrière elle et prenais ses seins à pleines mains.

Hum… soupir.

Elle me couperait probablement les couilles avec ses ongles… mais ça vaut peut-être le coup, juste pour la toucher.

– Hello ! Hello !

Evan vient de rentrer.

– Je suis là ! je réponds en retournant dans la cuisine.

Mon frère laisse tomber ses clés sur l'îlot en bois éclaté, attrape une bière et s'appuie contre le frigo.

– C'est quoi, cette odeur ?

– Mackenzie et moi venons de sauver un chiot de la noyade. La petite chose ne sentait pas très bon. J'imagine que moi non plus. Génial.

– Elle est ici ?

Il me lance un sourire entendu et jette un rapide coup d'œil autour de lui.

– Sous la douche.

– Eh bien, ça a été facile. Je suis presque déçu de ne pas avoir eu plus de temps pour en profiter.

– Ce n'est pas ce que tu crois, je lui réponds. La chienne était coincée sur un rocher. On a dû y aller à la nage pour la secourir. Après, j'ai dit à Mackenzie qu'elle pouvait venir ici pour se laver et qu'ensuite je la ramènerais chez elle.

– La ramener chez elle ? Tu es tombé sur la tête, vieux. Ne laisse pas passer cette occasion de gagner ton pari ! Tu l'as aidée à sauver un petit chiot, bordel ! Elle est mûre.

– Arrête de déconner.

Il y a quelque chose dans sa façon de formuler sa réponse qui ne me plaît pas. Cette histoire n'est déjà pas très honnête, inutile d'en rajouter.

– Quoi ? (Evan a du mal à cacher son plaisir à voir le plan fonctionner aussi bien.) Je te dis ce que j'en pense, c'est tout.

– Justement, garde tes réflexions pour toi.

– Hello !… dit Mac d'une voix hésitante.

Elle entre dans la cuisine, elle a passé une de mes chemises et coiffé ses cheveux mouillés en arrière, tous mes sens sont en éveil. En plus, elle n'a pas mis de jean. Ses jambes nues et bronzées me paraissent d'une longueur incroyable.

Putain…

J'ai envie de les attraper et de les enrouler autour de ma taille.

– Evan.

Elle salue mon frère comme si elle avait compris qu'il préparait un mauvais coup. Sans surprise, elle porte toujours la petite chienne endormie dans ses bras.

– Bon, je vais y aller. (Evan lui fait un sourire, prend sa bière et s'éloigne du frigo.) Je suis crevé. Amusez-vous bien, les enfants.

Il faut avouer qu'Evan n'est pas l'homme le plus subtil du monde.

– J'ai dit quelque chose de mal ? demande-t-elle sèchement.

– Mais non, il s'est juste mis dans la tête qu'on allait sortir ensemble. (Quand je lève le bras pour passer ma main dans mes cheveux encore mouillés, Mac me regarde, l'air tout à coup paniquée.) Quoi ? Qu'est-ce qu'il y a ?

– Cooper, tu es blessé !

J'avais presque oublié que son adorable précieuse bestiole avait failli me découper en filets, il y a à peine une heure. Un de mes bras est couvert de griffures et j'en ai une plus profonde au niveau de la clavicule.

– Non, ça va, je t'assure. J'ai l'habitude des égratignures et des coupures. J'en ai vu d'autres, et des bien pires.

– Ne dis pas ça, il faut au moins qu'on les nettoie.

Sans demander mon avis, elle m'entraîne dans la salle de bains et, malgré toutes mes protestations, elle m'oblige à poser mon cul sur le couvercle des toilettes. La petite chienne est rapidement déposée dans la baignoire où elle se met tout de suite en boule, pour dormir, pendant que Mackenzie fouille dans les placards à la recherche d'une trousse de premiers secours.

– Je peux faire ça moi-même, je lui dis, quand elle sort une bouteille d'alcool et du coton.

– Tu as décidé de faire le difficile ?

Elle lève les sourcils et me regarde avec un sérieux qui la rend attendrissante, mais dans le genre têtue, « ferme-la et prends tes médicaments ».

– J'ai compris.

– Bien. Maintenant, enlève ta chemise.

Je lui souris.

– C'était ton plan depuis le début ? Me foutre à poil ?

– Oui, Cooper. Figure-toi que je me suis introduite par effraction dans un refuge pour animaux. Là, j'ai volé une petite chienne, puis j'ai fait exprès de la laisser seule sur un rocher. Pour ne surtout pas éveiller tes soupçons sur le fait que c'est moi qui l'avais mise dans une situation périlleuse, j'ai plongé pour la sauver. Ensuite, sache que, grâce à mes dons de télépathie, je lui ai ordonné de se débattre et de te griffer méchamment. Tout ça, uniquement dans le but de voir tes sublimes pectoraux !

Et elle termine par un grognement.

– Quelle bravoure ! Mais je te comprends. C'est vrai que mes pecs sont parfaits, j'irai même jusqu'à dire sublimes.

– Tout comme ton ego.

Je fais le show en prenant bien mon temps pour enlever ma chemise. Elle a beau se foutre de moi, devant mon poitrail dénudé, je vois bien qu'elle réagit. Elle en reste bouche bée, mais détourne vite le regard en faisant semblant de se concentrer sur l'ouverture de la bouteille d'alcool. Sincèrement, j'ai du mal à garder mon sérieux. Malgré tout, je la laisse nettoyer les blessures de mon bras.

– Il n'y a que vous deux qui habitez ici ? demande-t-elle, curieuse.

– Ouais, Evan et moi avons grandi dans cette maison. Mes arrière-grands-parents l'ont construite après leur mariage. Mes grands-parents y ont ensuite vécu, et ainsi de suite.

– Elle est superbe.

Elle l'était. Maintenant, elle tombe un peu en ruine. Le toit nécessiterait d'être remplacé, les fondations ont été fragilisées par l'érosion, le revêtement extérieur a subi trop de tempêtes, les planchers sont tout déformés. Cette baraque aurait besoin d'une sérieuse restauration si seulement j'avais du temps et de l'argent pour m'y mettre. C'est toujours un peu la même chose. Cette foutue ville est pleine de « si seulement ». C'est à ce moment-là que je me rappelle pourquoi je suis assis là, avec ma copine clone qui passe ses mains sur mon torse nu.

– Voilà, c'est mieux comme ça.

– Merci.

– Pas de problème.

Ma voix est un peu rocailleuse et la sienne paraît enrouée.

Par moments, je me surprends à fixer ses yeux verts brillants ; par moments, je regarde furtivement son corps presque nu qui me nargue, avec ma chemise légèrement remontée sur ses cuisses ; par moments, c'est la paume chaude de sa main contre ma peau qui me fait frémir. Aux battements de son cœur qui pulsent sur son cou, je me dis qu'elle n'est pas non plus totalement indifférente à la situation.

Je pourrais en profiter. Je pourrais la prendre par les hanches, l'amadouer pour la mettre à cheval sur mes cuisses, passer une main dans ses cheveux et attirer sa bouche vers la mienne pour l'embrasser… Je ne suis pas censé coucher avec elle, à moins qu'elle en prenne l'initiative. Mais si l'alchimie qui opère entre nous est un indicateur, je suppose qu'elle ne s'arrêtera pas à un simple baiser. Ce baiser la mènera droit au plumard où je vais lui faire sa fête bien profond. Elle larguera ensuite Kincaid vite fait bien fait, et… *game over*! Mission accomplie, je pourrai savourer ma victoire.

Mais où est le plaisir dans tout ça ?

– Maintenant, occupons-nous de ta nouvelle amie.

Mackenzie a l'air de tomber des nues, comme si elle sortait de la même stupeur dans laquelle je me trouvais tout à l'heure.

On fait couler un bain moussant, tiède, avant d'y plonger le chiot. Elle est complètement différente tout à coup. L'horrible rat à moitié noyé devient une petite golden retriever qui barbote et se met à jouer avec le flacon de shampoing tombé dans la baignoire. La pauvre bête n'a plus que la peau sur les os. Perdue ou abandonnée par sa mère, elle n'avait pas de collier quand nous l'avons trouvée. Le refuge devra donc déterminer si, oui ou non, elle porte une puce.

Une fois la chienne nettoyée et séchée, je lui pose un bol d'eau par terre dans la cuisine et lui coupe quelques tranches de dinde dans une petite assiette. Je sais, ce n'est pas idéal, mais, vu les circonstances, je n'ai pas mieux. Pendant qu'elle se goinfre, je sors sur la terrasse arrière en laissant la porte ouverte. La température s'est rafraîchie, une légère brise s'est levée sur la mer. Au loin, la lumière d'un bateau clignote en se déplaçant.

Mac s'approche en silence, je suis parfaitement conscient qu'elle est là. Mes sens sont tout de suite en alerte. Cette nana n'a même pas besoin de me regarder, sa seule présence suffit : je commence déjà à bander. Ça ne va pas être simple.

– Tu sais, je ne devrais pas être là.

– Et pourquoi ?

– Je suis sûre que tu sais pourquoi.

Sa voix est douce et mesurée. Elle me teste autant qu'elle se teste elle-même.

– Tu ne me donnes pas l'impression d'être le genre de fille qui fait des choses contre son gré.

Je me tourne vers elle et la regarde dans les yeux. Du peu que je connaisse d'elle, Mackenzie est têtue. Pas le genre à se laisser marcher sur les pieds. Je ne me fais aucune illusion, elle n'est pas ici pour ma putain d'intelligence.

– Tu risques d'être déçu, dit-elle, presque triste.

– Raconte.

Elle m'évalue. Elle doute. Elle se demande si je suis sincère.

Je lève un sourcil.

– Nous sommes amis, n'est-ce pas ?

– Oui, j'en ai l'impression, dit-elle, méfiante.

– Dans ce cas, parle-moi. Laisse-moi te connaître davantage.

Elle continue à m'observer. Merde ! Quand elle me fixe comme ça, j'ai l'impression qu'elle me découpe en petits morceaux, tellement elle cherche à savoir qui je suis vraiment. Devant elle, j'ai l'impression d'être à poil. Et, au fond, son attitude ne me dérange pas autant que je l'aurais cru.

– Je pensais que se suffire à soi-même était la marque de la vraie liberté, finit-elle par avouer. Je me rends compte que ce n'est pas tout à fait vrai. Je sais que ça peut paraître idiot venant de moi, mais je me sens piégée par les attentes et les promesses. D'essayer de toujours vouloir faire le bonheur des autres. Pour une fois, j'aimerais être égoïste et pouvoir faire ce que je veux, quand je veux et comme je veux.

– Alors, vas-y ! Fais-le !

– Tu sais, ce n'est pas si facile.

Les gens riches disent toujours que l'argent est un fardeau. C'est simplement parce qu'ils ne savent pas l'utiliser. Tellement pris dans leurs conneries, ils ne réalisent pas qu'ils n'ont aucun besoin de leurs amis débiles ni de leurs country clubs à la con.

– Bien sûr que si ! Quelqu'un te pourrit la vie ? Oublie-le. Quelque chose te retient ? Oublie ! Et surtout, va de l'avant !

Rien à faire, je vois qu'elle se mord les lèvres.

– Je ne peux pas.

– Ou tu ne le veux pas vraiment ?

– Ce n'est pas juste.

– Bien sûr que non, rien n'est juste de toute façon. Certains passent leur vie à se plaindre de choses qu'au fond ils ne veulent pas changer. À un moment donné, soit tu prends ton courage à deux mains, soit tu te tais.

– Tu me dis de la fermer, c'est ça ? rétorque-t-elle avec un rire nerveux.

– Non, je te dis simplement que, dans la vie, des événements souvent indépendants de notre volonté nous créent un max d'emmerdes. Donc, le moins que l'on puisse faire pour y remédier, c'est d'envoyer balader nos vieilles habitudes.

Elle se retourne vers moi et me demande brutalement :

– Et toi ? Que voudrais-tu en ce moment que tu ne peux pas avoir ?

– T'embrasser.

Je sais, je n'aurais pas dû répondre ça, mais tant pis. Après tout, merde ! Qu'est-ce qui m'empêche de l'embrasser ou de lui dire que j'ai envie de le faire ? Il faut bien se jeter à l'eau à un moment ou à un autre, pas vrai ? Au moins, les choses sont claires. Si je ne m'engage pas dans ce plan maintenant, pourquoi perdre mon temps ?

Je guette sa réaction, mais rien. L'indifférence totale. Décidément, cette fille est inflexible. Concentrée, le visage fermé, elle réfléchit quand tout à coup, le temps d'un éclair, j'entrevois une lueur dans ses yeux. Cette fois, elle y va, une pensée en entraînant une autre, elle mesure les conséquences et l'effet de cascade de ma réponse.

Elle se lèche les lèvres.

Je me penche vers elle. Pas trop, juste un peu. Je tente le coup. Le besoin de la toucher devient insupportable.

– Mais, dans ce cas, je foutrais en l'air une amitié parfaite, j'ajoute, parce que je commence à perdre le contrôle de mes putains de mots. Donc, je préfère en rester là, c'est tout de même un choix.

Qu'est-ce qui me prend ? Qu'est-ce qui me fait peur ? Pourquoi soudain lui donner une porte de sortie quand je devrais tout faire pour la ramener dans mes filets ?

Mac se retourne lentement, pose ses coudes sur la rambarde et regarde la mer.

– Bravo pour ton honnêteté.

Je regarde son profil du coin de l'œil, ma frustration est à son comble. Quelle femme superbe ! Elle porte ma chemise sans rien d'autre, et au lieu de la prendre dans mes bras et de l'embrasser sans retenue, je lui propose de rester simplement amis ?

Pour la première fois depuis que je me suis engagé dans ce pari, je me demande si je n'ai pas tout simplement perdu la tête.

Chapitre 10
MACKENZIE

Je me réveille ce matin avec un texto de Cooper. Je suppose que c'est Evan qui a pris la photo. On y voit Coop endormi dans son lit, avec la petite chienne blottie contre sa poitrine, la tête lovée dans son cou. Trop mignon. Hier soir, je pensais que ces deux-là n'avaient aucune chance, mais il semble qu'ils ont réussi à oublier leurs différends. Même si je sais que la meilleure chose à faire est de mettre la chienne au refuge, j'espère qu'Evan et lui vont décider de la garder. Moi, je ne peux pas, mais je serais triste de ne plus jamais la revoir.

J'envoie une réponse, mais quand je sors de mon deuxième cours de la journée, je n'ai toujours pas de réponse. Il doit travailler. Je suis déçue de ne pas avoir de nouvelles de la petite chienne. Mais de qui je me moque ? Je ne peux pas ignorer ce qui s'est passé hier sur la terrasse. La tension sexuelle entre nous qui a failli déborder, son aveu brutal de vouloir m'embrasser. Si je n'avais pas reculé, j'aurais pu céder dans un moment de faiblesse où je commençais à perdre mes moyens.

C'est ma faute, j'ai sous-estimé le charme de Cooper. On ne se laisse pas séduire sans conséquence par un beau mec torse nu qui vient de vous aider à secourir un pauvre animal en détresse. À l'avenir, je dois être plus prudente et me rappeler qu'on est amis. Un point, c'est tout. Inutile de compliquer les choses.

Quand mon téléphone vibre, je me dépêche de le sortir de ma poche. C'est un message de… Preston. Pas de Cooper. J'enfouis au fond de moi la deuxième vague de déception et déverrouille l'écran.

Preston : Je t'attends sur le parking.

C'est vrai, on déjeune hors du campus aujourd'hui. Heureusement qu'il me le rappelle, j'étais à deux doigts d'aller manger vite fait un wrap au poulet à la sandwicherie du département Business et Finance.

Un instant plus tard, je monte dans la décapotable de Preston. Sur la route pour Avalon Bay, nous parlons de nos cours. Pres se gare dans une petite rue, près de la promenade. Mon pouls s'accélère et je me force à ne pas regarder dans la direction du bâtiment que Cooper restaure avec son oncle.

Je tiens à peine trois secondes avant de céder à la tentation. Le chantier est vide. Ils doivent être en pause déjeuner. Ou peut-être l'équipe est sur un autre chantier aujourd'hui.

À nouveau, je fais semblant de ne pas être déçue.

– Tu ne m'as pas dit ce que tu as fait hier finalement, me demande Preston en me prenant la main. Tu es sortie en ville ou pas ?

Nous avons rendez-vous dans un bar où nous devons rencontrer quelques-uns de ses amis.

– Oui, je me suis longuement baladée sur la promenade et j'ai fini au bout de la jetée où j'ai regardé le soleil se coucher. C'était magnifique

Je décide tout de suite de ne pas parler de l'histoire du chiot. Non pas que Pres soit du genre jaloux, mais je n'ai pas envie d'entamer une discussion stérile, d'autant plus que je viens d'arriver à Garnet et que tout se passe très bien entre nous. Je lui parlerai de mon nouvel ami Cooper quand l'occasion se présentera.

– Et comment s'est passée ta partie de poker ? Tu ne m'as pas envoyé de texto, maintenant que j'y pense.

Moi non plus, je ne suis pas du genre jalouse. Ayant expérimenté avec Pres la relation à distance, il nous est déjà arrivé d'oublier un texto ou de laisser un appel sans réponse. Si nous devions nous énerver chaque fois que l'un de nous ne répond pas, nous aurions rompu depuis longtemps. C'est ça, la confiance.

– Comment s'est passée la partie de poker ? répète Benji Stanton, faisant écho à ma question alors que nous approchons du groupe. Tu ferais mieux de faire gaffe à ton mec, ricane-t-il. Ce gamin est nul aux cartes et, surtout, il ne sait pas quand il faut s'arrêter.

Je regarde Pres, l'air moqueur.

– Ah bon ? Alors… pas bien ?

– Pas bien du tout ! confirme Benji.

Benji Stanton est un pote de Preston, étudiant en business et finance comme lui, ils se sont rencontrés l'année dernière pendant les cours qu'ils avaient en commun.

Ses parents ont une propriété à Hilton Head et son père dirige un important fonds de pension. Tous les amis de Preston viennent du même milieu : les très riches. Leurs familles sont dans la finance, l'immobilier ou la politique et font toutes partie du Club des milliardaires. Jusqu'à présent, rien à dire, ils ont tous été amicaux et accueillants avec moi. Au début, j'ai eu peur qu'ils me regardent de travers, moi qui ne suis qu'en première année, mais sincèrement, je ne reçois que des vibrations positives de ses amis à Garnet.

– Ne l'écoute pas, bébé. Je joue sur la longueur, me dit Pres en m'embrassant.

Quelques minutes plus tard, nous montons les escaliers qui conduisent au Sharkey's Sports, un établissement de deux étages : en haut, se trouvent des tables avec vue sur l'océan et, en bas, des tables de jeux de toutes sortes, des écrans de télé partout et le bar. Pendant que le serveur installe notre groupe à l'étage sur une longue table près de la balustrade, les gars continuent à charrier Preston parce qu'il est nul aux cartes.

– Mets tes beaux bijoux au coffre, Mac. Il était à deux doigts de jeter sa Rolex sur le tapis pour revenir dans le jeu.

Le conseil vient de Seb Marlow, un type de Floride où sa famille possède une entreprise liée à la défense, sous contrat avec le gouvernement. Très sérieux et top secret. « Si je t'en parlais, il faudrait que je te supprime », c'est le genre de phrase que nous répète Seb à chacune de nos fêtes.

– Dis-moi qu'il plaisante ! je demande à Pres en riant.

Il se contente de hausser les épaules. L'argent n'a pas de valeur pour lui et il a tellement de montres qu'il ne sait plus quoi en faire.

– Testez-moi au billard, lance-t-il à ses amis d'un air supérieur. Ça, au moins, c'est un jeu de gentleman.

– Chiche ? lance à son tour Benji en le regardant.

Ne reculant jamais devant un défi, Preston est maintenant impatient.

– Allez les mecs, on y va !

Les garçons se lèvent et Pres m'embrasse sur la joue :

– Une seule partie, je reviens tout de suite après.

– Ne perds pas ta voiture, j'ai besoin que tu me ramènes sur le campus.

– Ne t'inquiète pas je le surveille, ajoute Benji.

Preston lève les yeux au ciel et s'éclipse avec ses potes. Une autre chose que j'apprécie chez lui, Preston est bon joueur. Peu importe le jeu, jamais je ne l'ai vu s'énerver, même quand son portefeuille est vide à la fin de la soirée.

En même temps, il est plus facile de prendre ses pertes à la légère quand on joue avec l'argent des autres et que la source semble inépuisable.

– Maintenant que les mecs sont partis…

Melissa, la copine de Benji, écarte les verres étalés devant nous et se penche vers moi et Chrissy, la nana de Seb.

Je ne sais rien sur Melissa, si ce n'est qu'elle fait de la voile, et j'en sais encore moins sur Chrissy. J'aimerais avoir plus de points communs avec ces deux-là que la taille du compte en banque de nos parents. À dire vrai, je n'ai pas beaucoup d'amies. Et ces dernières semaines ont confirmé que je suis nulle pour créer des liens avec les filles. J'adore Bonnie, mais je la considère plus comme une petite sœur que comme une amie. J'avais bien des copines au lycée, mais aucune que je considérais comme une véritable amie. La seule qui se rapproche de quelqu'un que je pourrais appeler « ma meilleure amie », c'est Sara, une fille que j'ai rencontrée en colonie de vacances et avec qui j'ai fait les quatre cents coups jusqu'à mes dix-huit ans. Nous sommes toujours en contact, on s'envoie des messages assez régulièrement, mais elle habite dans l'Oregon et ça fait deux ans que je ne l'ai pas revue.

Aujourd'hui, mon cercle rapproché se compose de ma coloc, de mon copain et de ses amis qui, eux, ne sont pas du genre à perdre leur temps en commérages.

– Dis-nous ce que tu as trouvé sur cette fille de Snapchat, demande Melissa.

Chrissy prend alors une grande inspiration comme si elle se préparait à plonger tout au fond d'une piscine pour récupérer une paire de Jimmy Choo.

– En fait, c'est une fille de deuxième année qui est à Garnet grâce à une bourse. J'ai trouvé la meilleure copine de sa coloc sur Instagram et je lui ai envoyé un message privé.

Elle m'a répondu que son amie lui avait dit que sa coloc savait juste qu'ils s'étaient rencontrés pendant une fête sur un bateau et qu'ils s'étaient embrassés.

– Embrassés, c'est tout ? demande Melissa en haussant les épaules, apparemment déçue de la réponse.

– J'ai su aussi que quelqu'un sur le bateau a surpris un type qui se faisait faire une pipe. Peut-être que c'était Seb, peut-être pas. De toute façon, ça n'a pas vraiment d'importance.

Si j'avais rencontré ma mère quand elle était à l'université, j'imagine qu'elle aurait été comme Chrissy. Parfaite, tirée à quatre épingles et ne se laissant jamais démonter. Pas un cheveu qui dépasse, pas un cil de travers. Qu'elle ait pu envisager un truc aussi vulgaire que la tromperie me semble tout simplement inenvisageable.

– Attends, ton copain te trompe et tu t'en fous ?

Les filles me regardent comme si je n'avais pas écouté ce qu'elles disaient.

– Deux anciens présidents des États-Unis et le prince héritier d'Arabie saoudite étaient à la fête d'anniversaire de son père aux Seychelles l'année dernière, me répond Chrissy, presque agacée. Tu ne romps pas avec un type comme Sebastian simplement parce qu'il te fait une petite infidélité, tu l'épouses.

Je fronce les sourcils.

– Tu pourrais te marier avec quelqu'un en sachant qu'il te trompe déjà ?

Elle ne prend même pas la peine de me répondre, elle a juste l'air désolée de me voir si naïve. La monogamie serait-elle devenue ordinaire et démodée ? Je pensais être assez ouverte d'esprit, mais apparemment, ma façon de voir l'amour et la tendresse a quelque chose de ridicule.

– Une petite pipe, ce n'est pas vraiment tromper, ajoute Melissa, légèrement dédaigneuse. Seb a branché une boursière ?

On s'en fout ! Si c'était le genre femme au foyer, là oui, il y aurait une raison de s'inquiéter.

– Femme au foyer ?

– Ben oui ! lance Chrissy, cette fois carrément condescendante. Pour des hommes comme Seb, Benji ou Preston, il y a deux types de femmes : les femmes au foyer et les Marilyn. Celles que tu épouses et celles que tu baises.

On ne peut pas baiser celle qu'on épouse ? Voire épouser celle qu'on baise ?

Je préfère garder mes questions pour moi.

– Ne t'inquiète pas, dit Melissa en posant sa main sur la mienne comme pour me réconforter. Tu as vraiment l'étoffe d'une femme au foyer, et Preston le sait. Maintenant, ton boulot, c'est de boucler tout ça et d'obtenir la bague. Tout le reste est… (elle fait un clin d'œil à Chrissy en cherchant son mot) extraconjugal.

Je n'ai jamais rien entendu d'aussi déprimant sur la vie de couple. Ces filles ont déjà de l'argent par leur naissance, de véritables petits empires familiaux, pourquoi rechercher des alliances stratégiques ? Pourquoi se vendent-elles dans des arrangements sans amour ?

Si un jour je me marie avec Preston, ce ne sera pas pour l'argent ni pour les nouvelles relations que pourrait m'apporter cette union. Mes vœux ne comporteront certainement pas une clause stipulant que tromper est toléré tant que le cours de l'action familiale est en hausse.

– Je ne pourrais pas vivre comme ça, je leur réponds. Si une relation n'est pas construite sur l'amour et le respect mutuel, à quoi bon ?

Melissa fait la moue.

– Oh… ma chérie, au début, tout le monde pense comme ça, mais au bout d'un moment, on devient plus réaliste.

Chrissy ne dit plus rien. Quelque chose m'attriste dans son expression froide et impassible. C'est fugace, mal défini, mais j'en ai l'estomac retourné. Tout ce que je sais, c'est que pour rien au monde je ne veux arriver au point de considérer l'infidélité comme un détail extraconjugal.

***

Plus tard dans la soirée, alors que Preston me ramène à Tally Hall, j'aborde le sujet. Après tout, les filles ne m'ont pas demandé de garder le secret.

– Tu sais, Melissa et Chessy pensent que Seb va voir ailleurs.

Il reste impassible et continue à changer ses vitesses, les yeux rivés sur la route sinueuse qui mène au campus.

– Je m'en doutais, dit-il au bout d'un moment.

– Tu penses que c'est vrai ?

– Je ne lui ai pas demandé (il hésite une seconde), mais ça ne m'étonnerait pas.

Cette réponse me suffit, je le connais. Soit Preston était présent à cette fête sur le bateau, soit il est au courant de ce qui a pu s'y passer. Il n'aurait tout simplement rien dit s'il ne savait pas quelque chose.

– Elle n'est même pas fâchée. En fait, aucune des deux ne l'est. D'après elles, c'est le prix à payer pour le business, tu te rends compte ?

Pres se gare devant mon dortoir. Il enlève ses lunettes de soleil, se tourne vers moi et me regarde dans les yeux.

– Je ne suis pas surpris. Des rumeurs circulent depuis quelques semaines. D'après ce que je sais, Seb et Chrissy préfèrent les ignorer. Mais tu sais, ce genre de situation n'est pas si rare.

– Tu veux dire que tromper n'est pas si rare ?

Je trouve ça tout simplement insultant. Tromper, c'est comme dire à son partenaire « je ne t'aime pas assez pour t'être fidèle et je ne te respecte pas assez pour te laisser partir ». Le pire des pièges.

– Pour certains, oui.

– Alors, je t'en supplie, ne soyons pas de ceux-là.

Preston se penche vers moi et m'embrasse doucement. Quand il recule, ses yeux bleu pâle brillent. Il a l'air vraiment sincère.

– Je serais totalement idiot de mettre en péril notre relation, bébé. Je sais reconnaître l'étoffe d'une bonne épouse quand je la vois.

Je sais qu'il considère ses mots comme un compliment, mais le fait qu'il utilise pratiquement la même expression que Melissa me met mal à l'aise. Si je suis la fameuse femme au foyer, alors, qui est Marilyn ? Pire, qui sont les Marilyn ?

Soudain, j'ai la gorge serrée. Pourquoi ai-je laissé Melissa et Chrissy semer cet insupportable doute en moi.

J'essaie de prendre un ton léger pour masquer mon malaise.

– J'ai l'étoffe d'une bonne épouse, c'est ça ?

Ses lèvres viennent longer ma joue.

– Humm… parce que tu es sexy, intelligente, que tu as la tête sur les épaules, que tu es très sexy, que tu es loyale, honnête, que tu es très, très sexy… mais que c'est agaçant de te voir toujours chercher la petite bête !

– Quoi ?

– Oui, tu ne te focalises pas assez sur les choses importantes. Nous avons des objectifs similaires dans la vie, tu ne crois pas ? Oh, et est-ce que je t'ai dit que tu étais super sexy ?

Ses lèvres effleurent les miennes. Je l'embrasse, bien qu'un peu distraite. La liste des compliments était bien agréable. Tellement agréable que la culpabilité me prend à la gorge… et maintenant, qui a l'air d'une conne avec son histoire de Cooper ?

Être amis ne veut pas dire tromper, même si l'ami en question est très attirant.

Non, bien sûr que non. S'envoyer des messages n'a rien à voir avec l'adultère. Ce n'est pas comme si on s'échangeait des photos de nous à poil ou qu'on parlait en détail de nos fantasmes intimes. Après la soirée d'hier, Cooper et moi avons tous les deux une idée claire de la limite imposée. Et, plus que jamais, je sais que je ne dois pas la franchir.

Je me dirige vers le dortoir, quand un message – venant du diable en personne – s'affiche sur mon portable. La photo jointe montre Evan et le petit chien jouant à la balle sur la plage.

Cooper : Changement de plan, elle emménage à la maison.

Chapitre 11
COOPER

– Qui est la plus jolie petite fille du monde, c'est toi ? Moi, je pense que c'est toi. Regarde comme tu es mignonne, mon petit ange en sucre. Je vais te manger si tu continues, merveille des merveilles.

C'est une honte d'entendre mon frère jumeau parler à cette petite chienne comme à un bébé. Il est ridicule. Quant à l'objet de son adoration, elle se pavane. Le nouveau membre de la famille Hartley fait la fière comme si elle venait d'être nommée cheffe suprême de la meute, ce qu'en fait elle est déjà. Elle a mis Evan dans sa poche en un rien de temps. Moi, pour le moment, je refuse de devenir gaga du premier joli museau venu.

– Mec, je te préviens, il va falloir baisser d'un cran. Tu es grotesque.

– Nan… regarde comme elle est mignonne. (Il me la tend pour que je la prenne dans mes bras.) Caresse-la, tu vas voir, elle est toute douce, on dirait de la soie.

Je caresse la jolie fourrure dorée. Vu les cinquante dollars que m'a coûté le toilettage d'hier, j'espère qu'elle est douce, cette foutue fourrure. Je lui prends la chienne des mains et la pose par terre où, bien entendu, elle s'empresse de pisser.

– Merde…

Aussitôt, Evan fait sa mère poule, attrape des essuie-tout et se met à roucouler avec sa nouvelle copine en essuyant la flaque de pipi.

– Ce n'est pas grave, ma toute belle, ça arrive à tout le monde, ces choses-là.

Depuis une semaine, on est à fond sur l'éducation des chiens, glanant tout ce qu'on peut trouver sur Internet : blogs de vétérinaires, sites sur les animaux, tout y passe. Tout ce que je sais, c'est que ces sept derniers jours, j'ai nettoyé plus de pisse et de merde de chien que je n'aurais imaginé pouvoir le faire. Cette petite chose a vraiment de la chance d'être aussi mignonne. La semaine dernière, quand le vétérinaire m'a confirmé qu'elle n'était pas pucée et qu'elle avait sans doute été abandonnée depuis un certain temps, je n'ai pas eu le courage de la laisser en cage ni de l'abandonner à nouveau. Je suis salaud parfois, mais pas sans pitié. Le véto nous a donné une nourriture spéciale pour la remettre sur patte et la faire grossir. Et maintenant, nous avons une petite chienne.

Une journée bien remplie nous attend quand Evan aura fini de se pâmer devant sa merveille.

Ce matin, je me suis réveillé de bonne heure, déterminé à faire avancer les choses. C'est notre jour de congé et j'ai décidé de ne plus remettre à demain les travaux à faire dans cette foutue baraque. C'est le seul héritage que nous ont laissé nos parents. J'ai donc tiré Evan de son lit et nous sommes allés faire un tour à la quincaillerie.

Première tâche sur la liste des rénovations : remplacer le toit. Ce qui n'est pas donné. J'ai puisé dans mes économies pour une moitié et j'ai réussi à convaincre Evan d'en payer l'autre moitié. Au moins, faire les travaux nous-mêmes nous permettra d'économiser quelques milliers de dollars.

– Allez, on s'y met!

Nous allons passer la journée à retirer l'ancien toit et, demain, on pourra poser ce qu'on a acheté. Le boulot ne devrait pas nous prendre plus de deux jours si on travaille vite.

– Allons d'abord la promener, on la fatigue un peu, comme ça, elle dormira pendant qu'on travaillera.

Sans attendre ma réponse, il prend la petite chienne dans ses bras et se dirige vers la porte arrière où la laisse est pendue à un crochet.

– Je te jure que si tu n'es pas de retour dans dix minutes, elle retourne au refuge.

– Sûrement pas, maintenant qu'elle est ici, elle y reste.

Je les regarde dévaler les marches de la terrasse et s'éloigner sur le sable. Même si la livraison des matériaux n'est pas encore arrivée, on aurait déjà pu commencer à préparer le toit pour demain. Malheureusement, Evan et moi n'avons pas la même façon de travailler. J'aime que les choses soient faites rapidement, et lui trouve toujours un prétexte pour remettre à plus tard.

Je m'appuie sur la balustrade et j'esquisse un sourire en apercevant la petite golden retriever batifoler dans l'eau. Fini la fourrure toute douce, bien fait pour Evan!

En les attendant, je sors mon portable pour envoyer un message à Mac.

Moi : Que penses-tu de Potato ?

Elle répond presque instantanément. Ça flatte mon ego, de savoir que j'ai la priorité dans sa file d'attente de textos.

Mackenzie : Certainement pas.

Moi : Mary Poppins ?

Mackenzie : Mieux. Moi j'ai pensé à Daisy.

Moi : Trop commun.

Mackenzie : C'est toi qui es commun.

Moi : Nan bébé, je suis unique dans mon genre.

Mackenzie : Elle n'est pas à toi.

Moi : Tu fais quoi ?

Mackenzie : En cours.

Ce qu'elle fait suivre de l'émoji pistolet à côté d'une tête de fille. Je ricane devant mon téléphone.

Moi : À ce point-là ?

Mackenzie : Pire. Stupidement, j'ai choisi biologie comme science obligatoire. Pourquoi tous les noms d'espèces sont en latin ? J'avais oublié combien je déteste la théorie des cellules. Tu sais que l'origine de la vie se trouve dans ces foutues cellules ?

Moi : Je pensais que c'était dans le sexe.

Cette fois, Mac m'envoie l'émoji des yeux au ciel et me signale qu'elle doit arrêter parce que son prof commence à interroger les élèves. Je ne l'envie pas.

Même si Garnet propose des bourses très acceptables pour les locaux, je n'ai jamais eu envie d'aller à l'université. Je n'en vois pas l'intérêt. Tout ce que j'ai besoin de savoir sur la construction ou le travail du bois, je peux l'apprendre avec mon oncle, en ligne ou à la bibliothèque. L'année dernière, pour une centaine de dollars, j'ai pris des cours de compta à la mairie afin de pouvoir mieux gérer nos finances, aussi maigres soient-elles. Sincèrement, pourquoi payer vingt-cinq mille dollars par semestre pour tout connaître sur les cellules ou savoir que nous descendons des grands singes ?

Un coup de klaxon venant du devant de la maison me tire de mes pensées. Notre commande vient d'arriver. Je commence par saluer Billy et Jay West en partageant de généreuses poignées de main. Ces deux-là font partie de la vieille équipe, ils ont grandi dans la baie comme nous. Ce sont de vieux potes, même si nous ne les avons pas beaucoup vus ces derniers temps.

– Il devrait y avoir là-dedans tout ce dont vous avez besoin, dit Billy en ouvrant le hayon du pick-up.

Nous avons dû acheter certains outils, en emprunter d'autres plus spécifiques comme un compresseur d'air. Dans la remorque, je vois que Billy a mis les nouveaux bardeaux sur des palettes.

– Ça m'a l'air bien, je lui dis en l'aidant à vider le camion.

– Papa m'a dit qu'il ne compterait rien pour le compresseur si tu le rends avant lundi. Il t'offre la sous-couche et te fait le solin et la bande de noue à prix coûtant.

– Super. Merci beaucoup, B, je réponds en lui faisant un grand hug.

Autour de la baie, nous sommes très solidaires. Nous avons notre propre système de troc : tu me fais une faveur aujourd'hui, je t'aide demain. C'est avec ce système que la plupart d'entre nous avons réussi à nous en sortir après les tempêtes de ces deux dernières années. Tu dois pouvoir compter sur tes voisins si tu veux te refaire. On doit s'aider les uns les autres, sinon cette ville partirait en couille.

Billy, Jay et moi déchargeons la remorque sous une chaleur étouffante. Arrivés à la dernière palette, nous sommes trempés de sueur. À peine l'avons-nous posée sur le sol que le téléphone de Billy sonne. Il s'éloigne pour prendre l'appel.

– Hey Coop ! Tu as une seconde ? me demande Jay en s'essuyant le front avec son tee-shirt.

– Oui, bien sûr, allons chercher de l'eau. Qu'est-ce qu'il y a ?

Nous nous dirigeons vers la glacière sur le porche d'entrée pour en sortir quelques bouteilles. Nous sommes encore en pleine canicule. Décidément, cette année l'été refuse de nous quitter.

Jay bouge maladroitement. Du haut de son mètre quatre-vingt-quinze, il est le plus grand des cinq frères West, un vrai costaud de près de cent kilos et tout en muscles. Steph l'appelle le gentil géant, on ne peut pas trouver mieux. Jay est un vrai gentil, toujours prêt à aider quelqu'un. Il hésite, je le sens un peu mal à l'aise.

– Je voulais te demander quelque chose, commence-t-il en rougissant, et pas sous l'effet de la chaleur cette fois, Toi et Heidi…

J'ouvre de grands yeux, je ne m'attendais pas du tout à cette question.

– J'ai entendu des rumeurs sur vous… cet été, il paraît que… je ne suis pas sûr s'il se passe quelque chose entre vous ou pas.

– Non, rien.

Il avale d'un trait la moitié de sa bouteille d'eau avant de continuer.

– Ah OK, cool. Je suis tombé sur elle chez Joe, l'autre soir.

J'ai du mal à me retenir de rire en voyant ce géant tout timide. Je vois bien où il veut en venir, mais il prend le chemin le plus compliqué pour arriver à ses fins.

– Comment ça s'est passé ? Je n'ai vu ni Heidi ni les filles depuis plusieurs jours.

– Sympa, c'était sympa, répond-il en finissant sa bouteille. Ça ne te dérange pas si je lui demande de sortir avec moi, puis qu'il n'y a rien entre vous ?

Jay West est le type même du garçon pas compliqué, Heidi va le manger tout cru. Si elle lui laisse une chance, ce dont je doute. En fait, je suis presque certain d'être le seul mec en ville avec qui elle a couché. Au lycée, elle a bien fréquenté un type pendant un an, mais il ne vivait pas à Avalon. De toute façon, Heidi m'a toujours dit qu'elle voulait foutre le camp d'ici ; honnêtement, je suis surpris qu'elle ne l'ait pas déjà fait.

Je n'ai pas le cœur de dire à Jay qu'il va probablement se faire jeter, je me contente donc de lui taper sur l'épaule en bon copain.

– Mais non, ça ne me dérange pas du tout. C'est une fille géniale, occupe-toi bien d'elle.

– Parole de scout ! promet-il en levant la main droite.

Bien sûr, Jay a été scout et je parierais qu'il a gagné tous les badges possibles. On ne peut pas en dire autant de mon frère et de moi. À huit ans, on s'est fait virer pour avoir essayé de foutre le feu à l'équipement de notre chef.

Evan revient de sa promenade, tenant la petite chienne en laisse, et regarde d'un air désolé toutes les fournitures que nous avons déchargées… et pas grâce à lui.

– Salut ! Je n'avais pas réalisé que vous étiez là, les gars, sinon je vous aurais donné un coup de main.

– Oui, c'est ça… je bougonne dans mon coin.

Jay s'agenouille et commence à jouer avec la chienne qui lui mordille les doigts pendant qu'il la caresse.

– Depuis quand tu as ce chien ? demande-t-il, ravi comme un gamin. Il s'appelle comment ?

– Elle, je corrige. On ne sait pas encore.

– J'ai pensé à Chaton, mais Coop n'apprécie pas mon genre d'humour ! dit Evan.

– On cherche encore, j'ajoute.

Billy termine enfin son appel et se rapproche de nous. Il salue Evan d'un signe de tête, qui lui répond de la même façon.

– Billy, comment ça va ? lui demande Evan.

– Mouais… ça va.

Ils échangent un regard embarrassé, et je ne suis pas très à l'aise non plus. Trop occupé avec la chienne, Jay, le gentil géant, ne se rend pas compte que la tension vient de monter d'un cran. Il y a une vraie raison pour laquelle nous ne voyons plus Billy et ses frères. Evan, qui n'a pas son pareil pour mettre les pieds dans le plat, ne peut s'empêcher d'ouvrir sa grande gueule.

– Comment va Gen ?

– Bien.

Le ton est sec et brutal. À peine s'il a le temps de refermer la remorque que les deux frères s'éloignent avec leur pick-up, sans même dire au revoir.

– Putain, Evan, pourquoi tu as dit ça ?

– Dit quoi ?

Il m'a répondu comme si je ne savais pas exactement ce qui se passe dans sa tête.

– Je pensais que tu n'étais plus accro à Geneviève.

– Je ne le suis plus ! balance-t-il en allant chercher de l'eau sous le porche.

– Elle a quitté la ville pratiquement sans prévenir, je te rappelle. Crois-moi, là où elle est, elle ne se morfond pas à se demander ce que tu deviens.

– J'ai dit ça comme ça, pour faire la conversation.

– Avec ses frères ? Je ne serais pas surpris que Billy te reproche de l'avoir laissée partir à Charleston. En tout cas, je sais qu'il n'a qu'une seule envie, c'est de te botter le cul !

L'ex d'Evan était le mouton noir de notre groupe. On a tous touché aux substances illicites, enfreint la loi de temps en temps, mais Gen avait passé la vitesse supérieure. Si quelque chose était idiot et la mettait en danger, elle fonçait. Pourtant, Evan est toujours resté à ses côtés. On dit qu'elle serait partie pour remettre les choses en ordre : nouveau lieu, nouvelle vie. Qui sait… En tout cas, si certaines des filles sont encore en contact avec elle, elles n'en parlent jamais. La preuve que Geneviève West n'en a rien à foutre d'avoir brisé le cœur d'Evan.

– Tu es toujours amoureux d'elle ?

Il enlève sa chemise pour essuyer la sueur de son visage et me regarde droit dans les yeux.

– Non. Je ne pense même plus à elle.

Ouais, bien sûr. Je connais cette expression sur son visage. Je faisais la même tête quand notre père n'était pas là, chaque fois que notre mère se tirait une semaine ou un mois. Evan oublie parfois que je suis la seule personne au monde à qui il ne peut pas mentir.

La sonnerie de mon portable me détourne des conneries de mon frère. C'est un message de Mac.

Mackenzie : Mon prof de bio vient de dire à toute la classe que son chien s'appelle Mrs. Puddles[9]. Je propose qu'on lui pique ce nom et qu'on s'y tienne.

J'éclate de rire. Evan me regarde, avec insistance tout en buvant un coup.

– Et toi, alors ? me demande-t-il, un peu agressif.

– Quoi moi ?

– Chaque fois que je suis avec toi, tu envoies un texto à cette clone. Vous êtes vraiment mignons tous les deux !

– Bah, en fait, c'est l'idée ! Tu ne crois tout de même pas qu'elle va larguer son boyfriend pour un trou du cul désagréable.

– Vous parlez de quoi dans vos textos ?

– De trucs sans importance.

Ce n'est pas un mensonge. La plupart du temps, on se dispute sur le nom à donner à notre petite chienne ou pour savoir comment la dresser. Mac s'est déjà accordé une garde

9. L'auteure fait référence à *I'm sorry Mrs. Puddles* de Roger R. Riffelmacher, un livre pour enfants qui raconte l'histoire d'une institutrice autoritaire.

partielle et un droit de visite. Je lui ai dit que je ne voyais aucun inconvénient à ce qu'elle participe à l'achat de son panier et de sa nourriture. Elle veut tout le temps des photos.

– Merde alors, tu ne vas pas me dire que tu en pinces pour cette petite salope de riche ?

Il peut tout m'envoyer à la gueule s'il en a envie, mais sa colère n'a rien à voir avec Mac.

– Hey, elle ne t'a rien fait ! Elle a toujours été gentille avec toi. Alors, surveille ton langage.

Il s'approche de moi et me regarde droit dans les yeux :

– Et qu'est-ce que ça peut te foutre ? Elle est l'une d'entre eux, tu te souviens ? Une clone. Son enfoiré de mec t'a fait virer ! Ne te trompe pas de camp.

– Je suis de notre côté, je lui rappelle, toujours.

Rien n'est plus fort que le lien qui m'attache à mon frère. Point. Une fille ne peut pas changer ça. Evan a une dent contre tous ceux qui vont à Garnet. Pour lui, ce sont des ennemis. Une opinion que partagent la plupart de ceux qui ont grandi ici. Comment les blâmer ? Ces clones ne font rien d'autre qu'abuser de nous sans même nous regarder.

En fin de compte, Mac est un produit du monde d'où elle vient, comme moi. Ça ne veut pas dire que si nous n'étions pas des personnes différentes – si nous venions du même milieu, si nous avions le même genre de vie –, je ne me verrais pas l'aimer. Elle est intelligente, drôle, sexy comme l'enfer. Je serais idiot de ne pas l'admettre.

Mais nous ne sommes pas des personnes différentes et ce n'est pas une autre vie. À Avalon Bay, on joue les cartes qu'on nous donne !

Chapitre 12
MACKENZIE

Je suis à vingt minutes de mon cours de bio du mercredi quand je réalise qu'en fait on est vendredi et que je suis en pleine conf de culture des médias. Évidemment, je comprends mieux pourquoi on passe ces clips de *Real Housewives* sur l'écran de projection. Je pensais que j'avais des hallucinations.

La vérité est que je me traîne depuis quelques jours. L'université m'ennuie et mon business me laisse insatisfaite. C'est frustrant de voir le peu de travail que j'ai à faire sur mes applis maintenant que j'ai délégué la plupart de mes tâches à d'autres personnes. J'ai besoin d'un nouveau projet, quelque chose d'important et de stimulant à me mettre sous la dent.

Pour ne rien arranger, je lutte en permanence contre cette impression d'avoir quelqu'un qui me surveille. Je me sens sur le fil du rasoir. Chaque fois que mon téléphone vibre, une poussée d'endorphine m'envahit, suivie d'une montée d'adrénaline, la culpabilité me ronge, j'ai l'estomac en miettes. Je suis comme une droguée en manque de sa dose, même si je sais qu'elle peut me tuer.

Cooper : Que dirais-tu de Super Woman ?

Moi : Je préfère Jimmy Chew.

Cooper : C'est une fille !

Moi : Elle ressemble à une Daisy.

Cooper : Belle... sans son Clochard ?

Tous ces échanges ressemblent à des préliminaires tordus. Se chamailler à propos de noms de chien n'est qu'une façon déguisée de flirter. Chaque échange n'est qu'un vêtement qu'on défie l'autre d'enlever, une sorte de métaphore du strip poker. On dépasse les limites autorisées… et pourtant, je ne peux pas m'arrêter. Chaque fois qu'il m'envoie un texto, je me dis que ce sera le dernier. Et puis… j'hésite, je tape une réponse, j'envoie et j'attends ma prochaine dose.

Pourquoi je m'inflige tout ça ?

Cooper : Tu fais quoi en ce moment ?

Moi : En cours.

Cooper : Passe après, on ira promener Moon Zappa[10] sur la plage.

Pourquoi je fais ça ? Parce que Cooper me fait tourner la tête et me met dans tous mes états. Je me réveille en nage après avoir rêvé de son corps musclé et de ses yeux profonds où je devine les reflets de son âme. Même si j'ai du mal à l'accepter, je commence à bien l'aimer. Ce qui fait de moi une fille horrible, une très mauvaise copine pour Preston. Pourtant, je n'ai rien fait de répréhensible, je suis encore capable de me contrôler. L'esprit reste le plus fort.

Moi : Je te rejoins dans une heure.

Uniquement pour la petite chienne, je pense en moi-même, juste pour voir s'il s'en occupe correctement.

Tu parles… self-control mon cul !

***

10. La fille de Frank Zappa.

Une heure plus tard, je suis devant sa porte… et putain, cette situation est embarrassante. Je ne sais pas si c'est à cause de moi, de lui ou de nous deux ; heureusement, la petite chienne est là pour faire diversion. Elle me saute dessus et je passe les minutes suivantes focalisée sur elle, je la caresse partout, je lui gratte les oreilles et embrasse son adorable petite truffe.

Une fois sur la plage devant la maison, Cooper me donne un petit coup de coude pour me rappeler sa présence.

Comme la plage est déserte, il retire la laisse du chiot et lui lance un bout de bois pour qu'elle puisse aller jouer plus loin.

– Euh… quoi ? je demande en levant les yeux sur lui.

– Un truc te tracasse ?

C'est pas juste… Il vient juste d'enlever sa chemise et, maintenant, je suis obligée de le regarder marcher, torse nu avec son jean usé qu'il porte bas sur ses hanches. J'ai beau essayer de regarder ailleurs, je ne peux m'empêcher de revenir sur ce superbe V qui disparaît dans sa ceinture. Je salive d'envie.

J'attrape le bâton que la petite chienne vient de rapporter et le lui lance plus loin.

– Non, désolée. Je suis juste préoccupée par mes cours.

Il ne faut pas longtemps pour que le chiot soit épuisé, et nous rentrons chez Cooper. il enfile tout de suite un tee-shirt, un Billabong délavé si fin qu'il épouse chaque détail de sa parfaite musculature. C'est de plus en plus difficile d'avoir des pensées qui n'ont plus grand-chose à voir avec une simple amitié. Il est vraiment temps pour moi de partir.

Pourtant… quand il propose de me raccompagner à Garnet, je trouve le moyen de refuser sans vraiment dire non. Au lieu de cela, on se retrouve dans son atelier, une sorte de garage situé à l'extérieur, un lieu rempli de scies, de machines et d'outils que je ne connais pas. Sur les murs sont accrochées des étagères en bois brut, le sol est couvert de sciure et, dans le fond, j'aperçois quelques meubles qui semblent terminés.

– C'est toi qui les as faits ? je demande en passant ma main sur une table basse, une chaise et une petite étagère.

Il y a aussi une commode, deux autres tables basses. Chaque meuble avec des finitions différentes, mais tous avec une esthétique moderne, un style « bord de mer » à la fois simple et élégant.

– Mon activité secondaire, répond-il avec fierté. Tout est fait en bois de récupération, des bouts que je trouve sur les chantiers ou sur la plage. J'enlève les parties inutilisables et recompose des formes avec ce qui reste.

– Je suis impressionnée.

Il hausse les épaules et balaie le compliment d'une main comme si je venais de lui répondre par simple politesse.

– Non, je t'assure, je suis sincère, Cooper. Je trouve que tu as un réel talent, tu pourrais gagner pas mal d'argent avec ce que tu fais. Je connais un certain nombre d'amies de ma mère qui dévaliseraient ce lieu comme aux soldes chez Saks[11], toutes prêtes à faire pleuvoir leurs dollars sur toi.

L'air gêné, il se met à ranger machinalement ses outils sur l'établi.

– Ouais, tu parles… Sans les fonds nécessaires, je ne peux pas quitter mon boulot et dégager le temps qu'il me faudrait pour produire en quantité et en faire une activité durable. Je vends quelques meubles ici et là, ce qui me fait un peu d'argent en plus qu'on peut utiliser pour réparer la maison, mais tu sais, c'est juste un passe-temps.

– Laisse-moi t'acheter quelque chose.

En un clin d'œil, il jette un tissu sur les meubles et, sans me regarder, il dit :

11. Saks of Fith, grand magasin chic, style Bon Marché Rive Gauche.

– Sûrement pas !

– Et pourquoi ? je rétorque du tac au tac.

– Ne fais pas ça. À la seconde où tu commenceras à me considérer comme un projet de business, ça – il nous désigne tour à tour du doigt – ne va plus fonctionner. Je n'ai pas besoin de ton aide, je ne t'ai pas montré mes meubles pour te soutirer de l'argent.

J'attrape son bras pour le forcer à me regarder.

– Je sais, je ne fais pas ça par charité, tu ne me fais pas pitié, Cooper. C'est un investissement dans un talent encore inconnu.

Il renifle.

– Je suis sérieuse. Le jour où tu vas exploser, je pourrai dire à tout le monde que j'étais la première à reconnaître ton talent, et les filles riches adorent lancer les modes.

Il me regarde, pensif. Ses yeux sombres ont l'air de vouloir lire dans mes pensées. Ce type dégage une intensité qui lui est propre, une aura naturelle à la fois magnétique et dangereuse. Plus je sais que je dois garder mes distances, plus je suis attirée par lui. Finalement, son visage s'éclaire.

– Putain de clones…

– Bien. Réfléchis à un prix équitable pour une table basse et des chaises. De toute façon, les meubles que nous avons dans notre chambre sont hideux. Bonnie et moi avions l'intention d'en acheter d'autres, mais on a été occupées par nos cours.

Je m'assieds sur une table de travail voisine, en balançant mes jambes. Je sais que je devrais partir, mais j'apprécie beaucoup trop la compagnie de ce type.

Ça devient un vrai problème.

Cooper m'observe toujours, avec cette expression indéchiffrable. Son regard se détourne du mien quand il reçoit un texto et, je ne sais pas pourquoi, il se met à rire doucement en le lisant.

– Qu'y a-t-il de si drôle ?

– Rien. Mon amie Steph vient de m'envoyer un truc marrant sur le chat de notre groupe. Tiens, regarde.

Il s'approche et s'assied à côté de moi sans aucune gêne apparente.

Je me penche vers lui pour regarder le message, en faisant un effort pour essayer de ne pas remarquer à quel point il sent bon. Un mélange d'épices, de sciure de bois et de sel marin. Pas vraiment le genre de parfum qui vient à l'esprit quand on pense aux aphrodisiaques et aux phéromones, et pourtant… ça me donne la chair de poule et des frissons.

Curieusement, le chat montre une capture d'écran provenant de mon site, *GirlfriendFails*, c'est l'histoire d'une fille qui rentre tard le soir avec un type après l'avoir rencontré dans un bar. Ils couchent ensemble, mais une fois que le type s'est endormi, elle se rend compte qu'elle commence à avoir ses règles et surtout qu'elle n'a pas de tampon. Elle va donc fouiller dans son appartement pour voir s'il y en a dans les salles de bains. Rien, dans la première. Elle se glisse discrètement dans une autre chambre et va voir dans la deuxième. Là, elle trouve enfin une boîte de tampons sous le lavabo quand, tout à coup, quelqu'un la surprend. C'est la mère du gars qui la menace avec une grosse lampe en pensant qu'elle est en train de se faire cambrioler. Elle hurle comme une furie et veut, bien sûr, savoir ce que fait cette fille presque nue à quatre heures du matin dans sa salle de bains.

– Tu imagines la scène ? me dit Cooper en rigolant. Je suis content que ma mère ne soit pas dans les parages.

Ce serait sans doute le moment de lui apprendre que je suis le cerveau derrière ce site qui le fait rire, mais je n'ai pas le cœur de lui dire : « Ouais, ce site m'appartient. Je l'ai lancé et j'ai gagné mon premier million de dollars alors que j'étais encore au lycée. Racontes-en moi un peu plus sur ta petite entreprise de meubles en difficulté. » Non, sincèrement, j'aurais l'air d'une conne.

Ce n'est pas mon genre de me vanter de mes succès, mais là, ce serait pire que jamais. Je rebondis sur sa mère :

– Où est-elle ?

– Aucune idée.

Dans sa voix, j'entends comme un étranglement qui trahit à la fois de la douleur et de la colère.

Je me rends compte que j'ai touché un point sensible. Je m'efforce de trouver un moyen de changer de sujet, mais il continue, la gorge serrée.

– Elle était à peine présente quand Evan et moi étions enfants. Elle allait et venait, accompagnée d'un gars différent presque tous les mois. Un jour, elle partait et réapparaissait à l'improviste pour demander de l'argent. Shelley n'a jamais été une bonne mère.

Le fardeau qu'il a porté – et qu'il porte encore – se lit dans l'affaissement de ses larges épaules, dans le pli de son front et dans la façon dont il gratte les effilochures de son jean.

– Je suis désolée, Coop, je réponds le plus sincèrement du monde. Et ton père ?

– Mort. Décédé dans un accident de voiture en état d'ivresse quand nous avions douze ans, mais pas sans avoir laissé derrière lui une montagne de dettes qui, évidemment, sont devenues un problème pour Evan et moi. (Il attrape un ciseau à bois et se met à gratter distraitement la surface d'une table.) En fait, la seule chose que nous avons héritée de nos parents, ce sont leurs dettes. (Pris d'une rage soudaine, il plante le ciseau directement dans le bois.) Mais je serais damné si je finis comme eux. Dans ce cas, je préfère tout de suite me jeter d'un pont.

J'ai la gorge serrée. Parfois, il me fait presque peur. Pas exactement menaçant, mais terriblement imprévisible, je le sens en osmose avec les démons qui tourmentent son esprit. Au fond de lui, Cooper Hartley est sombre et fuyant comme un serpent. Mon côté téméraire – et les impulsions que je garde enfouies en moi – ne veulent rien de plus que de plonger et d'explorer cette face cachée de sa personnalité.

C'est une raison de plus pour laquelle je ne sais plus où donner de la tête.

Je pose une main sur la sienne. Après ce qu'il vient de me dire, je sais qu'il a besoin de réconfort, d'une amie qui l'écoute et le comprenne.

– Pour ce que ça vaut, je ne pense pas que tu leur ressembles. Tu es travailleur, talentueux, intelligent. Tu as de l'ambition. Crois-moi, c'est beaucoup plus que la moyenne des gens. En provoquant sa chance et surtout avec beaucoup d'initiative, un type comme toi peut faire tout ce qu'il veut de sa vie.

Il me lance une pique sarcastique, et je sais que c'est parce que je suis la seule cible dans la pièce :

– Facile à dire pour toi ! Combien de poneys tes parents t'ont achetés pour tes anniversaires ?

– Tu sais, j'ai de la chance si j'arrive à passer le niveau de l'assistant quand j'appelle ma propre mère, je lui réponds, un sourire en coin. Mes cartes d'anniversaire sont signées par une secrétaire, quant à mes bulletins de notes et mes autorisations diverses et variées, ils étaient paraphés par des employés.

– Ce qui n'est qu'un juste retour des choses pour des gens qui ont l'habitude d'obtenir ce qu'ils veulent en claquant des doigts.

– C'est vraiment ce que tu penses ? je lui demande. C'est vrai, j'ai beaucoup de chance d'être née dans une famille aisée. Mais l'argent sert d'excuse à tout. Il devient un mur entre nous. Tu as raison sur un point, nous sommes des clones. Depuis ma naissance, mes parents m'ont élevée pour devenir un double. Ils ne me considèrent pas comme une personne qui a ses propres pensées, ses propres opinions. Pour eux, je suis un simple accessoire. Je te jure, parfois je me demande si je ne suis pas née uniquement pour servir les aspirations politiques de mon père.

Cooper me regarde, l'air intrigué.

– Mon père est membre du Congrès, je lui explique, et chacun sait que les électeurs préfèrent les candidats avec des familles. En tout cas, c'est ce que disent les sondages. Et hop ! Me voilà. Née pour de jolies séances photos de campagne. Élevée pour faire de jolis sourires aux caméras et dire des choses gentilles sur son papa pendant les levées de fonds. Et j'ai tout fait sans poser de questions ni me plaindre. Parce qu'un jour, j'espérais qu'ils m'aimeraient en retour. (Je ne peux m'empêcher de lâcher un petit rire amer.) Honnêtement, je ne suis pas certaine qu'ils remarqueraient si j'étais remplacée par une autre fille. Ils ne s'intéressent pas à moi en tant que personne.

C'est la première fois que je réussis à exprimer tout ça à voix haute. La première fois que je laisse quelqu'un entrer dans mon intimité. Bien sûr, je me suis souvent confiée à Preston, mais pas de façon aussi directe. Nous venons tous les deux du même milieu, ces choses-là lui paraissent normales. D'ailleurs, il ne se plaint pas de son sort, pourquoi le ferait-il ? Il a été élevé comme un homme qui, un jour, va prendre la direction de l'empire familial. C'est un homme. Un jour, il va gérer cet empire familial. Moi, pour le moment, je fais profil bas. Je n'ai pas envie que mes parents se rendent compte qu'en aucun cas je ne veux devenir une gentille femme au foyer quand je serai sortie de mes « petites histoires d'adolescente », comme ils se plaisent à le dire.

Ils pensent que mes sites web et mes applis sont une pure perte de temps, « une folie passagère », comme n'a cessé de le répéter ma mère tout au long de mon année sabbatique pour laquelle j'avais dû me battre bec et ongles. Quand j'ai fièrement annoncé à mon père que mon compte en banque avait officiellement atteint sept chiffres, il s'est foutu de moi en me disant qu'un million de dollars n'était qu'une goutte d'eau dans l'océan de sa fortune. Comparé aux centaines de millions que sa compagnie engrange chaque trimestre, je suppose que mes gains lui semblaient bien pitoyables. Mais tout de même… il aurait pu, au moins, faire semblant d'être fier de moi.

Cooper me regarde en silence depuis déjà un moment. Soudain, quittant la rêverie dans laquelle il était plongé, ses yeux intenses se recentrent sur moi.

– OK, je te l'accorde. Avoir des parents émotionnellement absents n'est pas plus enviable que d'avoir des parents physiquement absents.

– Alors, où en sommes-nous des scores des traumatismes de l'enfance, je réponds en riant.

– Mouais… je te bats toujours de cent coudées, mais je reconnais que tu as ta place sur le tableau.

– C'est juste.

Nous échangeons des sourires complices devant la futilité d'une telle dispute. Ce n'était vraiment pas mon intention de transformer notre discussion en une compétition pour savoir qui avait eu l'enfance la plus malheureuse. Je ne prendrais jamais à la légère la douleur dont Cooper a souffert, mais j'ai l'impression que, de mon côté, je gardais en moi plus de frustrations que je le pensais. Cette fois, c'est sorti d'un coup.

– Tu fais quelque chose ce soir ? me demande Coop en se relevant.

J'hésite. Je devrais vérifier si Preston n'a pas prévu une sortie avec les copains. Au lieu de ça, je réponds :

– Non.

Décidément, quand il s'agit de Cooper, je ne contrôle plus mes réactions. Son regard me pénètre d'une manière si étrange que j'en ai des frissons partout.

– Super, on sort alors.

Chapitre 13
COOPER

Mac m'attrape le bras et m'entraîne vers un monstre qui tourne à trente mètres de haut.

– J'ai toujours voulu faire un tour dans un machin comme ça ! me lance-t-elle.

Vraiment ? Cette nana n'est pas sérieuse. Je lève les yeux au ciel.

– Si je voulais avoir le vertige et m'étouffer dans mon propre vomi, je pouvais le faire sur la terre ferme.

Elle se retourne vers moi et me regarde, étonnée. Ses yeux brillent de mille feux sous l'effet des lumières multicolores.

– Tu n'es pas une poule mouillée, hein, Hartley ?

– Ah ça, certainement pas !

L'incapacité à reculer devant un défi est un de mes défauts.

– Dans ce cas, poule mouillée, je veux des preuves.

– Tu vas le regretter, je réponds en lui faisant signe de passer devant.

À Avalon Bay, la fête foraine annuelle de la promenade représente un moment fort de la saison automnale. Au départ, elle avait été créée pour commémorer la fondation de la ville, ou un truc comme ça, et petit à petit, cette célébration est devenue une simple excuse de faire la fête. Les restaurants locaux en profitent pour sortir leurs food trucks, les bars installent des sortes de comptoirs sur des chariots à l'extérieur où ils servent d'excellents cocktails. Tout plein de jeux et de manèges typiques des fêtes foraines envahissent aussi la promenade.

Plus jeunes, Evan et moi avions l'habitude de fumer des pétards avec nos copains et d'enchaîner les tours les manèges les uns après les autres pour savoir qui allait rendre son déjeuner en premier. Mais ces dernières années, on a fini par se fatiguer de faire ce genre de bêtises.

Je ne sais pas pourquoi, mais j'avais très envie d'être le premier à amener Mac à cette fête.

La promenade est bondée de monde. Les flonflons des manèges se mêlent avec trois groupes de rock installés dans la vieille ville. Dans l'air flotte un doux mélange de hot dogs, de barbes à papa, de biscuits au gingembre, de cornets de frites et de cuisses de dinde grillées. Après le Wave Flinger[12] et le Moon Shot[13], c'est au tour d'Avalanche, un grand toboggan d'au moins quinze mètres… puis nous nous engouffrons dans le Gravity Well. Mac, imperturbable, sautille d'un manège à l'autre, tout sourire, sans l'ombre d'une appréhension sur le visage. Cette nana est une sacrée aventurière… et j'aime ça !

– Ensuite ? demande-t-elle, à peine remise de son dernier tour de manège.

On ne peut pas m'accuser d'être une mauviette, mais je dois avouer que la casse-cou à côté de moi me donne du fil à retordre.

– Un truc plus cool peut-être ? je marmonne entre mes dents. Genre, donne-moi cinq secondes pour me réajuster à la gravité ?

12. Nacelles tournoyantes.
13. Plateaux tombants.

– Plus cool ? répond-elle en souriant. Ouh là là, papy, comme quoi ? Peut-être devrait-on s'asseoir tranquillement dans une nacelle de la grande roue ou tu préfères monter dans ce petit train qui traverse le Tunnel de l'Amour ?

– Si tu vas dans le Tunnel de l'Amour avec ton papy, je te préviens, tu t'exposes à de nouveaux problèmes dont nous devrions discuter avant.

– Dans ce cas, que dirais-tu d'une pause barbe à papa, répond-elle en levant un index.

– Si tu veux…

En nous dirigeant vers le stand des confiseries, je continue la conversation sur un ton détaché.

– Tu sais qu'une fois, on m'a fait une pipe dans ce tunnel ?

Au lieu d'avoir l'air dégoûtée, ses yeux verts pétillent de plaisir.

– Vraiment ? Raconte, je veux tout savoir.

On attend dans la file derrière une femme avec trois enfants dont l'aîné n'a pas plus de cinq ans. On dirait une portée de petits chiots, incapables de rester en place, bondissant dans tous les sens à cause de tout le sucre qu'ils ont dû manger depuis leur arrivée à la fête. Je me retourne vers Mac et me lèche les lèvres en lui faisant un clin d'œil.

– Je te raconterai ça tout à l'heure. En privé.

– Toujours à me taquiner, Coop.

Quand notre tour arrive, j'achète deux barbes à papa. Mac se précipite sur la sienne et en détache un gros morceau avant de mettre plein de coton rose dans sa bouche.

– Tellement bon…

Ses mots sont à peine intelligibles tant sa bouche est pleine.

Des images classées X arrivent dans ma tête en la voyant sucer et avaler sa friandise sucrée. Je sens ma queue gonfler contre ma fermeture Éclair, ce qui m'empêche de me concentrer sur les bêtises qu'elle me dit.

– Sais-tu que la barbe à papa a été inventée par un dentiste ?

Sa réflexion me ramène vite à la réalité.

– Tu plaisantes… c'est ce que j'appelle un moyen efficace de s'assurer une clientèle.

– Tout simplement génial, confirme-t-elle.

À mon tour, je prends un morceau de ma barbe à papa qui se met à fondre dans ma bouche dès qu'elle touche ma langue. Ce goût sucré si particulier fait immédiatement monter en moi une bouffée de nostalgie… Je me revois, enfant, à l'époque où mes parents étaient encore amoureux, quand ils m'emmenaient avec Evan sur la promenade et nous bourraient de junk food et de sucre en nous laissant faire les fous autant qu'on en avait envie. On rentrait tard à la maison en riant tous ensemble, tellement heureux d'être une vraie famille.

Nous avions à peu près six ans, Evan et moi, quand leur relation est devenue plus orageuse. Papa a commencé à boire de plus en plus et maman s'est mise à la recherche d'hommes qui la comprenaient davantage. Ils ont fini par se séparer… Alors, Evan et moi sommes passés au second rang, après l'alcool et le sexe.

– Ah non ! s'exclame tout à coup Mac.

– Non, quoi ? je réponds, surpris dans mes réflexions.

– Tu as encore cet air sombre, comme si tu faisais la tête.

– Mais non, je ne fais pas la tête !

– Si, je le vois bien à ton visage. Tu es en train de te dire : « Je suis perdu dans mes pensées parce que je suis un garçon très torturé. » (Elle me lance un regard assassin.) Reprends-toi, Hartley, nous étions en pleine conversation, nous parlions de choses plutôt intéressantes, si je me souviens bien.

– On parlait de barbe à papa, je réponds d'un ton sec.

– Et alors ? Le sujet peut être intéressant. (Elle lève un sourcil avec ce petit air supérieur que je lui connais bien.)

Sais-tu que des scientifiques essaient d'utiliser la barbe à papa pour créer des vaisseaux sanguins artificiels ?

– Sans doute une pure et totale connerie, je réponds en éclatant de rire.

– Pas du tout. J'ai lu ça quelque part, insiste-t-elle. Les fibres de la barbe à papa sont super fines, de la taille de certains de nos vaisseaux sanguins. Maintenant, je ne me souviens plus du procédé exact, mais le principe de base est clair : barbe à papa égale progrès médical.

– Science de merde.

– Je te jure.

– Alors, donne-moi au moins tes sources.

– Un magazine.

– Ouh là… bien entendu, un magazine ! On parle certainement ici d'une publication des plus respectables.

– Pourquoi refuses-tu d'accepter que j'aie raison ? demande-t-elle en me regardant fixement.

– Pourquoi refuses-tu d'accepter que tu puisses avoir tort ?

– Je n'ai jamais tort.

En entendant sa réponse, j'éclate de rire. Son regard devient alors de plus en plus dur.

– Je suis convaincu que tu discutes pour le simple plaisir de me contredire.

– Ce n'est pas vrai !

– Tu vois, je réponds en riant de plus belle, tu es vraiment têtue.

– Mensonge !

Une grande blonde tenant un petit garçon par la main passe devant elle en la regardant d'un air étonné. L'exclamation de Mac a fait apparaître une légère inquiétude sur son visage.

– Pas de problème, lui dit Mac en la rassurant, nous sommes les meilleurs amis du monde.

– Nous sommes surtout des rivaux acharnés, je corrige. Elle est toujours en train de me crier dessus, M'dame. S'il vous plaît, aidez-moi à me sortir de cette relation toxique !

La femme nous lance alors un de ces regards du genre « vous êtes vraiment incorrigibles » que toute personne de plus de quarante ans lance logiquement à des gamins immatures. Elle marque un point, nous avons tous les deux la vingtaine.

On continue à marcher sur la promenade. On s'arrête un instant pour regarder un mec un peu con qui s'escrime à lancer des fléchettes sur une cage de ballons flottants pour gagner un énorme animal en peluche pour sa copine. Hélas, quarante dollars plus tard, il n'a pas réussi à obtenir le précieux panda et sa petite copine est plus occupée à me dévisager qu'à l'encourager.

– Tu as vu cette nana ? me demande Mac tandis que nous nous éloignons, je suis sûre qu'elle était en train de t'imaginer nu pendant que son pauvre boyfriend se saignait aux quatre veines pour elle !

– Jalouse ?

– Non, juste impressionnée. C'est un fait, tu es sexy, Hartley. Je ne pense pas que nous ayons croisé une seule fille ce soir qui n'ait pas bavé en te voyant.

– Que veux-tu que je te dise, les femmes m'aiment bien.

Je ne suis pas arrogant, mais c'est la vérité. Mon jumeau et moi, on est plutôt beaux mecs, et les beaux mecs ont du succès auprès des femmes. Toute personne prétendant le contraire fait preuve de naïveté. Quand il s'agit de nos instincts les plus primaires, pour savoir vers qui on est sexuellement attiré, l'apparence compte.

– Pourquoi tu n'as pas de copine ? me demande Mac.

– Parce que je n'en veux pas.

– Ah, je vois, Monsieur a peur de s'engager.

– Nan, je réponds en haussant les épaules, c'est juste que je ne suis pas sur le marché en ce moment. Mes priorités sont ailleurs.

– Intéressant.

Nos regards pleins de trouble se croisent, l'espace d'un instant. Je me sens soudain prêt à reconsidérer ce que je viens d'affirmer quand je vois Mac déglutir avant de changer de sujet.

– Bon, tu ne penses pas qu'il est temps de faire un nouveau tour de manège ? Voilà un petit moment qu'on traîne à ne rien faire.

– S'il te plaît, vas-y doucement avec moi. Je te le demande gentiment.

En guise de réponse, elle se contente de sautiller en cherchant la prochaine aventure qui pourrait nous rapprocher de la mort.

Je la regarde, amusé, et malgré tout, un peu perplexe. Décidément, cette fille ne ressemble à aucune autre, elle n'a rien de commun avec les clones ennuyeuses de Garnet. Les cheveux toujours en bataille, le maquillage pas toujours impeccable, elle se soucie si peu de son apparence. Elle est spontanée, libre, ce qui rend encore plus déroutant le fait qu'elle sorte avec ce crétin de Kincaid. Qu'est-ce que ce putain de mec peut avoir pour être aussi formidable ?

En continuant notre balade, on s'approche d'un énorme truc avec un élastique qui lance une petite nacelle à près de quatre-vingt-dix mètres dans les airs, avec deux victimes hurlant à l'intérieur.

– Explique-moi quelque chose.

Imperturbable, elle se dirige vers le forain et lui tend nos billets.

– Si tu es en train d'essayer de gagner du temps, ça ne va pas marcher.

– Ton copain… je continue, tout en passant devant elle pour entrer le premier dans la nacelle.

Le type du manège m'attache et commence à débiter son baratin qui peut se résumer à : « Gardez vos mains et vos pieds à l'intérieur de la nacelle. Si vous avez le moindre problème, nous déclinons toute responsabilité. »

Pour la première fois, ce soir, Mac n'a pas l'air très à l'aise de s'asseoir à côté de moi.

– Que veux-tu savoir sur lui ?

Je choisis mes mots.

– Tu sais, j'ai entendu des choses… rien de très sympa sur lui. Et, pour une fille qui met un point d'honneur à ne pas vouloir être la petite princesse à son papa et sa maman, je me demande pourquoi tu te contentes de faire ce qu'on attend de toi en fréquentant ce typique clone de Garnet.

Le gros faisceau d'attaches qui va dans un instant nous propulser dans le ciel nocturne se tend petit à petit grâce aux bras métalliques qui forment un angle obtus au-dessus de nous.

– Ce n'est pas vraiment tes affaires.

Sa réponse est froide, son ton accusateur. J'ai touché un point sensible.

– Allez, si vous faites l'amour comme des fous, tu n'as qu'à le dire, je peux comprendre. Tu sais, il n'y a pas de mal à se faire du bien.

Elle regarde droit devant elle, comme si elle pouvait m'ignorer dans cette boîte de conserve d'à peine un mètre carré.

– Je n'aurai pas cette conversation avec toi.

– Je sais que ce n'est pas pour l'argent. En plus, le fait que tu ne parles jamais de lui me dit que tu n'as pas tout ton cœur dans cette histoire.

Mac se retourne brutalement vers moi, le menton levé et l'air provocant.

– Sincèrement, je suis gênée pour toi.

Je sens que tout s'embrouille dans sa tête.

– Vraiment, princesse ? (Je ne peux pas m'en empêcher, la voir s'énerver commence à m'exciter.) C'est quand, la dernière fois que tu t'es touchée en pensant à lui ?

Cette fois, elle devient toute rouge, elle se mord l'intérieur des joues et cligne nerveusement des yeux.

– Va te faire voir !

– Dis-moi que je me trompe, dis-moi qu'il t'excite, qu'il te trouble dès qu'il entre dans une pièce.

Je vois son pouls qui pulse sur son cou, elle remue nerveusement sur son siège et croise ses chevilles. Quand nos regards se rencontrent, elle se lèche les lèvres… je sais qu'elle pense à la même chose que moi.

– Il y a des choses plus importantes que l'alchimie entre les êtres, dit-elle.

Le ton hésitant de sa voix trahit tellement d'incertitude !

– Je parie que tu te dis ça depuis un bon bout de temps, j'ajoute en me penchant vers elle, mais peut-être n'en es-tu plus aussi persuadée qu'avant.

– Pourquoi tu dis ça ?

– OK, annonce le forain, accrochez-vous, compte à rebours à partir de dix, on est prêts ?

Oh merde, on y va.

– Tu me dois quelque chose, je lui dis.

– Je te dois quoi ?

– Huit, sept… Le forain continue à compter.

– Le pari qu'on a fait, la nuit où on s'est rencontrés, tu te souviens ? Eh bien, j'ai gagné et je sais ce que je veux comme récompense.

– Six, cinq…

– Cooper…

– Quatre, trois…

– Embrasse-moi, je dis brusquement, ou dis-moi franchement que tu n'as pas envie de moi.

– Deux…

– Quelle est ta réponse, Mackenzie ?

– Un…

Chapitre 14
COOPER

Nous voilà brutalement propulsés dans les airs. Pendant quelques secondes, le cœur se serre, l'estomac se retourne, nous sommes comme figés dans le temps, coincés par la force de l'attraction alors que le sol disparaît sous nos pieds. Puis un bref et spectaculaire moment d'apesanteur nous soulève de nos sièges, avant que la tension des attaches se relâche légèrement en nous faisant rebondir une fois, deux fois, toujours plus haut. À ce moment-là, je me retourne vers Mac et nos lèvres se rencontrent.

Je ressens comme une décharge électrique, une onde de chaleur qui part de ses lèvres et descend jusqu'à mon entrejambe.

Mac m'attire vers elle en agrippant mes cheveux à pleines mains et m'embrasse sauvagement. Elle a le goût du sucre et des nuits d'été sans fin. Je me délecte des deux quand ma langue glisse sur la sienne… nous montons si haut que j'ai l'impression que jamais nous pourrons redescendre.

Son souffle réchauffe mes lèvres.

J'intensifie le baiser en avalant chacun de ses gémissements.

La nacelle rebondit une fois encore et finit par redescendre doucement vers le sol. Nos lèvres se séparent pour reprendre notre souffle et je dois me rappeler l'endroit où nous sommes pour m'empêcher de lui arracher ses vêtements. Je bande et j'ai envie d'elle.

Mac réajuste les bretelles de son débardeur avant d'essuyer le rouge à lèvres qui s'est étalé sur ses lèvres.

– On n'aurait pas dû faire ça, dit-elle, l'air contrariée.

– Je ne suis pas désolé, je réponds.

Et c'est vrai, je ne le suis pas. Voilà des semaines que j'avais envie de faire ça. Maintenant, au moins, c'est clair, finis les faux-semblants, on ne peut plus reculer.

Mac reste silencieuse alors que nous nous éloignons du manège. Peut-être que j'y suis allé un peu fort, que je lui ai fait peur.

Quand je comprends qu'elle nous conduit vers la sortie. Je ravale un soupir.

Mouais…

Elle est clairement effrayée.

– Je te ramène chez toi, si tu veux, je lui propose en la suivant vers l'endroit où j'ai garé le pick-up.

– Je veux d'abord aller dire bonsoir à Daisy.

Ce n'est pas le moment d'argumenter sur le nom de la petite chienne. J'imagine qu'elle a gagné la bataille.

– Je prendrai un taxi de chez toi pour rentrer, ajoute-t-elle.

Pendant tout le trajet du retour, je suis convaincu que je ne la reverrai plus et que je viens de faire foirer tout le plan. J'ai mal au crâne à essayer de trouver quelque chose à dire pour faire retomber la tension qui règne dans le pick-up. Tout ce qui me vient à l'esprit, c'est la douzaine de façons dont je pourrais la baiser… ce qui ne m'aide pas.

– Il me stabilise.

Le ton posé de sa voix me prend par surprise.

– Quoi ?

– Preston. Il y a beaucoup de raisons pour lesquelles je suis avec lui, mais c'est la plus importante. Il me permet de garder les pieds sur terre. (Du coin de l'œil, je vois qu'elle se tortille les mains.) Il m'apprend à savoir garder mes distances, à me contrôler.

– Et pour quelle raison ?

– S'il n'en fallait qu'une, parce que mon père est un personnage public.

– Et alors ? C'est ton père qui a fait ce choix, pas toi ! Tu n'as pas à te transformer en marionnette pour lui rendre la vie plus facile. Pas plus que tu n'as à supporter un boyfriend qui te tient en laisse, j'ajoute en la regardant d'un air réprobateur.

– Je ne suis pas en laisse, rétorque-t-elle tout de suite.

– Quel est le sens de « contrôler » à ton avis ? j'ajoute, sarcastique

– J'ai dit qu'il m'apprend à me contrôler, ce n'est pas lui qui me contrôle. Peu importe, de toute façon, tu ne comprends pas.

Les lèvres serrées, elle regarde fixement la vitre côté passager.

– Tu as raison, je ne comprends rien. Je viens de passer deux heures avec toi, à te voir rechercher les manèges les plus impossibles de la fête. Tu prends ton pied dans les sensations fortes, dans la vie tout simplement ! Il y a du feu qui brûle en toi, Mac.

– Du feu… répète-t-elle, hésitante.

– Bon sang, oui, du feu ! Et tu choisis de sortir avec un type qui fait tout pour éteindre ce feu ? Franchement, c'est nul. Tu as besoin d'un homme qui l'attise.

– Bien sûr, et cet homme, c'est toi ? dit-elle sur un ton tranchant.

– Je n'ai pas dit ça. Je dis juste que ton choix actuel n'est pas le bon.

Aucune lumière n'est allumée dans la maison quand on s'arrête. Evan m'avait dit qu'il devait retrouver nos amis ce soir… peut-être qu'eux aussi sont allés à la fête foraine. Le silence s'installe entre nous quand nous rentrons dans la maison.

J'allume et continue :

– Écoute, Mac, je ne regrette pas ce baiser, on le voulait tous les deux, et tu le sais. Mais si notre amitié doit en souffrir…

Je me retourne et la vois appuyée contre la porte d'entrée, avec ce look terriblement appétissant qui est le sien. Elle ne dit pas un mot et se contente d'attraper le devant de ma chemise pour m'attirer vers elle. Avant même que j'aie pu réagir, elle se lève sur la pointe des pieds et m'embrasse.

– Putain… je murmure, tout près de sa bouche entrouverte.

En réponse, elle enroule sa jambe autour de mes hanches et me mordille les lèvres. Mon cerveau vacille quelques secondes, avant que je reprenne la situation en main. J'attrape sa cuisse, m'installe confortablement entre ses jambes et l'embrasse avec fougue. Ses doigts passent sous ma chemise.

– Mon Dieu ! Tous ces muscles, je peux à peine…

Ses mains glissent doucement sur mon torse, puis sur mon dos, où ses ongles grattent lentement ma colonne vertébrale.

Ses caresses fébriles font réagir mon entrejambe. J'ai du mal à me contrôler, je bande dur. J'ai tellement envie d'elle que je respire avec difficulté.

Un fantasme, plein de détails précis, m'apparaît. L'allonger sur mon lit. Au moment où je m'apprête à la porter jusqu'à ma chambre, j'entends la porte-fenêtre coulissante se fermer bruyamment dans la cuisine.

Immédiatement, on s'arrête de s'embrasser.

– Oh, désolée, je ne voulais pas vous interrompre, lance Heidi qui apparaît dans l'embrasure de la porte. Je ne savais pas que tu étais de retour, ajoute-t-elle sur un ton des plus sarcastiques.

Encore tout haletant de nos débats, j'ai du mal à retrouver ma voix.

Sans la moindre gêne, Heidi se dirige vers le frigidaire et attrape quelques bières avant d'ajouter :

– Je vous en prie, continuez, ne vous dérangez pas pour moi.

Elle me fait un clin d'œil, avant de repartir comme elle est arrivée.

Super.

– Je ferais mieux d'y aller, dit alors Mac en s'écartant de moi.

La petite chienne n'ayant pas accouru à notre arrivée, j'en déduis qu'Evan a dû l'emmener à la plage avec Heidi et le reste de la bande.

– C'était mon amie Heidi, je me dépêche de préciser, ne voulant pas que Mac s'en aille. Désolé, je ne savais pas qu'il y avait quelqu'un dans les parages.

– Ce n'est pas très grave, de toute façon, je dois y aller.

– Reste. Ils sont probablement tous à la plage. Je vais aller chercher Daisy.

– Non, je t'assure, je vais appeler un taxi.

– Je vais te raccompagner.

Elle est déjà dehors, je n'ai pas réagi assez vite pour l'arrêter.

Putain.

– Laisse-moi au moins attendre le taxi avec toi !

Elle acquiesce, mais le moment est passé. Une fois encore, un lourd silence s'installe entre nous en attendant la voiture… et quand elle s'en va, je n'ai droit qu'à un signe de la main.

Je passe une main dans mes cheveux et entre dans la maison. Putain de merde ! Un pas en avant, deux pas en arrière.

L'histoire de ma vie.

J'attrape une bière dans la cuisine et j'en bois une bonne gorgée avant de sortir sur la terrasse. Heidi est là. Elle s'est débarrassée des bières, j'imagine qu'elle a dû les apporter à la plage avant de revenir m'attendre ici.

– Hey ! je lui lance sèchement.

– Hey ! répond-elle, appuyée sur la balustrade en triturant d'une main le bord effiloché de sa petite jupe en denim. Alors, ça y est, la clone a mordu à l'hameçon ?

– Je suppose, je réponds en avalant une deuxième gorgée de bière.

En vérité, je n'avais plus du tout en tête le plan, le pari et les règles dont nous avions parlé quand elle a débarqué tout à l'heure. Le monde entier se résumait à Mackenzie et à cette superbe sensation de la tenir tout contre moi.

– Tu supposes ? La nana te regardait avec des étoiles dans les yeux, elle te kiffe.

Plutôt que de m'engager sur ce sujet, je regarde ailleurs en ajoutant :

– Puisque tu parles de gens qui en kiffent d'autres, j'ai croisé Jay qui m'a demandé de tes nouvelles.

– Quand ? demande-t-elle, l'air étonnée.

– Il y a quelques jours, il m'a dit qu'il avait traîné avec toi dans un bar, ou un truc comme ça.

– Exact. On est tombés sur lui et Kellan Chez Joe.

– Il va te demander de sortir avec lui.

Elle ne répond rien. Elle se contente de me regarder d'un air méfiant.

– Tu vas refuser ?

– Pourquoi ? Je devrais ?

Un soupir se loge dans ma gorge. Je le sais, elle n'attend qu'une chose, que je lui dise qu'elle m'appartient, que je me jette à ses pieds et que je la supplie de ne sortir avec personne d'autre que moi. Mais ça ne va pas arriver. Je l'avais prévenue que je ne voulais pas de relation durable quand on est sortis ensemble. J'espérais juste une histoire d'une nuit, histoire de satisfaire nos besoins, et puis fini, on redevenait amis et le tour était joué. J'étais bien naïf. Une nuit en a entraîné une autre, puis quelques autres. Et maintenant, nos rapports sont plus tendus que jamais.

– Fais ce que tu veux, Heidi, je finis par lui répondre.

– J'ai compris, merci pour le conseil, Coop.

J'entends du mépris dans le ton sec de sa voix. Avec un petit air frustré, elle descend les marches et s'éloigne.

Je soupire de soulagement avant de finir tranquillement ma bière. J'ai toujours le goût de Mackenzie dans la bouche. Ce goût de sucre, de sexe, un mélange addictif. Je rentre dans la maison pour prendre une autre bière en espérant qu'un peu d'alcool pourra chasser le goût de cette fille que j'ai encore et encore envie d'embrasser.

Je vais rejoindre les autres sur la plage. Je suis soulagé, puis honteux de l'être, quand j'aperçois Heidi penchée sur son téléphone au bord de l'eau. Peut-être qu'elle appelle Jay ? J'en doute. Elle n'a jamais été attirée par les mecs gentils, elle a toujours préféré les abrutis comme moi.

Autour du feu, Steph et Alana n'arrêtent pas de charrier Evan au sujet de la fille avec qui il est sorti hier après s'être bagarré avec son mec. C'est la première fois que j'entends parler de ces deux-là, mais Evan n'est jamais très loquace quand il s'agit de ses coups d'un soir. D'après ce que je comprends, il s'est frité avec quelques clones de Garnet qui ont refusé de payer leurs dettes après avoir perdu au billard.

– Elle est passée ce soir, encore éblouie, en demandant où elle pouvait te trouver, lui dit Alana.

– Tu ne lui as pas donné mon numéro, j'espère ?

Il n'en mène pas large. Alana le laisse mariner un instant avant que Steph et elle éclatent de rire.

– Bien sûr que non, ce serait trahir le code de l'amitié.

– Puisqu'on en parle, que dire de celui qui met ses amis aux premières loges d'une séance de pelotage bien baveux ? continue Steph en désignant le coupable en question.

Un peu plus loin, notre ami Tate, allongé sur une de nos vieilles chaises longues, se donne en spectacle avec une brune bien roulée, vautrée sur lui comme une couverture sur un lit. La main dans ses cheveux, la langue bien enfoncée dans sa bouche pendant qu'elle se frotte contre lui comme une chatte en chaleur. Sans même se préoccuper de notre présence.

– Surtout, ne vous gênez pas ! lance Evan, feignant d'être indigné.

Puis il se met à sourire, mon frère étant lui-même un peu exhibitionniste.

Tate donne une petite fessée amicale à sa copine avant qu'ils se relèvent en titubant, les joues toutes rouges et les lèvres gonflées.

– Coop, ça te dérange si on rentre chez vous et qu'on regarde la télé ?

– Pas de problème, je réponds en leur lançant un regard entendu. Faite gaffe, il n'y a pas de télé dans ma chambre, j'espère donc ne pas vous y retrouver.

J'aime bien mes amis, mais je n'ai aucune envie qu'ils baisent dans mon lit, d'autant plus que j'ai changé les draps ce matin.

Une fois Tate et sa brune partis, Alana et Steph se rapprochent et commencent à faire des messes basses.

– Ça vous dérangerait de partager votre petite conversation avec nous ? demande Evan en pointant un doigt sur les filles.

Steph se retourne vers Alana en pouffant de rire.

– Devinez quoi : cette petite garce a couché avec Tate le week-end dernier.

– Sans blague, je réponds, surpris.

Evan, que rien n'étonne, se contente de hausser les épaules.

– Tu as finalement fait un tour dans la Tatemobile, hein ? Je me demande pourquoi tu as attendu si longtemps.

Il a raison. Dès que la famille de Tate est arrivée dans la baie, quand nous étions encore au lycée, toutes les filles du coin ont été dingues de lui. Un sourire insolent de sa part, et elles lui tombaient toutes dans les bras.

Alana n'a pas du tout l'air gênée, pas une once de regret sur son visage. Avant de lui répondre, elle hausse les épaules comme mon frère.

– Je regrette de ne pas l'avoir fait plus tôt. Ce mec est un bon coup… et il embrasse super bien.

– C'est vrai, il est pas mal… acquiesce Evan.

Cette fois, c'est moi qui éclate de rire.

– Merde ! C'est vrai, j'oublie toujours la nuit où vous avez fait des trucs ensemble.

– On parle juste d'un baiser, rectifie Evan en levant les yeux au ciel.

– Arrête, mec, ça a duré genre trois bonnes minutes.

Je revois très bien l'image d'Evan et Tate s'embrassant pendant une fête chez Alana, nous avions tous à peu près seize ans. Je me souviens que les filles les encourageaient en criant et que les mecs se foutaient de leur gueule. Une soirée un peu bizarre.

– Pour la défense d'Ev, faire ça avec Tate était le seul moyen qu'ils avaient trouvé pour qu'on enlève nos hauts, Geneviève et moi…

Alana s'arrête brusquement de parler.

Merde… elle vient de le faire, elle a prononcé le nom de Geneviève, la Voldemort[14] de notre groupe. Je suppose que les filles sont toujours en contact. Steph, Alana, Heidi et Gen formaient un quatuor de choc.

Evan et moi, en bons jumeaux, on se comprend sans avoir à parler. Cependant, si je sais me retenir, lui ne sait pas se taire quand il le faut.

– Vous lui parlez encore, les filles ?

Alana hésite.

Steph est sur le point de répondre quand Heidi rejoint notre groupe.

– Qu'est-ce qui se passe ici ? demande-t-elle à la cantonade. Ah, je vois… Cooper vous l'a déjà dit.

En l'entendant, tous les regards se tournent vers moi, Geneviève semble déjà oubliée.

– Nous a déjà dit quoi ? demande tout de suite Steph.

Bien évidemment, Heidi ne perd pas une seconde pour leur raconter qu'elle m'a surpris tout à l'heure en train d'embrasser Mackenzie.

– Sincèrement, Coop, je ne pensais pas que tu irais aussi loin, dit Alana en levant sa bière. Tu m'impressionnes.

– Au fait, j'ai changé d'avis, annonce Heidi qui me regarde à travers les flammes, je suis à fond pour ce plan. J'ai trop hâte de voir la tête de cette fille quand elle va comprendre ce que tu as imaginé.

– Comment vas-tu t'y prendre, demande Steph, tout excitée.

Pour les filles, c'est sans doute l'histoire la plus amusante depuis qu'elles s'étaient toutes allongées sur le capot de la voiture d'un clone. Le type s'était enfui avec le haut

14. Personnage maléfique de la saga *Harry Potter*.

du bikini d'Alana pendant qu'elle prenait le soleil sur la plage.

– Parlons un peu de la suite des événements, ajoute Evan, ce serait dommage de louper une telle opportunité.

– Oui, approuve Heidi, il faudrait que Kincaid vous surprenne ensemble et qu'il la largue en public. Un peu de drame, ce serait top. On pourrait organiser une fête.

Heidi est d'une humeur étrange ce soir. Je sais, c'est de ma faute, mais je ne vois pas comment arranger la situation.

– Non, répond Steph en jetant de la bière sur le feu dans un geste trop enthousiaste, trop prévisible. Il faut que ça se passe sur leur territoire. Ce sera plus drôle de voir Kincaid humilié devant ceux qui lui ressemblent.

– Je sais où trouver quelques seaux de lisier, annonce Alana.

Cette réflexion dégoûtante a pour effet de provoquer l'hilarité générale. Je fais comme tout le monde, j'éclate de rire, je joue le jeu.

Il y a encore quelques semaines, je m'en serais bien foutu de ce qui pouvait arriver à la copine d'un clone, un riche abruti qui avait croisé mon chemin.

Maintenant j'ai appris à connaître Mac et… je l'apprécie. Je sais qu'elle ne mérite pas leur mépris, simplement parce qu'elle est liée à un connard comme Kincaid. De plus, après ce baiser, je sais qu'il y a quelque chose de vrai entre nous, même si j'ai compris qu'elle a peur de ce qui nous arrive. En même temps, je ne peux pas dire à mes amis que je n'ai plus envie de marcher dans leur combine, ils me tomberaient tous dessus.

Hélas, maintenant qu'ils ont senti l'odeur du sang, ils ne seront pas satisfaits tant qu'ils n'auront pas mangé leur proie.

Chapitre 15
MACKENZIE

– Trois jours d'affilée, ce mec laisse la porte du bar à smoothie me claquer au nez. Pas une seule fois, il ne s'est excusé. Je me demande s'il ne le fait pas exprès. Je suis vieux jeu ? Peut-être. En tout cas, j'apprécie les bonnes manières chez les mecs. Tenir la porte pour une femme, par exemple. Donc, le quatrième jour, quand je le vois arriver, je suis prête. Je suis déjà dans le bar et je me précipite pour fermer la porte à clé. Tout le monde est retenu prisonnier à l'intérieur, mais il faudra me passer sur le corps pour que je laisse rentrer ce type.

Lundi matin, Bonnie et moi traînons dans notre chambre. Elle me parle en criant depuis la salle de bains, en se maquillant, pendant que je nous prépare un café dans la kitchenette. Comme je ne suis pas très concentrée, je réussis à renverser du lait sur ma chemise.

– Combien de temps ça a duré ? je demande, en changeant de chemise dans ma chambre.

Je retrouve Preston tout à l'heure pour un déjeuner tardif chez lui, il faut donc que je sois habillée correctement. Pas tellement pour lui, surtout pour sa mère. Elle m'aime bien, je crois, mais elle est assez… spéciale. Un débardeur et un jean ne font pas l'affaire pour Coraline Kincaid.

– Assez longtemps pour que le directeur vienne me demander de bien vouloir laisser sortir les gens. Tu me connais, je lui réponds que j'aimerais bien, mais pas avant que le type me présente ses excuses ou qu'il s'en aille. Le type dehors a compris que je ne plaisantais pas et a fini par s'en aller. Le jour d'après, c'est lui qui a fermé la porte jusqu'à ce que j'accepte un rendez-vous avec lui. Résultat, il vient me chercher vendredi soir.

– Génial ! je crie, mais quand je me retourne, elle est juste derrière moi avec deux mugs de café à la main. Désolée.

– Tu es nerveuse, dit-elle en me regardant droit dans les yeux. Tu me caches quelque chose ?

– Non, pas du tout.

Ses yeux s'arrondissent jusqu'à devenir deux grosses billes toutes bleues.

– Tu as embrassé un garçon.

Sorcière.

– C'est qui ?

Inutile de le nier. Je suis sûre que Bonnie a des superpouvoirs. Je la connais, elle ne va pas me lâcher tant qu'elle n'aura pas de réponse.

– Un mec d'Avalon.

Techniquement, c'est vrai. Elle n'a pas besoin de savoir que le mec en question n'est autre que Cooper.

Aïe ! Le simple fait de penser à son nom accélère mon rythme cardiaque.

Mais qu'est-ce qui m'a pris ? Pourquoi ce baiser sur le manège ? Je pourrais mettre ça sur le compte de l'hyperglycémie. Mais la séance de pelotage chez lui après ?

Je n'ai aucune espèce d'excuse.

Je suis un monstre, une petite amie horrible, égoïste, qui ne mérite pas un type droit et honnête comme Preston.

Je ne peux pas effacer ce que j'ai fait vendredi soir. Je le sais. Pourtant, malgré la vague de culpabilité qui me tord le ventre, un stupide petit papillon continue à voler dans ma tête. Je le sens qui s'agite et remue au souvenir des lèvres gourmandes et du regard brûlant de Cooper.

Sa langue dans ma bouche.

Mes doigts effleurant les muscles saillants de ses pectoraux incroyablement dessinés.

Il n'y a pas que son physique qui me trotte dans la tête. Il y a aussi tout ce qui s'est passé avant. Parler de nos familles dans son atelier, courir sur la promenade comme deux gamins. Quand je suis avec lui, je n'ai pas besoin de faire semblant. Je n'ai pas besoin d'être la fille convenable et bien élevée que je suis censée être. Avec Cooper, j'ai l'impression d'être vraiment moi-même. Et ça… ça me fait peur.

La voix de Bonnie vient soudain chasser les pensées qui me troublent.

– C'est tout ? Non, non, je ne pense pas. J'exige plus de détails.

– Il n'y a pas grand-chose d'autre à dire, je réponds, un peu gênée. C'est juste arrivé par hasard.

– Et ce hasard va se reproduire ?

Je vois à son expression, je sais qu'elle attend un oui pour réponse.

– Non. Certainement pas. Je me sens trop mal vis-à-vis de Preston.

– Il n'a pas besoin de le savoir, s'exclame Bonnie. Ça ne t'avancera à rien de le lui dire ? Si c'était une erreur, et même si ça ne l'est pas, une fille a le droit d'avoir ses secrets, crois-moi.

Je sais qu'elle veut bien faire en me disant ça, mais elle ne sait pas tout. Cette histoire avec Cooper est allée trop loin.

Jamais, au grand jamais, je n'ai imaginé pouvoir embrasser quelqu'un d'autre que mon copain et je n'ai pas l'habitude de mentir. C'est une expérience humiliante de découvrir qu'on n'est pas aussi vertueuse qu'on le croit.

Bonnie a tort, Preston doit savoir ce que « je » nous ai fait.

La seule chose à faire, c'est dire la vérité et d'en accepter les conséquences.

***

Plus tard, dans l'après-midi, Pres vient me chercher après les cours pour le déjeuner. Toute la journée, j'ai rabâché ce que j'allais lui dire. Comment j'allais le dire. Mais quand il m'embrasse sur la joue en me prenant par la taille, mes bonnes résolutions s'évanouissent et je me tais.

– Tu es superbe, dit-il avec un grand sourire.

Je suis soulagée. Dieu merci. J'ai hésité entre trois tenues avant de me décider pour un chemisier en soie et un chino bleu marine, même ma mère ne m'angoisse pas autant.

– Freddy nous prépare du jarret d'agneau, ajoute Preston, j'espère que tu as faim.

– Je suis affamée, je mens.

Il gare sa Porche dans le parking du stade de football de Garnet. En bon gentleman qu'il est, il saute de la décapotable et se précipite pour m'ouvrir la porte. Puis il me tend la main et nous marchons jusqu'à son hélicoptère.

Ouaip… Son hélicoptère.

La plupart du temps, c'est comme ça qu'il se rend en cours. Sa famille a fait installer l'héliport derrière le stade de football, dès sa première année. Même notre groupe d'amis pense que c'est un peu ridicule, et quand je vois l'appareil blanc, tout brillant, je me demande ce que dirait Cooper s'il voyait…

Non. Non. Je ne fais pas ça. Aujourd'hui, je redeviens normale.

Il ne faut pas longtemps avant que nous survolions le domaine des Kincaid, une énorme propriété entourée de murs sécurisés, sur la côte. Des pelouses à perte de vue et de magnifiques chênes s'étendent sur des hectares. Un grand manoir blanc fait face à l'océan. Il y a une piscine, des courts de tennis, un terrain de basket et un jardin spécialement consacré aux fleurs. Une bonne douzaine de personnes, employées à plein temps, se chargent de l'entretien du domaine.

Sa mère nous accueille sur le patio arrière. Comme d'habitude, elle est impeccable. Habillée de Prada de la tête aux pieds. Je ne vois pas pourquoi elle se soucie tellement de sa toilette, vu que, la plupart du temps, elle ne quitte pas la propriété. Tout comme ma mère, Coraline ne travaille pas, ce qui ne les empêche pas d'avoir du personnel à leur service pour gérer la maison et leurs affaires privées.

– Coucou maman, lance Preston en l'embrassant sur la joue.

– Bonjour, mon chéri. (Elle se tourne vers moi, tout sourire.) Mackenzie, chérie.

Elle me serre dans ses bras, mais pas trop, comme quelqu'un qui pourrait se briser si on la serrait trop fort. C'est une petite femme très mince. Délicate, mais pas fragile. Ne surtout jamais la mettre en colère.

– Tu es ravissante, ajoute-t-elle.

– Merci, Madame Kincaid. Vos nouvelles roses autour du belvédère sont magnifiques !

J'ai appris depuis longtemps qu'à chaque visite, le meilleur moyen de lui faire plaisir est de la complimenter sur quelque chose de nouveau au domaine. Sinon, elle peut passer son temps à faire des commentaires sur la pointe fourchue de mes cheveux ou sur la taille des pores de ma peau.

– Oh, merci chérie, Raúl les a plantées cette semaine. Un artiste, ce Raúl.

– Vous vous joignez à nous pour le déjeuner ? je demande.

Mon Dieu, s'il vous plaît, pourvu qu'elle dise non !

– Malheureusement non. J'ai rendez-vous avec mon architecte, il sera là d'une minute à l'autre. Preston t'a dit que nous construisons un nouveau poolhouse ?

– Non, il ne m'a rien dit. Superbe projet !

La seule chose superbe en vérité, c'est qu'elle ne déjeune pas avec nous.

Et c'est une bonne chose qu'elle ne le fasse pas, parce que le déjeuner finit toujours par être très embarrassant. Preston ne le remarque jamais.

Dans cette salle à manger des plus formelles, entre jarret d'agneau et porcelaine fine, il parle de ses cours et d'un prof qui, d'après ce qu'il dit, lui en voudrait. Moi, en revanche, le nez dans mon assiette, je ne suis pas très à l'aise en essayant de trouver le meilleur moment pour « confesser mes péchés ».

– Bien sûr, je pourrais aller voir le doyen et régler l'affaire avec lui en le faisant renvoyer. Et puis, je me suis dit que non, où serait le plaisir dans tout ça ? Je vais trouver quelque chose de plus créatif. C'est toujours le même problème avec ces gens-là. Tu leur montres du respect et, soudain, ils en oublient leur place. C'est donc notre devoir de la leur rappeler. Donnez-m'en un peu plus, Martha, dit-il à l'employée de maison. Merci.

Finalement, je ne supporte plus d'avoir le ventre tordu.

– J'ai quelque chose à te dire.

Il pose sa fourchette et tend son assiette à Martha.

– Tu vas bien ?

Non. En fait, je ne vais pas bien. Maintenant qu'il est là, en face de moi, je me rends compte que je tiens à Preston.

Pas seulement parce que nous sommes ensemble depuis si longtemps mais aussi par pure loyauté envers lui.

Peut-être que Cooper fait ressortir mon « vrai moi », peu importe ce que ça veut dire, mais Preston me fait exactement l'effet dont j'ai parlé à Cooper l'autre soir : il me permet de garder les pieds sur terre. Il représente la stabilité dans ma vie. Il connaît le monde dans lequel nous évoluons, il sait comment gérer nos parents, ce qui est important pour nous permettre de rester sains d'esprit. Auprès de lui, je me sens calme et rassurée.

Ce que je lui ai fait n'est vraiment pas correct.

J'attends que Martha ait quitté la salle à manger avant de rassembler mes forces et de prendre une grande bouffée d'air.

C'est maintenant ou jamais.

– J'ai embrassé quelqu'un. Un mec.

Il attend, en me regardant comme si j'allais continuer.

Je devrais… Je vais le faire. Je pense pourtant avoir commencé de la façon la plus directe… sauf que, maintenant, je regrette de ne pas avoir attendu qu'on soit dans un endroit plus intime. Si sa mère décide de faire son apparition, je risque de ne pas sortir vivante de cette propriété.

– C'est tout ? me demande Preston.

– Non. Oui, je veux dire. On s'est seulement embrassés, si c'est ce que tu veux savoir. (Je me mords méchamment les lèvres.) Mais donc, je t'ai trompé.

Il se lève et vient s'asseoir près de moi.

– Je le connais ?

– Non. C'est un type d'Avalon que j'ai rencontré dans un bar quand je suis sortie avec Bonnie. C'était idiot. On a bu quelques verres, je n'ai plus trop fait attention et…

Je ne peux pas m'empêcher de mentir pour adoucir le choc. J'allais tout lui dire. Tout. Mais maintenant que je le regarde dans les yeux, je n'ai pas envie de le blesser. Pourtant, il le prend mieux que je l'avais pensé.

– Je suis désolée, Pres, tu ne mérites pas ça, je continue. J'ai eu tort. En plus, je n'ai aucune excuse.

Il me serre la main et me fait un beau sourire, l'air amusé.

– Bébé, je ne t'en veux pas.

– Non ?

– Bien sûr que non. Tu as trop bu et embrassé un gars d'Avalon ? Bienvenue dans ta première année d'université. Je suppose que tu as compris comment gérer l'alcool maintenant.

Il embrasse le sommet de mon crâne en rigolant et me tend la main pour m'aider à me lever de table.

– Comment peux-tu prendre aussi bien cette histoire ?

Je suis complètement abasourdie. J'avais tout envisagé, sauf ça.

Il me conduit jusqu'à la véranda, à l'arrière de la maison, où Martha a déjà déposé deux verres de thé glacé. Délicat comme il sait l'être, il me fait asseoir sur la balancelle.

– C'est simple. Je vois la situation dans sa globalité. Toi et moi avons un avenir ensemble, Mackenzie. Je n'ai pas envie de le gâcher pour une petite histoire sans importance. Et toi ?

– Certainement pas !

Je pensais tout de même que je fléchirais un peu avant de répondre, mais non.

– Je suis content que tu m'aies dit la vérité. Pas particulièrement heureux de ce qui s'est passé, mais je comprends, je te pardonne. L'eau a coulé sous le pont. (Il me tend un thé glacé.) Pas trop de sucre, juste comme tu l'aimes.

Bon, OK.

Tout l'après-midi, je m'attends à ce que Preston s'éloigne, qu'il devienne distant, qu'il soit malheureux, même s'il a insisté sur le fait que tout allait bien.

Mais pas du tout. Au contraire, il est plus affectueux. Cette épreuve semble nous avoir rapprochés… ce qui, dans un sens, me rend encore plus mal à l'aise. Je ne sais pas comment j'aurais réagi si c'était lui qui avait embrassé une autre fille, mais je suis certaine que je ne me serais pas contentée de hausser les épaules en disant que l'eau coule sous les ponts. Il faut croire que Preston est une meilleure personne que moi.

Je devrais suivre son exemple. Devenir meilleure. Me concentrer davantage sur notre relation. Voir plus loin que le bout de mon nez, comme il l'a si bien formulé.

Plus tard dans la soirée, quand Cooper m'envoie un texto, je suis prête. Toute la journée, toute la soirée, j'ai attendu qu'il me contacte. Je savais qu'il finirait par le faire et, cette fois, je sais comment répondre.

Cooper : Il faut qu'on parle.

Moi : Il n'y a rien à dire.

Cooper : Laisse-moi venir te chercher.

Moi : Je ne peux pas. J'ai parlé du baiser à Preston.

Cooper : Et ?

Moi : Il m'a pardonné. Je ne peux plus te voir.

Il se passe au moins cinq minutes avant que Cooper envoie un nouveau message. Je suis déjà dans tous mes états, je ne sais plus comment je m'appelle.

Cooper : C'est vraiment ce que tu veux ?

Je fixe lamentablement l'écran, un gros nœud dans la gorge, puis je me force à taper.

Moi : Oui, au revoir, Cooper.

Je déteste cette façon de faire. Tout arrêter si brutalement. Après tout, ce n'est pas de sa faute si j'ai tout gâché. Mais je ne me fais aucune confiance quand il s'agit de lui. Cette décision, j'aurais dû la prendre il y a des semaines. J'ai pensé qu'on pouvait être amis. J'ai pensé pouvoir jouer sur les deux tableaux. Maintenant, je dois choisir.

Et je choisis Preston !

Chapitre 16
COOPER

Le dimanche après-midi, je suis dans le garage quand mon oncle appelle pour dire qu'il va passer. Chaque fois que mon portable vibre dans ma poche, pendant quelques secondes, je pense que ce pourrait être Mackenzie. Puis je regarde l'écran et je me rappelle que j'ai tout fait foirer. J'ai tout faux.

« Au revoir, Cooper. »

Tu parles… Elle a bien dû s'amuser à s'encanailler avec une ordure d'Avalon qui lui a fait croire qu'elle vivait dangereusement. Dès que l'histoire a commencé à devenir plus sérieuse, elle a foutu le camp. Quel con j'ai été de penser que ça aurait pu se terminer autrement !

Bon sang, pourquoi le goût qu'elle a laissé dans ma bouche ne veut pas s'en aller ? Pourquoi toute cette semaine, je me suis réveillé chaque matin avec une gaule terrible en imaginant ses jambes enroulées autour de moi ? Je ne peux même plus me branler sans que des images de Mac s'imposent à mon esprit ? Cette nana est un poison à effets lents. Et le pire, c'est que j'en redemande.

Aujourd'hui, grâce à Evan, j'ai une nouvelle table basse à faire. Celle que j'ai vendue à Mackenzie est toujours sous sa bâche… parce que ça ne serait pas très correct de la prendre, si elle décidait de venir la chercher. Je me dis que c'est pour l'argent, et j'en reste là. Quoi qu'il en soit, celle que je dois faire sera brute et vite réalisée. Putain d'Evan ! Hier soir, lors d'une fête improvisée à la maison, il s'est battu avec un mec qui était au lycée avec nous. Je ne sais pas comment la bagarre a commencé, mais je sais que ça s'est mal terminé. L'un des deux a balancé l'autre sur la table, les deux se sont effondrés dessus et du sang a giclé jusque sur la porte de derrière. Evan a beau m'assurer qu'il va bien, je m'inquiète pour lui. Ces derniers temps, il est d'une humeur massacrante. Il trouve toujours une excuse pour commencer une bagarre. Il boit de plus en plus… et ce n'est pas nouveau.

Quand Levi arrive, il me tend une bonne tasse de café tout juste passé, j'enlève la sciure sur deux tabourets pour que nous puissions nous asseoir.

Mon oncle Levi est le frère de notre père. Un grand gars robuste, avec une courte barbe brune et un visage carré. Même s'il ressemble beaucoup à notre père, les deux ont des personnalités totalement opposées. Alors que mon père ne ratait jamais une occasion de tout foutre en l'air et de nous en faire subir les conséquences, notre oncle Levi, lui, sait très bien gérer sa vie.

– Ton frère est dans les parages ?

– Il y a un moment qu'il a disparu. Probablement parti chercher de la junk food pour calmer sa gueule de bois. Quel bon vent t'amène ?

– Rien de spécial, je passe juste pour vous dire un petit bonjour. Cela fait quelques mois que je ne suis pas venu vous voir, je voulais donc savoir si tout allait bien. (Levi regarde la table que je suis en train de monter.) Tu travailles sur quelque chose de nouveau ?

– Rien de très important.

– Quand vas-tu t'y mettre sérieusement, Coop ? Je me souviens qu'il n'y a pas si longtemps, tu m'avais dit que tu allais consacrer plus de temps à tes meubles.

– Ouais… je suppose que j'ai mis un peu ça en veilleuse pour le moment.

– Franchement, tu as tort. Tu es plutôt bon dans ce domaine. Même si j'aime bien t'avoir sur les chantiers, tu devrais consacrer plus de temps à tes créations.

Après le lycée, c'est Levi le premier qui nous a engagés à plein temps. Lui s'en est aussi plutôt bien sorti. Il ne roule pas sur l'or, loin de là, mais il a toujours des chantiers en court. Comme beaucoup de gens ici, les tempêtes lui ont donné plus de boulot qu'il ne peut en prendre.

Je hausse les épaules et avale une gorgée de café.

– J'ai récupéré plusieurs pièces dans quelques magasins de meubles sur la côte des Trois Comtés, je réponds. J'ai réussi à mettre environ dix mille dollars de côté, mais c'est encore loin d'être suffisant pour tous les frais qu'il faudrait débourser si je voulais démarrer mon propre business.

– Je t'assure que je te donnerais un coup de pouce si j'avais un peu d'argent de côté, me répond-il et je sais qu'il est sincère. (Il a toujours été là pour nous depuis que mon père est mort. Quand notre mère n'en pouvait plus ou qu'elle s'était tirée, quand le frigo était vide, quand nous avions des devoirs à rendre.) Tout ce que j'ai est bloqué dans l'entreprise, ajoute-t-il. J'aime avoir du boulot, mais répondre aux exigences des clients demande des investissements.

– Ne t'inquiète pas. Je ne prendrais pas ton argent de toute façon. Tu en as déjà fait assez pour Evan et moi. Je n'ai jamais rien demandé à personne, et ce n'est pas maintenant que je vais commencer. Levi nous paie correctement, si je continue à économiser comme je le fais, je finirai par me débrouiller tout seul.

– Et pourquoi ne pas emprunter à la banque ? suggère-t-il.

J'ai toujours refusé d'envisager cette solution. Notamment parce que j'ai eu affaire aux banques après le décès de notre père et qu'elles sont toutes remplies de vampires en costard cravate, prêts à vous bouffer jusqu'à la moelle plutôt qu'à vous aider à réussir.

– Je ne sais pas, mais l'idée de m'endetter ne me plaît pas. Hypothéquer la maison ? Encore moins.

Je sais, j'ai l'air d'un pleurnichard… Pourtant, à un moment donné, il va bien falloir que je me décide : soit je m'attelle sérieusement à faire décoller mon entreprise, soit j'arrête de me plaindre.

– C'est vrai, ça coûte de l'argent, de faire de l'argent. Réfléchis bien, malgré tout. Si tu veux vraiment monter ton propre business, je peux t'aider. En me portant caution, par exemple.

Je ne peux pas prendre à la légère cette offre généreuse. Même si, pour l'instant, je ne suis pas emballé par l'idée, je ne peux tout de même pas lui jeter sa gentillesse à la figure.

– Merci, Levi. Je vais y réfléchir, je réponds doucement.

Il ne s'attarde pas. Après avoir fini son café, il part voir un client qui lui a proposé un nouveau chantier et je retourne mesurer une planche de cèdre. Mais j'ai la tête ailleurs. Ce n'est jamais une bonne idée d'utiliser marteaux, rabots et autres scies électriques quand on est déconcentré. Alors, je laisse tout en plan et quitte l'atelier. Evan peut dîner ce soir par terre à côté de sa copine Daisy s'il en a envie, je m'en fous.

En parlant de Daisy, elle ne veut pas me lâcher dès que je rentre dans la maison. Pendant dix bonnes minutes, on joue à couchée-assise, mais je n'ai pas la tête à ça non plus.

« Au revoir, Cooper. »

Je me sens… lourd, comme si j'étais entraîné par le fond, avec une ancre de cinquante kilos enchaînée autour du cou.

Ce qui n'est pas vraiment nouveau pour moi. Toute ma vie, j'ai senti ce poids. Les dettes de mes parents, les conneries de mon frère, le sentiment que j'ai parfois d'être enfermé dans ma propre tête.

– Désolé, je dois sortir, je dis à la petite chienne en la grattant sous ses oreilles toutes douces. Je reviens dans une minute, promis.

C'est un mensonge, il me faudra plus d'une minute pour faire ce qui me démange. Je ne m'inquiète pas trop pour Daisy, Evan s'occupera d'elle et lui donnera plein d'amour dès qu'il rentrera. Comme l'a fait Mackenzie chaque fois qu'elle est venue ici depuis que nous avons la petite chienne. Je me demande si un jour elle reviendra rendre visite à Daisy.

J'en doute, elle nous a probablement déjà oubliés tous les deux.

Je dois avouer que je ne m'attendais pas à ce que cette fille soit aussi froide. Je me suis bercé d'illusion, mais en fait, Mac ressemble à tous les autres clones de Garnet. Ces gens-là sont sans cœur.

Tant pis pour moi, j'ai commencé cette histoire avec de mauvaises intentions, j'ai voulu me servir d'elle pour me venger de Kincaid, voilà le résultat.

Mauvais karma.

Je me force à ne plus penser à elle. Dix minutes plus tard, je gare mon pick-up près de la promenade. Le salon de tatouage est vide quand j'y rentre ; seul Wyatt, l'air préoccupé, est assis au comptoir avec un carnet de croquis devant lui.

– Salut ! me lance-t-il en souriant.

– Salut ! Tu as un peu de temps ?

Wyatt a fait tous mes tatouages depuis mes seize ans. Du temps où je n'étais encore qu'un petit voyou, je lui avais demandé de me dessiner une tombe sur le biceps gauche.

Lui n'avait qu'un an de plus à l'époque et travaillait avec un pistolet à tatouage qu'il avait récupéré chez un prêteur sur gages… Le premier dessin qu'il m'a tatoué n'était donc pas une franche réussite. Si un jour j'ai des enfants, je les avertirai de ne jamais laisser un copain ado planter des aiguilles sur leur peau. Heureusement pour moi, l'histoire s'est bien terminée. Petit à petit, Wyatt est devenu un artiste et codirige le salon avec un autre mec, également très doué. Aujourd'hui, ma tombe merdique a habilement été intégrée dans un dessin plus large, représentant un cimetière marin au milieu des vagues d'Avalon Bay.

– Ça dépend, répond Wyatt, tu veux quoi ?

– Un petit dessin tout simple, je veux une ancre. Juste là, j'ajoute, en passant la main derrière mon cou.

– Quel genre ? Grappin de pêcheur ou plutôt Marine nationale ?

– Qu'est-ce que j'en sais, moi ? Je ne suis pas un marin, une ancre normale. Tu vois ce que je veux dire, non ?

– Marine nationale, répond-il en rigolant. Viens derrière, on en a pour une petite heure.

En un rien de temps, me voilà à califourchon sur une chaise pendant que Wyatt prépare son poste de travail. Ça marche comme ça à Avalon : si tu es sympa avec tes copains, ils te le rendent. Wyatt ne me fera probablement pas payer, même si j'insiste. En retour, dans un mois, ou dans un an peut-être, il se présentera chez moi pour me demander un service que je serai, bien sûr, heureux de lui rendre.

– Pourquoi avais-tu l'air si préoccupé quand je suis arrivé ?

– Ah… oui… répond-il en soupirant. J'essaie de concevoir un dessin tellement sexy que Ren n'aura pas d'autre choix que de me reprendre.

– Elle t'a encore largué ? je demande en riant.

– Rien de nouveau, n'est-ce pas ?

Il n'a pas tort. Wyatt et Lauren, que tout le monde appelle Ren, se séparent au moins tous les deux mois, toujours à cause d'une bêtise insignifiante. Ce qui nous amuse tous.

– Que s'est-il passé cette fois ?

– Penche-toi en avant, me dit-il d'un ton décidé.

Il me pousse en avant contre la chaise afin d'avoir l'arrière de mon cou à sa merci.

Une seconde plus tard, je sens un jet frais sur ma nuque, Wyatt me nettoie avec un chiffon doux avant de prendre son rasoir.

– OK, dit-il en commençant à raser les poils court sur ma peau, je vais te raconter une histoire, prêt ?

– Oui, vas-y, je suis prêt, je réponds en étouffant un ricanement contre mon avant-bras.

– Tu es sur une île.

– Déserte, ou une île pour touristes ?

– Déserte, tu as eu un accident d'avion ou ton bateau a chaviré. C'est sans importance.

– Comment ça, pas important ? Si j'étais sur un bateau, j'aurais l'habitude des îles, des marées et du reste. Ce qui veut dire que j'aurais plus de chances de survie !

– Mais… on s'en fout, grogne-t-il. Pourquoi compliquer les choses, Hartley ? Tu es sur une île déserte, un point, c'est tout.

– Sympa ton histoire, frère.

– Tu réalises que je tiens un rasoir posé sur ton cou en ce moment ?

Nouveau ricanement étouffé sur mon avant-bras.

– OK, je suis sur une île déserte, et donc ?

– Tu veux le dessin au pochoir ou tu le préfères à main levée ?

– À main levée, je te fais confiance.

En plus, s'il le rate, il est situé dans un endroit où je ne pourrai pas le voir.

Wyatt continue à bavarder pendant qu'il prépare son encre. Du noir, uniquement du noir. Je n'aime pas trop la fantaisie.

– Donc tu es coincé sur cette île, c'est ta vie maintenant. Mais, bonne nouvelle… tu vas bientôt avoir de la compagnie. Deux bateaux apparaissent à l'horizon.

– Super ! Donc je suis sauvé.

– Non ! m'interrompt-il, un peu énervé. Je viens de te dire que tu es coincé sur cette île déserte, pour toujours.

– Mais il y a des bateaux ?

– Les bateaux explosent dans cinq minutes, d'accord ? On s'en fout des bateaux, putain.

Je me dis que je ne devrais sans doute pas contrarier le gars qui tient une aiguille à la main, mais, d'un autre côté, c'est tellement drôle d'embêter Wyatt.

– Sur le premier bateau, il y a ta copine, ta compagne ou ce que tu veux, peu importe, mais juste eux, rien d'autre. Sur le deuxième bateau, personne, pas âme qui vive, mais en revanche, il y a tout ce qu'il faut pour survivre sur une île déserte. Ce qu'il faut pour faire du feu, des matériaux de construction, de la nourriture, des armes, vraiment tout.

– Ren t'aurait-elle posé la même question, par hasard ?

– Oui, répond-il, l'air abattu.

– Espèce de bâtard à la con, je lui dis en tournant la tête pour le regarder, bien sûr, tu as choisi le bateau de ravitaillement au lieu de prendre celui où elle était !

Il prend un air réprobateur :

– Comme si tu n'aurais pas fait la même chose !

Cette fois, j'éclate de rire.

– C'est une question de vie ou de mort, Coop ! J'ai besoin de nourriture et d'un abri ! Bien sûr, ce serait génial d'avoir Ren à mes côtés sur cette île, mais sans le nécessaire pour survivre, on finirait vite par mourir tous les deux. De toute façon, avec ce que je prendrais sur le bateau, j'aurais le matériel nécessaire pour construire un radeau et aller la rejoindre, ça tombe sous le sens.

– Ren t'a vraiment largué à cause de ça ?

– Non, ce serait un peu gros. Elle m'a largué parce que j'ai eu une heure de retard au dîner d'anniversaire de sa sœur. J'étais avec Tate en train de lui raconter cette histoire débile et j'ai perdu la notion du temps.

Je le regarde fixement et me demande comment ces deux-là sont mes amis ?

D'un autre côté, il me fait un tatouage gratuit et ses bêtises me permettent d'oublier Mackenzie…

« Au revoir Cooper. »

… ou pas.

Chapitre 17
MACKENZIE

Depuis un moment, mon comportement est exemplaire. Je n'ai pas parlé à Cooper depuis deux semaines, je ne suis pas retournée sur la promenade. Je me suis dit que si je devais le croiser par hasard, ce serait là, j'ai donc préféré éliminer toute tentation. Mais cette retenue ne m'empêche pas de rêver ni de penser aux souvenirs qui inondent mon esprit pendant les cours.

Je me surprends à revivre notre premier baiser pendant mon cours de littérature anglaise.

Je me souviens de ses mains qui me tenaient fermement contre sa porte d'entrée pendant le cours de bio.

En histoire européenne, je pense à ses pectoraux, si fermes sous mes mains, et soudain je rougis, ma respiration devient lourde et je me demande si les autres le remarquent.

Côté positif, Preston et moi formons un couple solide comme un roc et je me suis enfin fait une nouvelle amie à Garnet. Rien à voir avec Bonnie. Elle s'appelle Kate, c'est la petite sœur de Melissa, mais elles ne se ressemblent pas du tout. Kate est très drôle, pince-sans-rire et elle déteste la voile… un plus, en ce qui me concerne. Nous nous sommes rencontrés lors d'un dîner à Kappa Nu[15] auquel Preston voulait absolument que j'assiste ; il pense que je devrais faire plus d'efforts pour me lier avec Melissa, Chrissy et leurs amies de leur sororité. Au lieu de ça, j'ai passé la moitié de la soirée dans un coin avec Kate à discuter des mérites du programme *The Bachelor*.

Quand elle m'envoie un texto, un jeudi soir, pour me demander si je veux aller boire un verre avec ses amis, je suis tout à fait partante. Bien sûr, il y a un risque de tomber sur Cooper, mais il m'est difficile de décliner la première invitation de Kate.

– Tu veux venir avec nous ? je demande à Bonnie en me tressant les cheveux dans notre salle de bains commune.

Je vois soudain son visage apparaître derrière moi dans le miroir.

– J'aimerais bien, mais je vois Todd, ce soir.

– Encore ? je réponds en souriant à son reflet. On dirait que ça devient sérieux entre vous deux.

Ces derniers temps, elle est souvent sortie avec ce gars qu'elle a rencontré à la sandwicherie. Rien à voir avec son goût pour les gros durs un peu voyous. J'ai rencontré le Todd en question, pas de piercing ni de tatouage en vue !

– Sérieux ? Mouais… (Elle fait couci-couça de la main.) Disons qu'il fait partie des trois que je vois en ce moment. Demain soir, je vois Harry et samedi, je dîne avec ce garçon dont je t'ai déjà parlé, Jason, si je me souviens bien. Celui qui ressemble à Edward.

– Edward, je répète, un peu absente.

– Celui qui est dans *Twilight* ? répond-elle, tout excitée. Oh… il est tellement beau que s'il était un vrai vampire,

15. Deux lettres de l'alphabet grec. Nom typique d'une fraternité d'étudiants.

je crois que ça ne me dérangerait pas. Dingue, non ? Surtout que la simple vue du sang me dégoûte !

– Je suis presque certaine que ce n'est pas un vampire, je réponds en riant.

Je n'ai toujours pas exclu que Bonnie elle-même soit une sorcière.

Je lui souhaite bonne chance pour son rendez-vous et me dirige vers le parking où mon Uber m'attend. Je dois retrouver Kate et ses amies au Rip Tide. Quand la voiture s'approche du bord de mer, soudain, le souvenir de la dernière fois où je suis venue ici me revient en mémoire et mon cœur se met à battre plus fort. C'est la nuit ou j'ai rencontré Cooper. La nuit où Bonnie est sortie avec son jumeau, pendant que Cooper et moi avons passé toute la nuit dehors, à parler de tout et de rien.

Assez ! m'ordonne une voix sévère. *Assez ! Oublie-le.*

Il faut vraiment que j'arrête. Je suis avec Preston. Penser à Cooper n'est pas bon pour notre relation.

Je remercie le chauffeur et sors du taxi. En réarrangeant ma tresse, mon regard tombe sur l'hôtel en ruine que j'avais remarqué il y a plus d'un mois. Il est là, toujours debout, toujours vide. Une étrange sensation me prend au ventre, tandis que je fixe l'énorme bâtisse dont la façade blanche et décrépite se distingue à peine dans la nuit à la lueur d'un seul réverbère.

Il me faut faire un gros effort pour détacher mes yeux du bâtiment dont la vue m'attire comme un aimant. Super. D'abord mon cerveau s'accroche à Cooper, maintenant il est obsédé par un hôtel abandonné ? J'ai vraiment des problèmes.

Au Rip Tide, je retrouve Kate attablée sur le côté de la scène. Elle est assise avec trois autres filles dont deux que je ne connais pas, la troisième n'est autre que Melissa. Soupir… je n'avais pas pensé qu'elle serait des nôtres. Je n'ai rien contre elle, mais elle parle trop, ce qui m'oblige à rester sur mes gardes.

– Hello, Mac ! lance Kate en me voyant.

Comme sa sœur, elle a les cheveux clairs et de grands yeux gris, mais leurs styles sont radicalement opposés. Ce soir, Kate porte une minuscule robe bleue qui lui couvre à peine les cuisses, des tongs et de gros bracelets à chaque poignet. Melissa, elle, a choisi une robe rose qui lui descend sur les genoux et boutonnée jusqu'au cou, avec un énorme diamant à chaque oreille.

– Hello ! je lance à la cantonade, un peu gênée. Salut, Melissa !

Kate me présente ses deux amies : Alisha et Sutton. Sur l'insistance de Melissa, nous commandons toutes des daïquiris. Quand Kate et moi allons commander au bar, elle me fait un clin d'œil et nous prend aussi deux shots de vodka.

– Ne le dis surtout pas à ma sœur !

Et nous les descendons cul sec, avec des sourires de conspiratrices.

De retour à la table, la première tournée de daïquiris est bue en un clin d'œil, nous en commandons vite une deuxième. À la troisième, nos sujets de conversation s'animent. On passe des cours et de nos projets d'avenir à des sujets plus intimes et aux hommes. Kate nous raconte l'histoire d'un de ses profs à l'université qui a un gros crush pour elle et qui lui montre son amour en agrafant une fleur séchée à la dernière page de chaque devoir qu'elle lui rend.

– Non ! Tu plaisantes, je dis en éclatant de rire.

– Je te jure ! Mais si tu crois que cette flamme d'amour fou qui brûle en lui me vaut de meilleures notes, tu te trompes. Je n'ai eu qu'un C moins à ma dernière dissertation ! (Elle a l'air outrée.) Je m'en fous de tes pétales de pétunias parfaitement pressés, Christopher, donne-moi un A !

Alisha en a une meilleure que celle de Kate. Un de ses profs lui a envoyé par mail une lettre d'amour passionnée, soi-disant destinée à sa femme… dont en fait il est séparé!

– Elle s'appelle Alice, je suppose donc qu'il a commencé par écrire « A » dans la barre d'adresses et a cliqué sur mon nom à la place. (Elle fait tourner la paille dans son daïquiri en gloussant.) Le mail était une sorte de liste de toutes les raisons pour lesquelles elle ne devait pas divorcer. En gros, il lui expliquait pourquoi il était tout simplement génial.

– Mon Dieu! interrompt Melissa dont la mâchoire s'est presque décrochée. Et quelles étaient ces raisons?

– Je ne sais plus très bien, mais la première disait… attends un peu… (Alisha marque une pause, juste pour nous faire saliver)… qu'il était l'amant parfait pour elle.

Cette fois, toute la table s'esclaffe.

– Parfait? répète Kate entre deux éclats de rire. La pauvre femme!

En sirotant le reste de mon verre, je me rends compte que je n'ai pas eu de vraie soirée entre filles depuis le lycée et, par la même occasion, je réalise que je n'ai pas gardé le contact avec mes amies de Spencer Hill. Il est vrai qu'elles non plus n'ont rien fait pour me contacter, ce qui en dit long sur la qualité de notre amitié. J'espère faire ce qu'il faut pour garder mes nouvelles copines d'université.

Notre conversation prend un tour encore plus scabreux quand Sutton nous propose de faire un jeu, à savoir d'évaluer le sex-appeal de chaque type qui passe devant notre table.

– Ohhh… que pensez-vous de celui-là, demande Alisha, à peine discrète.

On a toutes les yeux rivés sur une espèce de surfeur aux cheveux longs, portant un débardeur rouge et un short orange.

– Deux sur dix pour son total mauvais goût, dit Melissa en levant le nez. Rouge et orange? Respecte-toi, mec.

Je ne peux pas m'empêcher de ricaner. Melissa bourrée reste toujours aussi arrogante, mais elle devient plus féline, et je la trouve plus drôle.

– Cul ? Neuf sur dix, affirme Kate. C'est un super cul ou je ne m'y connais pas !

– Je parie que je pourrais faire rebondir une pièce sur ce beau postérieur, surenchérit Alisha.

C'est vrai, on les traite comme des objets, ces garçons. Quand elles ont bu, les filles n'ont ni honte ni scrupule.

– Ce qui nous fait un total de sept, affirme Sutton.

– Trois, corrige Melissa en relevant le menton. Impossible de passer outre le combo rouge-orange. Désolé, c'est trop pour moi.

– Hum… les filles, s'exclame Alisha. Regardez ce que je vois ! À six heures, tout au bout du bar, je viens de dénicher un dix sur dix au tableau !

On regarde toutes en même temps vers bar, quand je sens tout à coup que je vais m'étouffer.

Le dix sur dix en question n'est autre que Cooper Hartley.

– Ah ouais… j'aime bien, dit doucement Kate.

– Moi, j'aime beaucoup, corrige Alisha, l'air rêveuse.

Je ne peux pas lui en vouloir. Cooper est tout simplement magnifique ce soir. Il porte ce tee-shirt usé que j'aime bien, celui avec le gros logo *Billabong*, qui s'étend sur ses larges épaules et met si bien en valeur ses pectoraux. Ajoutez à ça les cheveux bruns en bataille, les deux bras tatoués sur toute leur longueur, le pantalon cargo moulant un cul encore plus ferme que celui du surfeur, et vous obtenez un superbe spécimen de mec.

Comme s'il avait senti les yeux de toutes ces filles rivés sur lui, Cooper secoue la tête. Une seconde plus tard, il regarde vers notre table. Je sens tout de suite la chaleur me monter au visage quand nos regards se croisent. Merde. Est-ce que je rougis ? J'espère que non.

Avec ce petit sourire en coin que je lui connais, il me fixe sans broncher.

À côté de moi, Alisha a du mal à se contrôler.

– Mais... c'est toi qu'il regarde ! Tu le connais ?

– Je... Euh...

J'essaie en vain d'imaginer une raison valable pour justifier qu'un type de la ville, sexy comme lui, puisse me regarder de la sorte.

À son tour, Melissa se retourne, totalement éberluée.

– Mackenzie ? Est-ce que tu connais ce mec ?

Ma gorge est totalement sèche. Vite, je regarde ailleurs et attrape mon verre. Je bois plusieurs gorgées afin d'avoir quelques secondes supplémentaires pour trouver une excuse. Melissa n'est pas simplement curieuse, elle est intelligente. Si j'admets connaître Cooper, même comme simple copain, elle va tout de suite en tirer des conclusions et commencer à faire des commérages. Elle va me poser des questions et si une seule de mes réponses ne lui convient pas, elle en parlera à Benji, qui s'empressera de le répéter à Preston qui, ne l'oublions pas, vient tout juste de me pardonner d'avoir embrassé un autre garçon !

Donc non, impossible d'admettre que je connais Cooper d'une façon ou d'une autre.

– Evan ! je lâche d'un seul coup.

– Quoi ? demande Melissa, intriguée

Je pose mon daïquiri. Soulagée et satisfaite de mon petit coup de génie.

– Il s'appelle Evan Hartley, ma coloc est sortie avec lui au début du semestre.

En entendant ma réponse, Melissa se détend et tripote un de ses diamants de ses doigts impeccablement manucurés.

– Vraiment ? La petite Bonnie s'est tapé ça ?

Je laisse échapper un petit rire nerveux, en espérant que personne ne va réaliser combien je suis mal à l'aise.

– Oh que oui ! Un soir, elle m'a totalement abandonnée pour un rendez-vous au clair de lune sur la plage avec ce type.

Parfait. Maintenant, si Melissa cherche à vérifier mes dires, Bonnie pourra corroborer. Tant que Cooper reste au bar, au bout de la pièce, et ne…

Vient pas vers nous.

Enfoiré, il se dirige vers notre table.

Cette fois, mon cœur s'affole dans ma poitrine et bat plus vite que la musique qui sort des enceintes du bar. Qu'est-ce qu'il fout ? Je lui ai dit que je ne pouvais plus le voir. J'ai été claire. Il ne peut pas venir à notre table, comme si rien ne s'était passé, et…

– Evan ! je m'exclame bien fort en lui faisant un sourire très exagéré.

L'espace d'un instant, il hésite, il s'arrête, puis il continue d'un pas félin et décidé, et se poste juste devant moi. Il met ses mains dans ses poches, prend une pose assurée et reste muet quelques secondes.

– Mackenzie, finit-il par dire en traînant sur les syllabes.

– Salut, Evan ! Comment tu vas ?

Je fais des efforts pour parler d'une voix amicale, en essayant d'avoir l'air le plus décontractée possible. Comme si on ne s'était jamais embrassés, comme si je n'avais jamais senti la boule proéminente de son érection contre mon ventre.

– Je ne t'ai pas revu depuis la nuit où tu as volé ma coloc après l'avoir séduite !

Kate rigole.

Je le regarde, très concentrée, en espérant que mes yeux transmettront tout ce que je ne peux pas dire à voix haute. *Joue le jeu, Cooper, je t'en supplie. Je ne veux pas laisser les filles faire des commérages sur nous et risquer que cette histoire arrive aux oreilles de Pres. S'il te plaît, comprends ce qui se passe.*

Faire semblant de ne pas le reconnaître me met très mal à l'aise, mais ce n'est rien en comparaison de la culpabilité que j'ai ressentie en trompant Preston. Embrasser Cooper était une erreur. Mais j'ai dit la vérité à mon copain, j'ai la conscience tranquille et, maintenant, je ne veux même plus y penser. Ce qui ne va devenir compliqué si Melissa décide qu'il y a matière à commérage avec ce nouveau venu. J'implore donc silencieusement Cooper, dont l'attitude impassible ne me donne aucune raison de croire qu'il m'a comprise.

Un petit sourire éclaire son visage, ses yeux sombres se mettent à briller d'une expression que je n'arrive pas à déchiffrer.

Au moment où il va ouvrir la bouche, je ne suis plus qu'une boule de nerfs, des gouttes de transpiration perlent sous mon débardeur.

– Je ne me souviens pas avoir d'entendu Bonnie se plaindre cette nuit-là, dit-il en me faisant un clin d'œil.

Je suis au bord de l'évanouissement, tellement je suis soulagée. J'espère que personne ne remarque ma main qui tremble quand j'attrape mon verre.

– En tout cas, ce n'est pas elle qui a dû rentrer en Uber toute seule sur le campus à deux heures du matin. J'avale rapidement deux gorgées avant de faire les présentations : Alisha, Sutton, Kate, Melissa, les filles, voici Evan.

C'est marrant, je n'avais jamais réalisé à quel point Cooper et son jumeau étaient différents jusqu'à maintenant, alors que je viens de transformer en Evan. Ses yeux, normalement intenses et sombres, brillent malicieusement. Par pure provocation, il passe lentement sa langue sur sa lèvre inférieure et nous adresse un sourire arrogant. Même sa voix a changé. Elle est devenue plus enjouée, plus séductrice.

– Alors… laquelle des amies de Mackenzie je vais emballer ce soir ?

On aurait pu penser qu'une phrase aussi directe provoquerait une certaine indignation de la part des filles. Au contraire, elles se pâment devant lui comme des midinettes. Même Melissa ne peut cacher son trouble. Elle rougit, les lèvres entrouvertes.

Comment les blâmer ? Ce mec sent le sexe à plein nez. Peu importe qu'il soit lui-même ou qu'il prétende être son frère, l'érotisme qu'il dégage se déverse sur nous en vagues irrésistibles.

– Calme-toi, Evan. Modère tes instincts !

J'ai beau plaisanter, l'avertissement ne peut pas être plus clair.

Il se contente de nous faire un grand sourire.

– Je vois, dit Sutton en lâchant un soupir exagéré avant de sauter de son tabouret. Il faut bien que l'une de nous se dévoue. (Rien qu'à voir ses yeux, je sais qu'elle s'imagine déjà en train de baiser avec Cooper.) Que dirais-tu d'aller faire un petit tour sur la piste de danse et, ensuite, nous pourrons discuter de ta proposition ?

Tout à coup, je me crispe, pas un seul muscle de mon corps qui ne soit tendu. Je manque broyer mon gobelet. J'ai peur de l'écraser. Heureusement qu'il est en plastique, sinon il y aurait eu des morceaux de verre partout. Tout en continuant à me fixer, Cooper, qui a vu comment je réagissais, ne peut pas s'empêcher de se moquer de moi.

– Danser ? Pourquoi pas ? À toi l'honneur, bébé !

Quelques secondes plus tard, il est enlacé avec Sutton sur la piste de danse devant la scène. Les bras autour de son cou, son corps magnifique collé au sien. Petit à petit, les mains de Cooper commencent à effleurer le chemisier en dentelle de Sutton, puis une de ses mains descend plus bas, juste au-dessus de la courbe de ses fesses. Son autre main glisse le long de son dos, passe dans sa queue-de-cheval avant d'attraper sa nuque.

J'enrage. Un goût amer me serre la gorge. J'attrape mon daïquiri pour me débarrasser de cette horreur. Hélas, mon verre est vide.

– Je ne peux pas croire ce qu'elle fait ! s'emporte Alisha.

Sutton ? Je ne peux pas croire ce que lui fait ! Qu'est-ce qu'il fout à jouer *Dirty Dancing* avec une parfaite inconnue ?

– Désolée, ma chérie, répond Kate en lui tapotant le bras. La prochaine fois, tu seras plus rapide.

– Mon Dieu ! Il est tellement sexy, remarque Melissa, les yeux rivés sur Cooper et Sutton. Si je ne sortais pas avec Benji, je ne serais pas contre m'encanailler toute la nuit avec un mec d'Avalon.

– Je pensais t'avoir entendu dire que les activités hors université étaient parfaitement acceptables, je lui demande, intriguée.

– Pas pour nous, chérie, dit-elle en riant. Du moins, pas avant d'avoir sécurisé notre avenir avec le « oui » de rigueur. Ensuite… tu pourras baiser tout ton soûl avec les types qui s'occupent de la piscine ou avec les jardiniers.

Kate regarde sa sœur aînée d'un drôle d'œil.

– Tu es une belle salope, Mel.

– Tu rigoles, ça se passe partout comme ça, répond-elle en haussant les épaules.

Je ne fais plus attention à leurs bavardages, trop distraite par le spectacle sensuel du couple qui danse à quelques mètres de la table. Sutton, sur la pointe des pieds, chuchote à l'oreille de Cooper.

Il ricane. Tout de suite, je suis inquiète. Pourquoi ont-ils l'air de tellement s'amuser ?

Il est plus que temps qu'il enlève ses mains des fesses de Sutton. Genre maintenant. Cette façon qu'ils ont de s'exhiber devient insupportable. Je me mords les joues, tellement je n'en peux plus.

– J'aurais dû revendiquer cette place dès qu'il s'est approché de nous, soupire Alisha qui, comme moi, n'arrive pas à détacher son regard de la piste de danse.

– Les plus rapides attrapent le pompon, répond Kate, l'air sérieuse tout à coup.

Alisha, qui ne cache pas sa déception, tape son verre sur la table et continue :

– Hum... Pas grave. Je la connais, elle parle, elle parle, mais elle ne fera rien. Sutton ne fait pas dans les coups d'un soir. Elle n'est pas du genre à se glisser dans le lit d'un type qu'elle ne...

La bouche encore ouverte, elle s'arrête net.

Comme nous toutes, je me retourne pour regarder Cooper et Sutton quitter le bar ensemble.

Chapitre 18
MACKENZIE

Le lendemain matin, mon cours culture des médias est annulé. Le prof vient d'envoyer, à tous les élèves, un mail qui défie les lois de la décence où il nous explique comment ses intestins se sont révoltés contre le meat loaf[16] que sa femme a préparé hier pour le dîner.

Je compatis, mon vieux. De mon côté, j'ai aussi l'estomac en vrac depuis hier soir, depuis que j'ai vu Cooper quitter le Rip Tide, enlacé avec Sutton.

Ont-ils couché ensemble ? Rien que d'y penser, j'ai envie de vomir. Et je suis un peu furieuse. Comment a-t-il pu se mettre au lit avec une nana qu'il connaissait depuis deux secondes et demie ? Peut-être qu'ils n'ont rien fait. Peut-être lui a-t-elle juste fait une pipe.

Les images se brouillent, je vois rouge surtout, en imaginant Sutton glissant sur le corps de Cooper. J'ai presque envie de lui arracher la bite pour l'avoir laissée la toucher. Hum… OK.

Je ne suis pas un peu, mais très furieuse.

---

16. Pain de viande, plat américain traditionnel.

Je n'ai pas le droit de me mettre dans un état pareil. Cooper n'est pas mon copain. Je n'ai rien à dire sur avec qui il sort et, je ne devrais pas prendre mon téléphone et ouvrir notre conversation.

Moi : Tu n'avais pas à faire ça et, quand je dis « faire ça », je veux dire te taper Sutton.

Merde… mais qu'est-ce qui me prend ? Je regrette déjà d'avoir envoyé le texto quand je le relis sur l'écran. Je cherche l'option « désenvoyer », même si je sais qu'elle n'existe pas.

Et maintenant, Cooper tape sa réponse.

Le cœur battant à cent à l'heure, je me redresse dans mon lit en me maudissant pour mon manque total de contrôle.

Cooper : Oh, on se parle encore ?

Moi : Non, on ne se parle pas.

Cooper : OK, à plus tard.

Frustrée, je fixe mon téléphone. Je suis encore plus furieuse contre moi que contre lui. Je lui ai dit que nous ne pouvions pas être amis. Je lui ai dit « Au revoir, Cooper ». Hier soir, je l'ai appelé Evan. Je l'ai pratiquement jeté dans les bras de mes amies, simplement pour que Melissa ne se doute de rien et ne se répande pas auprès de Benji. Tout ça est de ma faute. Bien sûr, Cooper ne veut pas me parler.

Et pourtant, mes doigts stupides pensent tout seuls.

Moi : Je voulais juste te dire merci d'avoir joué le jeu quand je t'ai appelé Evan, mais tu n'avais pas besoin de pousser la comédie plus loin.

Cooper : Dis-moi, princesse, et si tu t'inquiétais plus de la bite de ton copain et moins de la mienne ?

J'ai envie de hurler. J'aimerais n'avoir jamais rencontré Cooper Hartley. Je ne serais pas dans un état pareil. Toute nouée de l'intérieur. Sans parler de la jalousie qui me ronge en lisant sa réponse. Est-ce qu'il veut dire qu'il s'est servi de sa bite hier soir ?

Je suis sur le point de demander à Kate le numéro de Sutton pour savoir ce qui s'est passé la nuit dernière. Quand mon bon sens refait surface. Si mon but hier soir était de m'assurer que Melissa n'ait aucun soupçon, faire une histoire avec Sutton ne va pas m'aider.

Rassemblant toute la volonté qui me reste, je pose mon téléphone et attrape mon ordinateur portable.

Pas de cours implique plus de temps pour travailler, ce qui est le meilleur moyen pour se changer les idées.

Je regarde mes mails, il n'y a rien d'urgent. L'affaire Tadd et son micro-pénis semble s'être dissipée, tant mieux. Les modérateurs de site et les gestionnaires de pub me signalent que septembre a été notre meilleur mois en termes de revenus. Le genre de nouvelle que tout chef d'entreprise est heureux d'apprendre et ne vous méprenez pas, je suis ravie. Après deux heures passées à m'occuper des affaires courantes, je recommence à ruminer. Je ressens comme une envie pressante de sortir du campus et d'aller me balader. J'en ai marre de tourner en rond. Je n'en peux plus de penser à Cooper.

Dix minutes plus tard, me voici dans un taxi en direction d'Avalon Bay. J'ai besoin d'air frais, de soleil. La voiture me dépose près de la jetée et je décide de marcher sur la promenade, les mains enfoncées dans les poches de mon short. J'ai du mal à croire que la température soit si clémente pour un mois d'octobre, mais je ne m'en plains pas. La brise chaude est douce comme une caresse sur mon visage.

Mes pas me mènent jusqu'au grand hôtel vide et je réalise soudain ce qui m'a poussée à venir ici aujourd'hui.

C'est dingue, mais devant cette bâtisse blanche, un frisson parcourt mon corps. Même mes doigts me démangent, comme si je voulais bouger mes mains. Cet hôtel condamné, devant lequel je ne peux m'empêcher de rêver, serait-il le nouveau défi que j'attendais ? *Il n'est même pas à vendre*, je me dis tout bas. Et pourtant, ça n'a pas d'importance. L'excitation est toujours présente.

Une idée germe en revenant en ville, où je m'arrête dans un café pour boire quelque chose. Quand la femme derrière le comptoir me tend ma tasse, j'hésite un instant. Avalon Bay est une petite ville et, si j'en crois les séries télévisées comme *Gilmore Girls*, une petite ville veut dire que tout le monde sait tout sur tout le monde.

Alors, je me lance et lui demande :

– Vous connaissez le vieil hôtel abandonné sur la promenade ? Le Beacon ? Pourquoi le propriétaire n'en a rien fait, vous avez une idée ?

– Posez-lui la question vous-même.

– Pardon ? Quoi ? je réponds, étonnée.

Elle fait un signe de tête en direction d'une table près de la fenêtre.

– C'est la propriétaire.

En me retournant, j'aperçois une femme âgée portant un chapeau à larges bords et d'énormes lunettes de soleil qui lui cachent presque tout le visage. Sa tenue ressemble davantage à celle d'une touriste habituée à la plage qu'à celle d'une propriétaire d'hôtel. Quelles sont mes chances ? Une fois encore, j'hésite, je pèse le pour et le contre, mais quelque chose en moi, que je ne peux réfréner, me pousse à y aller. Cela doit vouloir dire quelque chose.

J'attrape mon verre et m'approche doucement de la table.

– Excusez-moi, je suis désolée de vous déranger, je me demandais si je pouvais vous parler un instant de votre hôtel. Je peux m'asseoir ?

– Nous sommes fermés, répond-elle laconiquement, sans même lever la tête de sa tasse de thé.

– Oui, je le sais. Je respire un grand coup et j'ajoute : Justement, j'avais envie de changer ça.

Toujours imperturbable, la dame picore son gâteau avec ses doigts fragiles, petit bout par petit bout, elle le mange doucement.

– Madame, je peux vous poser quelques questions sur votre hôtel ?

– Nous sommes fermés.

Je ne sais pas si elle me fait marcher ou si elle est simplement un peu dans la lune. Je ne veux pas être impolie ni la contrarier, mais j'essaie tout de même une dernière fois.

– Je voudrais acheter votre hôtel, est-ce que cela pourrait vous intéresser ?

Enfin elle lève la tête pour me regarder. Je ne vois pas ses yeux derrière ses lunettes de soleil, mais au pincement de ses lèvres, je sais que j'ai fait mouche. Elle reprend une gorgée de son thé et pousse la chaise en face d'elle avec son pied.

Je m'assieds donc, en essayant de ne pas avoir l'air trop enthousiaste.

– Je m'appelle Mackenzie Cabot, je suis étudiante à Garnet et je suis en quelque sorte une entrepreneuse. J'aimerais beaucoup en savoir plus sur votre hôtel.

– Lydia Tanner.

Après un long silence, elle enlève ses lunettes, les pose sur la table, et je vois deux yeux remplis de malice qui me regardent intensément.

– Que voulez-vous savoir ? ajoute-t-elle.

– Tout, je réponds avec un grand sourire.

Pendant plus d'une heure, elle me raconte l'histoire de l'hôtel. Comment elle l'a construit avec son mari après la guerre, comment il a été pratiquement démoli et reconstruit trois fois depuis, avant que son mari ne décède il y a deux ans. Après la dernière tempête, elle se sentait trop âgée, et surtout trop fatiguée, pour entreprendre de nouveaux travaux. Le cœur n'y est plus, et ses enfants ne sont pas intéressés à reprendre l'affaire.

– J'ai eu des propositions, me dit-elle d'une voix franche et posée. (Elle n'est plus la timide vieille dame qu'elle semblait être.) Certaines généreuses, d'autres ridicules. Bien sûr, des promoteurs veulent le démolir et le remplacer par une tour hideuse. Voilà des années qu'on essaie de défigurer la promenade en voulant transformer cet endroit en une sorte de petit Miami, à grands coups de béton et de verre brillant.

Son air dépité révèle tout à fait ce qu'elle pense de tout ça.

– Cette ville a trop de charme, je réponds pour la rassurer, jamais elle ne deviendra comme Miami.

– Les promoteurs n'en ont que faire du charme. Ils ne pensent qu'à leurs dollars, s'emporte-t-elle en prenant sa tasse de thé. Ma seule condition pour me séparer de l'hôtel est de m'assurer que l'acheteur va préserver le caractère du bâtiment. J'aimerais me rapprocher de ma famille et passer plus de temps avec mes petits-enfants. Mais je ne peux pas me résoudre à partir sans savoir si Le Beacon est en de bonnes mains.

– Voilà une promesse que je peux vous faire, je lui dis avec honnêteté. C'est justement le charme de cet endroit qui m'a séduite. Je m'engage volontiers à tout restaurer à l'identique, avec une mise aux normes de l'électricité et de la plomberie. Il suffit de renforcer les structures du bâtiment et l'hôtel survivra encore une bonne cinquantaine d'années.

Lydia m'examine en silence, en se demandant si elle doit me prendre au sérieux ou si je suis juste une stupide petite étudiante qui lui fait perdre son temps.

Quelques minutes se passent avant qu'elle fasse un petit mouvement de tête en signe d'approbation.

– Bien. Dans ce cas, jeune fille, écrivez un chiffre.

Un chiffre ? Je ne connais rien au marché immobilier de l'hôtellerie, alors j'écris un chiffre, un peu au hasard, sur l'appli « Notes » de mon portable. Une estimation que je pense raisonnable pour un bien comme cet hôtel, sans vider pour autant tout ce que j'ai sur mon compte pro.

Je lui montre l'écran. Lydia, regarde, elle a l'air étonnée que je puisse proposer une telle somme.

Nous nous engageons dans une discussion. J'aime bien cette phase de marchandage. Les photos de ses petits-enfants m'ont peut-être un peu poussée à augmenter mon offre. Mais on finit par trouver un accord.

Et voilà comment je deviens l'heureuse propriétaire d'un hôtel sur la promenade.

***

J'ai l'impression de planer après avoir conclu ce deal avec succès, l'excitation coule dans mes veines. En même temps, c'est une folie. J'ai vingt ans et je viens d'acheter un hôtel. Même si ça a l'air dingue, je sais que j'ai bien fait. Mon esprit s'emballe en pensant aux prochaines étapes. Je vois mon avenir et mon empire grandir. J'ai promis à mes parents de me concentrer sur mes études, ce que je vais faire, mais je vais aussi me dédier à mon nouveau rôle de propriétaire d'hôtel. Je sais que je peux arriver à mener les deux de front.

Peut-être.

Je l'espère.

Après avoir serré la main de Lydia pour sceller notre deal, j'appelle mon avocat pour qu'il s'occupe des papiers. Ça semble irréel, jusqu'au lendemain quand je demande à Preston de venir avec moi voir l'hôtel.

Plutôt que de partager mon enthousiasme, il le réfrène. Il regarde le bâtiment éventré avec ses murs en ruine et ses meubles endommagés par la pluie.

– Qu'est-ce que c'est, ce truc ?

– Mon nouvel hôtel.

Les yeux froncés, Preston penche la tête vers moi. Comme s'il attendait une explication.

– J'ai conscience qu'il ne ressemble pas à grand-chose pour le moment, mais imagine-le après les travaux. Je vais le rénover entièrement. Je vais en faire un lieu vintage, avec un confort très années cinquante. Je vais transformer cet endroit en un complexe cinq étoiles.

Il me regarde, l'air renfrogné. Pas exactement la réaction que j'attendais de sa part.

– Tu plaisantes ?

– OK, je n'y connais rien en gestion d'hôtel, mais tout s'apprend. Je ne savais pas non plus comment créer un site web ni comment gérer une entreprise. Ça ne m'a pas empêchée d'avancer, non ? Je vais peut-être prendre d'autres cours à l'université, je trouverai bien quelque chose.

Il ne répond rien.

Chaque seconde de son silence casse de plus en plus mon enthousiasme.

– Preston ? Qu'est-ce qu'il y a ?

Il secoue la tête et lève ses bras en signe de totale réprobation.

– Je ne sais vraiment pas quoi te dire, Mackenzie. C'est la chose la plus irresponsable, la plus immature, que tu aies jamais faite.

– Quoi ?

– Tu m'as très bien compris.

On dirait mon père, ce qui me déplaît profondément. D'accord, je n'ai pas beaucoup réfléchi à cette aventure avant de me lancer, c'est vrai, mais je fonctionne à l'instinct. Malgré tout, je pensais que Preston serait content pour moi.

– Sincèrement, tu me déçois, ajoute-t-il. Après notre conversation de l'autre jour, après ta petite erreur, je pensais que nous étions sur la même longueur d'onde à propos de nos projets d'avenir.

– Là, tu n'es pas très juste, Preston.

Me renvoyer le baiser en pleine figure, quel coup bas ! Décidément, il mélange tout.

– Que je sache, notre projet ne comporte pas d'hôtel, continue-t-il en ignorant ma remarque.

– Tu ne vois pas le potentiel qu'il y a ici ? Rien du tout ? je lui demande, malheureuse.

– Le potentiel ? Regarde cet endroit. C'est un dépotoir. Tu peux tout mettre à la casse, et encore ! Tu peux peut-être tirer quelque chose du terrain, mais, sincèrement, une rénovation. Tu as perdu la tête ! Tu n'as pas la moindre idée de comment t'y prendre. Tu aurais pu y réfléchir à deux fois avant de mettre ton argent dans un caprice pareil !

– Je suis plus compétente que tu ne le penses, je réponds, indignée par ce que je viens d'entendre. Et je n'ai pas utilisé mon fonds de pension, j'ai assez de liquidité sur mon compte, si tu veux savoir.

– Et comment ?

– Grâce à mon business sur Internet, je dis fièrement.

– Ton petit machin techno ? me demande-t-il, surpris.

Cette fois, je suis furieuse, je sens tout mon corps se crisper.

– Oui, c'est ça, mon petit truc techno tout con.

Je n'ai jamais pris la peine de lui parler de l'argent que mes sites génèrent. Ça n'a jamais eu l'air de l'intéresser, à part pour s'en moquer. Je pensais que c'était un truc de mec. Une taquinerie inoffensive. Parfois, il venait me voir, quand je travaillais sur *BoyfriendFails*, et me disait à quel point j'étais adorable avec mon air concentré. Il souriait en m'appelant son « petit magnat sexy ». Je pensais qu'il était fier de moi, fier de tout le travail que je faisais pour mon business.

Je ne réalise que maintenant qu'il ne souriait pas par fierté, qu'il ne me regardait pas du tout comme « une » magnat.

Il se moquait de moi.

– Je pensais que tout ça n'était qu'un simple hobby pour toi, dit-il. Si j'avais su que tu en tirais du profit, j'aurais…

– Tu aurais fait quoi ? Tu m'aurais demandé d'arrêter ?

– Non, je t'aurais dirigée dans la bonne direction. (Son petit air condescendant me rend folle.) Nous en avons déjà parlé, Mac, à plusieurs reprises. Nous irions à l'université ensemble. Tu pourrais faire que tu voulais pendant tes études. Je serais diplômé en premier et je prendrais la direction de la banque de mon père. Quand tu serais diplômée à ton tour, tu rejoindrais les différents conseils d'administration des fondations de ta mère. Tout le monde était d'accord pour que je devienne le soutien de famille pendant que tu allais te concentrer sur les œuvres de charité et l'éducation des enfants.

Je n'en crois pas mes oreilles. Mon Dieu ! Chaque fois que nous avons évoqué ce genre de sujets, il m'en parlait sur un ton amusé. Comme si c'était une blague.

Il était donc vraiment sérieux ?

– Tu vas te rétracter avant qu'il soit trop tard, m'annonce-t-il, comme s'il me donnait un ordre. Tu as de la chance que je sois là avant que tes parents apprennent cette connerie. Je ne sais pas ce qui t'arrive en ce moment, Mackenzie, mais il est grand temps que tu te reprennes en main.

Abasourdie, je le regarde droit dans les yeux. Jamais je n'aurais imaginé qu'il détesterait mon projet avec une telle férocité. Au contraire, je pensais qu'il allait me soutenir. Sa réaction négative me laisse très perplexe.

Si je me suis trompée à ce point sur lui, sur quoi me suis-je encore trompée ?

Chapitre 19
COOPER

– On n'a plus rien à boire.

En face de moi, Evan est affalé sur le canapé du salon. La table basse, que j'ai fabriquée le week-end dernier, est déjà tachée de bière et pleine de mégots de cigarettes. Quelqu'un a dû renverser le cendrier la nuit dernière pendant une ces fêtes impromptues qu'organise Evan.

– Il est midi et nous sommes dimanche. Tu n'as pas besoin d'alcool, bois de l'eau, bordel de merde !

– Je ne te dis pas que je veux un verre maintenant. Mais il faut que quelqu'un aille chercher de la bière pour demain. N'oublie pas qu'on a une soirée poker.

Par « quelqu'un », il parle clairement de moi parce que je vois qu'il ferme vite les yeux et ajoute, l'air épuisé.

– Prends Daisy avec toi, elle aime bien monter dans le camion.

Je laisse Evan tomber dans les bras de Morphée et siffle la chienne. Normalement, je ne laisse pas mon frère me donner des ordres, mais aujourd'hui, je ne me sens pas vraiment dans mon assiette.

Je n'ai pas participé aux festivités alcoolisées d'hier soir. Au lieu de ça, j'ai passé toute la nuit à l'atelier. Je me suis couché un peu avant minuit, mais un rêve troublant, classé X et concernant Mackenzie, m'a réveillé vers sept heures du mat. J'étais au lit avec elle et, allongé sur son corps, je la prenais profondément pendant qu'elle gémissait contre mes lèvres. Soudain, je levais la tête et le visage de Mac est devenu celui de cette Sutton, du coup, je me suis réveillé en sursaut.

Putain, cette fille commence à faire de sérieux ravages dans mon cerveau. Éveillé ou endormi, l'image de Mackenzie Cabot encombre mes pensées et provoque chez moi des réactions que je préférerais ne pas avoir.

La colère, parce qu'elle a choisi Kincaid, plutôt que moi.

La frustration, parce que je sais qu'il s'est passé un truc vrai entre nous.

La culpabilité, parce qu'au départ, mes intentions étaient plus que douteuses.

Et, pour compléter le tableau, le dégoût. Parce que, pour éviter les soupçons de ses amies, elle m'a demandé de prétendre être mon frère jumeau. Non contente de ça, elle a ensuite eu le culot de râler parce que je suis sorti avec une autre fille ! Sutton et moi n'avons rien fait d'autre qu'une petite balade et je l'ai vite mise dans un taxi. Sincèrement, je ne comprends pas l'attitude de Mackenzie. Après tout, c'est elle qui m'a embrassé avant de me dire « adieu ».

– Viens, je murmure à Daisy, allons chercher de la bière pour ton petit copain.

Dès qu'elle me voit prendre sa laisse, la petite golden retriever se met à sautiller à mes pieds. Arrivé au pick-up, j'ouvre la porte côté passager pour qu'elle puisse sauter sur le siège avant. Elle ne le fait que depuis quelques jours. Avant, elle était trop petite, mais maintenant que ses pattes deviennent celle d'une ado, elles sont plus solides et Daisy peut sauter plus haut. Elle grandit tellement vite !

– Dommage que Mackenzie ne puisse pas voir tes progrès, je dis à la petite chienne.

Toujours curieuse, excitée et prête à mettre sa tête à la fenêtre, Daisy se met à japper de joie quand le vent lui chatouille le museau. Elle, au moins, sait prendre du plaisir des moments les plus simples.

Une fois en ville, j'achète des caisses de bière, une bouteille de tequila et quelques snacks. Au moment où je range mes achats dans la cabine, quelqu'un m'appelle.

Je me retourne sur Tate qui marche à ma rencontre. Ses lunettes aviateur dans une main, ses clés et son portable dans l'autre.

– Hey ! Comment vas-tu ? je lui demande.

– Bien. Je vais retrouver Wyatt au Sharkey's pour le dej, tu veux venir ?

– Ouais.

Je n'ai aucune envie de rentrer à la maison pour nettoyer le bordel qu'Evan.

– Mais j'amène Daisy.

– Bien sûr, répond Tate en voyant la tête de la chienne dépasser de la fenêtre. Amène l'aimant à gonzesses.

La plupart des bars et restaurants d'Avalon acceptent les chiens, surtout au Sharkey's où les serveurs apportent un bol d'eau et quelques friandises à nos amis sur pattes. Nous grimpons l'escalier branlant jusqu'au deuxième étage du bar, où Daisy se fait traiter comme la reine qu'elle pense être.

– Mais regardez-moi cette petite merveille, s'exclame la serveuse, les yeux brillants d'admiration. Comment s'appelle-t-elle ?

– Daisy, répond Tate à ma place en me prenant la laisse des mains, comme si la chienne était à lui. Et toi ?

– Jessica, minaude la serveuse dont les yeux brillent parce qu'elle vient de remarquer le look golden boy de Tate.

Ce type a une incroyable capacité à séduire toutes les femmes qu'il croise.

Ce qui ne veut pas dire que je sois en reste, ce n'est juste pas le même genre d'attention.

Quand les femmes rencontrent Tate, il leur évoque un certain romantisme, elles pensent tout de suite mariage et bébés.

Avec moi, elles pensent plutôt au sexe torride et bestial. Elles se trompent. Tate est le plus grand baiseur d'Avalon. Jessica doit être nouvelle en ville, sinon elle serait déjà au courant de sa réputation.

– Laissez-moi vous conduire à votre table, dit Jessica.

Tate et Daisy lui emboîtent le pas.

Je les suis, amusé, en pariant intérieurement qu'il obtiendra le numéro de la serveuse avant d'avoir nos menus en main.

Perdu ! Il ne les a eus qu'au moment où elle nous a apporté les verres d'eau.

– Bon travail, partenaire, dit Tate en caressant Daisy qui le regarde avec adoration.

Wyatt arrive dix minutes plus tard. Sans Ren. Je suppose donc qu'ils sont toujours séparés.

– Pas de Ren ? demande Tate en fronçant les sourcils. Elle ne t'a pas encore repris ?

– Nan…

Après avoir donné une petite tape sur la tête de Daisy, Wyatt s'installe sur le tabouret en face de moi, attrape le menu et le repose tout de suite, sans même l'avoir lu.

– À quoi bon, de toute façon, je vais prendre le sandwich au poisson, comme d'hab.

– Pourquoi Ren prend tout ce temps pour te pardonner ? demande Tate en souriant. Vos coups de gueule passent généralement assez vite.

– Cette fois, elle fait traîner les choses, se plaint Wyatt. Elle est sortie avec un abruti de la salle de sport hier soir et m'a envoyé un selfie d'eux regardant *La bachelorette* ensemble parce qu'elle savait que ça me ferait chier.

– Et pourquoi ? je lui demande.

– Parce que c'est notre émission préférée, tête de nœud ! Tu te rends compte, elle me trompe en regardant la télé avec un mec qui porte des débardeurs en filet.

– Tu es plus énervé par le fait que Ren regarde une émission de téléréalité débile sans toi, ajoute Tate en rigolant, ou parce qu'elle risque de se taper un mec de la salle de gym ?

– T'inquiète, elle ne baise pas avec lui, elle fait ça par pure vengeance. J'ai fait pareil, je suis sorti avec une nana qui travaille à l'école de surf quand Ren a jeté tous mes tee-shirts de groupes de rock sans demander mon avis.

– Et tu as fini par la baiser, la fille de l'école de surf ? demande Tate qui ne sait plus très bien où il en est.

– Mais non, c'est toi qui l'as baisée, abruti !

Après quelques secondes de réflexion, Tate acquiesce, l'air amusé.

– Ah ouais… tu as raison. Un sacré coup, cette nana. Elle m'a convaincu d'essayer le Viagra pour la première fois. Très longue nuit !

En l'entendant raconter son histoire, j'éclate de rire.

– Tu as pris du Viagra sans moi, frère ? demande alors Wyatt.

Je ris de plus en plus fort.

– Depuis quand c'est une activité de groupe ? j'ajoute en regardant Wyatt.

Jessica revient prendre nos commandes et commence à flirter avec Tate sans la moindre gêne.

– Est-ce que cette merveille aime se promener ?

– Oui, la merveille adore les promenades, répond-il en lui faisant un clin d'œil.

– Je parlais du chien.

– Moi aussi, bien entendu, ajoute-t-il, l'air innocent.

– Je finis dans une heure environ. Pourquoi Daisy et toi ne me rejoignez pas sur la plage quand vous aurez fini votre déjeuner, et que j'aurai fini mon service ?

Avant que je puisse rappeler à Tate que Daisy n'est pas son chien, il exhibe ses fossettes et affirme :

– Nous avons un rendez-vous.

Quand Jessica s'éloigne, je le regarde en levant les yeux au ciel.

– Tu ne vas tout de même pas profiter de Daisy pour t'envoyer en l'air ?

– Bah si ? Je te l'ai dit, les chiots sont des aimants à gonzesses. (Il retire une mèche de cheveux de son front.) Laisse-moi juste te l'emprunter quelques heures, mec. Tu sais que j'adore les chiens, j'en ai trois à la maison.

– Comme tu veux, mais je ne vais pas traîner en ville juste pour t'attendre, dépose-la chez moi. Elle dîne à cinq heures, ne sois pas en retard, connard.

– Oui papa, répond Tate, en souriant.

– Tu penses que si je prenais Daisy pour aller voir Ren, j'aurais plus de chance de la récupérer ? demande tout à coup Wyatt.

– C'est sûr, répond Tate.

Wyatt se retourne vers moi.

– Je peux l'emprunter demain ?

Mes amis sont des idiots.

Mais bon, moi aussi.

Quand mon portable sonne et que je vois le nom de Mac s'afficher sur l'écran. Je ne fais pas ce que je devrais faire, c'est-à-dire ignorer l'appel.

Je réponds.

Chapitre 20
MACKENZIE

L'été après mon bac, j'ai voyagé seule en Europe. Un cadeau de mes parents. Je venais de faire une longue marche du Vatican jusqu'au Colisée quand, alors que je passais devant mon hôtel, une soudaine impulsion m'a poussée jusqu'à la gare. Je ne savais pas où j'allais. J'ai juste pris un billet première classe pour le prochain train qui se trouvait aller à Florence. Ensuite Bologne et Milan. Puis le train est passé par la Suisse, la France et l'Espagne. Deux jours après avoir quitté l'Italie, j'ai appelé mon hôtel pour qu'on expédie mes bagages à Barcelone.

Jusqu'à maintenant, je ne sais pas vraiment ce qui m'a poussée à faire cette folie. Un soudain et urgent besoin de me libérer ? De me perdre ? De bouleverser mes petites habitudes et de me prouver que j'étais vivante et capable de contrôler mon destin ?

Je ne sais pas davantage pourquoi j'ai décidé d'appeler Cooper, un jour seulement après que Preston a taillé en pièces mon rêve d'hôtel, deux semaines après l'avoir embrassé et lui avoir dit de ne plus me contacter. Un quart d'heure après avoir raccroché, Cooper est à mes côtés sur la promenade et nous regardons tous les deux Le Beacon en ruine.

– Tu viens juste de… l'acheter, dit-il, perplexe, en se passant la main dans les cheveux.

Je suis momentanément distraite par ses avant-bras bronzés et ses biceps saillants. Il porte un tee-shirt noir et un jean qui lui tombe bas sur les hanches. J'ai l'impression de le voir pour la première fois. Je n'avais pas oublié ce que je ressens en le voyant, mais maintenant qu'il est près de moi et que mes inhibitions le concernant tombent petit à petit, mon cœur bat plus vite, mes paumes sont moites et ma bouche est sèche.

– Bon, il y a encore un peu de paperasse et quelques détails à régler, mais si tout va bien…

Je suis plus nerveuse maintenant qu'au moment où j'ai fait une offre à Lydia. Que lorsque j'ai montré l'endroit à Preston. Je ne sais pas pourquoi, mais j'ai besoin que Cooper soit heureux pour moi, et je ne le réalise que maintenant.

– On peut jeter un œil ?

Il ne laisse rien transparaître. Ni ennui ni désapprobation. Pas d'excitation non plus. Quand il est arrivé, on s'est à peine dit bonjour, pas un mot sur nos baisers, pas un mot sur notre dispute. J'ai juste dit : « Hey ! Oui, donc, euh… je vais acheter cet hôtel, qu'est-ce que tu en penses ? » Je ne sais même plus pourquoi il est venu.

– Allons-y. L'expert m'a confirmé que le rez-de-chaussée était stable, mais on ne peut pas monter dans les étages.

Ensemble, nous faisons le tour du bâtiment, enjambant les meubles endommagés par la tempête et les tapis moisis. Certaines pièces du fond sont dans un état presque parfait, en revanche, celles donnant sur la plage sont exposées aux quatre vents, certains murs sont dans un état pitoyable, d'autres ont été emportés par les vagues du dernier ouragan. Curieusement, il semble que la cuisine pourrait être opérationnelle demain. La grande salle de réception ressemble à un décor de bateau fantôme dans un film d'horreur. À l'extérieur, la façade de l'hôtel donnant sur la rue ne laisse rien paraître des dégâts de l'intérieur. Toujours intacte, à l'exception de quelques bardeaux manquant sur le toit et d'une végétation envahissante.

– Quels sont tes projets ? me demande Cooper alors que nous jetons un coup d'œil derrière la réception.

Un vieux livre d'or, marqué en relief « Hôtel Beacon » en lettres dorées sur la couverture, est posé sur une étagère sous le tableau des clés dont certaines sont encore accrochées tandis que les autres sont éparpillées par terre.

– L'ancienne propriétaire n'a qu'une condition : ne pas démolir pour construire une horrible tour à la place.

– J'y venais tout le temps, quand j'étais enfant. Evan et moi utilisions la piscine, on traînait dans les cabines de plage, on en a bien profité jusqu'au jour où on nous a chassés des lieux. Steph a travaillé ici quelques étés pendant le lycée. Je me souviens bien de ces bois sculptés et de ces lustres en cuivre.

– J'ai l'intention de le restaurer entièrement, je lui dis. Je vais récupérer tout ce qui est possible et trouver des antiquités vintage pour le reste.

– Ça va coûter bonbon, répond-il en sifflant. Les meubles en merisier sont à refaire sur-mesure. Les luminaires à reproduire de façon artisanale. Le carrelage en pierre et ces comptoirs ne se fabriquent plus, sauf sur commande spéciale.

– Oui, je sais. En plus, l'électricité n'est pas aux normes… Toutes ces cloisons abîmées doivent être remplacées.

– Je vois ça, dit-il, l'air absorbé, en déambulant dans l'entrée où il passe une main sur la rampe très ouvragée de d'escalier, avec du savoir-faire et de l'argent, il y a du potentiel.

– Vraiment ?

– Oh que oui ! Un potentiel énorme.

– Tu sais, ça peut paraître idiot, je réponds en m'asseyant sur les marches, mais quand j'ai vu cet endroit pour la première fois, j'ai tout de suite imaginé des gens se relaxant sous le porche et sirotant leurs verres sur des rocking-chairs tout en regardant la mer.

– Ce n'est pas idiot.

Cooper vient s'asseoir à côté de moi.

Je ne ressens aucune animosité de sa part, comme si nous étions amis à nouveau et que rien ne s'était encore passé entre nous. J'ai juste la même envie irrépressible de passer mes doigts dans ses cheveux.

– Tu sais, quand je pose un morceau de bois de récupération sur mon établi, je n'ai aucune idée de ce que je vais en faire. Je le regarde. J'attends qu'il s'exprime par lui-même. Ensuite, une idée me vient et je me mets au travail.

– Je sens que mes parents ne vont pas du tout être contents, je dis en me mordant la lèvre.

Dernièrement, j'ai remarqué que mon père s'énervait pour un rien. Souvent, c'est à cause de son boulot, on dirait qu'il est toujours en train de batailler contre quelqu'un ou quelque chose. C'est probablement de lui que j'ai hérité mon caractère combatif. Le problème, c'est que quand ses batailles se terminent mal, sa frustration se déverse sur moi et le fait que je le déçoive.

– On s'en fout, non ? se moque Cooper.

– Ouais, facile à dire pour toi.

– Je le pense vraiment, Mac. Depuis quand tu te préoccupes de ce que les autres ont à dire ?

– Tu ne comprends pas à quel point c'est difficile d'échapper à leur emprise. Ils contrôlent pratiquement toute ma vie.

– Parce que tu les laisses faire.

– Non, mais…

– Écoute, depuis que je te connais, tu as toujours été une espèce de petite emmerdeuse têtue et bornée.

Je ne peux pas m'empêcher de rire. Je dois admettre que, depuis notre rencontre, la plupart de nos discussions ont tourné à la dispute.

– Ce n'est pas ma faute si tu as toujours tort.

– Fais gaffe, Cabot, dit-il en lançant un regard menaçant. Tu t'en sors mieux que la plupart des gens que je connais. Au diable l'approbation de tes parents. Tu n'en as rien à foutre de ce que pensent tes parents. Sois toi-même, et c'est tout !

– On voit que tu ne les connais pas.

– Je n'ai pas besoin de les connaître. Je te connais, toi. (Il se tourne vers moi et me regarde avec un air très sérieux.) Mac, tu es quelqu'un de solide, tu ne prends pas de gants, tu prends des décisions.

Putain… Putain de merde.

– Pourquoi est-ce que tu dois faire ça ? je murmure, en me levant.

Je ne peux pas contrôler mes muscles. Je dois bouger, trouver de l'air.

– Faire quoi ? dit alors Cooper qui se lève et me suit dans la pièce.

– Être… (Je fais un geste dans sa direction.) Comme ça !

– Tu m'as perdu, là.

La situation est plus facile à gérer quand il joue au con, quand il flirte. Quand il se dispute avec moi en m'appelant « princesse ». Je n'ai pas de problème pour le repousser quand il joue au sexy prétentieux, au mec qu'on ne prend pas au sérieux. Maintenant qu'il est tout doux, tout gentil, il me fait perdre la tête. Malgré mes résistances, il me touche, il me fait fondre.

– Arrête d'être gentil avec moi, je lui lance, embarrassée. Tu me mets mal à l'aise.

– Ah ouais ? Eh bien, moi aussi j'étais mal à l'aise quand tu me griffais le dos, mais j'ai fait avec mon dos.

– Parfait, je réponds en me retournant pour le montrer du doigt. Fais ça. Je te supporte mieux quand tu es con.

– Alors, c'est ça ? Tu as peur d'en avoir quelque chose à faire, comme ça, tu peux continuer à te mentir sur nous deux ?

– Il n'y a pas de « nous deux », on s'est juste embrassés, la belle affaire !

– Deux fois, princesse.

– Et tout s'est si bien passé qu'on ne s'est pas parlé pendant deux semaines.

– Je te signale que c'est toi qui m'as appelé !

Il me regarde fixement. Un défi.

– Je me rends compte maintenant que c'était une erreur.

Je bous intérieurement et j'avance, décidée, les yeux rivés sur la porte qui mène à la sortie. Mais avant, il faut que je passe devant Cooper qui en profite pour me prendre par la taille sans que j'aie le temps de réagir.

En une seconde, je me retrouve dans ses bras, serrée contre lui. Je sens toute la chaleur qu'il dégage et la puissance de ses muscles. Un lourd silence s'installe, il penche la tête et me regarde droit dans les yeux. J'ai le souffle coupé. J'oublie qui j'étais avant de le rencontrer. Dans cette bulle, dans ce lieu tranquille où personne ne peut nous trouver, nous pouvons être nous-mêmes.

– Eh bien… je murmure en attendant qu'il dise quelque chose, qu'il fasse quelque chose.

N'importe quoi. L'attente me tue et je sais qu'il le sait.

– Tu peux partir quand tu veux, me dit-il brutalement.

– Je sais.

Pourtant, je ne bouge pas. Mon cœur bat la chamade. J'étouffe, mais tout ce que je veux, c'est me lover dans ses bras.

Un frisson me parcourt quand son pouce glisse doucement sur le tissu blanc de mon chemisier. La délicate caresse se fait plus pressante quand il m'attrape par les hanches avec fermeté. Je ne sens plus mes jambes, ma tête commence à tourner, je fonds littéralement dans ses bras.

– Qu'est-ce qu'on fait, Mac ? dit-il à mi-voix en plongeant ses yeux sombres et profonds dans les miens.

– Je pensais que tu le savais…

Ses lèvres viennent se poser sur les miennes, ses doigts agrippent mes hanches, j'attrape ses cheveux et je l'attire toujours plus fort contre moi. Quand sa langue s'aventure à la jointure de mes lèvres en cherchant à y pénétrer, je gémis doucement et lui donne ce qu'il demande. Nos langues se rencontrent et c'est à peine si j'arrive à rester debout.

– OK, je te tiens, murmure Cooper et, sans que je le réalise, il m'a déjà soulevée et mes jambes s'enroulent autour de lui.

Il nous fait reculer contre un mur fissuré de la pièce. Il bande contre moi. Je ne peux pas lutter contre la vague d'excitation qui me pousse à me frotter contre lui. Je cherche ce contact qui va libérer la tension des désirs réprimés depuis déjà plusieurs semaines. Je ne me reconnais plus. Non, ce n'est pas moi, cette fille qui perd la tête avec un type qu'elle connaît à peine, qui se retrouve en plein après-midi sur le point de baiser. Et pourtant… on est là, nos bouches collées l'une dans l'autre, nos corps prêts à se rapprocher toujours plus.

– Putain… gémit Cooper.

Ses mains trouvent leur chemin sous mon chemisier et ses doigts glissent déjà vers mon soutien-gorge.

Au moment où il me titille les tétons, c'est comme si on ouvrait les rideaux d'une pièce noire que le soleil soudain vient inonder.

– Je ne peux pas, je murmure contre ses lèvres.

Sans attendre, Cooper recule et me repose par terre.

– Qu'est-ce qui ne va pas ?

Ses lèvres humides, encore gonflées de nos baisers. Ses cheveux en bataille. Des dizaines de fantasmes se bousculent dans ma tête alors que je lutte pour retrouver ma respiration. Seul le mur dans mon dos me permet de rester debout.

– J'ai toujours un mec, je lui dis pour m'excuser. Parce que même si je ne suis plus très heureuse avec Preston en ce moment, nous n'avons pas officiellement rompu.

– Tu n'es pas sérieuse ? (Cooper part en trombe avant de se retourner et de me regarder, totalement exaspéré.) Réveille-toi, Mackenzie. Tu es une fille intelligente. Comment peux-tu être aussi aveugle ?

J'ouvre grand les yeux, confuse.

– Qu'est-ce que ça veut dire ?

– Ton mec te trompe, il crache.

– Quoi ?

– J'ai fait ma petite enquête. Depuis deux ans, tout le monde à Avalon l'a vu baiser tout ce qui bouge.

– Tu mens, je rétorque, hors de moi tout à coup.

Il a choisi la mauvaise fille s'il pense que je vais tomber dans un piège aussi grossier. Il dit ça uniquement pour me mettre dans son lit, pour que je sois tellement furieuse contre Preston que ça me fera céder à l'indéniable attraction qui existe entre nous. Cooper ne le connaît même pas ! S'il le connaissait il saurait que Preston n'est pas du tout le genre à sauter sur tout ce qui bouge.

– Tu aimerais bien que je mente, hein ? (Cooper s'approche de moi, visiblement furieux.) À ce stade, je me demande lequel de nous deux est le plus en colère. Regarde la vérité en face, princesse. Ton soi-disant prince charmant s'est fait plus de culs qu'un tabouret de bar.

Quelque chose s'empare de moi.

Une rage violente.

Je le gifle. Fort. Tellement fort que ma main me fait mal.

Le bruit résonne dans tout l'hôtel.

Il me regarde fixement. Choqué. En colère.

Puis il se met à ricaner doucement.

– Tu sais quoi, Mac ? Crois-moi ou pas, je n'en ai rien à foutre. (Il continue à rire et me lance un avertissement sombre.) Dis-toi que je serai celui qui va compter les points quand la vérité éclatera au grand jour !

Chapitre 21
MACKENZIE

Les accusations de Cooper au sujet de Preston me travaillent pendant vingt-quatre heures. Ça m'embrouille l'esprit, ça empoisonne mes pensées. Je ne prête pas la moindre attention à mes cours du lundi. Au lieu de ça, je ressasse les mots de Cooper, alternant entre colère, malaise et doute.

Depuis deux ans, tout le monde à Avalon l'a vu baiser tout ce qui bouge.

Regarde la vérité en face, princesse. Ton soi-disant prince charmant s'est fait plus de culs qu'un tabouret de bar.

Et s'il disait la vérité ? Je n'ai aucune raison de lui faire confiance. Cooper a pu me dire ça, simplement pour m'énerver. Il est très bon pour ça.

D'un autre côté, quelle raison aurait-il de me mentir ? Même si je largue Preston, rien ne dit que je vais me jeter dans les bras de Cooper.

N'est-ce pas ?

Quand je suis rentrée dans notre chambre, hier, après notre dispute, j'ai pris sur moi pour ne pas appeler Preston et tout lui dire. J'avais envie de lui poser des questions et d'obtenir des réponses. Je n'ai toujours pas digéré la façon dont il a réagi devant mon hôtel. Je commence à être très agacée de voir qu'il n'arrive pas à prendre au sérieux la femme d'affaires que je suis, je n'ai pas non plus apprécié la façon qu'il a eue de présenter notre avenir qui me prive de toute indépendance.

J'avais déjà beaucoup de raisons de remettre en cause ma relation avec Preston avant que Cooper lance ses accusations. Maintenant, je suis encore plus en vrac. Mon esprit s'embrouille et j'ai l'estomac noué.

Je quitte l'amphi tête baissée, aucune envie de m'arrêter pour faire la conversation avec l'un ou l'autre des étudiants. Dehors, je respire à pleins poumons l'air plus frais et vivifiant depuis que l'automne a enfin fait son apparition après que l'été a joué les prolongations.

Mon téléphone vibre dans ma besace en toile. C'est un texto de Bonnie qui veut savoir si je la retrouve pour déjeuner. Ma colocataire a l'étrange capacité de lire dans mes pensées, donc je lui dis que je dois bosser, puis je trouve un banc vide sur le campus et sors mon ordinateur portable.

J'ai besoin de me distraire, de trouver une échappatoire face au chaos qui s'agite dans ma tête. Faire des plans pour l'hôtel est un parfait répit.

Pendant les heures qui suivent, je cherche sur Internet les renseignements dont j'ai besoin pour démarrer ce projet. Je commence par trouver une liste d'entrepreneurs que je contacte pour leur fixer rendez-vous sur place afin qu'ils puissent me donner une estimation assez précise de ce que coûterait la mise aux normes du bâtiment. Je vais ensuite sur le site du comté pour me renseigner sur les permis dont je vais avoir besoin. Je regarde quelques vidéos sur la plomberie et les installations électriques. Je m'informe sur les dernières avancées en matière de construction résistant aux ouragans et sur les polices d'assurance.

C'est… beaucoup.

Au moment où je range mon ordi dans ma besace et que je m'apprête à aller me dégourdir les jambes, ma mère m'appelle. Tout le temps passé sur ce banc dur en fer forgé a fini par me tétaniser les muscles.

– Coucou, maman !

Sans faire de civilités supplémentaires, elle va droit au but.

– Mackenzie, ton père et moi aimerions t'emmener dîner avec Preston ce soir. Sept heures, c'est bon ?

Aïe ! Cette façon qu'elle a parfois d'aller droit au but me rend dingue. Elle fait semblant de me donner le choix alors que nous savons pertinemment toutes les deux que ce n'est pas le cas.

– Je ne sais pas si Preston est libre, je réponds d'un ton ferme.

Ça fait deux jours que je l'évite depuis qu'il a brisé mes rêves et m'a dit que j'étais irresponsable et immature.

Me rappeler ses mots durs et condescendants fait rejaillir ma colère. Non. Pas question que je vienne au dîner ce soir avec lui, je ne veux pas risquer une grosse dispute devant mes parents. J'en ai déjà giflé un, mieux vaut ne pas prendre le risque d'en gifler un deuxième.

Ma mère ne tarde pas à faire voler ma décision en éclats.

– Ton père a déjà appelé Preston, il lui a répondu qu'il serait très heureux de se joindre à nous.

Ma mâchoire se décroche. Sérieusement ? Mes parents se sont entendus avec mon copain avant de m'en parler, à moi, leur propre fille ?

Ma mère ne me laisse même pas le temps de répondre.

– Nous te verrons à sept heures, ma chérie.

Dès qu'elle raccroche, je me précipite pour appeler Preston. Il répond tout de suite.

– Salut, bébé !

Quoi ? J'ai bien entendu ? « Salut, bébé ! » Depuis samedi après-midi, j'ignore ses appels et ses textos. Dimanche matin, quand il a menacé de débarquer, j'ai simplement envoyé un message disant que j'avais besoin d'espace et que je le rappellerais quand je me sentirais prête.

Et maintenant, il me balance un « Salut, bébé » ?

N'a-t-il pas compris à quel point je suis en colère ?

– Je suis content que tu finisses par appeler. (Au ton de sa voix, je sens qu'il reconnaît ses torts.) Je pensais que tu étais toujours fâchée après notre petite dispute, j'essayais donc de te laisser un peu d'espace, comme tu me l'as demandé.

– Vraiment ? C'est sans doute la raison qui t'a fait accepter un dîner avec mes parents sans même me consulter, je réponds sèchement.

– Tu aurais répondu si j'avais appelé ? réplique-t-il.

Un point pour lui.

– En plus, je viens juste de raccrocher avec ton père. Tu appelles avant même que j'aie pu faire ton numéro.

– Peu importe. Je n'ai aucune envie d'y aller ce soir, Preston. Après ce qui s'est passé samedi à l'hôtel, j'ai vraiment besoin de temps.

– Je sais. (Il a l'air sincère.) J'ai mal réagi, je ne peux pas le nier. Mais avoue que tu m'as pris de court. Je ne m'attendais pas à ce que tu m'annonces que tu avais acheté un hôtel. C'était beaucoup à encaisser, Mac.

– Je peux comprendre. Mais tu m'as parlé comme si j'étais une petite fille désobéissante. Tu te rends compte à quel point ton attitude était humiliante ? (Je marque une pause pour me calmer.) Je ne veux pas ressasser ça maintenant. Eh oui, il faut qu'on parle, mais ce n'est pas le moment. Quant au dîner, désolée, c'est trop pour moi.

Petit silence.

– Sincèrement, Mackenzie, nous savons tous les deux que tu ne peux pas dire à tes parents que tu ne veux pas y aller.

Ouais.

Il m'a eue.

– Viens me chercher à sept heures moins le quart.

***

De retour à Tally Hall, je donne un coup de vapeur sur une robe que ma mère ne va pas regarder de travers. J'ai opté pour la bleu marine à col bateau qui est à la limite de la décence. Une protestation silencieuse contre ce dîner qu'on m'impose. Dès que Preston me voit, il me suggère tout de suite de mettre un cardigan.

Pendant le trajet qui nous mène jusqu'au nouveau très chic grill près du campus, je reste silencieuse. Preston de son côté, est assez malin pour ne pas poser de questions. Au restaurant, grâce à l'assistant de mon père qui a réservé plus tôt, on nous installe dans un salon privé.

En entrant, mon père fait ses habituels sourires à ses électeurs et prend la pose pour une photo avec le directeur de l'établissement, qui finira encadrée sur le mur et dans le journal local. Même un simple dîner devient toute une affaire quand mon père est présent. Un repas anonyme avec sa famille ne convient pas à son ego. Pendant ce temps, ma mère se tient à l'écart, bien poliment, les mains jointes devant elle, un sourire convenu sur le visage. Impossible de dire si elle aime toujours ce genre de situation ou si le Botox fait tout le travail.

Debout à côté de moi, Preston a des étoiles dans les yeux.

Pendant les cocktails et les amuse-bouches, mon père est intarissable sur un nouveau projet de loi concernant les dépenses. Je n'ai même pas la force de faire semblant de m'y intéresser, occupée à faire tourner machinalement ma salade de betteraves sur mon assiette. Preston n'arrête pas de lui poser des questions, ce qui a le don de m'agacer. J'ai toujours apprécié la capacité qu'il a de discuter avec mes parents ; il me décharge d'une partie de cette corvée. Ils l'adorent, quand il est là, ils sont toujours de bonne humeur. Ce soir, je ne sais pas pourquoi, je trouve Preston terriblement ennuyeux.

Pendant un petit moment, j'envisage de prendre mon courage à deux mains et d'annoncer la nouvelle. Genre « Devinez quoi, j'ai acheté un hôtel ! », mais quand maman commence à dire qu'elle a hâte que je m'implique davantage dans ses œuvres de charité, je comprends qu'ils ne réagiront pas mieux que Preston.

– J'espère que vous me laisserez emmener Mackenzie en Europe cet été, dit Preston au moment où arrive l'entrée. (Mon père a finalement cédé à la pression et a accepté d'emmener ma mère acheter une nouvelle maison de vacances.) Nous allons naviguer sur le yacht en partant de l'Espagne jusqu'à la Grèce.

Première nouvelle. Nous n'avons jamais parlé de projets pour cet été. Et même si c'était le cas, maintenant, j'ai un hôtel à restaurer. Preston sait parfaitement que je ne peux pas quitter Avalon Bay.

Ou peut-être qu'au fond de lui, il pense encore pouvoir persuader sa petite amie immature et irresponsable, cette fille qui doit devenir son épouse modèle, d'abandonner l'achat qu'elle veut faire.

Je n'en peux plus. J'avale cette nouvelle avec une bouchée de ma sole au citron et à l'ail.

– Tout ça me semble merveilleux, dit ma mère, un léger regret dans la voix.

Une de ses plus grandes frustrations concernant la carrière de son mari – bien qu'elle adore être la femme d'un membre du Congrès – est, qu'avec seulement deux maisons de vacances aux États-Unis, elle paraît pauvre devant ses amis qui s'envolent, pour un oui pour un non, vers leur chalet à Zermatt ou leur villa à Majorque. Papa dit souvent que ce n'est pas une bonne chose d'étaler sa richesse, on pourrait lui reprocher d'avoir fait fortune sur le dos des contribuables. Pourtant, la majorité de l'argent de la famille provient de divers héritages et de la société que mon père a dû quitter pour se présenter au Congrès. Société où il siège toujours au conseil d'administration. Attirer l'attention sur soi incite les gens à poser des questions, et mon père déteste ça.

– Elle supporte bien des choses venant de lui, plaisante Preston en souriant à ma mère. Tout comme celle-ci, ajoute-t-il en me désignant du menton.

Il essaie de me prendre la main sous la table.

Je le repousse d'un geste vif et attrape mon verre d'eau pour l'éviter. Et surtout, je commence sérieusement à perdre patience.

Ma patience est à son plus bas niveau. Avant, j'excellais dans l'art de faire abstraction de leurs conversations. Je riais à leurs plaisanteries inoffensives, je faisais tout pour que mes parents soient heureux. Tant que Preston les amusait, que tout le monde s'entendait, ma vie était infiniment plus facile. Mais il me semble tout à coup que le statu quo ne me convienne plus du tout.

– Quels sont tes projets après le diplôme, l'année prochaine ? demande mon père à Preston.

Il m'a à peine adressé la parole de tout le dîner. J'ai l'impression d'être l'excuse qui leur permet de voir l'enfant qu'ils auraient aimé avoir.

– Mon père veut que je travaille au siège de sa banque, à Atlanta.

– Un sacré changement de rythme, poursuit mon père en coupant sa viande.

– Je suis impatient de relever le défi. J'ai l'intention de tout apprendre sur le business familial. Tout, des tâches les plus simples aux plus complexes. La façon dont le courrier est traité, les acquisitions et les fusions.

– Jusqu'à la façon dont sont adoptées les régulations financières. D'ailleurs, nous devrions mettre en place quelque chose pour le prochain mandat. Je t'invite à venir au Capitole, si tu veux. D'importants textes de loi passent en commission prochainement, ce serait pour toi une expérience inestimable d'assister à ces audiences. Voir comment on fait la sauce, si j'ose dire.

– Génial ! s'exclame Preston, rayonnant. Je vous en serais très reconnaissant, Monsieur.

Mon père n'a jamais proposé de m'emmener à Washington pour vivre une journée de travail avec sa fille. La seule fois où j'ai mis les pieds au Capitole, c'était pour une séance photo. Lorsque mon père a prêté serment. Ce jour-là, on m'a fait entrer dans une pièce avec les autres familles des nouveaux élus au Congrès, j'ai posé et, tout de suite après, on m'a poussée vers la sortie. Avec les autres jeunes, on a fini par courir les bars et les clubs de DC[17] jusqu'à ce que le fils d'un sénateur commence à se prendre le bec avec un sale gosse, fils de diplomate. L'altercation s'est transformée en épreuve de force entre les services secrets et le ministère des Affaires étrangères.

– Dommage que toi et Mackenzie n'ayez qu'une seule année ensemble à Garnet avant d'être à nouveau séparés, constate maman. Mais je sais que vous allez vous débrouiller pour que ça marche.

---

17. DC : District of Colombia, c'est-à-dire Washington.

– En fait, répond Preston, Mackenzie va venir me rejoindre à Atlanta.

Ah oui ?

– Garnet offre un programme complet en ligne pour finir son diplôme, continue Pres, elle n'aura pas besoin de changer d'université. De toute façon, le vol n'est pas très long entre ici et Atlanta si elle a besoin de revenir sur le campus pour une raison ou pour une autre.

C'est quoi, ce bordel ?

Ahurie, je regarde Preston. Soit il ne s'en aperçoit pas, soit il s'en fout totalement. Mes parents, eux non plus, ne sont pas conscients de ma détresse.

– C'est une excellente solution, confirme papa.

Ma mère acquiesce d'un signe de tête.

Je me demande pourquoi je suis assise à cette table. Ils sont tous là, en train d'organiser ma vie, sans même me consulter. À leurs yeux, je ne suis guère plus qu'un ornement, un meuble qu'ils déplacent à leur guise d'une pièce à l'autre. Ce sont mes parents. Mon copain. Des personnes qui sont censées se soucier le plus de moi au monde. Pourtant, je me sens complètement invisible. Et ce n'est pas la première fois.

Alors qu'ils bavardent pendant le plat principal, sans se soucier de ma crise existentielle, je vois soudain devant moi se profiler les cinq, dix, vingt prochaines années de ma vie et se refermer sur moi.

Un avenir ? Non. Une menace ? Certainement !

Une condamnation plus qu'une opportunité de m'épanouir.

Mais je réalise que je ne suis plus une enfant. Je n'ai rien à faire ici. D'ailleurs rien ne m'oblige à rester assise à cette table. Le souvenir du déjeuner avec les amies de Preston me revient soudain en mémoire. Comment ces filles ont-elles pu accepter la fellation que Seb s'est fait faire en public par une autre que sa petite amie ? Je repense aussi à la façon dont Preston m'a pardonné si facilement ma petite incartade. Les indices s'accumulent, je commence à y voir clair.

Très clair.

Je repousse mon assiette, jette ma serviette sur la table et recule ma chaise.

Ma mère me regarde d'un air étonné.

– Désolée, j'annonce à la cantonade, je dois y aller.

Sans une seconde d'hésitation, je me précipite vers la sortie avant que l'un d'eux ait pu protester. Une fois dehors, j'essaie de me cacher dans les buissons qui bordent le parking et j'appelle vite un taxi. Preston, qui m'a suivie de peu, me repère dès qu'il sort.

– Mais, putain… qu'est-ce qui t'a pris ? me demande-t-il.

Je respire un grand coup et réponds :

– Je n'ai aucune envie de me disputer avec toi. Retourne à l'intérieur, Pres. Je m'en vais.

Il m'attrape par le bras et m'entraîne dans un coin où personne ne peut nous entendre, comme si j'étais une gamine qu'il allait gronder.

– Baisse d'un ton, s'il te plaît. Qu'est-ce qui t'a pris ?

D'un geste sec, je me libère de son emprise.

– Je ne peux plus continuer à faire semblant. Toi, eux, tout ça. J'en ai tellement marre que je me sens vidée. Je n'en peux plus, je n'en veux plus. J'en ai ras le bol, tu comprends ?

– Tu as complètement perdu la tête. (Il me regarde, furibard.) Cette réaction insensée, cette connerie d'hôtel, tu sais ce que c'est ? Du stress. Le stress de la première année qui est en train de t'atteindre. Tu craques sous la pression. Je peux comprendre. On peut t'aider, t'envoyer en thalasso ou un truc du genre. Je suis sûr aussi qu'on peut s'arranger avec le doyen pour ta fin de semestre.

– En thalasso ?

C'est plus fort que moi, j'éclate de rire. Il n'a vraiment aucune idée de qui je suis véritablement.

– Ce n'est pas le stress, Preston, je parlerais plutôt de clairvoyance. (Je le regarde d'un air décidé, il sait que je ne plaisante plus, cette fois.) Tu me trompes, Kincaid, voilà ce qui se passe.

Son assurance faiblit, il commence à être inquiet.

– Et qui t'a dit ça ?

C'est ça, sa réponse. Si j'avais des doutes, je n'en ai plus aucun maintenant. Il ne prend même pas la peine de nier.

– Ce n'est pas vrai ? je continue en le défiant. Tu n'es pas exactement comme ton copain Sebastian qui couche avec les filles n'ayant pas le label « bonne épouse », tout en promettant son amour éternel à Chrissy ? La même Chrissy qui, soit dit en passant, s'en fout pas mal de voir son mec coucher à droite et à gauche. Maintenant, regarde-moi droit dans les yeux et dis-moi que tu n'es pas comme ça.

– Non, je ne suis pas comme ça.

Mais il ne me regarde pas dans les yeux.

J'éclate d'un rire mauvais.

– C'est sans doute pour ça que tu n'étais pas gêné par ce que faisait Seb, n'est-ce pas Preston ? En fait, tu es exactement comme lui. Et tu sais ce qui est marrant ? C'est que je ne suis même pas en colère. Je devrais l'être, je lui dis, parce qu'il y a tellement de rage en moi après la façon dont il m'a manqué de respect ce soir. Je devrais être en colère. Mais je me rends compte que je n'en ai simplement plus rien à faire de vos histoires.

– Tu ne peux pas rompre avec moi, dit-il d'un ton sévère.

On dirait qu'il va me priver de bonbons parce que ça fait pourrir les dents.

– Eh bien, je te quitte. Voilà, c'est dit.

– Oublie tout ça, Mac. Ce ne sont que des conneries de jeunesse. Ça n'a rien à voir avec nous. Je t'aime, Mackenzie. Et, toi aussi, tu m'aimes.

Pendant des années, j'ai confondu ce que nous vivions avec le véritable « amour ». Oui, j'aime Preston. En tout cas, je l'ai aimé à un moment donné. C'est ainsi que tout a commencé, j'en suis sûre, mais nous n'avons jamais été vraiment « amoureux » l'un de l'autre. J'ai confondu l'ennui avec le confort et le confort avec l'amour. Tout simplement, parce que je ne savais pas ce qu'était la vraie passion. Je ne savais ce que je ratais, ce qu'on est censé ressentir quand on ne peut plus se contenir, quand le désir pour un autre vous consume tout entière, quand tout en lui vous plaît, quand l'affection que vous lui portez devient totale et inconditionnelle.

– Arrête, Mackenzie. Arrête tes caprices de petite fille, ce n'est plus drôle du tout. Tu vas revenir. Et t'excuser auprès de tes parents. On oublie cette scène.

Oups ! Il a changé de ton. Cette fois, il est très énervé. Il va m'envoyer dans ma chambre en me privant dessert.

– Tu ne comprends pas. J'ai pris ma décision. Je te quitte.

– Non, tu ne vas pas le faire.

Je ne voulais pas recourir à l'argument fatal, mais il ne me laisse pas le choix.

– Il y a quelqu'un d'autre.

– Quoi ! Qui ?

Il s'emporte, rouge de colère.

Dieu merci, mon taxi arrive.

– Ça ne te regarde pas, je réponds, glaciale. Maintenant je m'en vais. N'essaie pas de me suivre, c'est inutile.

Pour la première fois, ce soir, il m'écoute.

Chapitre 22
MACKENZIE

Quinze minutes plus tard, je suis devant chez Cooper. Je crois que je savais qu'en quittant la table ce soir, j'allais atterrir ici. Quand j'ai laissé Cooper hier, quand j'ai passé des heures à repenser aux mots qu'il m'a dits, à me souvenir de nos baisers passionnés, je savais que si je revenais ici, ce serait dans un but précis.

Dès qu'il ouvre la porte, je ne suis pas loin de perdre tous mes moyens. Il porte un tee-shirt et un jean déchiré. Ses cheveux sont mouillés comme s'il sortait de sa douche. Son style, son corps, ses tatouages m'attirent tout simplement. Je déteste le fait qu'il n'ait rien à faire, rien à dire pour me troubler à ce point. Ce n'est pas juste.

– Salut ! je lance, la bouche soudain très sèche.

Il me regarde fixement sans dire un mot. Je m'attendais à le voir en colère. Pire, à ce qu'il me chasse en me demandant de ne plus jamais remettre les pieds chez lui.

C'est pire.

– Écoute, je suis venue m'excuser.

– Vraiment ?

Cooper prend toute la place dans l'embrasure de la porte, ses bras puissants s'appuient de part et d'autre.

– J'ai dépassé les bornes, je continue, pleine de remords. Je n'aurais jamais dû insinuer que tu pouvais avoir de l'herpès ni t'accuser de baiser avec n'importe qui. Je suis désolée.

Bien qu'il fasse de son mieux pour le réprimer, Cooper ne peut pas cacher le rictus qui se dessine au coin de sa bouche. Il laisse tomber ses bras.

– OK, entre.

Il m'accompagne jusqu'à la terrasse couverte de l'arrière, celle qui donne sur la baie. Aucun de nous ne sait par où commencer, donc nous nous appuyons tous les deux contre la balustrade en faisant semblant de regarder les vagues que l'on entend au loin, dans l'obscurité.

– Je n'avais jamais giflé personne, je dis timidement, sentant que c'est à moi de briser la glace, et c'est plus dur que ce à quoi je m'attendais.

– Tu sais comment t'y prendre, répond-il sèchement. Putain, ça m'a fait mal !

– Si ça peut te rassurer, j'avais encore mal à la main quand je me suis réveillée ce matin. Tu as la peau dure, tu sais.

– Content de le savoir. Du coup, je me sens mieux répond-il, un sourire dans la voix. Enfin… un peu.

– Je suis désolée, j'ai réagi de façon excessive. J'ai perdu la tête. Je me sens vraiment mal.

Cooper hausse les épaules

– Ne t'inquiète pas, j'ai connu pire.

Une partie de moi aimerait qu'il s'énerve. Qu'il me dise que je suis une petite conne d'enfant gâtée. Mais il reste calme, imperturbable. Il ne laisse rien paraître. Ce qui complique les choses ? Malgré tout ce que j'ai appris sur Cooper, en fait, je ne le connais pas du tout. Parfois, je pense que nous sommes connectés, que nous nous comprenons bien. Je commence ensuite à y réfléchir, et puis je me dis que je me fais des idées. Chaque fois que je le revois, je me demande si je ne rêve pas, si tout ça n'est pas que le fruit de mon imagination.

– Tu veux savoir où j'étais ce soir ?

Pourquoi lui poser cette question ? Parce que, d'un côté, j'ai envie qu'il le sache, mais de l'autre, tout lui dire d'un seul coup me semblerait déplacé.

Intrigué, il soulève un sourcil.

– J'ai d'abord planté mes parents.

– Et le monde s'est écroulé ? me demande-t-il, l'air amusé.

– Peut-être. Je me suis carrément enfuie en plein milieu du dîner. Et tu sais ce que j'ai fait d'autre ?

– Non, vas-y.

– J'ai rompu avec mon copain.

Tout à coup, j'ai toute son attention. Il se retourne, appuie son dos contre la balustrade et croise les bras, très intéressé.

– D'accord, je commence à comprendre. Tu as pris la fuite et tu t'es dit qu'il n'y avait pas de meilleur endroit pour se cacher que chez moi. Au moins, là, personne ne viendra te chercher. J'ai raison ?

– Quelque chose comme ça, je réponds, pas très fière de moi.

Je ne formulais pas ça aussi clairement quand j'ai donné l'adresse de Cooper au chauffeur de taxi, mais, inconsciemment, c'était l'idée.

– Alors, combien de temps tu penses faire profil bas ? Sans vouloir jouer au con, tu sais qu'ici, je ne dirige pas un hôtel, princesse ?

– Un point pour toi.

Le silence qui s'installe fait plus de bruit que le ressac des vagues qui s'écrasent sur le rivage.

Ce matin, je me souviens de m'être réveillée en nage. Tout en clignant des yeux, face au soleil, l'image de Cooper me tenant contre le mur, mes jambes autour de ses hanches et ses mains brûlantes caressant ma peau, s'est évaporée aussi vite que la rosée sur le rebord de ma fenêtre. Comment gérer ce qui m'arrive ? Tout est nouveau pour moi, je n'ai jamais été aussi bouleversée par un homme. C'est vrai, de son côté, il montre un certain intérêt pour ce qui se passe entre nous, mais il ne fait rien. Je ne sais pas ce que tout ça veut dire.

– Parfois, je me demande si je n'aurais pas préféré ne jamais t'avoir rencontrée, finit-il par dire.

Dans la nuit, l'éclairage de la terrasse fait jouer l'ombre et la lumière sur son visage anguleux.

– Et pourquoi ?

À part ce qui est évident, bien sûr. Depuis que je le connais, je ne lui ai pas vraiment simplifié la vie.

– Tout va devenir plus compliqué, continue-t-il en s'approchant peu à peu de moi.

Les bras le long du corps, rien qu'avec son regard, il arrive à me clouer contre la balustrade.

Son expression, tout à coup, n'est plus la même. Sans vraiment comprendre ce qui se passe, je me tiens sur mes gardes.

– Qu'est-ce qui…

Je n'ai pas le temps de finir ma phrase que ses lèvres sont déjà sur les miennes.

En me bloquant contre la balustrade, Cooper m'embrasse avec fougue. Voilà des semaines que nous attendions ce moment tous les deux. C'est un soulagement. Quand ses mains trouvent mes hanches et me pressent toujours plus contre le bois brut, je m'oublie, brûlante de désir. Affamée, je l'embrasse à mon tour et je me mets à gémir quand il écarte mes jambes et que je sens son érection.

– Dis-moi, murmure-t-il en faisant glisser sa bouche le long de mon cou, tu vas encore me demander d'arrêter ?

Je devrais davantage réfléchir. Penser aux conséquences. Au fait que je ne suis absolument pas préparée à ce qui se passera quand je vais me réveiller demain et constater les dégâts de la nuit.

Mais je ne le fais pas.

– Non, je réponds, ne t'arrête pas.

Déchaîné, Cooper n'hésite plus. Il tire sur ma robe, juste assez pour exposer mes seins. Quand il pose ses lèvres autour du téton qui vient juste d'apparaître, l'excitation monte d'un cran, une poussée d'adrénaline envahit ma poitrine. Avec Cooper décidément, je deviens quelqu'un d'autre. Débridée, je prends sa main et la fais descendre le long de mon corps jusqu'à lui faire trouver le dessous de ma robe. Ses doigts atteignent ma culotte, glissent entre mes lèvres et me pénètrent.

– Putain… murmure-t-il contre mon cou, tellement humide !

Deux de ses doigts bougent au fond de moi, son pouce attise l'excitation de mon clitoris. Je m'accroche à ses larges épaules en me mordant la lèvre jusqu'à sentir le goût du sang quand mes jambes tout à coup se mettent à trembler sous l'effet de l'orgasme.

– Hum… tu es à moi !

Il se penche avec un grand sourire et m'embrasse goulûment en avalant chacune de mes respirations saccadées.

Ses mots me font frissonner. À lui. Même s'il ne le pense pas, même si ces mots ne sont dus qu'à l'intensité du moment, l'idée d'être à lui, d'être entièrement à lui ce soir, fait monter en moi une nouvelle vague d'excitation.

Je me dépêche d'ouvrir son jean et de sortir son sexe pour pouvoir le caresser. Le gémissement qu'il émet sonne comme une musique à mes oreilles. Ses mains glissent jusqu'à mes fesses, j'ai l'impression que ses yeux prennent feu.

– Allons à l'intérieur.

– J'ai une capote sur moi.

Plus je le caresse, plus sa voix est rauque.

– Ah… pourquoi ?

– Assez de questions !

Il a raison. Il y a une heure, j'avais un copain. Ce que Cooper faisait ou allait faire ne me regarde pas. Il déchire l'enveloppe du préservatif, l'enfile rapidement. Soudain, je suis assise sur le rebord de la balustrade, accrochée à lui alors qu'il me pénètre lentement, douloureusement. S'il me lâchait maintenant, je basculerais par-dessus la balustrade. Mais je lui fais confiance. Je me soumets complètement, sûre de sa poigne ferme, accueillant son sexe épais et dur en moi.

– Tu es tellement bonne, Mac, me dit-il en m'embrassant encore.

Il me pénètre plus profondément, me rendant folle de désir.

Une brise légère soulève mes cheveux. Je me fiche qu'on puisse être surpris. Je ne sais même pas si son frère est là. Peu m'importe si les silhouettes qu'on devine dans la nuit nous observent. Je ne me soucie de rien d'autre que des sensations inconnues qui parcourent mon corps. Du sentiment de plénitude et du bien-être qui me submergent. Quand les doigts de Cooper passent dans mes cheveux et les tirent en arrière pour embrasser mon cou, rien ne peut me distraire de ses longues et profondes pénétrations ni du besoin sauvage et charnel qui nous anime tous les deux.

– Tu vas jouir encore ? murmure-t-il à mon oreille.

– Peut-être.

– Essaie.

Il se retire presque entièrement, puis replonge son sexe bien dur en moi. Tout en me tenant fermement d'un bras, il glisse sa main libre entre mes jambes et caresse mon clitoris. Ma respiration s'accélère, mon plaisir redouble.

– Oh… continue comme ça, je le supplie.

Son ricanement rauque me chatouille la bouche quand il penche la tête pour m'embrasser. Ses hanches continuent de bouger, mais plus lentement maintenant, me provoquant, il cherche la limite pour m'amener au bord du gouffre. Voyant qu'il me regarde éperdu d'admiration, il ne me faut pas longtemps pour sentir le plaisir m'envahir à nouveau.

– Oui, oui… me dit-il doucement alors qu'il accélère le rythme.

Cette fois, il s'enfonce encore plus et gémit d'une voix caverneuse en se libérant à son tour. Je sens son corps entier frissonner sur ma peau, sa respiration est haletante.

Moi aussi, je cherche mon souffle pour calmer les battements de mon cœur devenu fou.

– C'était… Je n'ai pas les mots.

Il est dans le même état et grommelle à son tour :

– Ouais, c'était…

En riant nerveusement, nous nous séparons. Je descends de la balustrade, maladroitement. Je remets ma robe en place. Cooper me prend la main et m'accompagne dans la maison.

Après une bonne douche, je lui emprunte quelques vêtements et on emmène tous les deux Daisy se promener au clair de lune le long de la plage. J'ai les jambes lourdes.

Cooper était exactement comme je me l'imaginais. Brut, mais attentionné.

Je suis frappée de voir à quel point ce n'est pas gênant. Je n'avais jamais été avec quelqu'un d'autre que Preston, donc je ne savais pas à quoi m'attendre après un… Je ne sais pas ce que c'est. Un rendez-vous galant ? Un coup d'essai ? Quelque chose dont on ne parlera pas vraiment demain matin ? D'une certaine manière, je m'en fiche. Pour l'instant, c'est bon.

En revenant vers la maison, Cooper taquine Daisy avec un long roseau.

– Tu veux rester dormir ? me demande-t-il
– Ouais, OK.
À partir de maintenant, j'ai décidé de ne plus trop réfléchir. Un livre vierge. Je repars à zéro. Il est temps que je profite de la vie.

Chapitre 23
COOPER

J'ai la tête en vrac. En me réveillant avec Mac dans mon lit, j'ai envie de prendre de mauvaises décisions… une fois de plus. Puis je me souviens que je suis dans la merde. J'étais à fond hier soir quand elle m'a pratiquement sauté dessus. Après, je ne sais pas ce qui m'a pris, mais je ne voulais plus qu'elle s'en aille. J'ai commencé à gamberger et je me suis dit, merde, que va-t-il se passer si elle rentre chez elle ? Je n'ai pas envie de recevoir encore un de ses putains de textos du genre : « Désolée, c'est ma faute, je me suis trompée et je retourne dans les bras de mon connard de copain. »

C'est à ce moment-là que j'ai réalisé que j'étais complètement foutu.

– Bonjour, marmonne-t-elle, les yeux encore fermés.

Quand elle se retourne et pose sa cuisse sur ma jambe, je bande immédiatement et ne peux pas m'empêcher d'attraper son cul à pleines mains.

– Bonjour, je réponds.

En guise de réponse, elle embrasse mes pecs avant de les mordiller.

Tu parles d'une nana ! Ce sont toujours les filles bien qui sont comme ça, n'est-ce pas ? Propre sur elle avec de bonnes manières. L'instant d'après, elles écartent les cuisses et s'en vont avec du sang sous les ongles.

On se câline quelques instants, bien au chaud dans mon lit. Mac soudain lève la tête et me regarde.

– Je peux te poser une question ? me demande-t-elle, visiblement inquiète.

– Bien sûr !

– Une question indiscrète ?

– Vas-y.

– Même si ça ne me regarde pas ?

– Tu la poses ou on continue à jouer au chat et à la souris ?

Elle me donne un petit coup de dent sur l'épaule pour me taquiner.

– Euh… est-ce que tu as couché avec Sutton ?

– Non. On a juste fait un tour sur la jetée. Elle a vomi par-dessus la rambarde et je l'ai mise dans un taxi.

Mackenzie continue.

– Mais si elle n'avait pas vomi, vous auriez fait quelque chose ? Tu l'aurais embrassée ? Tu l'aurais ramenée ici ?

– Peut-être, qui sait ?

Tout son corps se raidit immédiatement contre moi, je passe mes doigts dans ses longs cheveux. D'autres mecs auraient sans doute gardé le silence, mais je ne suis pas de ceux-là. Elle m'a posé une question, j'ai répondu, c'est tout.

– Tu voulais savoir.

– C'est vrai, je voulais le savoir et c'est moi qui l'ai jetée dans tes bras. J'imagine que je n'ai pas le droit d'être jalouse. (Elle grogne doucement.) Mais, putain… je le suis.

– Bienvenue au club, je réponds en poussant un petit grognement à mon tour. L'idée que quelqu'un d'autre que moi puisse poser ses mains sur toi me donne des envies de meurtre.

– On ne t'a jamais dit que tu avais tendance à exagérer ? dit-elle en riant.

– Ça te pose un problème ?

– Pas du tout.

– Tu sais, je réponds, un peu rêveur, en enroulant une mèche de ses cheveux autour de mes doigts, cette nuit-là, c'est vrai, j'étais furax contre toi, mais j'avais oublié à quel point c'est amusant d'être Evan. Il y avait des années que je n'avais pas fait ce petit échange de jumeaux.

– Vous l'avez souvent fait ? demande-t-elle, curieuse

– Tout le temps. Au lycée, par exemple, c'est lui qui passait tous mes exams de géo. Je te jure, ce gamin avait une mémoire incroyable, il connaissait par cœur toutes les capitales des États. Il nous est aussi arrivé de rompre avec la petite amie de l'autre.

– Mais c'est horrible !

– Pas de quoi en être très fiers, tu as raison. Quelquefois, on échangeait nos personnalités, juste pour embêter nos potes, bien que la plupart d'entre eux soient capables de nous différencier même si on s'habille pareil de la tête aux pieds. Mais oui, parfois, ce n'est pas si désagréable de faire une pause et de se mettre dans la peau d'Evan. Vivre sa vie sans se soucier des conséquences. Faire ce qui te passe par la tête, baiser qui tu veux, sans le moindre regret.

– Mouais… moi, c'est Cooper que j'aime bien… (Sa paume descend lentement sur ma poitrine dénudée.) Que j'aime même beaucoup.

– Attends, je vais te préparer un petit déjeuner, je dis en arrêtant sa main, au moment où elle la glisse dans mon caleçon.

– On ne peut pas s'amuser d'abord ?

Mac me regarde en se léchant les lèvres.

Putain, princesse… c'est vrai que j'aimerais voir à quoi tu ressembles avec ma bite dans la bouche, mais j'essaie un nouveau truc, j'essaie de me conduire en gentleman, si tu n'y vois pas d'inconvénient.

En plus, comme je l'ai dit, j'ai la tête en vrac.

– Si tu commences comme ça, je te préviens, on ne va pas quitter ce lit.

– Et alors ?

En grognant, je l'écarte de moi et sors du lit.

– Tentant. Crois-moi, j'adorerais, mais Evan et moi attendons une grosse livraison aujourd'hui pour les rénovations de la maison. On commence tôt.

Mac fait la moue, mon tee-shirt trop grand découvre une de ses épaules bronzées. Ses jambes nues ont l'air de me supplier de revenir au lit. Aïe ! Je vais mourir si elle continue.

– J'ai compris. Je vais me contenter du petit déjeuner. Tu as des scones ?

– Va te faire foutre avec tes scones ! je lui lance dans un éclat de rire avant d'aller à la salle de bains.

J'attrape une brosse à dents neuve dans l'armoire, Mac ouvre l'emballage. Nous nous brossons les dents côte à côte, mais nous nous arrêtons là. Elle me chasse pour aller faire pipi, et je vais répondre à un texto de Billy West concernant la commande de bois d'aujourd'hui. Je suis encore en train d'envoyer un texto quand Mac sort de ma chambre et se dirige vers la cuisine.

Le temps de finir, l'arôme du café fraîchement passé flotte déjà dans la maison, mais j'entends la voix d'Evan :

– Bien sûr, chérie, fais comme chez toi.

En entrant, je vois Mac debout près de la machine à café, un mug à la main.

– Je me suis dit que j'allais faire une grande cafetière pour qui en voudrait, dit-elle en notant comme moi le sarcasme dans sa voix. J'espère que tu n'y vois pas d'inconvénient.

– Bien sûr que non, sers-toi ! je réponds en regardant Evan d'un air entendu. Assieds-toi, je vais faire des œufs, tu veux du bacon ?

– Dois-je demander à la bonne d'aller chercher la porcelaine fine ou Sa Majesté préfère-t-elle être nourrie à la main ? demande Evan en attrapant la boîte de céréales.

Comme il bloque ostensiblement l'accès au frigo, je le pousse d'un geste ferme. Il a le don de m'énerver quand il joue au gamin.

– Hé, tu vas nous lâcher la grappe ?

Mac semble mal à l'aise.

– En fait, il faut que je retourne à Garnet, je vais y aller.

– Allez, reste. Je te ramènerai après le petit dej.

Trop tard. Je ne sais pas quelle mouche a piqué Evan ce matin, mais le mal est fait. Mac se précipite dans ma chambre et enfile vite la robe qu'elle portait hier soir avant d'appeler un taxi.

– Je m'excuse pour lui, désolé, Mac, en l'attrapant par la taille avant qu'elle passe la porte. Tu sais, il n'est pas du matin.

– Tout va bien. Vraiment.

Je la regarde avec attention. Sans le moindre maquillage et ses cheveux attachés à la va-vite, elle n'a jamais été aussi belle. Je regrette tout à coup de ne pas avoir suivi son plan de rester au lit toute la journée.

– Je suis sûre que si j'avais des frères et sœurs, ils seraient aussi casse-couilles.

Mac se lève sur la pointe des pieds pour m'embrasser. Je comprends que nous sommes toujours en bons termes.

Après son départ, je retrouve Evan occupé dans le garage.

– Hé, c'était quoi, ce bordel ? je lui demande sèchement.

– Pose-toi la question, me rétorque-t-il du tac au tac en me frôlant avec sa ceinture d'outils qu'il porte sur l'épaule. Depuis quand tu es aux petits soins avec la princesse ? Le plan était de lui faire quitter Kincaid, pas de jouer au chevalier servant avec elle.

– Justement, ça a marché. (Je le suis, nous traversons la cour sans rien dire, je préfère ignorer le dédain qui transpire dans sa voix et qui commence à me taper sur les nerfs.) Elle l'a largué hier soir.

– Super, dit-il en sortant une bière de la glacière… à sept heures du matin. Parfait, il est temps d'arrêter ça maintenant. On les réunit tous les deux dans le même endroit, on se débrouille pour qu'il te surprenne avec elle et on en aura fini avec ces clones de merde. Fin de l'histoire.

Exaspéré, je lui arrache sa bouteille des mains et vide la bière dans l'évier de la cuisine.

– Tu vas arrêter avec cette connerie ! Je n'ai pas envie que tu sois bourré et que tu finisses par me tirer dessus avec un pistolet à clous.

– Bien, papa, répond-il en me faisant signe de dégager.

Il commence à me chauffer sérieusement. Je pointe un doigt sur sa poitrine parce qu'il sait très bien ce qu'il vient de faire.

– Si tu continues comme ça, on va avoir des problèmes, toi et moi.

– Ouais… de toute façon, je m'en fous.

Evan est d'une humeur massacrante, ce matin. J'en ai ras le bol de ses conneries. Je n'ai pas le temps de découvrir pourquoi il est comme ça. Mon vrai souci aujourd'hui, c'est de savoir comment je vais pouvoir gérer cette histoire avec Mackenzie. Evan va tout raconter à nos amis, et je les connais, ils ne vont pas me lâcher. Depuis le temps qu'ils attendent, ils ont faim, ils veulent du sang.

J'ai beau y avoir pensé toute la journée, aucune solution ne m'est venue à l'esprit. Quand, en fin de journée, nous arrivons tous chez Joe au moment où Steph prend son service, la seule chose que j'ai pu faire, c'est gagner du temps. J'espère seulement que personne ne va remettre l'histoire du plan sur le tapis.

Il m'a viré il y a quelque temps, mais je comprends pourquoi il l'a fait. Difficile d'en vouloir à un homme qui a une hypothèque sur le dos et des emprunts à rembourser pour les études de ses enfants. Je n'avais pas le droit d'attendre de lui qu'il prenne ma défense alors qu'il a sa propre famille à protéger.

Nous nous installons près du bar, Evan à côté de moi, Heidi et Alana en face de nous. Steph se promène partout avec le menu qu'aucun de nous n'a besoin de consulter. Les filles commandent des shots, Evan et moi, on s'en tient à nos bières habituelles. Aujourd'hui, nous avons pris notre journée pour reconstruire le porche d'entrée, ce qui veut dire double travail pour Levi demain. Il va falloir se lever à l'aube et j'aimerais mieux ne pas avoir la gueule de bois. Evan, lui, j'en suis sûr, n'en a rien à foutre.

Comme je le craignais, il ne perd pas une seconde pour mettre les filles au courant des derniers développements de « l'affaire Mackenzie ».

– Je suis tout excitée par la tournure que prennent les événements, s'empresse de dire Alana, avec un sourire de diablesse. (Elle me fait peur parfois.) Regardez-moi, ajoute-t-elle en nous montrant ses bras, j'en ai la chair de poule.

Son téléphone à la main, Heidi fait défiler l'Instagram de Kincaid.

– Tout ce qui nous reste à faire, c'est de le coincer quelque part un soir. Un endroit public. Tu fais venir son ex et on l'humilie grave. Merde, on aurait dû prévoir de vendre des billets, ça va chauffer !

– Faudrait pas tarder, ajoute Steph en maugréant. S'il continue à venir ici, je vais finir par lui mettre du laxatif dans ses verres. Je veux qu'il ait honte devant tout le monde.

– Pourquoi pas ce week-end ? suggère Evan en me donnant un coup de coude, pendant que je me concentre sur ma bière, essayant de les ignorer. Demain, tu demandes à la princesse de sortir avec toi. Steph, tu fais en sorte que Maddy, ou n'importe qui d'autre, l'invite à faire la tournée des bars, et on le coince à ce moment-là.

– Non !

J'ai finalement pris part la conversation.

– Quoi ? s'étonne Evan.

L'entendre s'en prendre encore à Mac me révolte. J'en ai marre de cette intrigue à la con, je n'en peux plus de prétendre que je suis toujours partant pour le plan. J'ai sauté du train dès que j'ai réalisé à quel point Mac était une fille super cool. À quel point elle est intelligente, sexy et mystérieuse. Elle est différente de toutes les filles avec qui je suis sorti.

– C'est fini ! je dis à mes potes. On oublie tout !

– Qu'est-ce que tu veux dire par « on oublie tout » ? répond mon frère en m'arrachant la bière des mains. On avait un accord !

Tout de suite, je me crispe. Décidément, il n'a rien compris, il ferait mieux de faire attention à ce qu'il me dit.

– Non ! Tu as ta petite vendetta et je ne veux plus y participer. C'est moi qui ai été viré, pas toi ! C'est à moi d'avoir le dernier mot sur cette histoire. Et j'annule tout.

Evan secoue la tête, incrédule.

– Je le savais. Elle t'a eu, n'est-ce pas ? Cette putain de clone te fait déjà tourner sur le bout de son doigt.

– Assez ! (Je frappe du poing sur la table, les verres s'entrecognent bruyamment.) Ça vaut pour vous tous, j'ajoute en regardant les filles. Elle est intouchable. Ne vous approchez pas d'elle.

– C'est arrivé quand ? demande Steph, confuse.

Je la comprends, je n'en avais parlé à personne jusqu'à maintenant

– Et voilà, on va louper le feu d'artifice, dit Alana.

– Je suis sérieux, là. Désolé, mais j'aime bien Mac. Je ne m'y attendais pas, c'est arrivé. Elle m'attire.

En face, Heidi fait une grimace.

– Les mecs… murmure-t-elle entre ses dents.

Je l'ignore.

– Je ne sais pas où on va, mais j'attends de vous que vous soyez sympas avec elle. Oubliez qu'on a eu l'idée de ce plan. Il n'existe plus. Et je ne veux plus entendre de commentaires grossiers, j'ajoute à l'attention de mon frère. Pas de complot derrière mon dos, je compte sur vous. Pour le meilleur et pour le pire, vous êtes ma famille. Je vous demande de faire ça pour moi.

Dans le silence qui suit, ils acquiescent tous.

Evan se lève et fout le camp, il fallait s'y attendre. Steph hausse les épaules et va s'occuper de ses tables. Heidi et Alana me regardent comme si j'étais le plus grand crétin de la planète. Je ne m'attendais pas à l'enthousiasme général, mais, honnêtement, leurs réactions auraient pu être pires. Pourtant, je sais que cette histoire aura des répercussions sur notre amitié.

Heidi passe une main dans ses cheveux courts et continue à me regarder. Je lis une certaine colère dans ses yeux. Un peu de pitié aussi. Et puis, quelque chose d'autre de plus amer qui me dit qu'elle ne va pas en rester là.

– Je te préviens, pas un mot de tout ça à Mac, on est d'accord ?

Chapitre 24
MACKENZIE

Je passe la semaine suivante à éviter Preston avec tant d'habileté que je trouve ça dommage que ce ne soit pas une discipline olympique. Si c'était le cas, Bonnie serait une adversaire de taille. Un soir, elle a fait un truc incroyable pour me couvrir. Elle a ouvert la porte de notre chambre à Preston, seins nus, pour le mettre dans l'embarras. Quelles que soient les horreurs auxquelles Pres se livre en privé, il est resté terrifié à l'idée de se retrouver dans l'embarras en public. Une fois la porte ouverte, Bonnie s'est mise à hurler aussi fort qu'elle pouvait, toutes nos voisines du couloir sont sorties de leur chambre pour savoir ce que se passait et Preston a battu en retraite rapidement.

Ignorer ses textos ou ses appels, ça va. L'éviter sur le campus est plus difficile. Depuis quelques jours, je me faufile en cours par l'arrière des bâtiments. Toujours un peu en avance ou un peu en retard, pour être sûre qu'il n'attend pas. J'ai aussi demandé à des potes en qui j'ai confiance de m'avertir par SMS s'il est dans les parages. Tout ça me demande pas mal d'efforts, mais m'évite de me retrouver coincée par surprise.

Ces jours-ci, on dirait que ma vie se résume à l'art de l'esquive. Éviter Pres. Travailler sur l'hôtel en cachette de mes parents. Me rendre en ville en cachette pour voir Cooper. Je ne peux pas risquer que quelqu'un du campus le reconnaisse et informe Preston, et je crois que Cooper se cache d'Evan, nos rendez-vous sont devenus plutôt cocasses.

Même si nous n'avons pas encore réellement parlé de notre situation amoureuse, nous ne pouvons pas nous empêcher de nous toucher sans arrêt. Je suis accro, complètement accro à Cooper. Bonnie m'appelle désormais « la folle du cul ». Hum… je lui demanderais bien d'arrêter si elle n'avait pas eu raison sur toute la ligne depuis que nous nous sommes rencontrées.

Samedi soir, je retrouve Coop sur la plage, juste en dessous de chez lui. Cette partie de la baie a été la plus sévèrement touchée par les deux derniers ouragans et est restée à l'abandon depuis des années. Il y a beaucoup de maisons vides. De restaurants de bord de mer en ruine. Une vieille jetée qui servait aux pêcheurs disparaît peu à peu dans l'océan. Nous laissons Daisy courir sans laisse et s'amuser à faire peur aux crabes et à chasser les oiseaux.

Cooper s'est assis sur un gros morceau de bois flotté, et moi à califourchon sur ses genoux. Il me caresse les fesses de ses deux mains pendant que je lui gratte légèrement la nuque du bout des doigts. Un petit geste qui le fait bander à chaque fois.

– Tu continues comme ça, me prévient-il, et je vais te baiser devant les mouettes.

– Espèce d'animal, je réponds en mordillant ses lèvres.

– Aguicheuse.

Il m'embrasse. Ses mains puissantes remontent sur mon corps, serrent un moment mes seins puis redescendent autour de ma taille. Il retire ses lèvres de ma bouche et me regarde droit dans les yeux.

– Je pensais à un truc, il y a une fête ce soir, tu m'accompagnes ?

– Je ne sais pas, je réponds en levant un sourcil, tu es prêt à ce que tout le monde sache qu'on est ensemble ?

– Et pourquoi je ne le serais pas ?

Nous n'avons jamais vraiment parlé de nos escapades secrètes. C'est un genre d'accord tacite. Modifier ce statu quo, bien qu'inévitable, va entraîner quelques conséquences. Je suis plutôt contente de rendre notre relation officielle Surprise aussi.

– Donc… (Je fais lentement glisser mes mains sur son torse en sentant chacun de ses muscles bien fermes jusqu'au niveau de sa ceinture) comme un rendez-vous.

– Comme un rendez-vous, exactement.

Cooper fait ce petit truc, il se lèche lentement les lèvres quand il veut me séduire. C'est tellement sexy.

– Ce qui voudrait dire qu'on sort ensemble.

– Faisons ça. (Cooper attrape mes cheveux qui tombent sur mes épaules, les enroulent autour de son poing et tire. Juste un petit peu. Un geste subtilement évocateur qui est devenu le signe pour « j'ai envie d'arracher tes vêtements ». Comme mordiller ses lèvres ou tirer sur le devant de son jean, ou le regarder, ou respirer.) Je ne couche avec personne d'autre. Je ne veux pas que tu couches avec d'autres. Si quelqu'un s'avise de te regarder de façon trop insistante, je lui casse la figure. On est d'accord ?

Pas très poétique, mais c'est la chose la plus romantique qu'un homme m'ait jamais dite. Cooper est peut-être un peu grossier et brut de décoffrage, mais je l'aime bien.

– Ça marche pour moi.

– Viens, dit-il en me relevant avec un beau sourire, ramenons le petit monstre à la maison. Je veux prendre une douche rapide avant de sortir, comme d'habitude, je suis couvert de sciure.

– J'aime tellement... ça fait viril.

Il lève les yeux au ciel.

Nous arrivons à la maison par la terrasse arrière. Je remplis le bol d'eau de Daisy pendant que Cooper va dans sa chambre prendre sa douche. J'aimerais bien l'y rejoindre, Mais je me suis fait un brushing avant de venir et je ne veux pas l'abîmer, surtout maintenant que je sais que nous allons à cette fête.

– Salut ! grogne tout à coup Evan dont la grande carcasse apparaît dans l'embrasure de la porte. (Il est pieds nus, porte un vieux jean déchiré et un tee-shirt rouge.) Je ne savais pas que tu étais là.

Je me hisse sur un tabouret en regardant Daisy laper bruyamment son eau.

– Ouaip... je suis là, Cooper prend sa douche.

Evan ouvre un placard d'où il sort un paquet de chips qu'il déchire et dont il enfourne une grande poignée. Tout en mâchant, il me regarde avec méfiance.

– Qu'est-ce que vous faites, ce soir ?

– Cooper m'a dit qu'il y avait une fête, je suppose qu'on va y aller.

Il prend l'air surpris :

– Il t'emmène chez Chase ?

– Ouais, ça te pose un problème ?

– Pas du tout ! princesse.

– Ah, tant mieux.

– Il était temps que tu sortes avec nous, ajoute-t-il en haussant les épaules. Si tu es avec mon frère, il faut que tu rencontres la bande, tôt ou tard. À toi de te les mettre dans la poche.

Merde. Maintenant, je me sens nerveuse. Pourquoi l'a-t-il formulé de cette façon ?

Et si les amis de Cooper me détestaient ?

J'oublie mon angoisse devant les aboiements de Daisy. Elle aboie sur le mur.

– Daisy, je dis en la grondant gentiment.

– Ne t'inquiète pas, répond Evan, c'est juste le fantôme.

Je lève les yeux au ciel.

– Coop ne m'a jamais parlé de fantôme !

– Vraiment ? C'est la première chose que je raconte à nos invités. C'est une sorte d'honneur de vivre dans une maison hantée.

– Votre maison est hantée ? je lui demande, sceptique. Parce que, franchement, je ne suis pas aussi crédule.

– Oui, je t'assure, mais elle ne nous dérange pas beaucoup, m'explique Evan. Elle ne nous hante pas vraiment. Mais elle traîne dans le coin, de temps en temps.

– Elle ? Qui ça, elle ?

– Patricia je ne sais plus comment. Une petite fille qui s'est noyée derrière la maison il y a une centaine d'années. Elle avait six ou sept ans, je ne sais plus très bien. Les jours de tempête, on l'entend crier et les lumières de la maison se mettent à clignoter quand elle a envie de s'amuser…

Il s'arrête brusquement car l'ampoule, juste au-dessus de l'îlot central, vient de se mettre à vaciller.

Non, je rêve !

Evan qui voit combien je suis surprise me fait un grand sourire.

– Tu vois ? Elle nous taquine. Ne t'inquiète pas, princesse, Patricia est un gentil fantôme, un peu comme Casper. Si tu veux plus de détails, je crois que la bibliothèque municipale a de vieux journaux sur le sujet. (Evan va caresser Daisy qui s'est calmée.) Bon chien, tu pourras le lui dire, à la petite fille fantôme.

Je note dans un coin de ma tête d'aller faire un tour à la bibliothèque d'Avalon Bay. Je ne crois pas vraiment aux fantômes, mais l'histoire m'intéresse. Et maintenant que je possède un hôtel ici, je suis curieuse d'en apprendre davantage sur l'histoire de cette ville.

– Je vais y aller avec vous, si ça ne vous dérange pas, dit Evan, et il sort de la cuisine sans attendre de réponse.

Je suppose que sa question était purement rhétorique.

Je soupire en regardant la porte de la cuisine. Je pense que la première personne à me mettre dans la poche en ce moment, c'est le frère jumeau de Coop.

***

Chase, l'ami de Cooper, possède, en ville, une maison à deux étages donnant sur une zone boisée. Dès notre arrivée, je suis étonnée de voir tant de monde. Il y a des gens partout. À l'intérieur, on joue au bière-pong[18]. À l'extérieur, les gens sont autour d'un feu. La musique hurle. Des rires énormes éclatent, où que l'on soit. Cooper, imperturbable, fait les présentations. Ce serait presque amusant, si je ne remarquais pas que tout le monde me regarde d'un drôle d'œil. Cooper, en toute innocence, garde un bras autour de ma taille pendant qu'il discute avec ses amis. Moi, je sens qu'on nous espionne, qu'on nous juge, qu'on chuchote derrière nous. D'habitude, je suis à l'aise en société, mais la situation se complique quand, dans chaque regard, on me fait comprendre que je ne suis pas la bienvenue. Rude épreuve pour mes nerfs. Étouffant.

J'ai besoin de plus d'alcool pour survivre à cette soirée.

– Je vais me chercher un autre verre, j'annonce à Cooper.

Il discute avec un gars tatoué, qui s'appelle Wyatt, qui se plaint parce que sa copine ne veut pas le reprendre. À côté, un petit groupe regarde une partie de Twister, jouée en caleçon et maillots de bain.

---

18. Le bière-pong est un jeu à boire américain dans lequel les joueurs doivent lancer une balle de ping-pong à la main sur une table dans le but de la faire atterrir dans l'un des six ou dix verres à bière à l'autre extrémité.

– Ne t'inquiète pas, je vais y aller… tu veux quoi ? me demande Coop.

– Non, c'est bon, reste discuter. Je reviens tout de suite.

Sur ce, je m'éclipse avant qu'il n'argumente. Tant bien que mal, je me fraye un passage à travers la foule avant d'arriver à la cuisine. Là, je trouve une unique bouteille de vin rouge, non débouchée, la seule boisson qui ne va pas me donner un affreux mal au crâne quand je vais me réveiller demain matin.

– Tu es Mackenzie, c'est ça ? me demande une superbe fille à la peau mate, avec des cheveux longs. (Elle porte juste un haut de maillot et un short taille haute, et se prépare une boisson.) La Mackenzie de Cooper.

– Oui, c'est moi, la Mackenzie de Cooper.

On se croirait dans une série des années 70 tout à coup.

– Désolée, dit-elle avec un gentil sourire. (Elle verse le liquide dans le shaker qu'elle secoue vigoureusement.) Je voulais dire que Cooper m'a beaucoup parlé de toi. Je m'appelle Steph.

– Ah… c'est toi, la fille à la chèvre ?

– Pardon ? Quoi ?

Je ris maladroitement.

– Désolée, c'était bizarre. Cooper et Evan m'ont raconté cette histoire de sauvetage d'une chèvre quand ils étaient ados, à la demande de leur amie Steph. C'était toi ?

Elle éclate de rire.

– Mon Dieu, oui ! La fameuse histoire de la chèvre. Encore une de mes idées stupides. Ils t'ont aussi dit qu'on l'avait abandonnée dans les bois ? Genre, on s'en fout !

– Oui, c'est ça ! je m'exclame. C'est ce que je leur ai dit. Cette pauvre chose a dû se faire bouffer par des pumas !

– Il ne faut pas exagérer, continue-t-elle, sans s'arrêter de rire. On habite une ville côtière. Probablement pas des pumas, mais elle a dû être dévorée par un prédateur quelconque, je n'en doute pas.

Je pose la bouteille de vin sur la table et ouvre un tiroir à la recherche d'un tire-bouchon.

Steph verse le contenu de son shaker dans deux gobelets en plastique rouge.

– Laisse tomber le vin, ce truc est dégueulasse. Essaie plutôt ça, dit-elle en poussant un gobelet vers moi. Tu vas voir, c'est bon… et pas trop fort !

Ce n'est pas le moment de froisser la seule personne qui m'a parlé depuis que je suis arrivée ici. J'en prends donc une gorgée et je suis agréablement surprise par un goût légèrement sucré, parfumé d'orange et de plantes mélangées.

– C'est bon. Vraiment bon. Merci.

– Pas de problème. Ne dis surtout à personne où tu l'as eu.

Comme pour dire : si les flics font une descente à la fête et te surprennent en train de boire sans avoir l'âge requis, ne me dénonce pas.

– J'espérais que Cooper se déciderait à te présenter plus tôt. Nous étions tous impatients de te rencontrer.

– Nous ?

– Oui, tu sais, la bande.

– Ah, c'est vrai.

Evan aussi utilise ce mot. Je me demande qui d'autre fait partie de la bande. Cette semaine, Cooper et moi n'avons pas découvert grand monde, à part notre anatomie.

À propos d'anatomie, un type superbe, très attirant, au physique parfait, entre dans la cuisine. Grand, beau, avec de superbes fossettes, il sourit à Steph.

– Tu me présentes ton amie, lui demande-t-il en posant ses beaux yeux bleus sur moi.

– Mackenzie, je réponds en lui tendant la main.

– Tate.

Il serre ma main tendue, ses doigts s'attardent un peu trop longtemps.

– Referme tout de suite ta braguette, bébé, lui répond Steph. Elle est avec Coop.

– Ah ouais ? (Tate semble impressionné. Il me détaille de la tête aux pieds en prenant tout son temps.) Quel veinard ! (Il attrape quelques bières dans le frigo.) Les filles, vous venez dehors, près du feu ?

– Dans un moment, répond Steph.

– Cool.

Il hoche la tête et quitte la cuisine.

Dès qu'il a tourné le dos, Steph s'empresse de me donner des informations sur lui. Apparemment, il couche avec n'importe qui, ses fossettes et son charme naturel cachent sa vraie nature de gros connard.

– Il est tellement sympathique, tu vois ?

Elle soupire. Je déteste ce genre de mec.

– Oui, les connards sympas, je connais.

Nous continuons à parler de tout et de rien en sirotant nos cocktails. Plus on parle, plus cette fille me plaît. Il se trouve qu'on a toutes les deux un faible pour les parcs d'attractions et pour les groupes du début des années 2000.

– Arrête, je les ai vus l'année dernière à Myrtle Beach ! Ils faisaient la première partie de… (Steph a beau faire des efforts, rien ne vient.) Bon, je ne m'en souviens plus. Ils doivent avoir la cinquantaine maintenant.

– Mon Dieu, c'est dingue qu'ils soient toujours ensemble !

– C'était bizarre, continue-t-elle en nous servant deux autres verres.

– Qu'est-ce qui était bizarre ?

Une fille aux cheveux platine et portant un crop top noir aux manches coupées vient de se glisser à côté de Steph.

– Rien, répond-elle, juste au moment où elle croise le regard dur de la blonde. Heidi, voici Mackenzie.

Tout le monde a l'air de bien connaître mon nom. Je me demande ce que Cooper a pu leur dire sur moi. Ce qui me désavantage.

– Ravie de te rencontrer.

Je fais de mon mieux pour détendre l'atmosphère, supposant que Heidi doit aussi être membre de la fameuse bande.

– Super, dit-elle, visiblement ennuyée dès qu'elle me voit. Je pourrais te dire un mot en privé, Steph ?

À côté d'elle, une rousse fait un sourire en coin qui m'indique clairement que je suis de trop.

– Je crois que je vais aller retrouver Cooper, je dis à Steph. Ravie de vous avoir rencontrées.

Je n'attends pas de réponse et je file en laissant mon verre derrière moi.

Cooper est toujours dans le jardin, sauf qu'il est maintenant près du feu en compagnie d'une jolie petite brune dont le cul essaie de sortir de son short. Quand j'aperçois sa main effleurer la poitrine de Cooper, j'ai envie de charger comme un taureau. Je garde mon sang-froid et m'approche de lui en l'attrapant par les boucles de sa ceinture. Cela attire son attention. Il me fait tout de suite un charmant petit sourire.

– Allez, viens par ici, je lance en ignorant le regard irrité de la petite brune, j'ai envie de te peloter dans le noir.

Cooper ne rate jamais une occasion. Il pose sa bouteille sur les blocs en béton qui entourent le feu.

– OK, allons-y.

Nous faisons le tour de la maison et arrivons dans la rue où Cooper a garé son pick-up. Il me soulève, m'installe sur le hayon qu'il vient d'ouvrir. Avec un sourire plein de sous-entendus, il se place entre mes jambes.

– Tu es venue chercher ce qui t'appartient, hein ?

Il fait alors courir ses doigts calleux le long de mes cuisses offertes. Ma petite robe jaune est remontée jusqu'à ma taille, mais son imposante carrure me protège des regards indiscrets.

– Je n'emploierais pas ces mots, mais oui, c'est ça.

– Je comprends, ne t'inquiète pas, murmure-t-il en souriant toujours. Tu es partie pendant un moment, tout s'est bien passé ?

– Pas de problème. Je suis juste allée parler aux uns et aux autres. J'ai rencontré ton ami Tate. Pas mal du tout ! j'ajoute en lui faisant un clin d'œil.

– Il t'a draguée ? me demande Cooper avec un regard noir.

– Une seconde. Il a vite fait marche arrière quand il a su que j'étais venue à la fête avec toi.

– Bien, je ne vais pas avoir à le tuer. Tu as rencontré quelqu'un d'autre ?

– Oui, plusieurs personnes, je réponds en restant vague, parce que je n'ai pas envie d'en parler.

La vérité est que cette soirée n'est qu'un énorme fiasco… ce qui me rend anxieuse sur la façon dont Cooper et moi allons pouvoir s'intégrer dans nos vies respectives. Plus j'y pense, plus le doute s'installe. Je ne veux pas y penser maintenant. Je veux que Cooper me fasse oublier tout ça. Je l'agrippe par les cheveux et l'attire contre moi en l'embrassant goulûment, jusqu'à ce que j'entende un petit gémissement sortir de sa poitrine. Il me prend dans ses bras, me serre plus fort et m'embrasse à son tour avec cette fougue que j'aime tellement chez lui.

– Qu'est-ce que vous foutez ? (Je sursaute quand Evan apparaît en braquant la lampe de son téléphone sur nous.) La fête est déjà à court de Dom Pérignon ?

– Dégage ! grogne Cooper en repoussant son téléphone. Tu ne veux pas aller emmerder quelqu'un d'autre ?

– Tout va bien, je suis simplement venu vérifier comment allaient les tourtereaux.

Evan sourit béatement et me fait un petit signe en levant sa bière. La première nuit, quand nous nous sommes rencontrés sur la plage, je l'avais trouvé plutôt gentil. Depuis, je le trouve grossier et antipathique. Il ne lui suffit pas de jouer au con avec moi, il veut que je sache qu'il le fait exprès. Ce sont les efforts qu'il fait pour me le prouver qui m'énervent au plus haut point.

– Maintenant, tu sais. (Les regards qu'ils s'échangent en silence ont l'air chargés de mots que je ne peux traduire.) Salut.

– Au fait, Mac, je voulais savoir…

– Laisse tomber, mec !

Cooper s'éloigne de moi et tente de diriger son frère, visiblement ivre, vers la maison. Evan, qui repousse son frère d'un geste vif, ne me quitte pas des yeux en reprenant une grosse gorgée de bière.

– Je meurs d'envie de te poser la question. Est-ce que les bourgeoises se font prendre par-derrière ?

– Ça suffit, connard. Fous-lui la paix ?

– Ou alors… est-ce que vous payez quelqu'un pour le faire à votre place ?

Tout se passe très vite.

Une seconde, Evan rigole grassement de sa mauvaise blague.

La suivante, il gît par terre, la bouche en sang.

Chapitre 25
COOPER

Je l'ai mis à terre d'un seul coup de poing. Evan avait déjà trop bu, sinon, il aurait mieux encaissé le choc. J'ai un petit pincement au cœur en voyant le sang couler sur l'asphalte, mais les remords disparaissent quand mon frère se relève et fonce sur moi.

Il commence par m'envoyer un gros coup d'épaule dans le ventre, puis m'attrape par la taille en nous envoyant violemment contre le pick-up. Dans la confusion, j'entends Mac crier. Inutile, Evan a retrouvé force et réflexes. Quand il commence à m'envoyer des coups de poing dans les côtes, je n'ai plus rien à foutre de qui est en face de moi, je n'ai plus qu'une seule idée en tête, lui casser la gueule. On échange coup sur coup, jusqu'à rouler tous les deux au milieu de la route en s'arrachant la peau sur le gravillon. Quelques instants plus tard, je sens qu'on me bloque les bras. Des gens sont arrivés et nous séparent.

– Va te faire foutre, mec ! me hurle Evan.

– Tu l'as bien cherché ! je grogne.

Il s'élance à nouveau vers moi.

Mes poings se lèvent.

Des corps s'interposent entre nous. Cette fois, nous sommes séparés pour de bon.

– Mais qu'est-ce qui vous prend à tous les deux ? crie Heidi.

Jay West et elle retiennent Evan en s'interposant entre nous. J'en profite pour me dégager des trois autres gars de la fête qui me retenaient.

– Je vais bien. Allez, reculez ! marmonne Evan.

Il se dégage de leur emprise et descend la rue à pied.

– Je vais le chercher, propose Steph avec un petit soupir.

La bagarre a pris fin. Tout le monde retourne à la fête, sauf mes amis proches qui s'attardent un instant.

– Nan… laisse-le se calmer, lui conseille Alana.

Heidi me regarde de travers avant de s'en aller à son tour, Jay la suit comme un petit chiot en mal d'amour. Je me demande s'ils sont venus ensemble. Je le souhaite. Si c'est le cas, elle va peut-être arrêter de me détester autant.

Steph et Alana me dévisagent avec le même air désolé. Peu m'importe, je n'en ai rien à foutre de ce qu'elles pensent, Evan a mérité chaque coup qu'il a reçu.

Mac prend mon visage entre ses mains et inspecte les dégâts.

– Ça va ?

Je grimace quand ses doigts effleurent l'hématome qui commence à gonfler sous mon œil gauche.

– Ça va… Et toi, tout va bien ? je lui demande en inspectant son visage.

Je ne regrette pas d'avoir frappé Evan après ce qu'il a dit. Personne n'a le droit de parler à Mac comme il l'a fait, mais je suis désolé qu'elle ait eu à assister à ça.

Putain… j'espère que ça ne va pas la faire fuir.

Elle m'embrasse sur la joue.

– Tu devrais aller le chercher.

J'hésite.

– Vas-y, ne t'inquiète pas, je t'attends ici, dit-elle, comme si elle avait lu dans mes pensées.

Je n'ai pas d'autre choix que de la croire. De plus, Evan est sous l'emprise de la colère et de l'alcool. Le laisser seul errer dans les rues, c'est courir à la catastrophe. Je me lance donc à sa recherche en me retournant plusieurs fois pour vérifier si Mac reste bien debout, appuyée contre le pick-up.

Finalement, je rattrape Evan, il est sur un banc d'une aire de jeux pour enfants éclairée par quelques lampadaires.

– Tu as toutes tes dents ? je lui demande en m'asseyant près de lui.

– Ouais répond-il en se frottant la mâchoire. De toute façon, tu cognes comme un gamin de dix ans.

– Je t'ai quand même bien botté le cul !

– J'avais le dessus.

Je le regarde avec un petit sourire en coin.

– Dans tes rêves !

On reste assis tranquillement pendant un petit moment à regarder les balançoires qui bougent dans la brise. Cela doit faire des années qu'Evan et moi ne nous sommes pas battus comme ça. Il va vraiment exploser. Je mentirais si je disais que je ne l'avais pas senti venir. La merde s'accumule autour de lui depuis longtemps maintenant. Peut-être que c'est moi l'enfoiré de ne pas lui en avoir parlé plus tôt. Et puis, s'en prendre à Mac à cause de ses propres problèmes, c'est faible, et je ne vais pas le laisser continuer comme ça.

– Tu as dépassé les bornes, tout à l'heure.

– Oh… allez, c'était drôle…

Il s'affale sur le banc en écartant les jambes.

– Je suis sérieux. Elle ne t'a rien fait, bon sang ! Si tu as un problème avec moi, grandis, vieux, et dis-le ! Les commentaires désobligeants, les sous-entendus et les piques agressives, ça suffit maintenant.

– On dirait que tu me poses un ultimatum. On en est arrivés là ? me demande-t-il, l'air très déçu.

– Putain, mec, tu es mon frère ! Le même sang coule dans nos veines, on ne pourra jamais changer ça. Pourquoi tu te mets dans un état pareil à cause d'elle ?

– Question de principe. C'est une clone, Coop. Ces gens-là nous emmerdent depuis qu'on est gamins. Tu as la mémoire courte. Ces trous du cul débarquent dans leurs voiturettes de golf en nous jetant leurs cannettes à la gueule, nous faisant quitter la route quand on est à vélo.

Evan a même fini avec un bras cassé. Il a basculé par-dessus son guidon dans un fossé quand l'un d'eux a heurté son pneu. Une semaine plus tard, on a retrouvé le mec et on lui a crevé ses quatre pneus. Ça fait un bail que cette merde est arrivée. Il n'a pas forcément tort. On doit se battre, répondre du tac au tac.

– Ces gens-là, peut-être, je souligne, mais pas elle. Tu ne peux pas rendre Mac responsable de tout ce que les clones ont pu te faire ! C'est exactement ce que j'allais faire si j'avais suivi le plan. Et j'aurais été un connard. Pourquoi tu ne me laisses pas gérer cette histoire comme je veux ?

Il se raidit tout à coup.

Après tout, merde ! On a bien tous supporté le feuilleton quotidien Evan/Geneviève. Ils se disputaient toujours devant tout le monde en nous obligeant à prendre parti pour l'un ou pour l'autre dans des histoires qui n'intéressaient personne. Ils se séparaient, allaient baiser à droite et à gauche, chacun de leur côté ; et finissaient par se remettre ensemble. Comme si rien ne s'était passé. Je n'ai jamais piqué de colère contre eux et, surtout, je n'ai jamais traité Geneviève comme de la merde en espérant qu'elle foute le camp. Si Evan était amoureux d'elle, c'était son problème.

Pourquoi aujourd'hui, alors que je viens de rencontrer quelqu'un à qui je tiens, il se comporte comme un total abruti ?

Il soupire. Se passe les mains dans les cheveux.

– Je ne peux pas m'en empêcher, frérot. Ça me rend dingue. Pourquoi une clone ? Regarde autour de toi, tu vas trouver au moins dix nanas qui vont tomber à tes genoux.

– Je ne sais pas quoi te dire. Elle est différente. Si tu lui donnais ne serait-ce que la moitié d'une chance, tu t'en rendrais vite compte.

Au départ, c'est vrai, Mac et moi ne sommes pas faits pour nous entendre. Evan a raison, dans un sens. Après tout, peut-être que ça ne marchera pas. Mac a des idées bien arrêtées sur tout, elle est têtue. Elle est aussi superbe, drôle, spontanée et ambitieuse. La fille idéale pour moi. Elle me rend fou. Depuis la première soirée où je l'ai rencontrée, cette nana m'obsède jour et nuit. Je l'ai dans la peau. On a beau être diamétralement opposés, elle me comprend comme peu d'autres.

Si je me fais des illusions et que ça me pète à la figure ? Tant pis. Au moins, j'aurai essayé.

– Je ne peux pas te convaincre alors ? ajoute Evan qui commence à baisser les bras.

– Je te demande à toi, mon frère, de l'accepter.

Il réfléchit. Trop longtemps à mon goût. Pour la première fois de notre vie, nous ne sommes pas dans le même camp et je me demande si trop de rage accumulée envers les clones peut lui permettre de revenir dans le mien.

Il lâche un grand soupir et se lève du banc.

– Ouais… je suppose que personne ne te fera changer d'avis.

J'ai essayé de le raisonner du mieux que je pouvais, mais rien à faire, c'est l'échec.

De retour à la fête, je demande à Alana de le raccompagner pour m'assurer qu'il arrive sain et sauf à la maison. De mon côté, je raccompagne Mac à sa chambre de Tally Hall.

– Désolé pour tout ça, je lui dis, alors qu'elle n'a pas desserré les dents depuis que nous sommes montés dans le pick-up.

Elle regarde fixement par la fenêtre côté passager, je suis inquiet.

– Ça n'avait rien à voir avec toi. Evan a trop de colère en lui.

– Deux frères ne devraient pas se battre.

J'attends, avec inquiétude, la suite de sa phrase. Mon angoisse s'accroît quand elle n'ajoute rien.

– Dis quelque chose, Mac.

– Je me demande si on ne va pas droit dans le mur.

– Pas du tout !

– Sérieusement… (Du coin de l'œil, je vois qu'elle s'est retournée vers moi.) Je ne veux pas être la cause d'une brouille avec ton frère. Cela ne nous mènera à rien. Tu ne pourras jamais être heureux en voyant ton frère constamment en colère et je ne pourrai jamais être heureuse si je te sens contrarié à cause de moi. Tout le monde est perdant dans cette histoire.

C'est exactement pour ça qu'Evan doit arrêter ses conneries et nous laisser vivre tranquilles. Mac est complètement différente de ce qu'il imagine et s'il faisait ne serait-ce qu'un petit effort pour la connaître, il verrait à quel point il peut être injuste.

– Allez, Evan va s'en remettre.

– Imagine que non. Les choses pourraient s'envenimer, tu sais.

– Ne t'inquiète pas, Mackenzie.

Je me fiche que mon frère veuille être un petit morveux grincheux, tant qu'il se comporte bien avec Mac et qu'il garde ses commentaires pour lui. Toute ma vie, j'ai vécu pour nous deux. Evan et moi. Mais cette fois, je pense à moi.

Visiblement, je n'arrive pas à apaiser sa tristesse. Elle pousse un soupir si profond qu'elle finit par gémir.

– Comprends-moi, Cooper, je ne veux pas m'interposer entre toi et ton jumeau.

Cette fois, je la regarde en lui demandant toute son attention.

– Mon choix est fait. Je veux qu'on soit ensemble. Evan va gérer.

La détresse se lit dans ses yeux.

– Que veux-tu dire par « être ensemble » ? Tout à l'heure, on a parlé de sortir ensemble et j'étais d'accord, mais…

– Tu étais ?

– Mais ensuite, on est allés à la fête. Et tu as vu comment tout le monde nous regardait ? Non, me regardait, comme si je n'avais rien à faire là. Cette fille ? Heidi ? Elle m'a jeté un regard glaçant. Et puis, j'ai entendu deux autres filles me traiter de riche snob et dire que ma robe était ridicule.

– Pourquoi est-ce que ta robe est ridicule ?

Pour moi, sa courte robe jaune est très sexy.

– Parce que c'est une Givenchy et que, bien sûr, personne ne porte une robe à mille dollars dans vos soirées entre potes. (Mac devient toute rouge.) Tu sais, c'est l'assistante de ma mère qui achète la plupart de mes vêtements. Au cas où tu ne l'aurais pas remarqué, je m'en fiche de la mode. Je vis en jean et tee-shirt. (Je la sens de plus en plus gênée.) J'ai mis cette robe, uniquement parce que je la trouve jolie, qu'elle fait été et surtout assez courte pour te donner des idées.

Je fais tout mon possible pour ne pas éclater de rire et je me force également à ne faire aucun commentaire désobligeant sur le petit bout de tissu jaune recouvrant son corps si appétissant et qui a coûté la bagatelle de mille dollars.

– Peut-être que je leur ai donné l'impression de m'exhiber ? Je n'en sais rien. En tout cas, ce n'était pas mon intention. La vérité, c'est que personne ne voulait me voir à cette soirée.

– Moi, je voulais que tu sois là.

– Tu ne comptes pas, marmonne-t-elle.

Je prends sa main dans la mienne et la force doucement à lier nos doigts ensemble.

– Au contraire, je suis le seul qui compte.

– Eux aussi, ils comptent. C'est ton groupe d'amis et vous vous connaissez depuis toujours. Moi, j'ai deux amis, pas plus. L'une est ma coloc, elle est un peu obligée de m'apprécier.

J'éclate de rire.

– J'aimerais avoir une bande d'amis comme les tiens. Je suis jalouse, avoue-t-elle. J'avais tellement envie que tout le monde m'apprécie ce soir.

Je reprends le volant à deux mains et me gare sur le bas-côté. Puis je me tourne vers elle et lui parle calmement, mais d'une voix décidée.

– Bébé. Tu me plais. OK ? Alors, d'une façon ou d'une autre, mes amis changeront d'avis. Ils finiront par t'aimer, je te le promets.

– Ne fais pas de promesse que tu ne peux pas tenir.

– Je le pense. Donne-leur un peu de temps. Ne me laisse pas tomber simplement parce que l'accueil n'a pas été des plus chaleureux et que quelques filles ont osé juger ta robe qui, pour ta gouverne, est la chose la plus sexy qui soit. Personnellement, j'arracherais bien ce petit bout de tissu jaune à mille dollars avec mes dents !

Mac rit, doucement.

– S'il te plaît… (J'ai presque honte en entendant le ton suppliant de ma voix.) Ne me laisse pas tomber, princesse.

Les ombres du camion dansent sur son joli visage tandis qu'elle reste assise en silence Il se passe ce qui ressemble à une éternité avant qu'elle me réponde.

Ses yeux verts brillent sous l'effet des phares d'un véhicule qui passe. Elle se penche vers moi et m'embrasse à pleine bouche, passionnément. Un instant plus tard, elle se relève, tout essoufflée et, d'une voix à peine perceptible, elle murmure :

– Je ne vais pas te laisser tomber.

Chapitre 26
MACKENZIE

Donne-leur du temps, il a dit.

Ils changeront d'avis, il a dit.

Des mots, tout ça. Quelquefois, Cooper dit connerie sur connerie. Depuis le désastre de la fête, je me suis lancée à cœur perdu dans une campagne de séduction pour essayer de mettre la fameuse « bande » de mon côté. Sans véritable succès jusqu'à présent. Il ne l'admettra jamais, mais je sais que Cooper n'est pas à l'aise avec les différences qui nous séparent, ses amis et moi, et je ne veux pas être celle qui va l'éloigner des gens qu'il aime. Ils sont dans sa vie depuis bien plus longtemps que moi ! Pourtant, je reste persuadée qu'il n'y a aucune raison pour ne pas tous s'entendre.

Alors, je continue d'essayer. Encore et encore. Que ce soit au bar, quand on joue aux fléchettes, ou sur la plage, autour d'un feu. De petits progrès sont à mettre à mon actif depuis quelques semaines. Avec les mecs, Tate et Wyatt par exemple, les relations se sont améliorées. Je suis même sortie dîner un soir avec Chase et son copain Alec, un type super mignon, qui est aussi de Garnet. Mais ce ne sont pas ces deux-là que je dois séduire, c'est le noyau dur du gang qu'il me faut conquérir.

Si Steph continue d'être une alliée, je n'arrive pas à briser le rideau de fer qui me sépare du bloc Alana-Heidi. En revanche, ces derniers temps, Evan ne se montre plus ouvertement hostile envers moi, il a opté pour le silence, genre *si tu n'as rien de gentil à dire, tu la fermes.*

Je pense donc que ce soir serait une bonne occasion d'organiser une rencontre plus intime, juste la bande et moi. S'mores[19], film d'horreur, un peu de Action ou Vérité. Bref, des trucs pour créer des liens entre nous.

Naturellement, en milieu d'après-midi, les averses éparses prévues pour ce soir se transforment en orages violents avec, pour couronner le tout, une sérieuse alerte tornade dans tous les États de Caroline.

Génial, même la météo se ligue contre moi.

Il y a une heure, Cooper et Evan ont dû partir aider Levi à sécuriser un de leurs chantiers. Du coup, je me retrouve seule chez eux, assise devant cinq kilos d'ailes de poulet froid et des tonnes de pain à l'ail et au fromage. À travers les portes vitrées, je vois le ciel devenir peu à peu d'un gris sombre inquiétant au-dessus de la baie. N'ayant pas grand-chose à faire, et parce que j'adore les orages, j'ouvre la porte arrière pour laisser entrer l'air frais avant de me blottir dans le canapé et de réviser mes cours. J'aime m'imprégner de cette violente ambiance électrique qui annonce le chaos. La télé, en bruit de fond, diffuse les nouvelles locales où des météorologues, debout devant des images satellites remplies de zones orange et de hachures rouges, conseillent en boucle de se mettre à l'abri.

Une fois que j'ai terminé la lecture de mon cours d'anthropologie, je regarde quelques clips de culture des

19. Biscuit-sandwich à la guimauve, douceur populaire aux États-Unis et au Canada.

médias sur mon ordi portable quand un énorme éclair jaillit de nulle part. Une fraction de seconde après, la déflagration du tonnerre claque dans un bruit assourdissant qui fait trembler toute la maison. Daisy, confortablement pelotonnée sous une couverture à mes pieds, bondit d'un seul coup sur ses pattes et court se réfugier sous le lit de Cooper, sa cachette favorite. La pluie enfin se met à tomber, un vrai déluge s'abat autour de nous, engloutissant le paysage derrière un rideau d'argent. Je saute du canapé et ferme rapidement la porte arrière avant d'attraper un torchon pour éponger l'eau qui s'est déjà glissée à l'intérieur.

C'est là que j'entends un petit gémissement, sans pouvoir dire d'où il vient.

– Daisy ? j'appelle, en regardant autour de moi. Est-ce qu'elle est sortie sans que je la voie ?

Non, en entrant dans la chambre de Cooper, je la trouve couchée sous le lit, le museau enfoui entre ses pattes avant posées à plat sur le plancher.

– C'était toi qui pleurais, mon bébé ?

Je sursaute. Cette fois, ce n'est plus un gémissement que j'entends mais bien un cri qui vient de l'extérieur.

« *Les jours de tempête, on l'entend parfois gémir…* »

Mon pouls s'accélère en me remémorant les mots d'Evan. Était-il sérieux quand il disait que cet endroit était hanté ? Comment l'a-t-il appelée déjà ?

– Patricia ? j'ose à peine prononcer son nom en regardant prudemment autour de moi. C'est toi ?

Le luminaire au-dessus de ma tête se met soudain à vaciller.

Le cri que je pousse fait reculer Daisy qui disparaît totalement sous le lit.

Le cœur battant à cent à l'heure, je quitte la chambre de Cooper. Vite, des bougies ! Il faut que j'en trouve au cas où le courant serait coupé. La panique me prend, je n'ai aucune envie de rester assise dans le noir, à écouter les cris d'une enfant morte depuis déjà près d'un siècle.

Comme si ce n'était pas assez, les bruits stridents reprennent, une cacophonie sonore se mêlant aux coups de tonnerre à l'extérieur de la vieille maison de la plage.

– Patricia ? je répète d'une voix plus assurée. (Si ma voix ne tremble plus, mes mains sont moites comme jamais.) Écoute, on va la jouer cool, tu veux bien ? Je sais, ce n'est pas drôle d'être morte, mais pourquoi crier si fort ? Prends la voix que tu as d'habitude à l'intérieur de la maison ; si tu veux, je peux m'asseoir pour écouter ce que tu…

Un autre cri traverse la pièce.

– Ou ne pas t'écouter, si tu préfères… (Je ne sais plus quoi faire.) OK, tu as gagné, continue à me faire peur.

Dans la cuisine, je me mets à farfouiller dans les placards du bas à la recherche de bougies ou d'une lampe torche. Je finis par dénicher des petites bougies chauffe-plats. Et je soupire, soulagée. Bien. Maintenant, il me faut juste un des briquets qui traînent sur la table basse, et c'est bon.

En arrivant dans le salon, un bourdonnement attire mon attention. Je pense que c'est mon téléphone jusqu'à ce que je réalise qu'il est dans ma poche. Je suis le son jusqu'au comptoir de la cuisine ou je trouve le portable de Cooper qui s'est arrêté de vibrer. Merde. Il a oublié son téléphone. Sur l'écran toujours allumé, je vois plusieurs appels en absence et des SMS non lus. Je ne m'attarde pas à tout lire, ne voulant surtout pas envahir sa vie privée, mais je repère les noms de Steph et d'Alana.

Vu le nombre d'appels et de textos, ça pourrait être urgent. J'aurais bien appelé Evan pour le prévenir, mais je n'ai pas son numéro et je ne peux pas déverrouiller le téléphone de Cooper pour le trouver. Je me dis que, si c'est important, les filles finiront par appeler Evan. Je reprends donc mon ordi et retourne à mes cours.

Mais le téléphone continue à sonner. Pendant une demi-heure, environ toutes les cinq minutes. Putain. J'attrape le téléphone et décide de répondre à la prochaine sonnerie.

– Bonjour, Steph ? je dis en lisant son nom sur l'écran.

– Qui c'est ?

– Mackenzie. Cooper est sorti avec Evan et Levi. Il a laissé son téléphone à la maison.

– Merde ! s'exclame-t-elle, visiblement ennuyée. J'ai essayé de joindre Evan, mais il ne répond pas non plus.

– Qu'est-ce qui se passe ?

– Il y a de l'eau qui coule du plafond de la salle de bains. On a entendu un énorme bruit, sans doute la chute d'un arbre sur le toit, et tout à coup l'eau s'est mise à couler le long du mur.

– Et vous, ça va ?

– Oui, mais il faut réparer ça avant que toute la maison soit inondée. On a bien mis des serviettes par terre, mais il y a trop d'eau et nous n'avons aucun moyen de l'arrêter !

Merde. Si elles n'arrivent pas à joindre Evan, cela signifie que les jumeaux sont encore en train d'aider leur oncle. Maintenant, la tempête fait rage dehors, le tonnerre et les éclairs éclatent sans discontinuer et le vent violent fait claquer la pluie sur les carreaux. D'après les infos, l'orage devrait stationner sur la baie pendant encore un bon moment. Ce qui signifie que Steph et Alana ont besoin d'aide au plus vite.

Je réfléchis. Je me souviens que le camion de Cooper est resté là, les clés sont sur la table basse. Je parie qu'il y a plein de trucs utiles comme des échelles et des bâches dans le garage.

Un plan se met en place dans ma tête.

– OK, Steph. Note mon numéro et envoie-moi votre adresse. J'arrive.

– Euh... je ne suis pas sûre que...

J'entends qu'on parle en arrière-plan. Je suppose qu'Alana lui pose une question.

– Le temps de prendre quelques trucs dans le garage de Cooper, et je suis là. Fais-moi confiance, ça va marcher.

– Bon, d'accord, finit-elle par dire, visiblement soulagée.

Une fois que j'ai raccroché, j'emprunte un imperméable dans le placard de sa chambre, j'attrape les clés au passage et me précipite tant bien que mal vers le garage en marchant dans la boue. À l'intérieur, il a empilé tout plein de matériaux de construction provenant des rénovations que lui et Evan sont en train d'effectuer sur la maison.

J'y trouve de grands rouleaux de vinyle noir et de la corde. Heureusement, Cooper est très organisé, ses outils sont impeccablement rangés. Je n'ai donc aucun mal à dénicher un marteau, des gros clous et un pistolet à agrafes. Avec ça, je devrais y arriver.

Dix minutes après avoir raccroché avec Steph, je recule le pick-up jusqu'à la porte du garage et je charge tout ce que j'ai trouvé à l'arrière, non sans m'être battue avec une échelle d'au moins trois mètres cinquante. Et je prends la route vers la maison de Steph et Alana.

Tout semble normal au moment où je me gare devant la petite maison bleue, apparemment, aucun dégât sur la façade. Je sonne, Steph ouvre la porte et me fait vite entrer. Avec la pluie qui s'engouffre quand je rentre et mon imper qui dégouline, une flaque se forme à mes pieds.

– C'est par là, dit-elle tout de suite après un bref bonjour.

Elle me conduit vers la terrasse couverte arrière. De là, je vois de grosses branches qui pendent à l'angle droit de la maison.

– On a eu de la chance de s'en sortir lors du dernier ouragan avec ces branches qui surplombent la maison, mais ce n'était qu'une question de temps.

– Evan n'a pas arrêté de dire qu'il viendrait les tailler, ajoute Alana qui nous rejoint, les bras chargés de serviettes mouillées. Bien sûr, il a oublié.

– Tu devrais les mettre dans le sèche-linge, lui dit Steph. Comme ça, on pourra remplacer les autres quand elles seront trempées.

– J'espère que personne n'a l'intention de prendre une douche ce soir, ajoute Alana en soupirant.

– Venez me donner un coup de main dehors, je leur demande. La première chose à faire, c'est monter sur le toit et dégager ces branches. Avec le vent qui souffle, les laisser là-haut ne va qu'aggraver la situation.

– Quoi ? s'exclame Steph, horrifiée. Tu ne vas tout de même pas monter là-haut ?

– Qu'est-ce que tu crois ? Tu n'appelais pas Cooper pour qu'il t'apporte plus de serviettes, je suppose.

– Mais c'est dangereux ! Avec tous ces éclairs.

Steph a raison, bien sûr. Mais si on ne fait rien, la maison sera complètement inondée et le trou dans le toit ne va faire que s'agrandir. Avec mes trois années de lycée passées dans l'équipe théâtre où je m'occupais des décors, je suis devenue assez bricoleuse.

– Je vais monter sur le toit, attacher des cordes aux branches et je vais les faire glisser pour que vous puissiez les attraper. Ensuite, j'ai des trucs pour couvrir le trou. Ce ne sera pas long.

En fait, je mens. L'opération risque d'être délicate. Mais il faut faire quelque chose. Et pendant qu'on reste plantées là, avec Steph qui n'arrête pas de se morfondre, le problème risque d'empirer.

– Dis-nous juste ce qu'on doit faire, dit alors Alana en acquiesçant.

Sans doute le plus grand nombre de mots qu'elle m'ait jamais adressés sans y ajouter un petit sourire désagréable. Un progrès, je suppose.

Nous voilà bientôt toutes les trois, sous une pluie battante, à transporter les fournitures dans le jardin. Adieu, le tapis du salon. Je suis consciente de prendre un gros risque en grimpant sur une échelle métallique en plein milieu d'un orage, mais il s'est écoulé plusieurs minutes depuis le dernier éclair, je tente ma chance et je grimpe avec la corde sur mon épaule.

Avec les chaussures de randonnée que j'ai empruntées à Steph, je peux marcher sur le toit. J'ai l'impression d'être pour la première fois sur des patins à glace, sauf qu'ici, je n'ai pas de rampe pour me rattraper. En prenant soin de ne pas faire de mouvements brusques pour ne pas glisser, j'arrive à attacher la grosse branche cassée. Ensuite, pour permettre un effet de levier, je fais de mon mieux pour lancer l'autre bout de la corde afin de le faire passer au-dessus d'une branche encore solidement attachée au tronc. Je réussis du premier coup. Putain, oui !

Au sol, Steph et Alana soulèvent le poids du mieux qu'elles peuvent pendant que je les aide en faisant attention à pousser la branche vers l'extérieur du toit. Lorsqu'elles arrivent à la poser par terre, je constate qu'il manque quelques bardeaux et que la brèche d'au moins trente centimètres qui s'est ouverte laisse l'eau s'engouffrer à l'intérieur.

Quand je redescends avec précaution, les filles terminent de détacher la corde.

– C'est grave ? demande Steph en essuyant en vain l'eau qui dégouline sur sa figure.

À ce stade des opérations, nous sommes toutes les trois à patauger dans la boue, le jardin commence à ressembler à un étang et j'ai les pieds archi-trempés dans les grosses chaussures de Steph.

– Il n'est pas grand, mais il y a bien un trou dans le toit.

Il faut crier tellement le vent et la pluie qui s'abat sur le toit métallique du porche font un vacarme assourdissant.

– Le mieux à faire, c'est de le recouvrir au plus vite et espérer que ces trombes d'eau s'arrêtent bientôt.

– De quoi as-tu besoin ?

Alana me regarde avec anxiété sous sa casquette de base-ball.

Ses cheveux roux et brillants sont collés sur son cou.

– Je vais prendre le pistolet à agrafes, le marteau et les clous avec moi. Ensuite, Steph et toi, vous allez attacher un rouleau de vinyle à une corde pour que je puisse le tirer une fois que je serai là-haut.

– Sois prudente, me répète Steph pour la cinquième fois.

J'apprécie sa sollicitude, mais j'ai surtout envie d'en finir et de me sécher. J'ai les doigts gelés et engourdis, ma culotte toute trempée me rentre dans la raie des fesses et le froid me pénètre jusqu'aux os. Arrivée sur le toit, après avoir récupéré le rouleau, je coupe un grand morceau de vinyle avec le canif d'Alana. Je fixe la bâche avec des agrafes pour la maintenir en place avant d'y planter des clous pour rendre le tout plus solide. J'ai des frissons partout, je claque des dents et mets quatre fois plus de temps qu'il ne faudrait pour planter ces maudits clous.

– Tu tiens le coup ? me hurle Steph au bas de l'échelle.

J'en suis à mi-course de planter le dernier clou quand mon marteau glisse et le plie en deux. Allez, je me dis, ça suffit, je vais en rester là.

– Je descends ! je hurle en retour.

Cette fois, c'est à toute vitesse que je descends de l'échelle. Sans plus attendre, nous nous précipitons comme des furies à l'intérieur, laissant tout en plan dans le jardin. À ce moment-là, un énorme éclair semble tomber juste au-dessus de notre tête.

Une fois dans la buanderie, on se déshabille complètement en ne gardant que nos sous-vêtements, et tout part à la machine.

– C'était moins une ! dit Alana, les yeux écarquillés.

Elle me fait un sourire, soulagée, que je lui retourne de bon cœur, toutes les deux parfaitement conscientes que nous venons d'échapper de peu à la catastrophe.

– Tellement proche ! ajoute Steph, la mine décomposée. Tu imagines ? Qu'est-ce que j'aurais pu raconter à Cooper si tu avais été électrocutée là-haut ?

– Arrête ! coupe Alana en cherchant dans l'armoire à linge trois couvertures pour nous réchauffer. Je crois que j'aurais préféré cacher ton corps et lui dire que tu avais quitté la ville précipitamment. (En voyant la tête qui je fais, elle sourit.) Quoi ? On voit que tu ne connais pas encore le tempérament sanguin de Cooper. Je tiens à la vie, moi.

Alana et moi allons nous installer dans le salon pendant que Steph prépare du café. Je tremble sous la couverture, lovée dans le canapé, quand le portable d'Alana sonne.

– Salut ! répond-elle. Oui, on a trouvé une solution. Elle est ici, en fait. Bien sûr. À plus.

Elle pose son téléphone et vient s'asseoir à côté de moi.

– Ils sont en chemin, me précise-t-elle.

– Je pourrais vous emprunter des vêtements pour rentrer chez moi ? je lui demande. Mes affaires étant dans la machine, j'aimerais mieux ne pas partir d'ici avec rien d'autre sur moi que mes sous-vêtements et l'imperméable de Cooper.

– Pas de problème.

Steph apporte le café. Normalement, je le prends avec de la crème et plein de sucre, mais, vu les circonstances, ce n'est pas le moment de faire la difficile. En plus, du café noir bien chaud est exactement ce qu'il me faut pour me réchauffer.

– Dis-moi, c'est un coup de maître que tu as fait là-haut, admet Steph en se serrant sur le canapé entre Alana et moi. Je n'aurais pas parié sur tes qualités de travailleuse manuelle.

Je la sens un peu gênée quand elle réalise que je pourrais mal prendre sa petite réflexion.

– En première, au lycée, j'avais ce prof de chimie dont la manie était de faire baisser les notes de ses élèves avec des interros surprises hyper-dures. Le seul moyen d'obtenir des points supplémentaires, c'était de faire du volontariat. Donc j'ai aidé à construire des décors et des tas de machins pour les pièces de théâtre. Je trouvais ça plutôt rigolo, sauf la fois où j'ai failli perdre un doigt quand Robbie Fenlowe a placé la perceuse dessus. J'y ai même laissé un bout de chair, je dis à Steph en lui montrant la cicatrice sur mon index.

– Beurk ! C'est dégoûtant.

– Trêve de plaisanterie, dit Alana, soudain rouge comme une tomate. Merci d'être venue, Mac. Sans toi, on était mal parties.

– Ouais, ajoute Steph en riant, c'est une vraie mauviette. En plus, elle a le vertige.

– Merci salope, lui répond Alana en lui faisant un doigt d'honneur.

– Oh, ça va… c'est vrai.

– Là, je suis gentille. Alors, fous-moi la paix.

Je ne connais pas encore bien Alana, mais j'appellerais ça un pas en avant. Un petit acte d'héroïsme a suffi pour franchir le cap avec elle. J'avais déjà Steph dans la poche, j'ai donc gagné deux tiers. Maintenant, si je peux trouver comment faire craquer Heidi, je gagne la médaille d'or.

Pendant le quart d'heure qui suit, les filles et moi continuons à bavarder. Quand je leur parle de l'hôtel que je viens d'acheter, Steph me donne plein de détails sur l'endroit qu'elle connaît bien pour y avoir travaillé trois étés de suite. En réalisant combien ses connaissances vont pouvoir m'être utiles, je note mentalement de l'inviter sur le site dès que j'en aurai pris possession. Un véritable atout pour la suite des événements.

– Mesdames, voici les secours qui arrivent ! annonce fièrement Evan en entrant, torse nu et dégoulinant de pluie. Où est le feu ?

Je me demande qui peut fantasmer sur un fanfaron pareil. Étrange, mais même si je couche avec son frère jumeau, Evan à moitié à poil ne me fait aucun effet.

– Tu n'as que deux heures de retard, lui signale Alana, peu impressionnée par sa grande entrée.

– Oh je suis désolé. (Il secoue la tête avec la grâce d'un chien errant et regarde Alana d'un air sarcastique.) Je ne dois pas avoir reçu ton acompte ce mois-ci pour être à ton entière disposition.

Cooper doit le pousser pour pouvoir entrer à son tour et se mettre à l'abri. Il a l'air un peu surpris de me voir sur le canapé de ses amies, enroulée dans une couverture comme un corn dog[20] détrempé.

– J'ai tout de suite remarqué mon camion dehors, me dit-il, l'air étonné. Tu t'es servie toute seule, à ce que je vois.

Je hausse les épaules en notant son petit sourire.

– J'ai aussi volé un tas de trucs dans ton garage. Tu dois avoir une mauvaise influence sur moi, certainement.

– C'est vrai ? ajoute-t-il en ricanant.

La lueur dans ces yeux ressemble à des promesses de préliminaires. Avec lui, on peut passer de zéro au sexe intense en moins de dix secondes. Je ne peux pas croire que les autres

20. Sandwich identique au hot dog, dans lequel la saucisse est enrobée de pâte à frire au maïs.

ne s'en rendent pas compte, et pourtant je m'en fiche. Cooper Hartley entre dans une pièce, je perds la tête. Je le déteste. J'adore ça.

– On a eu de la chance qu'elle vienne ! lance Steph pendant que les jumeaux se servent un mug de café chaud à la cuisine.

– Cette cinglée est montée sur le toit et a réussi à boucher le trou toute seule ! ajoute Alana en tendant son mug à Evan pour qu'il le remplisse.

Ce qu'il fait en levant les yeux au ciel, en nous voyant toutes les trois emmitouflées dans nos couvertures.

– Par ailleurs, ajoute-t-elle, personne n'utilise la salle de bains des invités. C'est un aquarium maintenant.

– J'ai toujours détesté le papier peint de cette pièce, remarque Steph, et je ne sais pas pourquoi, mais en l'entendant faire cette réflexion, Alana et moi attrapons un fou rire.

– Attendez, s'étonne Cooper en me lançant un regard noir, ne me dites pas que Mac est montée sur le toit !

– J'ai peut-être trouvé une nouvelle vocation, je lui réponds en sirotant mon café. Je devrais faire la rénovation de l'hôtel moi-même. Tu sais, comme on voit à la télé.

– Oh… s'empresse de dire Steph en m'attrapant par le bras, je suis preums pour accueillir la série de téléréalité.

– Je n'en reviens toujours pas que tu aies acheté Le Beacon, s'émerveille Alana. Le hasard fait bien les choses, tout de même.

Cooper fait claquer son mug sur la console de la télé, le café gicle partout et nous sursautons tous.

– Aucune de vous deux n'a essayé de l'arrêter ?

Steph essaie de le calmer :

– Franchement, Coop, tout s'est bien passé. La pluie n'était pas si terrible que ça.

– Et, surtout, ce n'était pas ton cul qui était là-haut !

Le ton de sa voix est sévère. Je ne vois pas pourquoi il se met en colère. Était-ce vraiment responsable de monter sur le toit ? Non. Mais personne n'a été blessé. Sauf lui, apparemment.

Je le regarde en fronçant les sourcils.

– Hé, ça va ! Je vais bien. Elles avaient besoin d'aide, je leur ai proposé de venir. C'était ma décision.

– Je me fous de savoir qui a eu cette idée débile. C'est complètement irresponsable, me lance-t-il d'un ton condescendant, qui n'est pas sans me rappeler celui de Preston quand je lui ai montré l'hôtel.

Maintenant, c'est moi qui suis énervée. Pourquoi faut-il que les mecs avec qui je sors veuillent jouer au papa avec moi ? Je n'ai pas rompu avec Preston pour me laisser traiter comme une enfant par un autre mec.

– Quant à vous deux, vous auriez dû l'arrêter !

– Calme-toi, mon vieux, lui répond Alana, l'air saoulée. Mac est une grande fille. Et, crois-moi, nous avons été bien heureuses qu'elle soit là.

Cette fois, j'ai l'impression que ça ressemble à des excuses de la part d'Alana. Nos efforts communs pour arriver à régler le sinistre ont fait fondre la glace entre nous et nous allons pouvoir repartir du bon pied.

– Tu parles, Alana, elle a fait ça uniquement pour que vous arrêtiez de lui faire la gueule, Heidi et toi.

– Je ne me souviens pas de t'avoir demandé de parler à ma place, je m'empresse de lui répondre d'un ton sec.

Merci, connard, je commençais à faire des progrès avec elles, tu vas tout foutre en l'air !

Cooper s'avance alors vers le canapé et nous regarde de toute sa hauteur.

– Tu aurais pu te tuer. Au cas où tu ne l'aurais pas remarqué, on est en plein milieu d'un ouragan.

Les bras m'en tombent.

– Tu te fous de moi ! « Au cas où je ne l'aurais pas remarqué ? » Et depuis quand tu t'inquiètes pour ma vie ? Qui m'a laissée à la maison alors que la tempête commençait ? Seule avec Patricia qui criait comme une banshee ?

Il me regarde soudain comme si j'étais folle.

– Elle s'appelle Daisy, répond-il en me regardant comme si j'étais devenue folle.

Je me relève du canapé, empêtrée dans ma couverture que je drape autour de moi, façon toge.

– Je ne parle pas de la petite chienne, je parle de Patricia !

– Mais je ne sais pas qui est cette Patricia, espèce de folle !

– La petite qui s'est noyée devant chez vous, il y a cent ans…

Je m'arrête net et me tourne vers Evan qui joue au mec pas concerné.

– Espèce de connard, c'est malin…

– Mackenzie, chérie, me répond-il imperturbable, les bras croisés sur sa poitrine, ne t'attends pas à des excuses si tu as été assez naïve pour me croire. Tant pis pour toi.

Sur le canapé, Alana et Steph sont écroulées de rire. Steph a des larmes qui coulent en répétant « la petite qui s'est noyée » entre deux fous rires.

En face de moi, je me rends compte que Cooper lui-même fait des efforts pour ne pas éclater de rire.

– Ne commence pas, toi aussi ! Sinon…

Il tremble, tellement il se retient d'exploser de rire.

– Écoute, il n'a pas tort, tant pis pour toi !

– Non ! C'est un sadique. Et toi, tu n'es qu'un petit con !

– Moi un con ? Rappelle-moi qui est monté sur le toit en risquant de se faire frapper par la foudre !

– Mon Dieu, Je n'ai pas failli être frappée par la foudre. Tu es ridicule, maintenant.

Agacée, je pose mes deux mains sur les hanches, oubliant la couverture qui m'entoure. Bien évidemment, elle tombe sur le tapis mouillé et je me retrouve en soutien-gorge noir et petite culotte rose fluo.

– Voilà qui commence à devenir intéressant, commente immédiatement Evan en se léchant les lèvres.

Malgré son expression furieuse, le ton de Cooper reste froid.

– Prends tes vêtements, Mac. On s'en va.

– Non.

– On s'en va, je te dis.

– Non, j'ai décidé de vivre ici à partir de maintenant.

Alana ricane. Cooper s'avance d'un pas.

– On y va !

– Non !

Ma gorge est sèche, tout à coup. Je ne sais pas si c'est parce qu'il est furibard ou si c'est parce qu'il est très excité, mais les yeux de Cooper lancent des flammes qui aspirent tout l'oxygène de la pièce.

– Donne-moi tes clés, Evan, dit-il en desserrant à peine les mâchoires, tu prendras mon pick-up pour rentrer à maison.

Le frère, l'air goguenard, fouille dans sa poche et lui lance son trousseau. Bien campée sur mes jambes, je ne suis pas décidée à me laisser faire.

– Je ne sais pas ce que tu imagines, mais je ne vais pas…

Je n'ai même pas le temps de terminer ma phrase que je me retrouve sur l'épaule de Cooper. Je ne vois plus que ses bottes mouillées qui marchent vers la sortie.

– Pose-moi par terre tout de suite ! je hurle, mais l'averse qui s'abat sur nous dès que nous quittons la maison étouffe mes mots.

Cooper me dépose sans ménagement sur le siège passager de la jeep de son frère et court de l'autre côté pour monter dans la voiture. Quand il démarre le moteur et se tourne vers moi, j'ai ma réponse : furieux ou excité.

Son regard est rempli de tendresse.

– Je vais de baiser dès que nous serons rentrés.

Une menace ? Une promesse ?

Excité.

Très excité.

Chapitre 27
MACKENZIE

– Allez, à la douche maintenant.

En l'entendant dire ça, un frisson me parcourt le corps. Le temps de passer de la jeep à la maison, on est à nouveau trempés. Je ne porte toujours que mes sous-vêtements et je n'arrête pas de claquer des dents. Heureusement, je pense que je ne vais pas avoir froid pendant longtemps. Dans la salle de bains, Cooper fait déjà couler l'eau chaude et un nuage de vapeur s'échappe de la cabine de douche.

Je me débarrasse vite de mes sous-vêtements et j'entre dans la douche en gémissant de bonheur, tant l'eau chaude qui coule sur ma peau me fait du bien. Peu de temps après, la température de la cabine augmente encore de quelques degrés quand un Cooper tout nu se glisse derrière moi.

Des bras puissants m'enlacent, il me serre contre lui. Mon dos est collé contre son torse. Je sens aussi toute la longueur de son érection contre mon cul.

– Tu me rends dingue ! murmure-t-il d'une voix rauque.

– Vraiment ? J'ai l'impression que c'est toi qui me rends dingue.

Je frissonne de plaisir dès que ses grandes mains glissent le long de mon corps pour venir attraper mes seins. Tout de suite, mes tétons se contractent.

– Tu sais que tu aurais pu te blesser sur ce toit.

– Ça n'est pas arrivé.

– Tu avais vraiment peur de rester seule ici ? me demande-t-il sur un ton coupable.

– Je t'assure, j'ai entendu des hurlements à l'extérieur et les lumières se sont mises à vaciller.

Il rigole doucement.

– Quand il y a du vent, il souffle très fort sur la maison. Le système électrique est en très mauvais état, ici. On a besoin de refaire toute l'installation.

– Quel idiot cet Evan, je marmonne.

Énervée qu'il ait réussi à me faire remettre en question mon ancienne incrédulité quant à l'existence des fantômes.

– Et si on ne parlait pas de mon frère quand nous sommes à poil tous les deux ? suggère Cooper.

– Un point pour toi.

Je me retourne et j'en profite pour attraper son sexe d'une main. Il frissonne.

– Ouais… continue à faire ça.

– Ça ?

J'enroule mes doigts autour de sa queue et le branle doucement.

– Hum…

– Ou… je peux faire ça, aussi, si tu préfères.

Je continue à le branler en me mettant à genoux devant lui. Avant qu'il ait le temps de répondre, je prends sa queue dans ma bouche pour le sucer.

Cooper gémit en poussant ses hanches vers l'avant.

Une bouffée de puissance se répand en moi. Une sensation à laquelle je pourrais vite m'habituer. Quelle satisfaction de savoir que je suis celle qui fait naître ce regard éperdu de désir et d'attente sur ce visage brut et sauvage ! Quelle satisfaction de prendre le contrôle avec mes mains ou, plutôt, avec ma bouche. Un petit coup de langue suffit, et il émet un léger râle qui me fait sourire.

– Tu me provoques, murmure-t-il.

Je le lèche à nouveau, passant un long coup de langue sur toute la longueur de sa queue.

Ses doigts viennent s'emmêler dans mes cheveux trempés. L'eau dégouline sur nous. Des gouttes s'accrochent sur sa poitrine et roulent sur ses abdos avant de tomber sur mon visage.

J'agrippe sa cuisse musclée d'une main, son sexe de l'autre, et le suce jusqu'au bout. Sans rien dire, il me guide en me tenant par l'arrière de la tête. Mon corps s'enflamme, tendu par le désir. Quand je lève les yeux vers Cooper, que je vois ses bras tatoués, sa mâchoire dessinée par sa barbe bien noire, et que je le sens frémir sur ma langue, je ne regrette rien de ce que j'ai pu faire pour en arriver là.

« *Le feu brûle en toi, Mac.* » Ce sont à peu près ses mots, le soir de la fête foraine, quand il m'a dit que je prenais mon pied dans les sensations fortes, dans la vie, tout simplement. Il n'avait pas tort. Depuis que j'ai rompu avec Preston et que j'ai commencé à sortir avec Cooper, jamais je ne me suis sentie aussi vivante.

– Je ne veux pas jouir comme ça, marmonne-t-il avant de me relever et de m'embrasser si fort que j'ai du mal à respirer.

Ses mains me touchent partout avec avidité et sa langue joue avec la mienne. Excitée comme jamais, tous mes sens en alerte, je suis plus que prête pour lui. Pourtant, malgré ma recherche obstinée de sensations fortes, le sexe sans protection n'est pas sur ma liste, d'autant plus que Cooper et moi venons juste de commencer notre relation.

– Préservatif, je murmure tout près de ses lèvres avides.

Sans l'ombre d'une hésitation, il arrête la douche et nous courons vers la chambre en laissant partout des traces de pas mouillés et en riant devant l'urgence qui nous anime.

– Sur le lit ! ordonne Cooper qui dévore des yeux mon corps dénudé.

Mes cheveux trempés mouillent l'oreiller dès que je m'allonge. Je suis bien trop excitée pour m'en soucier et Cooper ne semble pas s'en préoccuper non plus. Je vois qu'il porte un préservatif. Sans attendre, il s'allonge sur moi, m'embrasse encore et encore, chaud, avide, sa langue glisse dans ma bouche en même temps qu'il me pénètre profondément.

Je respire par petits à-coups, toute tremblante du plaisir qui me remonte dans le dos, je l'attrape par les épaules et enroule mes jambes autour de lui pour l'attirer toujours plus loin en moi.

– C'est si bon de sentir ton corps, me confie-t-il de sa voix grave.

– Si bon de sentir le tien, je réponds, haletante.

Je soulève mes hanches en me frottant contre lui, pour mieux répondre à ses pénétrations de plus en plus intenses.

– Plus vite, je le supplie.

Il bouge plus vite. Il ne faut pas longtemps pour que mes yeux voient les étoiles et que mon corps entier tremble du plaisir qui éclate. Très vite après moi, il s'effondre sur mon corps, m'embrassant toujours et me mordillant les lèvres quand il jouit.

Puis nous sommes allongés sur le dos et reprenons notre souffle. Un sentiment de plénitude m'envahit. Je ne me souviens pas de m'être jamais sentie aussi rassasiée après le sexe.

– Je suis toujours furieux que tu sois montée sur ce toit.

Je tourne la tête vers lui.

– Vraiment ?

– C'était stupide, je t'assure.

– J'ai eu raison, j'ajoute sur un ton un peu pincé.

– Bien sûr, tu as raison !

À ce stade, soit il essaie de ne pas éclater de rire, soit il n'est pas loin de m'étrangler.

Apparemment, on est aussi mauvais l'un que l'autre pour faire marche arrière quand on se dispute. Il faut croire que ce n'est pas dans nos gènes. Ce qui ne me pose pas vraiment de problème. S'il était différent, j'aurais du mal à le respecter. La dernière chose dont j'ai besoin, c'est d'un paillasson.

D'un autre côté, toutes ces chamailleries ne nous mèneront nulle part.

Je soupire.

– Nous nous disputons beaucoup. Un deuxième handicap pour nous.

– Et c'est quoi le premier ? me demande-t-il, tout surpris.

– Nous sommes totalement opposés. C'est vrai, on dit que les contraires s'attirent et que se disputer est une chose plutôt saine entre amants, mais nos parcours sont tellement différents… (J'hésite un instant, mais tant pis, j'y vais.) Parfois, je dois te l'avouer, je me demande comment nous allons pouvoir chacun nous intégrer dans la vie de l'autre. Et puis, tu ajoutes à cela que tu ne peux pas t'empêcher de me contredire en permanence et que j'ai souvent envie de te frapper, tellement tu… (Je lâche un grand soupir.) Comme je te l'ai dit : deux handicaps

Sa réaction ne se fait pas attendre, il se redresse si vivement que le matelas se déplace. Cooper me regarde intensément, avec ses beaux yeux sombres, mais je le sens détendu, et même amusé par ce que je viens de lui dire.

– Mac, tout d'abord, « on dit », qui sont ces « on » et surtout, on s'en fout, non ? Toutes les relations ont leurs particularités. Certaines personnes se battent, d'autres, non. Certains veulent du calme, d'autres préfèrent la passion. Chacun définit la relation qui lui convient. Ensuite, même si je déteste te dire ça, on est tous les deux de vrais petits crétins à se disputer tout le temps comme on le fait. La seule chose qui nous différencie, ce sont nos comptes en banque. Crois-moi, nous avons plus de points communs que tu en avais avec ton ex coincé.

– Ah oui ?

– Oh, que oui ! Tu sais ce que je pense ?

– Non, vas-y, s'il te plaît, je t'écoute.

– Je crois que tu étais avec ce connard, uniquement parce qu'il te rassurait. D'ailleurs tu le reconnais toi-même, il t'a aidée à garder une certaine maîtrise de toi. Et tu en avais besoin, parce qu'on le sait, dans ton monde, on ne peut pas faire ce qu'on veut, on n'a pas le droit d'être soi-même ou faire quoi que ce soit qui puisse donner une mauvaise image de la famille, n'est-ce pas ? Eh bien, tu vois, avec moi, tu peux oublier toutes ces contraintes. Ces deux handicaps dont tu parles sont peut-être à considérer dans ton monde d'avant, mais ici, toi et moi, nous pouvons simplement être nous-mêmes, Mac.

J'ai le cœur serré, tout à coup. Bon sang, quand il me parle comme ça, comment lui résister ? Comment ne pas se sentir amoureuse ?

***

Bonnie : Ne serai pas à la maison ce soir. Je ne vais pas trop te manquer ? Je sais, ça va être dur, mais tu vas t'en sortir.

Son texto m'amuse. Bonnie est la meilleure. Je me redresse sur le lit et tape une réponse rapide.

Moi : Ohh ! Découcher un soir de semaine ? Quelle vilaine ! Une soirée pyjama avec... Edward ?

Bonnie : Tu veux dire Jason ? Il ressemble à Ed, mais non.

Moi : Todd ?

Bonnie : Hors circuit.

Je cherche qui d'autre elle aurait pu voir ces dernières semaines, mais je dois dire que, de mon côté, j'ai été pas mal occupée par les parties de sexe torrides avec Cooper.

Bonnie : On fait un deal, chérie. Je te dis tout sur mon nouveau copain si tu me donnes le nom de ton mec d'Avalon.

Pire qu'un chien avec son os, elle ne lâche rien ! Elle est sur mon cas jour et nuit, elle veut savoir à tout prix avec qui je sors. D'un côté, je me sens mal de lui cacher Cooper, après tout, elle était là, le soir où tout a commencé. De l'autre, je sais que livrer cette information à quelqu'un, c'est lui donner une arme et je ne suis pas sûre d'être prête à affronter un tel danger.

Moi : Le mec d'Avalon va rester mon vilain petit secret.

Bonnie : PARFAIT ! Alors, le mien aussi, je vais le garder secret.

Deux secondes plus tard, je reçois un nouveau texto.

Bonnie : C'est nul ! Tu sais que je ne peux rien te cacher. Il s'appelle Ben, il est canon !

Elle joint la capture d'écran d'une photo Instagram. Effectivement, le Ben en question est un grand mec blond avec le visage d'un dieu nordique.

Moi : Waouh ! Amuse-toi bien.

Bonnie : Compte sur moi. À demain.

Je pose mon téléphone sur la table de nuit et prends mon manuel d'anthropologie. Nous sommes lundi soir et, même si je préférerais être nue dans le lit de Cooper en ce moment, nous avons passé tout le week-end ensemble, donc je n'ai pas à me plaindre. Je me force un peu à rester dans notre chambre. Pas seulement pour réviser mes cours, mais je crains aussi que Cooper finisse par se lasser de moi si nous passons trop de temps ensemble. La dernière chose dont j'ai envie en ce moment. De mon côté, je suis loin, très loin d'en avoir marre de lui. Je dois passer, au bas mot, trois heures par jour à fantasmer sur lui.

Donc, en bonne fille sage que je suis, je termine tout ce que j'ai à lire pour mon prochain cours d'anthropologie et celui de bio. J'écris un plan pour mon prochain devoir de littérature anglaise et je me couche très raisonnablement à vingt-deux heures quarante-cinq.

Hélas, la bonne nuit de sommeil programmée ne se passe pas comme prévu.

Vers deux heures du matin, je suis brutalement réveillée par trois appels d'Evan.

Suivi par un texto qui dit : « Oublie. Ce n'est plus une urgence. »

Si quelqu'un d'autre m'avait appelée trois fois au milieu de la nuit pour me dire ensuite « ce n'est plus une urgence », je l'aurais envoyé balader sans problème, mais le fait que ce soit Evan me fait réfléchir. Nous n'avons échangé nos numéros que récemment, après la nuit de la tempête, quand je n'avais aucun moyen de le joindre. Je suis à peu près certaine qu'il ne composerait pas mon numéro en pleine nuit si ce n'était pas pour une urgence ?

Je le rappelle immédiatement.

– Tu vas bien ? je demande

– Pas vraiment.

J'entends une certaine lourdeur dans ces deux mots.

– Où es-tu ?

– Devant le Sharkey's. Tu pourrais venir me chercher ? marmonne-t-il. Je sais qu'il est tard, je ne voulais pas appeler, mais…

– Evan, je le coupe. C'est bon. Ne bouge pas, j'arrive.

Chapitre 28
MACKENZIE

Un quart d'heure plus tard, je sors de mon Uber et regarde attentivement le trottoir devant le Sharkey's. Il ne me faut pas longtemps pour le repérer. Evan est assis sur le trottoir, dans un sale état.

– Que se passe-t-il, Evan ? je demande en notant le sang sur sa figure, sa chemise déchirée sur l'épaule, ses mains éraflées et enflées.

Il pue l'alcool à plein nez. Les bras tombant sur ses genoux pliés contre lui, il a l'air épuisé, vaincu même. Il lève à peine la tête pour me parler. Et quand il le fait, sa voix est tendue et faible.

– Tu peux me sortir d'ici ?

Je réalise que je dois être son dernier recours. Me demander de l'aide est sans doute plus pénible pour lui que tout ce qu'il a dû endurer ce soir. Ce dont il a le plus besoin maintenant, c'est de bienveillance.

– Bien sûr ! Attends, je vais t'aider.

Je me penche, attrape un de ses bras et le passe sur mon épaule pour l'aider à se relever.

À ce moment-là, j'aperçois trois types qui arrivent du coin de la rue. Ils arborent de grosses lettres grecques[21] sur leurs chemises et hurlent tous en même temps des paroles incompréhensibles en s'approchant de nous.

– Oh ! Salut ma belle ! me lance l'un d'eux. (Ses yeux sombres se posent sur moi et il me fait un horrible sourire.) Dis-moi, qu'est-ce que c'est que ça ? Tu as trouvé un clochard dans le caniveau ?

– Va te faire foutre, connard ! arrive à grommeler Evan sans beaucoup d'énergie.

Il peut à peine se tenir debout, il doit s'appuyer sur moi pour garder l'équilibre, mais visiblement il cherche encore la bagarre. Je ne peux qu'admirer son courage.

Le plus grand des trois mecs de la fraternité s'approche plus près en titubant, regarde bien Evan et se retourne vers les autres.

– C'est encore ce gros con ? Regardez qui est revenu, les gars ?

– Laissez-nous tranquilles ! je leur lance, ferme et décidée.

Le troisième mec s'approche et se penche pour regarder Evan dans les yeux, mais trop mal en point, celui-ci arrive difficilement à relever la tête.

– T'en as pas eu assez, mon pote ? Ça t'a bien fait marrer d'essayer de nous arnaquer, hein ? Tu rigoles moins maintenant, espèce de déchet de cette ville de cons !

Je commence à bouillir, je suis crevée, de mauvaise humeur… en plus, j'en ai assez sur les bras avec Evan, ma patience est à bout avec ces trois idiots.

– Mais, dis-moi ma jolie, je te connais, toi ! dit soudain le grand en louchant sur moi.

– Ça m'étonnerait !

21. Symboles des fratries dans les universités américaines.

– Mais, si ! T'es la copine de Preston Kincaid ! s'exclame-t-il, en rigolant bêtement. Ouais, tu es sa nana. Je suis dans sa fraternité, je vous ai vus tous les deux y a pas si longtemps, à la fête d'une sororité.

Une sensation de malaise me prend. Génial, il ne manquait plus que ça. Que mes activités nocturnes remontent à Preston. J'agrippe Evan plus fermement :

– Je ne sais pas qui tu es, mon vieux. Et maintenant, s'il te plaît, tu dégages !

– Il le sait, Kincaid, que tu le trompes ? (Son rire devient plus pervers.) Et avec ce tas de merde, en plus ? Putain… les nanas sont des vraies salopes.

– Salope, répète un des autres, complètement bourré.

Quand ils essaient tous les deux d'approcher de plus près, cette fois, la coupe est pleine.

– Reculez, espèces d'enfoirés !

Ma voix sèche claque comme un coup de fouet sur le mur en briques du Sharkey's.

– Ou quoi ? répond le grand en se foutant de moi.

Dans un grognement de colère, je plonge une main dans mon sac et attrape ma bombe au poivre que je pointe sur les trois imbéciles avec leurs lettres grecques sur leurs chemises immondes.

– Vous allez voir, je suis plus dingue que j'en ai l'air. Allez-y, testez-moi, les mecs.

Soudain, on entend au loin une sirène de police. C'est suffisant pour les effrayer.

– Mec, oublie cette salope, on se barre vite fait !

En moins de temps qu'il faut pour le dire, ils s'entassent dans une voiture garée de l'autre côté de la rue et s'enfuient en faisant crisser leurs pneus.

– Mais d'où tu as sorti ça ? dit alors Evan qui a du mal à rire, le bras toujours accroché à mes épaules.

– Toutes les femmes sont un peu des Wolverine.

– C'est clair.

– Tu sais, j'ai fait pas mal de voyages seule. Ce qui m'a appris à être prête pour ce qui peut se cacher dans l'ombre.

Sur ce, j'arrive péniblement à le traîner jusqu'à sa Jeep et à sortir les clés de sa poche. Il arrive tant bien que mal à se hisser sur le siège passager pendant que je m'installe derrière le volant.

Les yeux clos, Evan laisse sa tête retomber contre la vitre, il n'a même plus la force de la tenir droite.

– Je ne peux pas rentrer à la maison dans cet état.

– OK… on va chez Steph et Alana ? je lui demande en ajustant mon siège.

– Surtout pas, Coop ne doit rien savoir.

Je comprends son désespoir. Ce qui ne me laisse pas d'autre choix que de le ramener à Tally Hall.

Vu son état, arriver à le faire monter jusqu'à ma chambre, au quatrième étage, tient du miracle. Mais on y arrive. Une fois à l'intérieur, je l'assois sur le bord de la baignoire pour essayer de lui redonner figure humaine. Une impression de déjà-vu me traverse l'esprit. Bon Dieu ! Que se passe-t-il avec ces frères Hartley ?

Avec un gant de toilette humide, j'essuie délicatement tout le sang étalé sur sa figure. Sans dire un mot, il suit chacun de mes gestes du regard. Quelques contusions, des petites coupures çà et là, mais rien de grave. J'étale un peu de pommade, j'ajoute des pansements et le tour est joué.

– Mauvais joueurs, marmonne-t-il tout à coup.

– Quoi ?

– Ces mecs, je les ai battus au billard, ils n'ont pas aimé. Faut pas jouer de l'argent si on n'est pas prêt à perdre.

– Tu t'attaques toujours à plus nombreux que toi ?

– Je pensais que sur mon terrain, j'aurais l'avantage, me dit-il en riant, mais il grimace sous l'effet de la douleur. Il se trouve qu'il y avait plus de gens qui m'en voulaient que je le croyais.

– Il ne faut pas mélanger les torchons et les serviettes, on ne vous a jamais appris ça à Avalon ?

– Si, j'ai déjà entendu ça.

– Il faut savoir composer, Evan.

– S'adapter ou mourir, c'est ça ?

– Quelque chose comme ça.

Après l'avoir soigné, je lui donne un verre d'eau, de l'aspirine et lui apporte une poche de glace.

– Tu peux dormir dans la chambre de Bonnie, si tu veux. Elle est sortie cette nuit, et je sais que cela ne va pas la déranger.

– J'espère bien ! Je l'ai quand même fait jouir trois fois la nuit où on s'est rencontrés.

– Comme c'est gentil de ta part, je lui réponds en pouffant de rire.

Mon Dieu, j'ai l'impression qu'il y a tellement longtemps qu'Evan et Bonnie se promenaient sur la plage. En tout cas, dès le lendemain, je sais qu'elle courait déjà après sa prochaine conquête. Vite fait, bien fait entre ces deux-là.

J'installe Evan au bord du lit de ma coloc et l'aide à se déshabiller en évitant toute équivoque. Je ne veux pas regarder son corps ni essayer de le comparer à celui de Cooper. Mission difficile. Sa poitrine est juste là, devant mes yeux… et oui, il est aussi musclé que son frère. Pas de tatouage cependant, du moins jusqu'à ce que je l'aide à se retourner et que j'en vois un énorme qui lui couvre presque tout le dos. Comme il fait trop sombre, impossible de distinguer le dessin.

– Merci, me dit-il une fois qu'il a réussi à s'allonger.

Même s'il s'en tient là, je sais qu'il est sincère. Malgré le différend qu'il peut avoir avec Cooper, j'imagine que s'adresser à moi pour obtenir de l'aide était l'option la plus attrayante. Je considère comme un pas dans la bonne direction le fait qu'Evan me fasse autant confiance.

Avant de sortir de la chambre, je lui tapote gentiment le front, comme le ferait une mère à son enfant qui a de la fièvre.

– Mais je t'en prie.

***

Le lendemain matin, je me prépare pour aller en cours quand Evan sort de la chambre de Bonnie, le portable collé à son oreille.

– Ouais… je sais. J'arrive. Je te dis que j'ai compris, putain ! (Il manque tomber en essayant de remonter son jean et retourne chercher quelque chose chez Bonnie.) Ouais… dix minutes.

Quand je l'interroge du regard, il se contente de lever les doigts en mimant des clés qui pendent. Ses clés. J'ai ses clés de Jeep dans ma chambre Je me précipite pour aller les chercher et les lui lance à travers la pièce. D'un geste vif, il les attrape en l'air.

– Non, continue-t-il de pester au téléphone. Mec, je pars tout de suite, tu vas te calmer ?

– Cooper ? je chuchote en grimaçant.

Evan me fait oui de la tête. Je tends alors la main vers son portable. Il hésite une seconde, mais finit par céder.

– Tiens, la princesse veut te parler.

Cette fois, comme il l'a fait si souvent auparavant, ce n'est plus un rictus désagréable qu'il m'adresse, mais un joli sourire complice. Une requête peut-être ?

– Hey ! je dis tout de suite pour éviter qu'il parle. Figure-toi que j'ai invité Evan pour le petit déjeuner. L'endroit était bondé de monde et j'ai totalement perdu la notion du temps. En plus, je n'ai pas résisté à me commander un soufflé, tu me connais.

– Un petit déjeuner ? Qu'est-ce que tu racontes ?

Je le sens méfiant, il fallait s'y attendre. Mais je persiste.

– Oui, j'ai pensé que ce serait une bonne opportunité pour nous de discuter un peu. Un petit moment en famille, tu comprends ?

Tout juste si je ne vois pas Cooper lever les yeux au ciel.

– Peu importe, dis-lui de ramener son cul au boulot.

– OK chef, je réponds, un peu espiègle.

Plus je sème le trouble dans son esprit, plus Cooper est susceptible de croire à mon histoire. En rendant son téléphone à Evan, je dis simplement :

– Je crois qu'il a marché.

– Tu me sauves la vie, Mac.

– Je sais. Maintenant, pourrais-tu me donner la raison qui m'a fait mentir à ton frère ?

Confus, Evan se passe nerveusement la main dans les cheveux. Il soupire. S'expliquer n'est pas son fort. Je peux le comprendre, mais, après tout ce que j'ai fait pour lui, j'ai le droit de savoir.

– Coop est tout le temps sur mon dos, avoue-t-il à contrecœur. S'il apprend ce qui s'est passé hier soir, il va me prendre entre quatre yeux et me demander des explications, je le connais.

– Ce serait peut-être une bonne chose ?

Je sais que Cooper est préoccupé par le comportement de son frère, mais il ne m'a jamais dit pourquoi. À en juger par la nuit dernière, l'alcool, le jeu et les bagarres sont de possibles explications.

– Certainement pas ! s'exclame-t-il, sur la défensive.

Une réponse qui ne me convainc pas.

– Promets-moi quelque chose.

Evan lève les yeux au ciel. Même s'ils se ressemblent, j'ai trop tendance à oublier que lui et Cooper sont deux personnalités très différentes.

– Je te couvrirai tant que tu seras honnête avec moi, tant que tu me diras la vérité. Si tu ne veux pas parler à Cooper, au moins, laisse-moi garder un œil sur toi.

– Je n'ai pas besoin d'une baby-sitter, me répond-il, l'air pincé.

Je commence à comprendre pourquoi ils se disputent autant, tous les deux. Cooper est trop autoritaire et Evan est têtu comme une mule. Un mélange détonnant.

– Je n'ai aucune envie d'être ta baby-sitter. Contentons-nous d'être de bons amis. Deal ?

Son visage s'illumine d'un sourire naïf, presque charmant.

– D'accord, princesse, marché conclu, me dit-il en me serrant la main.

Le connaissant, j'ai une chance sur deux qu'il tienne parole. Tout de même, je reviens de loin avec lui. Maintenant, je suis assez finaude pour faire la part des choses.

Chapitre 29
COOPER

Mac a une nouvelle inspection à l'hôtel aujourd'hui, je prends donc mon après-midi pour y aller avec elle. Elle prétend que je vais pouvoir lui traduire ce qu'ils vont dire, mais je pense surtout qu'elle est un peu angoissée quand elle mesure l'ampleur de ce qui l'attend. Et je la comprends. Même si j'avais les fonds nécessaires, me lancer dans une aventure aussi complexe que la rénovation d'un hôtel – sans parler de la gestion d'exploitation qui va suivre – me rendrait aussi très anxieux. Alors, pendant que l'inspecteur fait son boulot, Mac et moi traînons sur la promenade en attendant le verdict.

– Je commence à réaliser qu'il ne suffit pas d'acheter un hôtel en ruine, me dit-elle, l'air pensive.

Je ne peux m'empêcher de sourire.

– C'est vrai ?

– Ouaip…

Elle se penche un instant pour caresser Daisy, sagement assise à ses pieds. Incroyable, cette petite chienne ne me laisse pas une seconde tranquille quand on est à la maison, mais dès que Mac arrive, elle a l'air de ne plus me reconnaître.

– Il est encore temps d'annuler la vente.

D'après ce que j'ai compris, on attend le résultat de cette dernière inspection pour finaliser l'acte de vente.

– Non, je me suis engagée. Mais c'est très lourd, tu sais. Quand je vois tout ce qu'il y a à faire, et tout ce que je ne sais pas encore qu'il faudra faire.

– Allez, tu vas t'en sortir.

Elle se mord la lèvre

– Oui… répond-elle, pas très convaincue.

Tout à coup, elle relève la tête d'un air décidé. Son visage s'éclaire.

– Tu as raison, je vais trouver des solutions.

Sa confiance en elle, son courage, voilà ce que j'aime chez elle. Une idée, un peu de jugeote et elle fonce. La plupart des gens passent leur vie à refuser de réaliser leurs rêves. Ils trouvent toutes les raisons du monde pour dire que c'est trop compliqué, trop improbable. Pas Mac.

– Aujourd'hui, quand tu regardes cet endroit, tu ressens toujours le même enthousiasme que le jour où tu as fait ton offre ?

Elle sourit avec cette lueur d'ambition qui scintille dans ses yeux depuis que je la connais.

– Oui.

– Alors appuie sur la gâchette. On ne peut pas gagner si on ne joue pas.

– Ça, c'est le Loto, précise-t-elle en me donnant un coup d'épaule.

– Je sais.

Pour être honnête, je suis content qu'elle m'ait demandé de venir. Même si ce n'est que pour un soutien moral. Il n'y a pas grand-chose que je puisse donner à une fille comme Mackenzie Cabot. Rien qu'elle n'ait déjà ou qu'elle ne puisse obtenir par elle-même. Mais chacun a le droit de vouloir se sentir utile. Je ne sais pas quand exactement ni comment ce sentiment s'est imposé à moi, mais depuis un moment, j'ai envie qu'elle ait besoin de moi.

Quelques heures plus tard, l'inspecteur sort avec sa tablette et parcourt ses conclusions avec Mac. On s'attendait à certaines choses, pas à d'autres. Tout ça ayant un prix, naturellement.

– Résultat final ? lui demande Mac après qu'ils ont passé en revue chaque ligne de son rapport.

– Ça va vous coûter cher, dit-il à travers sa grosse moustache. Cela dit, il n'y a aucune raison que cet endroit ne soit pas à nouveau opérationnel, une fois les travaux terminés. Je vous souhaite bonne chance.

Après une bonne poignée de main, il lui donne un papier officialisant ses conclusions. Il se dirige ensuite vers sa voiture et disparaît.

– Alors ? C'est OK ? je demande en lui prenant la laisse de Daisy.

Elle hésite. Pas longtemps. Puis elle me regarde, toute souriante.

– Je suppose que je ferais mieux d'appeler ma banque.

À vrai dire, je trouve assez sexy qu'elle puisse demander quelques millions en donnant un simple coup de fil, comme on peut parier sur les Panthers[22] en faisant un simple clic. Et ça lui va bien.

Une fois qu'elle a raccroché, nous allons nous promener sur la plage et laissons Daisy gambader à son aise. Mac s'amuse à tamiser le sable avec ses doigts de pied et choisit les coquillages qui attirent son attention. Elle en ramasse un, l'admire sur toutes ses faces et le laisser retomber dans le sable.

---

22. Panthers of Carolina, nom de l'équipe de football américain professionnelle, basée à Charlotte en Caroline du Nord.

– Écoute, me dit-elle, cette histoire de rénovation, ce n'est pas mon domaine. Je suis meilleure à faire des chèques qu'à recâbler un bâtiment.

– Ce qui n'est pas un problème, je connais tous ceux qui font ce genre de boulot à quinze kilomètres à la ronde.

– C'est ce que je veux te dire, Coop. Tu connais la région, les gens, les entreprises, et tout ça.

Je sens qu'une question la turlupine, elle tourne autour du pot.

– Vas-y, crache le morceau, Cabot.

Elle se tourne vers moi en levant un sourcil.

– Alors, voilà… j'ai envie d'engager ton oncle Levi pour faire le travail.

– Pour quelle partie ? je demande, surpris.

– L'ensemble. Ce qui dépassera ses compétences, je veux qu'il le sous-traite à des gens en qui il a confiance. Des gars qu'il aurait choisis pour faire la maison de sa mère. J'aimerais que cette rénovation reste une histoire familiale, si tu vois ce que je veux dire.

– Waouh… OK…

Je m'attendais à ce qu'elle lui demande son avis, qu'elle lui demande des références, éventuellement qu'elle lui confie une ou deux parties du chantier, mais aller jusqu'à le nommer maître d'œuvre du projet, ça fait… beaucoup.

– Quelque chose ne va pas ? me demande-t-elle en voyant ma surprise.

– Non… non, mais… c'est… eh…

Son visage s'éclaire, elle me regarde avec un beau sourire. Ce n'est pas possible, elle se fout de moi.

– Une grosse responsabilité, c'est ça ?

– Qui ne me fait pas peur, même si tu as l'air d'en douter.

– Mouais…

– Tu verras. Je vais t'apprendre ce que c'est qu'un chantier, moi.

Pensant qu'elle a déjà gagné la partie, elle se retourne et reprend la marche à mes côtés.

– Bien. Nous avons donc un accord. Tu vas organiser une réunion avec Levi pour qu'on puisse évaluer la somme des travaux à effectuer et convenir d'un prix raisonnable.

– Attends, princesse, il a d'autres chantiers en cours, je ne connais pas son agenda, ne t'avance pas trop.

– Des détails, tout ça, s'empresse-t-elle de répondre en balayant l'air d'un revers de main, tout est négociable. Quand on veut, on peut.

– OK, je vais lui en parler, surtout si tu arrêtes de dire ce genre de platitudes.

Mac ramasse un morceau de bois flotté et le lance à Daisy.

– Je ne peux pas te le promettre.

Dans son dos, je lève les yeux au ciel. Décidément, cette femme est parfois insupportable, mais je l'aime bien telle qu'elle est. Je l'ai dans la peau, je n'y peux rien ; même quand elle est odieuse, elle me plaît.

– Honnêtement, je ne peux pas m'empêcher de lui demander, ce chantier va-t-il t'obliger à faire une entaille dans ton fonds fiduciaire ?

Je n'ose même pas imaginer le montant qu'ils doivent atteindre. Au bout d'un moment, tous ces zéros se mélangent La différence entre cinq millions et cinq cents millions ? Pour moi, sincèrement, c'est comme choisir de nager vers la Chine ou la Nouvelle-Zélande pour un homme qui se noie.

Elle se tait un moment, son visage s'assombrit.

– Le problème avec mon fonds fiduciaire, c'est que je ne peux pas y toucher avant mes vingt-cinq ans.

Mais alors, comment a-t-elle pu s'acheter cet hôtel ? Je sais que ses parents ne lui ont pas donné d'argent, elle ne m'a pas caché qu'ils n'approuvaient pas ses ambitions.

– Désolé, mais à moins que tu sois trafiquante de drogue – ce que je pourrais comprendre –, où donc une fille de vingt ans peut-elle trouver une telle somme d'argent ?

– Tu vas penser que c'est idiot, répond-elle en regardant par terre.

Me voilà inquiet. Soudain, je ne suis pas certain de bien le prendre si elle m'annonce un truc bizarre. Ou pire, si elle me demande d'adhérer à un club d'huiles essentielles dont elle serait propriétaire. Heureusement, elle a le courage de cracher le morceau avant que mon imagination s'emballe de trop.

– Tu te souviens de la fois où tu m'as montré, sur un site, cette drôle d'histoire de petit ami ? Quand la fille cherchait des tampons dans la salle de bains de la mère de son rencard, en pleine nuit ?

Je ne comprends pas. Quel est le rapport avec notre conversation ?

– Ouais…

– Eh bien, c'est moi qui ai créé le site *BoyfriendFails*. Et par la suite, *GirlfriendFails*.

– Tu déconnes, c'est vrai ?

– Oui.

Putain de merde.

– Et tu t'es fait plein de fric, juste avec ces sites ?

En guise de réponse, elle se contente de hausser les épaules, un peu gênée. Je ne vois pas pourquoi, elle n'a aucune raison d'en avoir honte !

– Mackenzie, ça déchire, ton histoire ! je m'empresse d'ajouter.

– Tu ne trouves pas ça ridicule ?

Elle me regarde avec ses grands yeux verts remplis d'espoir. Je me sens comme un con qu'elle ait pu penser une seconde que j'allais la juger pour un truc pareil.

– Bien sûr que non, putain ! Je suis impressionné. Quand je pense qu'à vingt ans, je brûlais encore mes gratins au fromage !

Et que je les brûle toujours, devrais-je ajouter.

– Mes parents détestent ce business.

Le ton de sa voix se teinte d'une certaine amertume, dès qu'elle les évoque. Depuis quelque temps, c'est devenu pire.

– Je me demande s'ils n'auraient pas préféré que je me fasse tatouer sur le front. Pour eux, j'ai besoin de grandir soi-disant, il faut que jeunesse se passe, comme ils disent. (Elle donne un grand coup de pied dans le sable.) Ils ne me comprennent pas.

– Qu'est-ce qu'ils ne comprennent pas ? Que leur fille, qui n'a pas encore le droit de louer une voiture, soit déjà devenue millionnaire en ne demandant rien à personne ?

– En fait, je les embarrasse. Ils pensent que tout ce que j'entreprends, ce ne sont qu'erreurs de jeunesse et bêtises d'étudiante. Peu importe, si c'est le cas, peu importe que les autres s'en moquent ! Pour eux, mes affaires ne sont que des passades, des distractions futiles. La seule chose qui les intéresse, c'est que j'obtienne un diplôme respectable et que j'épouse un homme qui a de l'argent, comme ça, je pourrais faire comme maman et siéger dans des associations caritatives. Ce n'est qu'une question de vernis, pour eux. Tout pour le paraître.

– Un enfer, ce que tu me racontes.

Je ne comprends pas ce genre de comportement. Les riches paient cher les symboles d'un statut social, uniquement pour impressionner d'autres riches qui font la même chose pour les impressionner en retour. Un cercle vicieux de gaspillage et de prétention.

– Dépenser des centaines de milliers de dollars dans une université, juste pour le paraître ? Quelle connerie !

– Tu sais, je ne voulais même pas aller à Garnet ! Mais on avait fait un deal : j'acceptais de faire Garnet s'ils me laissaient prendre une année sabbatique. Seul moyen pour moi d'avoir assez de temps pour créer mes sites, mes applis et commencer à développer sérieusement mon business. Maintenant que je suis ici, je ne pense plus qu'à relever un nouveau défi en trouvant un projet qui me passionne autant que mes sites web l'ont fait quand je les ai lancés.

– Tu sais ce que j'en pense, Mac ? Vas-y, fonce ! Les autres, tu t'en fous !

Daisy revient vers nous, avec un bernard-l'hermite caché dans sa coquille. Mac le prend, va le poser plus loin sur le sable et attrape un nouveau bout de bois qu'elle lance tout de suite à la petite chienne.

– Plus facile à dire qu'à faire… me répond-elle avec cette légère inquiétude dans la voix que je lui connais bien.

Apparemment, ses parents ont toujours été un obstacle à la réalisation de ce qu'elle veut vraiment dans la vie. Pour quelqu'un qui a tellement de cordes à son arc, pourquoi s'en soucier ? Elle est plus forte que toutes ces conneries !

– Ouais… et alors ? Si tu le veux vraiment, bats-toi pour l'obtenir, prends des coups, s'il le faut. Quel est le pire qu'ils puissent faire, te couper les vivres ? Sois honnête avec toi-même : s'ils ne soutiennent jamais tes rêves, à quel point vont-ils te manquer ?

– Parfois, je me demande s'ils m'aiment vraiment, soupire-t-elle. La plupart du temps, j'ai l'impression de n'être qu'un accessoire pour eux, une pièce sur le plateau de leur grand jeu de stratégie.

– Tu sais, je ne veux pas t'ennuyer à mort avec mes histoires de familles merdiques, mais je sais ce que c'est. Donc, je peux comprendre. Sans vouloir faire de comparaison entre nos enfances, se sentir seul et mal-aimé, je connais. Vouloir à tout prix combler ce vide avec tout et n'importe quoi, je connais aussi. Aujourd'hui, j'en suis arrivé à presque pardonner à mon père d'avoir été un tel salaud. Le pauvre n'a rien pu faire contre son addiction. Cette addiction qui a fait qu'il a transformé tout ce qu'il touchait en merde absolue. Elle a fini par le tuer. Je me souviens, je n'étais pas vraiment triste quand il est parti, sauf qu'il ne nous restait plus que notre mère qui, à son tour, pour des raisons différentes, s'est éloignée de nous. Comme s'ils avaient eu envie, chacun à leur manière, de se débarrasser de nous. Depuis leur départ, quoi que je fasse, j'ai peur de leur ressembler, peur de me battre inutilement, peur de mourir trop tôt, peur de finir bon à rien.

Putain de m…

Je n'avais jamais réussi à formuler à voix haute et aussi clairement tout ce que je ressasse depuis des années.

C'est incroyable ce que Mac arrive à me faire dire. Incroyable de voir à quel point j'ai envie qu'elle me connaisse, incroyable aussi de réaliser que je n'ai plus le contrôle sur mon cœur qui s'emballe dès qu'elle est là. J'ai tellement envie de la garder et tellement peur, hélas, qu'elle se réveille et qu'elle me largue.

Soudain, je sens sa main glisser dans la mienne. Je ne pense plus qu'à une chose, je vais tout faire pour la garder.

– Hey. Faisons un pacte : ne nous laissons pas devenir comme nos parents. Restons unis, aidons-nous mutuellement, ça, c'est du solide…

– Marché conclu.

C'est tellement ringard que je n'arrive qu'à moitié à rire.

– Sérieusement, je continue, ne gâche pas l'opportunité qui s'offre à toi. Si ton cœur te dit d'y aller, fonce ! Ne laisse personne te retenir, la vie est trop courte. Construis ton empire et pourfends les dragons.

– Bravo ! Tu devrais mettre cette maxime sur un tee-shirt, Coop.

Daisy revient s'affaler aux pieds de Mac. Je pense qu'elle est enfin fatiguée d'avoir gambadé un peu partout. Je lui remets sa laisse pendant que Mac et moi nous asseyons sur le sable. Un silence paisible s'installe entre nous. Comment se fait-il que cette fille arrive autant à me faire sortir de mes gonds qu'à m'apporter calme et sérénité ? Quand on se dispute, parfois, j'ai envie de l'étrangler. Elle me rend fou. Elle fait des trucs dingues, comme monter à une échelle métallique en plein orage. Et puis soudain, elle me fait vivre des moments comme celui-ci, où nous sommes assis, côte à côte, tranquilles, perdus dans nos pensées, complètement en phase. Connectés. Je ne comprends pas ce que ça veut dire : pourquoi on peut s'engueuler comme des chiffonniers, et une seconde après, que la paix règne entre nous ? Peut-être que nous sommes juste fous.

Peut-être aussi, tout simplement, que je suis en train de tomber amoureux d'elle.

Chapitre 30
MACKENZIE

Quelques jours après l'inspection de mon hôtel, je retrouve Steph et Alana dans une sandwicherie en ville. Étrange, il y a quelques semaines, on se parlait à peine, aujourd'hui, nous chattons presque tous les jours. Cela a commencé quand Steph a créé un groupe avec Alana pour partager des photos d'Evan réparant le trou causé par la tempête sur leur toit. Sur la série, où l'on voit son jean qui lui descend à mi-fesses, Steph a légendé : « J'en connais un qui ne travaille qu'à moitié. » Une autre fois, quand Alana a posté une capture d'écran amusante de *BoyfriendFails*, j'ai avoué aux filles que c'était moi qui avais créé le site. Un moment, j'ai eu peur que cela ressemble à de la vantardise ou fasse trop directement allusion à l'argent que je pouvais en tirer, mais non, heureusement, cela n'a fait que resserrer nos liens.

Tout excitée en face de moi, Alana fait des grands gestes, la pique à cornichon à la main.

– Vrai ou faux : Cooper a la bite tatouée.

– Quoi ? je m'exclame, en manquant cracher une frite.

– Il y a quelques années, une histoire circulait à propos d'une nana qui s'était fait sauter sur le toit du poste de police le week-end du 4-juillet, dit Steph à côté de moi. Sur les réseaux, il y avait même la photo d'un mec avec un tatouage sur la bite, mais on n'a jamais su qui c'était.

– Vous n'avez jamais posé la question à Heidi ? (En m'entendant, les filles ont l'air gênées.) Désolée, je n'étais pas censée être au courant ?

Je dis ça sur un ton léger, il me paraissait évident que ces deux-là étaient sortis ensemble à un moment ou à un autre.

Steph et Alana se regardent sans rien dire, comme si elles débattaient en silence de la réponse à donner.

– Pardon, les filles, j'ai compris, elle est votre meilleure amie.

– Tu sais, ils n'ont jamais été vraiment ensemble, dit Steph en essayant de me rassurer du mieux qu'elle peut, ce sont juste de bons amis avec bénéfices.

Pour Cooper, peut-être, mais, dans ce genre d'arrangement, je sais qu'il y en a toujours un plus investi que l'autre.

– C'est vrai qu'Heidi a toujours un truc pour Coop, ajoute Alana sans prendre de gants.

Il faut dire qu'elle n'est pas du genre à mâcher ses mots.

Je me doutais un peu que la haine irrationnelle d'Heidi à mon égard devait avoir pour origine soit des sentiments non réciproques, soit une rupture qui s'est mal passée. Sur ce genre de sujet, je me trompe rarement. Ce que vient de dire Alana ne fait que confirmer ce que je pensais.

– Je ne suis pas surprise, je leur dis, mais peut-être qu'elle va finir par tourner la page un jour ou l'autre. Cooper m'a dit qu'un type s'intéressait à elle. Jay, c'est ça ?

Gros soupirs en face de moi.

– Ne m'en parle pas, râle Alana. Bien sûr, j'aimerais qu'elle se remette de cette histoire avec Cooper et que la vie reprenne son cours normal pour nous tous… mais, sincèrement, sortir avec le frère de Geneviève, non merci.

– Qui est Geneviève ?

– L'ex d'Evan, précise Steph. Aujourd'hui, Gen vit à Charleston.

– Elle me manque, ajoute Alana avec une pointe de mélancolie.

– À Evan aussi. Sinon, il ne ferait pas tant d'efforts pour l'oublier ou se taper n'importe qui, ce qui revient au même, ajoute Steph. (Elle jette sa queue-de-cheval en arrière et me regarde avec un grand sourire.) L'ambiance commençait à devenir quasi incestueuse ici, à Avalon. Evan et Geneviève, Heidi et Cooper… Dieu merci, tout ça est fini. Les amis ne devraient pas se mettre en couple, ça éviterait beaucoup de problèmes. (Son regard se tourne vers Alana.) Et puis, nous avons aussi cette salope qui remet sans cesse le couvert avec Tate. On en est à la troisième ou quatrième fois, je ne sais même plus.

– Tate ? Hum… il est très sexy, je réponds en faisant un clin d'œil.

– Bof… c'est déjà fait, ajoute Alana. L'amitié avec des petits à-côtés, ce n'est pas mon truc non plus.

– Je n'ai jamais fait ça, je leur dis en haussant les épaules. Mes histoires se résument à Cooper et à une relation de quatre ans avec un type qui, apparemment, couche avec tout ce qui bouge.

– Honnêtement, me répond Steph en faisant la grimace, je ne sais pas comment tu as pu sortir avec un mec pareil.

Tiens, elle a l'air de savoir de qui je parle.

– Tu connais Preston ? je lui demande, franchement étonnée.

– Quoi ? Euh… non, mais j'ai entendu parler de lui par Cooper. Il nous a juste dit qu'il te trompait et, pour moi, les mecs qui font ça sont tous des salauds. (Steph boit lentement son café, l'air absorbée pendant quelques instants, puis elle continue.) Et puis, ne commence pas à t'inquiéter pour Heidi, Cooper est fou de toi, c'est clair.

– En plus, Heidi s'est suffisamment fait remonter les bretelles pour se tenir à carreau, termine Alana.

Elle fait l'étonnée, mais Steph la fusille du regard, un coup de pied sous la table n'aurait pas été pire. Ces deux-là sont aussi subtiles qu'un éléphant dans un magasin de porcelaine.

Ce n'est pas la première fois que je les vois s'échanger de tels regards. On dirait parfois qu'elles continuent leur conversation en silence. Pourtant, ma relation avec elles s'est considérablement améliorée et, si je n'ai aucun doute sur la sincérité des sentiments de Cooper, j'ai la nette impression qu'il y a encore pas mal de choses que je ne connais pas dans ce groupe très soudé. S'il me paraît normal de ne pas déjà tout savoir sur chacun des membres du cercle, pourquoi ai-je ce sentiment étrange que les petits secrets entre Alana et Steph me concernent…

Je n'ai pas vraiment le temps de trop y penser, mon téléphone se met à vibrer dans ma poche. C'est ma mère. Encore. Ce matin déjà, quand je me suis réveillée, j'avais plusieurs textos de sa part qui n'ont fait que s'ajouter à ceux de la nuit précédente. Depuis un moment, j'ai pris l'habitude de bloquer son numéro de temps en temps, juste pour avoir la paix, sinon, elle va finir par le faire exploser. Tout ça pour entendre les mêmes tirades sur ma rupture avec Preston. Non merci, pour moi, le sujet est clos.

Apparemment pas pour ma mère. En regardant mon téléphone, je vois qu'elle a fini par abandonner les textos, maintenant elle m'appelle. Au moment où je la balance sur boîte vocale, un message de Bonnie s'affiche, m'informant que l'heure du Jugement dernier a sonné !

– Ça ne va pas ? me demande Steph en se penchant vers moi, visiblement alarmée par ma soudaine blancheur.

– Mes parents sont là !

Pas à la sandwicherie, bien sûr, mais à Garnet. La pauvre Bonnie doit être en pleine panique.

Bonnie : Qu'est-ce que j'en fais ?

Moi : Envoie-les à la cafète, je les rejoins.

Je m'y attendais. À force d'éviter les textos et les appels. Ce n'était qu'une question de temps avant qu'ils viennent me demander des comptes.

Mon père n'est pas du genre à se laisser ghoster.

Je quitte la table en m'excusant et je ramène mon cul sur le campus aussi vite que possible, le cœur battant à cent à l'heure. Ce qu'il y avait de mieux à faire était de les voir dans un lieu public où mes parents n'oseront jamais faire une scène. À la cafète, j'ai l'avantage du terrain et une issue de secours.

Malgré tout, quand j'arrive et que je les vois assis près de la baie vitrée en attendant leur fille rebelle, je n'en mène pas large. Quel que soit mon âge aujourd'hui, j'ai l'impression d'avoir toujours six ans. Je me revois encore, debout dans le salon, mon père me grondant pour avoir renversé du punch aux fruits sur ma robe avant la séance photo de la carte de Noël, alors qu'il m'avait expressément demandé de ne boire que de l'eau. Je revois ma mère aussi, nerveuse et mal à l'aise à côté du bar.

– Hello ! je les salue en faisant glisser la bandoulière de mon sac sur le dossier de ma chaise. Désolée de vous avoir fait attendre, je déjeunais avec des amies en ville.

Je m'arrête quand je vois l'expression d'impatience sur le visage de mon père. Il porte un costume dont la manche est ostensiblement relevée du côté de sa montre. Message reçu. Clair et net. Il rate des réunions et je ne sais quoi d'autre susceptible de changer la face du monde. Tout ça, pour s'occuper des fantaisies de sa progéniture ? Comment puis-je oser le faire douter de l'éducation qu'il m'a inculquée ?

Et puis, il y a ma chère maman qui tapote ses ongles, parfaitement manucurés, sur le cuir matelassé de son sac Chanel, comme si je lui faisais perdre son temps. Honnêtement, je serais incapable de dire ce qu'elle peut faire de ses journées. Je suis certaine qu'il y a un appel à un traiteur quelque part dans son emploi du temps. Ses semaines sont remplies de décisions comme « poulet ou poisson » ?

Un bref instant, alors qu'ils me regardent tous les deux avec agacement et dédain, j'entrevois le modèle de leur vie sur lequel ils veulent calquer mon avenir et, sincèrement, ça me fait mal. J'ai la gorge serrée. La panique s'empare de moi. J'ai l'impression de me noyer.

C'est fini, je ne veux plus vivre comme ça.

– Je suis contente de vous voir ici… je commence à leur dire.

D'un geste sec, mon père lève la main pour m'intimer l'ordre de me taire. J'ai compris.

– Je crois que tu nous dois des excuses, ma petite fille.

Parfois, je me demande si mon père utilise ce terme tout simplement parce qu'il a oublié mon prénom.

– Vraiment, tu es allée trop loin cette fois, ajoute ma mère. As-tu la moindre idée de l'embarras dans lequel tu nous mets ?

Papa, ne levant même pas la tête pour me regarder, préférant consulter ses mails sur son portable, m'assène un discours tout préparé auquel, j'en suis sûre, je n'ai aucun droit de réponse.

– Voilà ce qui va se passer. Tu vas commencer par présenter tes excuses à Preston et à ses parents pour cet épisode fâcheux. Après quoi, ils accepteront la reprise de votre relation. Ensuite, tu vas rentrer à la maison ce week-end, ce qui va nous donner un peu de temps pour penser à la suite des événements. Il est clair que nous t'avons laissé trop de liberté, ces derniers temps.

Je le regarde sans broncher.

Quand je comprends qu'il est sérieux, je ne peux pas m'empêcher de lui faire un sourire de façade.

– Hum… non. Je ne vais pas faire ça.

Ma mère réajuste son écharpe. Un tic nerveux qui lui prend, sachant qu'elle ne peut pas m'engueuler devant autant de témoins.

– Pardon ? Ton père ne te laisse pas le choix, Mackenzie.

Tiens, il y en a au moins une qui se souvient de mon prénom. J'essaie de les imaginer en train de choisir un prénom. Si un jour, dans leur vie, ils ont eu envie d'avoir un enfant, ça devait être à ce moment-là, non ?

– Non, je ne me remettrai pas avec Preston.

Mon ton n'invite pas à la discussion.

Bien entendu, elle arrive.

– Et pourquoi ? me demande maman, exaspérée. Ne sois pas idiote, chérie, ce garçon fera un mari fidèle et droit.

– Fidèle ? je réponds, assez fort pour attirer des regards sur nous.

– Baisse d'un ton, je t'en prie, on nous regarde, me dit papa, mal à l'aise.

– Croyez-moi, si je vous dis que Preston n'est fidèle à personne d'autre qu'à lui-même, je veux tout simplement vous épargner les détails.

Je pourrais leur dire qu'il n'est qu'un connard de sauteur, qui a sûrement eu des tonnes d'aventures depuis qu'on est ensemble. Leur dire aussi, que, d'une certaine manière, il nous a tirés du pétrin tous les deux, parce que je n'ai pas été une sainte non plus.

– Je me contenterai de vous dire qu'on ne s'entend plus. (J'hésite, eh merde, je lâche le morceau.) En plus, je vois quelqu'un d'autre.

– Qui ? me demande maman, d'une voix blanche, comme si Preston était le seul homme sur terre.

– Un type d'Avalon.

Je sais qu'elle ne va pas du tout aimer ma réponse.

– Ça suffit !

Je sursaute quand mon père tape violemment son téléphone sur la table. Ah, qui attire l'attention maintenant ?

Tout de suite, il baisse le ton et commence à parler entre ses dents.

– Tes petits désirs d'indépendance, tes provocations de jeune fille délurée, c'est fini ! Tu vas t'excuser. Tu vas reprendre ce garçon. Tu vas rentrer dans le rang. Sinon tu peux dire adieu à ton argent de poche et à tes cartes de crédit. (Il tremble de rage, mais pour une fois, il m'accorde toute son attention.) Crois-moi, je vais te couper les vivres et tu vas voir à quel point ta vie va devenir difficile.

Je ne doute pas une seconde de sa sincérité. Il a toujours été impitoyable avec moi. Pas de tendresse. Pas de traitement de faveur. Il me faisait peur quand j'étais petite.

– Écoute, je commence en reprenant mon sac sur le dossier de ma chaise, voilà ma contre-proposition : non.

Ses yeux, du même vert foncé que les miens, me fustigent sans appel.

– Mackenzie !

– Faites ce que vous voulez, je leur dis calmement en fouillant dans mon sac, j'en ai assez de vivre dans la peur de vous décevoir. J'en ai marre de n'être jamais à la hauteur de vos espérances. Je n'en peux plus de tout le temps faire des efforts pour vous rendre heureux et d'échouer constamment.

Je ne serai jamais la fille dont vous avez rêvé et j'en ai marre d'essayer.

Je trouve enfin ce que je cherchais dans mon sac. Pour la première fois de ma vie, mes parents sont sans voix en me regardant remplir un chèque.

Je le glisse vers mon père.

– Tiens, cela devrait couvrir ce que vous avez dépensé pour le premier semestre. De toute façon, j'ai décidé que mes centres d'intérêt étaient ailleurs.

N'ayant plus rien à leur dire et, sachant que cet élan de folie et de courage ne durera pas, je respire un grand coup, me lève de table et sors de la cafétéria, sans même me retourner.

Et c'est ainsi que j'ai abandonné l'université.

Chapitre 31
MACKENZIE

Quand Cooper rentre du travail ce soir-là, je l'attends sur le pas de sa porte.

Après avoir quitté mes parents, je ne savais pas trop où aller pour libérer toute la tension que j'avais accumulée pendant notre échange. Je suis allée marcher sur la promenade pendant un bon moment, puis j'ai flâné sur la plage jusqu'à me retrouver en face de chez lui. Je suis assise sur le porche quand Cooper se gare dans l'allée et que les deux frères en sortent.

– Quoi de neuf, princesse ?

Evan marche tranquillement jusqu'à moi et me fait un clin d'œil en entrant. Il est vrai que nous sommes maintenant les meilleurs amis du monde, moi et le « mauvais jumeau ».

– Tu es là depuis longtemps ? me demande Cooper en montant les marches, surpris de me voir devant sa porte.

Tout juste si j'entends ce qu'il me demande, tellement je suis occupée à le reluquer. Chaque fois, il me fait le même effet. Avec ses yeux sombres, profonds, le vent qui lui balaie les cheveux, son tee-shirt qui laisse deviner sa belle musculature et son jean délavé, Cooper a quelque chose de sauvagement masculin. Comme il a passé toute la journée sur ses chantiers, sa peau et ses vêtements sont encore recouverts d'une fine poussière. Je respire cette odeur naturelle de sciure de bois. C'est toujours la même histoire, dès qu'il est là, je perds tous mes moyens et une seule chose m'obsède : je le veux, je le veux, je le veux.

– Mac ? dit-il avec un beau sourire complice en me sortant de ma rêverie.

– Oh, désolée… une heure peut-être ?

– Quelque chose ne va pas ?

– Non. Pas du tout.

J'attrape la main qu'il me tend pour m'aider à me relever. Nous entrons. Après avoir enlevé nos chaussures, je l'entraîne dans sa chambre.

– J'ai de trucs à te raconter, je lui annonce tout de suite.

– Ah bon ?

Je verrouille la porte derrière nous. Il faut dire que ces derniers temps, Evan prend un malin plaisir à secouer la poignée pour me faire sursauter quand il se doute que Coop et moi sommes occupés. Il ferait mieux de se chercher une autre occupation.

– J'ai laissé tomber Garnet ! je lui annonce, tout excitée.

Excitée, mais aussi avec une certaine appréhension. Tout se mélange dans ma tête, je bous intérieurement.

– Putain de merde, c'est énorme. Comment c'est arrivé ?

– Mes parents sont venus me voir sur le campus sans me prévenir. En quelque sorte, ce sont eux qui m'ont forcé la main.

Cooper enlève sa chemise et la jette dans le panier à linge. Quand je le vois commencer à défaire sa ceinture, je m'approche de lui, retire ses mains de la boucle et continue à la défaire moi-même. Je vais descendre sa fermeture Éclair. Je sens qu'il regarde et je vois son abdomen se contracter.

– Comment ça s'est passé ? demande-t-il d'une voix soudain plus distraite.

Lui laissant son jean, je glisse ma main dans son caleçon et je commence à le branler. Il est déjà à moitié dur. Dès que je le caresse, il se met tout de suite à bander fort et sa respiration se fait plus lourde.

– Je leur ai dit d'aller se faire voir. Je n'ai pas mâché mes mots, crois-moi.

D'un léger mouvement du pouce, j'essuie la goutte qui perle au bout de son gland. Il réagit en laissant échapper un grand souffle qui râle au fond de sa gorge.

– Tu dois être fier de toi, hein ?

Quand il passe une main dans mes cheveux et resserre ses doigts sur ma nuque, je m'approche et l'embrasse dans le creux de son cou.

– Un peu…

Puis je le pousse jusqu'au bord du lit où je le fais lentement s'asseoir. Je vois le désir s'allumer dans ses yeux.

– Qu'est-ce qui a provoqué ça ?

– Surtout moi, mais…

J'attrape un préservatif dans la table de nuit, je le lui lance. Puis j'enlève ma robe.

– … un peu toi, aussi.

Dans la seconde qui suit, mon soutien-gorge et ma culotte tombent par terre.

– L'indépendance te va bien, me dit-il en se branlant à pleine main tout en observant chacun de mes mouvements.

Doucement, je grimpe à califourchon sur ses genoux. Il murmure quelques insanités à mon oreille en attrapant mes fesses à pleines mains. Je pose les miennes à plat sur sa poitrine et commence à le chevaucher. J'y vais doucement au début alors que, déjà, les premiers frissons parcourent mon corps.

Quand nous sommes ensemble, mon corps entier réagit. Je me sens en totale osmose avec Cooper et, pourtant, je n'y suis pas encore habituée. Sans doute parce que je ne veux pas l'être. Je préfère la découverte de sensations nouvelles. Comme ces tensions qui me secouent chaque fois que ses lèvres viennent parcourir ma peau.

Sans retenue aucune, je me balance d'avant en arrière. J'ai l'impression de ne pas pouvoir le prendre assez profondément, je veux être au plus près de lui. Je pose ma tête sur son épaule et le mords pour étouffer un gémissement.

– Putain, je ne vais pas pouvoir me retenir, marmonne-t-il.

– Tant mieux, je lui réponds dans un soupir.

Je souris en voyant l'expression de plénitude qui éclaire son visage pendant qu'il jouit.

Après avoir jeté le préservatif, il m'allonge près de lui, se met à m'embrasser les seins, continue ses baisers sur mon ventre, descend encore, finit par s'installer entre mes jambes et m'ouvre délicatement avec sa langue. Cooper me lèche jusqu'à ce que je lui attrape les cheveux et que je gémisse de plaisir. Cooper a la bouche d'un expert. Je suis accro.

Plus tard, après la douche et de nouveaux orgasmes, on va s'asseoir sur la terrasse avec Daisy pendant qu'une pizza surgelée cuit dans le four.

– Si je ne t'avais pas rencontré, je ne suis pas certaine que j'aurais été jusque-là, je lui confie pendant que notre chiot s'endort sur ses genoux. Je veux dire, jusqu'à quitter l'université.

– Je suis sûr que tu aurais fini par le faire. Je suis l'excuse qui t'a donné un coup de pouce.

– Peut-être, mais c'est toi qui m'as donné la force d'aller jusqu'au bout.

Il lève les yeux au ciel.

– Arrête, je pense vraiment ce que je te dis.

Une des choses que j'ai apprise sur lui, c'est qu'il ne sait pas accepter un compliment. Ce qui ne le rend que plus attachant à mes yeux.

– Tu n'as peur de rien ni de personne. Tu imposes tes propres règles. Tu te fous de ce que pensent les autres.

– C'est facile quand on commence sans rien.

– Tu as cru en moi, Cooper. Tu es le seul. Tu n'as pas idée comme c'est important pour moi, je ne l'oublierai jamais.

Même si je me réjouis de ma nouvelle indépendance, je ne suis pas naïve au point de croire que mes parents vont accepter ma décision sans réagir. Ils vont trouver un moyen de me le faire payer. Personne ne brave son père sans en subir les conséquences. Il va y avoir des retombées à cet excès de désobéissance. La seule question, c'est de quel ordre ?

***

Il ne faut pas longtemps pour que les conséquences de mon acte se fassent sentir. Au bout de six jours, je reçois un mail de la directrice des études de Garnet. Quelques mots précis et bien tournés dont le sens n'est autre que « ramène ton cul ici, et fissa ! ».

Comme j'ai quelques minutes de retard, la secrétaire me fait entrer dans un bureau entièrement décoré de panneaux en bois de cerisier. La directrice est déjà en réunion et me recevra dans un moment, me précise-t-elle en me proposant un verre d'eau.

Je suppose que mes parents ont passé quelques coups de fil à l'administration de Garnet, dans l'espoir qu'une tierce personne neutre fasse pression sur moi pour que je reprenne les cours. En ce qui me concerne, je suis ici simplement pour régler les formalités administratives. Entre l'hôtel et mon web business qui me demandent une attention de plus en plus soutenue, je profite de cet instant que je considère comme une pause dans mon agenda.

Madame Freitag, une petite femme toute menue qui n'a que la peau sur les os, entre dans la pièce. Essoufflée, elle contourne son bureau en ajustant nerveusement le casque un peu défait du brushing de ses cheveux bonds qui lui arrivent aux épaules. D'un geste sec, elle tire ensuite sur la veste de son tailleur rouge canneberge et, une fois assise, s'empresse d'enlever le petit foulard de soie qu'elle porte autour du cou.

– Désolée pour l'attente, précise-t-elle. Il fait une chaleur du diable, aujourd'hui.

La directrice allume ensuite son petit ventilateur de bureau, le dirige méticuleusement vers elle et profite un instant de l'air brassé avant de se concentrer sur moi.

– Si j'ai bien compris, Mademoiselle Cabot, vous n'avez assisté à aucun cours la semaine dernière.

– Effectivement, Madame, j'ai pris la décision d'abandonner le semestre.

– Ah bon ? dit-elle en soulevant des sourcils aussi fins qu'un trait de crayon. Si je ne me trompe pas, vous avez déjà retardé votre première année de douze mois. Qu'y a-t-il donc de si urgent pour faire une nouvelle fois attendre vos études ?

Le ton quasi amical de sa voix me troublerait presque si je ne sentais pas le piège venir.

– En fait, je ne serai pas davantage ici le semestre prochain. J'arrête Garnet définitivement.

Elle me regarde un bon moment sans broncher. Le silence devient si lourd que je me demande comment je pourrais la faire réagir. Quand enfin elle se décide à ouvrir la bouche, sa voix se fait nettement plus ferme.

– Et je suppose que votre décision est mûrement réfléchie ?

– Oui, Madame.

Un sourire sec se dessine sur ses lèvres pincées avant qu'elle n'attrape sa souris pour activer l'écran de son ordinateur. Elle le fixe tout en continuant à me parler.

– Très bien. Si telle est votre décision, nous allons vous aider, Mademoiselle. Je vais demander à ma secrétaire de sortir les formulaires nécessaires. (Son regard tout à coup n'a rien de rassurant.) Ne vous inquiétez pas, je vais juste avoir besoin d'une ou deux signatures. Bien évidemment, vous devrez quitter votre chambre de Tally Hall dans les vingt-quatre heures après l'envoi de la résiliation du bail au bureau du logement des étudiants. Ce que je viens de faire à l'instant, ajoute-t-elle avec son sourire de vieille bique.

Et voilà, il est là, le piège.

Un joli coup, certainement monté par papa.

Elle a raison, je n'ai pas à squatter un studio si je ne suis plus étudiante ici. Un détail qui m'avait échappé. En revanche, pas à mes parents qui ont dû attendre toute la semaine que je revienne en rampant à la maison.

– Autre chose ? me demande encore la directrice.

Elle ne peut se défaire de cet air de vieille fille revêche, comme si je venais de lui faire une offense personnelle.

– Non, Madame, je réponds avec un sourire convenu avant de me lever.

Une heure plus tard, je suis en train de faire mes valises. Un peu moins de trois mois, c'est le temps qu'aura duré ma carrière universitaire. Et pourtant… je n'ai aucun regret de la voir se terminer si vite.

Au moment où je retire quelques vêtements de leurs cintres, j'entends mon téléphone vibrer. C'est un message de Kate que je n'ai pas vue depuis des semaines. Je lui ai demandé plusieurs fois de sortir avec elle – je ne voulais pas faire partie de ces filles qui abandonnent leurs amies dès qu'elles ont un nouveau copain –, mais Kate était occupée à répéter avec le groupe qu'elle a rejoint le mois dernier. Elle joue de la guitare basse, si mes souvenirs sont bons.

Kate: Salut, toi ! Pour te tenir au courant : j'ai eu ma sœur au tél tout à l'heure. On a parlé de toi. Mel lui a dit que ton ex demande à tout le monde s'ils savent avec qui tu sors. Quelqu'un t'aurait vue en ville avec un mec du coin, possible ?

Je maudis à voix haute ce putain d'Evan. Je savais que cette nuit nous reviendrait dans la figure.

Moi : Argh. Super.

Kate: Mouais... Il semble que Preston soit en boucle là-dessus. Je voulais te prévenir.

Moi : Merci !

Kate : *No problemo*. D'ailleurs, notre premier concert live est vendredi prochain au Rip Tide. Viens !

Moi : Envoie les détails.

Avant que je puisse continuer à faire mes valises, mon téléphone vibre à nouveau. Quand on parle du loup... Cette fois c'est Preston et il a l'air furieux.

Preston : Tu abandonnes Garnet ? Qu'est-ce qui ne va pas chez toi, Mackenzie. Pourquoi tu fous ta vie en l'air ?

Je me raidis tout de suite. J'en ai tellement marre de ses conneries. De sa condescendance. De ses jugements, de cette façon qu'il a de me traiter en petite fille incapable de gérer sa propre vie.

Moi : Juste pour savoir : tu m'espionnes toi-même ou tu paies quelqu'un pour le faire ?

Preston : Ton père m'a appelé. Il pense que tu as pété les plombs.

Moi : Je n'en ai rien à foutre de ce qu'il pense.

Moi : Je n'en ai rien à foutre non plus de ce que tu penses.

Moi : Arrête de m'envoyer des textos.

Quand je vois qu'il continue à taper, je passe en mode « Ne pas déranger ». Je ne me résous pas encore à bloquer son numéro. Une concession à notre histoire, je suppose… mais j'ai le sentiment que je vais finir par le faire tôt ou tard.

Quand Bonnie revient après ses cours de l'après-midi, mes bagages sont prêts. Elle s'arrête un instant dans la petite pièce commune et regarde, un peu rêveuse, la demi-douzaine de cartons qui s'alignent contre le mur.

– Tu vas t'enfuir ? me demande-t-elle en posant son sac à dos par terre.

Elle attrape une petite bouteille d'eau dans le frigo et reste devant la porte ouverte, histoire de se rafraîchir les jambes.

Je hausse les épaules :

– Je me suis fait virer, ça devait arriver.

– Eh merde !

Elle referme la porte du frigo avec son pied.

– Tu crois que je vais pouvoir garder cet endroit pour moi toute seule ?

Je lui souris. Bonnie n'est pas particulièrement sentimentale, mais je sais qu'elle n'a pas envie de voir une inconnue débarquer au studio.

– Tu vas me manquer aussi, tu sais.

– Que vas-tu faire de toutes tes affaires ? me demande-t-elle en faisant un signe de tête vers les cartons. (Elle me regarde avec un petit sourire en coin.) J'imagine qu'on ne peut pas demander à ton ex coureur de jupons de te prêter sa Porsche ?

– Je suis certaine qu'il serait d'accord, je plaisante. T'inquiète, c'est bon, je lui dis en prenant mon portable, je connais quelqu'un avec un camion, je vais voir s'il peut venir me chercher.

– Ah… le fameux mec d'Avalon à la bite magique ?

– Peut-être…

Et je me réfugie en riant dans ma chambre pour passer mon coup de fil.

– Coucou, bébé, quoi de neuf?

Le ton grave de Cooper me chatouille l'oreille, un frisson me parcourt le dos. Il a vraiment une voix sexy.

– Salut. Dis-moi, j'ai un gros service à te demander.

– Vas-y.

Les coups de marteau et le bruit des scies en arrière-plan s'estompent à mesure qu'il s'éloigne du chantier.

– Je dois quitter ma chambre. Pour te la faire courte, on me met à la porte. Je ne suis pas autorisée à vivre dans un logement de Garnet, vu que je ne suis plus étudiante.

– Tu réalises qu'il n'y a rien d'étrange à cela, j'espère?

– Rien d'étrange, peut-être, mais un préavis d'à peine vingt-quatre heures, merci!

Il ne peut pas s'empêcher de rire.

– Besoin d'aide pour emballer, c'est ça?

– Non. En revanche, si tu pouvais venir me chercher avec le pick-up après ton boulot pour charger quelques cartons, ça m'arrangerait. Je vais en mettre la plus grande partie dans un garde-meuble en attendant de trouver un appart en ville.

J'hésite une seconde. Puis je reprends.

– Et, euh… je pourrais aussi avoir besoin d'un endroit où dormir pendant quelque temps, si ce n'est pas trop te demander.

Si, c'est beaucoup lui demander. On vient à peine de commencer à sortir ensemble. S'il me laisse m'installer chez lui, c'est une grande faveur qu'il me fait. Maintenant que nous sommes en bons termes, Evan et moi, je sais qu'il n'y aura pas de tensions de ce côté-là, mais je ne suis pas certaine qu'ils aient envie d'une troisième personne chez eux. Du coup, je ne lui laisse même pas le temps de répondre:

– Non. Tu sais quoi ? Je vais prendre une chambre d'hôtel, ce sera beaucoup plus simple.

Sérieusement, où ai-je la tête ? Quelle idée stupide de ma part ! Comment ai-je pu penser une seconde m'installer chez Cooper comme si je le fréquentais depuis déjà des mois, c'est insensé ! Je continue :

– J'ai repéré un petit motel qui a l'air assez sympa au nord de la plage, je parie qu'ils louent des chambres à la semaine…

– Mac ?

– Ouais.

– Tu vas la fermer ?

– Quelle grossièreté ! je m'exclame en me retenant de rire.

– Tu ne vas pas t'installer dans un hôtel miteux du quartier Nord, tu vas venir vivre avec moi. Point barre.

– Tu es sûr, Cooper ? Tu sais, je n'ai pas vraiment réfléchi avant de t'appeler. J'ai juste…

– Je finis à six heures. Je viens te chercher sur le campus tout de suite après.

Me voilà tout émue en l'entendant si décidé.

– Merci. Je, euh… tu sais… j'apprécie beaucoup…

– Je t'ai eu, princesse !

Puis il raccroche avec un au revoir pressé en me laissant toute souriante devant mon téléphone. Je ne pensais pas qu'il ferait des difficultés, mais je trouve qu'il prend tout ça remarquablement bien.

Une voix tout excitée à la porte de ma chambre me fait sursauter.

– Désolée, si mes oreilles ne me trompent pas, je viens de t'entendre appeler ton mystérieux interlocuteur… Cooper ?

Je croise son regard, un peu gênée

– Cooper, comme Cooper Hartley ?

J'acquiesce.

Elle pousse un cri qui me fait sursauter, même si elle est juste en face de moi.

– Mon Dieu, doux Jésus et tous ses saints, c'est donc lui que tu me cachais ?

Elle se précipite alors sur moi en faisant voler ses boucles blondes sur ses épaules.

– Je te préviens, tu ne quitteras pas cette pièce tant que tu ne m'auras pas raconté cette histoire en détail. C'est simple, je veux TOUT savoir.

Chapitre 32
COOPER

Cette nana est une vraie tête en l'air.

– Quelqu'un pourrait me dire ce que le beurre de cacahuète fait dans le frigo ? je crie depuis la cuisine.

Putain… avec trois personnes ici, cette maison est devenue un vrai cirque. Avant, par exemple, je savais où était Evan grâce aux grincements de notre vieille maison en bois. Maintenant qu'ils sont deux, les bruits viennent de partout, parfois, on dirait vraiment que la maison est hantée. Si ça continue, je vais finir par croire, moi aussi, à cette histoire de Patricia.

– Hey ! je crie dans le vide à nouveau. T'es où ?

– Juste là, abruti, répond Evan à côté de moi.

Il me bouscule pour attraper deux packs de bière dans le frigo et les jette dans la glacière.

– Pas toi, l'autre, je précise.

Il hausse les épaules en guise de réponse et quitte la cuisine en emportant la glacière.

– Quoi de neuf? demande alors Mac qui débarque de nulle part en minuscule bikini.

Ses seins débordent du haut, quant à la ridiculement petite bande de tissu qu'elle a entre les jambes, j'ai envie de l'arracher avec mes dents… merde, ce n'est pas le moment.

– C'est toi qui as fait ça ?

Je lui montre un pot de beurre de cacahuète d'une marque dont je n'ai jamais entendu parler. J'ai fini par le trouver dans la porte du frigo après avoir vidé tous les placards de la cuisine à la recherche du pot de Jif habituel.

– Fait quoi, me demande-t-elle, l'air étonnée.

– Qui as mis le beurre de cacahuète dans le frigo ?

– Euh…

Elle s'approche, me prend le bocal des mains, le retourne et ajoute :

– C'est écrit sur l'étiquette !

– Peut-être, mais ensuite ça devient tout dur, c'est dégoûtant. (J'ouvre le pot et vois une grosse couche d'huile sur le beurre solidifié.) Et puis, c'est quoi, cette merde ?

– C'est bio ! me répond-elle, comme si ma question était stupide. C'est normal qu'il se sépare. Il faut juste le remuer un peu.

– Tu parles. Depuis quand il faut remuer son beurre de cacahuète ? Tu manges ça, toi ?

– Oui, c'est délicieux. Et tu sais quoi ? Tu devrais arrêter le sucre ajouté. Apparemment, ça ne te réussit pas.

Non, mais, je rêve ! Je perds la tête, ce n'est pas possible.

– Sincèrement, je ne vois pas le rapport.

Mac lève les yeux au ciel et dépose un petit baiser sur ma joue droite.

– Il y a du beurre de cacahuète normal dans le garde-manger.

Puis elle sort sur la terrasse rejoindre Evan en dandinant du cul.

– Quel garde-manger ? je hurle.

Comme elle fait semblant de ne pas m'entendre, je cherche autour de moi jusqu'à ce que mon regard tombe enfin sur le placard à balais. Sincèrement, trop, c'est trop.

En ouvrant la porte, je vois que les outils, les trucs d'urgence en cas d'ouragan et toutes les autres fournitures que j'avais soigneusement rangées là se sont mystérieusement volatilisés. À la place, je retrouve enfin la vraie nourriture qui avait disparu depuis son arrivée, quand elle a commencé à remplir nos placards de crackers, de graines de lin certifiées sans OGM et de je ne sais quoi d'autre.

– On y va, m'annonce Evan en passant la tête dans la cuisine.

– Tu as vu ça ? je lui demande en montrant le « garde-manger » de Madame.

– Ouais… c'est mieux, non ? (Puis il ressort sans demander son reste.) On se retrouve devant, d'accord ?

Traître.

Ça fait un peu plus d'une semaine que Mac a emménagé et elle a déjà tout chamboulé dans la maison. Curieusement, Evan est de bonne humeur, ce dont je me méfie. Les étagères de ma salle de bains ont été tout simplement annexées. La nourriture a un goût bizarre, le papier toilette est différent et, chaque fois que je me retourne, Mac est en train de déplacer des trucs dans la maison.

Un autre détail aussi. Quand je ferme la porte d'entrée et que j'arrive sur la terrasse, je les entends souvent tous les deux rire à gorge déployée en m'attendant. Ils ont l'air de s'entendre comme s'ils se connaissaient depuis toujours.

En vérité, je n'arrive pas à comprendre quand et surtout comment les choses ont pu changer à ce point. Un jour, Evan a cessé de quitter la pièce et de marmonner quand Mac entrait. Elle fait maintenant partie de la fratrie. Elle est devenue le troisième membre de la famille. Incroyable, je n'en espérais pas tant. Je pensais au contraire que, dans une certaine mesure, on allait assister au combat classique : ceux de la ville contre les clones. Je suis heureux d'avoir eu tort, bien qu'une partie de moi n'y croie pas, et je me demande combien de temps cela va durer.

Evan et moi portons la glacière jusqu'au camion. Après l'avoir placée dans le coffre, mon frère monte, installe son sac à dos sous sa tête pour en faire un oreiller et s'étire comme un chat, en gros trou du cul paresseux qu'il est.

– Réveille-moi quand on arrive, me demande-t-il avec un petit air supérieur.

Je me promets de rouler exprès sur tous les nids-de-poule que je vais trouver sur la route qui nous mène jusqu'à la promenade où nous avons rendez-vous avec des amis. Plus tôt dans la matinée, Wyatt nous a appelés pour organiser un tournoi de volley-ball. Presque tout le monde a répondu présent, voulant profiter du soleil tant que nous en avons encore.

– Ah, me dit Mac quand je me glisse derrière le volant, j'ai pris un livre sur ton étagère, au cas où tu voudrais lire entre les matchs.

Elle se met à fouiller dans le sac de plage surdimensionné qu'elle a posé à ses pieds. À ma grande déception, elle a enfilé un débardeur et un short qui recouvrent le bikini incroyablement sexy qu'elle porte en dessous.

– Merci, mais… lequel ?

Elle brandit le livre de poche *De la misère à la fortune : dix milliardaires partis de rien et qui ont tout gagné*. Le titre est ringard au possible, mais le contenu est de l'or pur, si je puis dire.

– Joli ! C'est un bon bouquin.

– Ta bibliothèque m'impressionne, dit-elle en regardant droit devant. Je pense n'avoir jamais rencontré quelqu'un qui lise autant de biographies.

– J'aime bien ça.

Au bout de l'allée poussiéreuse et sablonneuse qui nous permet de sortir de la maison, je mets mon clignotant à gauche et tourne la tête pour m'assurer que la route est libre, je sens soudain le bout des doigts de Mac m'effleurer la nuque.

Un frisson se propage instantanément vers la région sud de mon corps, une réaction que j'ai souvent quand elle me touche.

– Je viens de remarquer ça, dit-elle avec surprise en posant un doigt sur mon tatouage le plus récent. Tu as toujours eu cette ancre ?

– Non. Je l'ai fait faire il y a quelques mois.

Quand elle retire sa main, je ressens comme un manque. Si ça ne tenait qu'à moi, les mains de cette fille resteraient sur ma peau vingt-quatre heures sur vingt-quatre.

– J'aime bien. C'est tout simple. Impeccable. (Elle me sourit.) Tu aimes bien tous ces motifs nautiques, je me trompe ?

– Tu sais, même si je vis au bord de la mer, pour être honnête, le fait que la plupart de mes tatouages tournent autour de motifs marins n'est que pure coïncidence. Mais l'ancre, je l'ai fait faire un jour où j'étais cafardeux, je lui avoue en lui faisant les yeux doux. C'était le jour où tu m'avais dit que tu préférais ton ex à moi.

– L'erreur la plus stupide que j'aie jamais faite.

– Tu peux le dire ! je m'exclame en lui faisant un clin d'œil.

– Heureusement, je me suis rattrapée. (Elle me fait un beau sourire et pose sa main sur ma cuisse.) Donc, l'ancre, ça veut dire quoi ? Le fait que tu étais furieux contre moi ?

– Je me sentais accablé… je venais de me faire rejeter par la fille la plus cool, la plus intelligente et la plus drôle que j'avais jamais connue. Et cette fille ne voulait pas de moi !

(Je hausse les épaules.) J'ai eu l'impression d'avoir été tiré vers le bas toute ma vie. Par cette ville. Le souvenir de mes parents. Papa était un raté. Maman est une perdante. (Nouveau haussement d'épaules, accompagné d'un sourire sec.) J'ai la mauvaise habitude de me faire des tatouages très directs, sans métaphore. Pas de sous-entendu sur ce corps.

Je rigole doucement.

– Il se trouve que j'aime beaucoup ce corps, répond Mac en me serrant fermement la cuisse. Et tu n'es pas un loser.

– J'essaie, en tout cas, je lui dis en pointant le livre sur ses genoux. Je lis des trucs comme ça, des biographies, des essais sur des hommes et des femmes qui se sont sortis de la pauvreté ou de mauvaises passes. Des gens qui ont réussi par eux-mêmes, parce qu'ils m'inspirent. Par exemple, un des types dans ce livre : sa mère était veuve, elle s'est retrouvée avec cinq enfants dont elle ne pouvait pas s'occuper, alors, elle l'a envoyé dans un orphelinat. Il est pauvre, seul ; très jeune, il travaille comme ouvrier dans des usines, il moule des pièces pour automobiles, il moule des lunettes. À vingt-trois ans, il réussit à monter son propre atelier de moulage… eh bien, figure-toi que cet atelier a fini par devenir la marque Ray-Ban !

Mackenzie fait glisser sa main vers mon genou et le serre légèrement avant de chercher la mienne sur le levier de vitesse. Elle croise nos doigts ensemble.

– Tu m'inspires, répond-elle simplement. Et, si tu veux mon avis, je ne serai pas surprise si ton nom figure un jour dans un livre comme celui-ci.

– Peut-être.

Arrivés sur la plage, je vois que Wyatt et le reste de l'équipe ont déjà pris possession de l'un des filets de volley-ball. Tout à côté, les filles sont installées sur le sable sous un parasol.

Steph lit un livre. Heidi bronze et Alana a l'air de s'ennuyer en sirotant un cocktail qu'elle a caché dans une bouteille d'eau.

À peine Evan et moi avons-nous salué les gars en leur faisant un check que Wyatt commence à crier à la cantonade pour former les équipes.

– Se faire larguer l'a transformé en véritable dictateur, marmonne Tate en regardant notre pote donner ses ordres comme un sergent instructeur.

– Elle ne l'a toujours pas repris ? je lui demande en riant.

– Non. Cette fois, j'ai l'impression que l'histoire va s'arrêter là.

Wyatt tend la main à Alana pour la tirer de sa chaise de plage. Elle soupire, mais se lève malgré tout. Je suppose qu'ils sont dans la même équipe. Avec des airs de conspirateurs, ils se chuchotent des trucs à l'oreille.

– Tu sais ce qui se passe, je demande à Tate.

– Aucune idée, me répond-il, agacé.

Bon… très bien.

Le tournoi de volley commence, tout le monde est là, très impliqué. Comme on est tous de très bon niveau, le jeu devient vite intense. Mac est dans mon équipe et je suis agréablement surpris de voir qu'elle a un service d'enfer. Grâce à elle, nous prenons une avance qui nous permet de gagner le premier match. L'équipe de Wyatt gagne le deuxième. Pour la revanche, Mac doit remplacer Steph, mais elle part se rafraîchir dans l'eau.

– Commencez sans moi, j'arrive tout de suite, lance-t-elle en s'éloignant.

Occupé à écraser l'équipe d'Evan et Wyatt, je ne m'aperçois qu'au bout d'une heure que Steph joue toujours à la place de Mackenzie.

– Fais gaffe, mec, râle soudain Tate.

Je viens de rater un smash, je suis distrait, occupé à chercher Mac. Tout en continuant à jouer, mon regard balaie la plage jusqu'au moment où je la repère au bord de l'eau. Elle parle avec quelqu'un. Malgré le soleil qui tape sur ma tête et mon torse nu, mon sang se glace. Le type avec qui elle discute n'est autre que…

Kincaid !

Chapitre 33
COOPER

– Allez, Coop, c'est à toi de servir ! dit Steph qui attend.

– Je vais faire un break, j'annonce au groupe en levant un bras.

Je cherche mon frère des yeux à travers le filet.

– Evan ?

Je n'ai rien d'autre à dire pour qu'il se précipite à mes côtés. Dès que je fais un signe de tête en direction de Mac, son expression s'assombrit.

– Putain !... Merde... jure-t-il.

– Tu peux le dire.

En essayant de prendre un air dégagé, on s'éloigne sous les protestations de nos potes. Fini le match. Je suis dans la merde. Je risque gros si les choses tournent mal.

– Comment on va gérer ça ? murmure Evan.

– Je ne sais pas trop. Suis-moi.

Alors que nous approchons du bord de l'eau, je me dis qu'il aurait mieux valu que je fasse semblant de ne pas remarquer Kincaid et que je garde mes distances, que je me camoufle parmi les joueurs de volley-ball. Mais il est hors de question que je laisse Mac en plan avec ce connard dans les parages.

– Un problème ?

En mettant mon bras sur l'épaule de Mac, je m'approche au plus près de Kincaid qui, visiblement, est venu seul.

Un moment de confusion traverse son visage lorsqu'il me reconnaît. C'était sans doute trop espérer qu'il m'ait oublié.

– Attends, ne me dis pas que c'est lui ? demande-t-il à Mackenzie, en se retournant brutalement vers elle.

Mac me regarde d'un air désolé. Elle remarque aussi Evan, qui trépigne non loin de moi.

– Oui, c'est lui. Et maintenant, on y va. Passe un bon après-midi, Pres.

Il s'énerve alors que nous nous éloignons.

– Attendez une minute, c'est trop facile. Je connais ce connard !

Cette fois, c'est Mac qui réagit tout de suite. Elle s'arrête net et regarde son ex.

– De quoi parles-tu ?

Kincaid me regarde d'un air supérieur.

– Elle ne sait rien, n'est-ce pas ?

J'ai une fraction de seconde pour me décider. Au fond de moi, je sais que mon choix est réduit, surtout avec Kincaid qui me défie en public. Alors je dis :

– Je suis censé vous connaître ?

Personne ne joue mieux les innocents qu'un jumeau qui a demandé à son frère de faire ses contrôles d'algèbre à sa place durant toute son enfance.

– Ouais, bien essayé, vieux. (Puis il s'adresse à Mac.) Laisse-moi deviner, ce type est apparu dans ta vie juste après ton arrivée à Avalon ? Un gars sympa, que tu as rencontré, par hasard bien sûr, lors d'une soirée entre filles, ça ne te rappelle pas quelque chose ?

– Cooper, de quoi parle-t-il ? me demande Mac qui ne comprend plus rien.

À la seconde où elle pose ses yeux verts et inquiets sur moi, ma bouche devient pâteuse.

– Aucune idée, je mens.

Je suis estomaqué de constater avec quelle facilité j'arrive à lui mentir. Comme les mots qui sortent de ma bouche sont convaincants ! Pas la moindre hésitation.

– Mackenzie, bébé, écoute-moi.

Kincaid tend la main et tente de la poser sur l'épaule de Mac. Je fais un effort surhumain pour me contrôler et ne pas lui casser la main quand je m'interpose entre eux. Il finit par reculer.

– Le week-end avant la rentrée, ce mec s'est battu avec moi dans un bar et je l'ai fait virer sur-le-champ. J'avais un œil au beurre noir quand je t'ai aidé à emménager à Tally Hall, tu te souviens ?

– Tu m'as dit que tu te l'étais fait en jouant au basket, lui fait-elle remarquer sèchement.

– Ouais, OK, j'ai menti, concède-t-il à contrecœur.

Il a beau se justifier, Mac, les bras croisés, ne le regarde même plus, elle commence à l'ignorer.

– Mais là, je ne mens pas, je t'assure.

– Comment savoir quand tu mens et quand tu ne mens pas ?

Personne n'arrive à la cheville de Mac quand on en vient aux arguments. Elle ne lâche rien. Elle est capable de discuter toute la journée du nombre de nuages dans le ciel, juste pour avoir raison.

– Voyons, c'est évident. (Kincaid perd patience et lève ses bras au ciel.) Il te baise uniquement pour se venger de moi.

– Allez, ça suffit, maintenant ! (Si je ne peux pas lui casser la gueule et lui faire bouffer du sable, je ne vais pas rester ici à le regarder foutre ma vie en l'air.) Casse-toi, mec, et laisse-la tranquille.

– Mackenzie, arrête ! Ne me dis pas que tu es en train de tomber dans son piège. Je sais que tu es jeune, mais tu n'es pas stupide à ce point-là, j'espère.

Son compte est bon. En entendant ce qu'il vient de dire, son ton condescendant, Mac, déjà à bout de nerfs, réplique.

– La chose la plus stupide que j'ai faite de ma vie, c'est de sortir avec toi pendant si longtemps. Heureusement, j'ai tourné la page.

Elle s'éloigne pour aller rejoindre le groupe en bousculant Evan au passage. Nous lui emboîtons tout de suite le pas en marchant côte à côte derrière elle. Je me rappelle les fois où, à l'école, je me suis retrouvé dans la même situation, avec une prof qui nous précédait pour nous conduire chez le principal. Je ne l'entends pas, bien sûr, mais je sens Evan qui se demande comment je vais. La réponse vient au moment où nous rejoignons les autres. Sans attendre, Mac se retourne vers moi.

– On arrête avec ça.

– Avec quoi ?

Même si je fais semblant de ne pas comprendre, je me demande si ce n'est pas le moment de lui avouer la vérité. Admettre qu'au début, mes intentions étaient loin d'être honorables, mais que la situation a changé quand j'ai commencé à mieux la connaître. Elle comprendrait. Peut-être même que cette histoire l'amuserait. Qu'elle deviendrait une anecdote à raconter dans les soirées.

Ou, au contraire, elle ne m'adresserait plus jamais la parole jusqu'au jour ou je rentrerais chez moi en trouvant ma maison en flammes avec un panneau planté devant sur lequel serait écrit « Va te faire foutre ! » en lettres de cendres.

– Si tu me cherches, tu vas me trouver, me dit-elle en appuyant son index contre ma poitrine. Il parlait de quoi, exactement ? Vous vous connaissez, tous les deux ?

Une fois de plus, nous sommes en public et, une fois de plus, mon courage m'abandonne en sentant que tous nos amis ont les yeux rivés sur nous. Si je lui dis la vérité en privé, je risque de la perdre. Si je parle devant une douzaine de personnes, je suis sûr de la perdre. Je la connais, elle va se sentir humiliée devant tout le monde et ne me le pardonnera jamais.

Cette fois, le mensonge me brûle la langue.

– Tout ce que je sais sur lui, je l'ai appris en ville ou par toi. En séance d'identification à la police, je ne l'aurais pas reconnu.

Elle reste immobile, respire à peine et me regarde droit dans les yeux.

La panique me prend aux tripes. Je reste impassible. Je m'en tiens à mon histoire. Je sais depuis longtemps que ceux qui se font prendre sont ceux qui craquent. La clé d'un mensonge réussi est d'y croire soi-même. Puis de nier, nier, nier.

– Il y a eu une bagarre ? dit-elle en penchant la tête comme si elle m'avait piégé.

– Mac, on pourrait remplir des stades entiers avec le nombre d'idiots qui se bourrent la gueule et font des conneries. S'il était dans le lot, honnêtement, impossible de m'en souvenir.

Elle se tourne vers Evan, maintenant.

– Cooper a vraiment été viré ?

L'espace d'un instant, j'ai peur que leur récente amitié finisse par avoir raison de mes mensonges.

– Il avait juste un job d'été au bar de Steph, c'était temporaire.

Avec son air dégagé et son petit haussement d'épaules, même moi, je suis convaincu par la réponse d'Evan. Quand il s'agit d'un sujet grave, je vois qu'il est toujours de mon côté.

Elle passe de Evan à Steph qui s'est réinstallée dans sa chaise et a repris son bouquin.

– Steph ? C'est vrai ?

Sans lever les yeux, elle acquiesce derrière ses grandes lunettes de soleil noires.

– Oui. C'était un contrat d'été.

Je suis soulagé. Pas longtemps, quand je remarque Heidi qui s'approche du groupe.

Son expression est indécise.

Putain.

Je connais ce regard. Le début des emmerdes. Heidi est le genre de fille à mettre de l'huile sur le feu, rien que pour entendre les autres crier. Si on ajoute que, depuis un moment, elle est très remontée contre moi, je crains le pire. Elle ne supporte pas que je sorte avec Mac. Quand nos regards se croisent, je la supplie en silence d'être, pour cette seule et unique fois, de mon côté.

– Sérieusement, les amis, j'ai les crocs. On ne pourrait pas se barrer d'ici ?

Ouf! J'ai eu chaud, très chaud, mais je m'en sors indemne.

***

Après cet épisode, je ne suis plus tranquille. Je passe mon temps à me demander de quel côté va tomber la foudre. Je n'arrête pas de regarder derrière moi pour voir si Kincaid ne nous espionne pas. Pourtant, Mac ne m'en parle pas. Quant à Evan et moi, on évite le sujet, c'est plus simple. Mais l'orage n'est pas passé loin. Il est même passé assez près pour me rappeler combien notre relation était fragile. Elle peut m'échapper des mains à tout moment. Cette réalité m'occupe l'esprit plus que je l'aurais cru. Décidément, je l'ai dans la peau, Mackenzie… et chaque jour davantage.

La nuit suivant notre altercation avec Kincaid, une fois Mac endormie, je suis resté dans mon atelier à fumer comme un fou cigarette sur cigarette, espérant que la nicotine apaiserait la culpabilité, le stress et la peur que tout s'arrête. D'habitude, je ne fume que lorsque je bois, et encore, pas toujours. Mais mentir à Mackenzie m'a anéanti. Evan m'y retrouve vers une heure du matin devant un cendrier rempli de mégots.

– Je dois lui dire la vérité, je marmonne, complètement défait.

– T'es malade ? À quoi ça va te servir, mec ? Le plan a échoué, maintenant, tu es avec elle parce que tu l'aimes bien.

– Mais tout a commencé pour se venger de Kincaid. La relation entre elle et moi est fondée sur de mauvaises intentions.

Au bout d'un moment, Evan a réussi à me convaincre de me taire. Mais je ne me fais aucune illusion, il ne m'a pas convaincu sur toute la ligne. L'idée de perdre Mackenzie m'est tout simplement insupportable. Je ne peux pas la perdre. Evan a tort, je ne suis pas avec elle parce que je l'aime bien.

Je suis amoureux d'elle.

C'est ainsi que j'enfouis cette culpabilité qui me ronge dans le coin le plus reculé de mon cerveau. Je veux tout faire pour devenir le genre d'homme dont Mac a besoin… et qu'elle mérite.

Et puis, un matin, nous sommes encore allongés dans le lit, je prends ma première grande respiration depuis presque un mois. À peine réveillée, elle se tourne vers moi et pose sa jambe sur ma hanche. Un sentiment de calme, que je n'avais jamais ressenti auparavant, m'envahit quand elle se blottit contre moi.

– Bonjour, murmure-t-elle. Quelle heure il est ?

– Je ne sais pas, dix heures peut-être ?

– Dix heures ? s'exclame-t-elle en s'asseyant brusquement. Merde, ton oncle ne va pas tarder. Il faut qu'on range.

Je trouve touchant qu'elle pense que Levi puisse en avoir quelque chose à foutre.

Elle me laisse seul au lit, va prendre sa douche et réapparaît dix minutes plus tard, les cheveux mouillés et le visage tout rouge.

– Argh ! Je ne trouve pas ma robe bleue, grommelle-t-elle, la tête dans le placard dont la moitié ne contient que ses vêtements.

Ça fait des semaines qu'elle est arrivée chez nous. Et pourtant, personne n'évoque la possibilité qu'elle déménage. Je suis ravi d'éviter le sujet. Bien sûr, avoir une autre personne dans cette maison a demandé quelques ajustements. Peut-être même sommes-nous toujours en train d'apprendre à respecter les bizarreries de l'autre. Mais elle apporte de la chaleur dans ce lieu, plus comme dans un foyer que dans une maison. La vie est revenue ici après des années de mauvais souvenirs et de pièces vides.

Elle est ici à sa place.

– Dans ce cas, mets-en une autre ou alors, reviens te coucher.

– C'est ma robe « prends-moi au sérieux », dit-elle sous ce qui ressemble à une montagne de cintres.

Elle n'a aucune raison d'être aussi nerveuse pour son rendez-vous avec Levi. Il peut paraître intimidant, mais c'est le type le plus amical du monde. Je sais, on dit toujours qu'il ne faut pas mélanger les affaires et le plaisir, mais je reste optimiste quant à la possibilité de travailler tous ensemble sur ce projet d'hôtel.

– Que penses-tu de ça ?

Elle arrive en portant un haut vert assorti à ses yeux et un joli pantalon bleu marine qui lui moule les fesses d'une manière qui n'aide pas à calmer mon érection matinale.

– Tu es superbe.

Ah… ce sourire, en guise de réponse. Cette façon qu'elle a de pencher la tête, ses yeux qui pétillent. Ces regards qu'elle n'adresse qu'à moi, ils me vont droit au cœur.

Cette nana me fait perdre la tête.

– Quoi ? demande-t-elle en s'attardant autour du lit pour se faire un chignon.

– Rien. (Tout ce que je peux faire, c'est lui sourire et espérer que je ne vais pas tout faire foirer.) Je pense que je suis heureux, c'est tout.

Mac s'approche et dépose un petit baiser sur ma joue.

– Moi aussi.

– Vraiment ? Même avec… tu sais… tes parents qui t'ont reniée.

En haussant les épaules, elle entre dans la salle de bains. Je me lève à mon tour et m'habille en la regardant dans le miroir pendant qu'elle se maquille.

– Je ne peux pas dire que je suis heureuse de ne pas être en bons termes avec eux, mais ce sont eux les têtus. Que je sache, choisir de vivre comme je l'entends n'est pas un motif d'excommunication

J'ai craint que plus la dispute avec ses parents se prolonge dans un conflit silencieux, plus elle en vienne à regretter sa décision de quitter l'école. D'acheter l'hôtel. D'être avec moi. Mais jusqu'à présent, il n'y a aucun signe de remords de sa part.

– Il faudra bien qu'ils finissent par s'en remettre, dit-elle en se retournant vers moi. Je ne me stresse pas pour ça, tu sais. Je préfère ne pas leur donner cette satisfaction.

J'ai beau chercher sur son visage la moindre trace de malhonnêteté, je n'en trouve aucune. Pour autant que je puisse en juger, elle est heureuse. J'essaie de ne pas me laisser sombrer dans la paranoïa. J'ai l'habitude de partir en vrille en anticipant une catastrophe. Mais c'est l'histoire de ma vie. Quand les choses commencent à devenir trop belles, la foudre me tombe dessus.

Cette fois, j'espère qu'elle a brisé la malédiction.

Chapitre 34
MACKENZIE

D'accord, ce n'est pas encore l'hiver comme à Jackson Hole ou à Aspen. Ici, la température n'est pas descendue en dessous de 20° de tout le week-end, on dirait que la Caroline ne veut pas quitter l'automne. Nous avons déjà été chassés de trois parcelles d'arbres parce que ces voyous sont incapables de se comporter correctement en public. Entre les défis lancés pour savoir qui peut soulever le plus gros arbre et les joutes organisées au milieu du parking d'une épicerie, nous n'avons plus beaucoup d'options pour trouver un arbre sans traverser les frontières de l'État.

– Et celui-là ? demande Evan, caché dans une sorte de fausse forêt.

Pour être honnête, c'est parce que Cooper et moi nous embrassions derrière des pins Douglas que nous avons été expulsés d'une des parcelles. Comme s'il n'avait pas appris la leçon, Cooper s'approche furtivement de moi et me donne une tape sur les fesses pendant que j'essaie de me frayer un chemin vers son frère.

– On dirait ta copine de quatrième ! s'exclame-t-il quand on rejoint Evan à côté d'un épicéa tout rond.

– Jaloux ! répond-il en rigolant.

– Celui-là me paraît bien.

Je montre un autre arbre, plein et touffu, avec des branches suffisamment espacées pour y mettre des décorations. Pas de trous ni d'aiguilles déjà sèches.

– Tu crois qu'on peut le faire passer par la porte ? demande Cooper en évaluant l'arbre de plus près.

– En tout cas, on peut le faire entrer par l'arrière, répond Evan. Il est assez haut, on devra peut-être faire un trou dans le plafond !

– Ça vaut le coup d'essayer, j'ajoute.

J'ai toujours aimé les gros arbres de Noël bien que je n'aie jamais été autorisée à choisir les miens quand j'étais enfant. Mes parents avaient des gens pour ça. En décembre, chaque année, un camion venait décharger les décorations d'un centre commercial. Un arbre énorme et parfait pour le salon, et de plus petits pour presque toutes les autres pièces de la maison. Des guirlandes, des lumières, des bougies et tout ce qui va avec. Le jour suivant arrivait un décorateur d'intérieur, suivi d'une armée de petites mains qui transformaient peu à peu la maison. Pas une seule fois ma famille ne s'est réunie pour décorer un arbre, nous n'avons jamais cherché la branche parfaite pour chaque décoration, comme toutes familles semblent le faire. Nous avions seulement un tas de bibelots coûteux que ma mère avait loués pour réaliser le motif qui l'intéressait cette année-là. Un autre décor, soi-disant plus sophistiqué, destiné aux diverses fêtes qu'ils organisaient pour recevoir les gens influents ou les donateurs des campagnes électorales. Noël, une période de l'année que je trouvais vide et sans intérêt.

Et pourtant, malgré cela, j'ai un peu le cafard à l'idée que je ne verrai pas mes parents pendant ces fêtes de fin d'année. Nous nous parlons le moins possible. Ce qui n'a pas empêché mon père de m'envoyer par courrier une pile de cartes de Noël, en m'ordonnant de signer sous son nom et celui de ma mère. Cartes, apparemment destinées à des hôpitaux et des associations caritatives de la circonscription de mon père, et surtout, prouvant combien la parfaite famille Cabot se soucie de l'humanité.

Ce soir-là, après le dîner, nous avons tous les trois cherché dans le grenier des décorations et des lumières enfouies sous des années poussière.

– Ça fait combien de temps qu'on n'a pas décoré un sapin ? demande Cooper à son frère pendant que nous déposons les cartons, trois ans… quatre ans ?

– Sérieusement ? je demande en m'asseyant devant le sapin.

Evan ouvre une boîte pleine de guirlandes lumineuses, toutes emmêlées les unes dans les autres.

– Quelque chose comme ça. Pas depuis le lycée, en tout cas.

– Quelle tristesse !

Je préfère encore un Noël en plastique plutôt que rien du tout.

– On n'a jamais été très portés sur les fêtes dans cette famille, ajoute Cooper. Parfois on les passe chez Levi. Généralement pour Thanksgiving. Parce que pour Noël, une année sur deux, ils vont voir la famille de Tim dans le Maine.

– Tim ?

– Oui, le mari de Levi, précise Cooper.

– Compagnon, corrige Evan. Je ne suis pas certain qu'ils soient mariés.

– Levi est gay ? Première nouvelle !

Les jumeaux haussent les épaules, tous les deux exactement en même temps. Parfois, je comprends très bien pourquoi leurs profs avaient du mal à les différencier.

– Il n'en parle presque jamais, dit Cooper. Je crois qu'ils sont ensemble depuis vingt ans, mais ils n'affichent pas leur relation. Ce sont des gars très discrets.

– La plupart des gens le savent à Avalon, ajoute Evan. Ou s'en doutent. Les autres pensent simplement qu'ils sont colocataires.

– On aurait déjà dû organiser un dîner ici pour les inviter.

Je suis chagrinée de cette occasion manquée. Si je dois vivre à Avalon Bay et rester avec les jumeaux, ce serait bien de créer des liens plus profonds.

C'est étrange, bien que nous ayons grandi dans des mondes opposés, Cooper et moi ne sommes pas si différents. Il est clair que nous avons vécu des expériences parallèles. Plus j'apprends à le comprendre, plus je réalise que notre langage commun est profondément influencé par ce sentiment d'avoir été négligés dans notre enfance.

– Regarde mec, je pense que certaines de ces décorations viennent de chez grand-père et grand-mère, dit tout à coup Evan en traînant une caisse plus près du sapin.

Les deux frères fouillent ensemble dans une boîte et en sortent des petites merveilles faites à la main, avec des photos à l'intérieur. Datés 1953 et 1961, des souvenirs de voyages dans tout le pays. Evan nous montre un lit de paille qui a dû appartenir à une crèche à un moment donné.

– C'est quoi, ce putain de truc ?

Il nous montre alors le petit Jésus emmailloté qui ressemble à une pomme de terre cuite dans son papier d'aluminium avec deux points noirs pour les yeux et une ligne rose pour la bouche.

– Un peu bizarre, non ?

– Je ne savais même pas qu'ils étaient là, ajoute Cooper.

Il regarde, un peu rêveur, une photo que je devine être une de son père quand il était petit. Puis il la range au fond de la boîte, sans rien dire.

Une fois de plus, je suis émue.

– J'aimerais avoir des boîtes comme celle-ci à la maison. Des boîtes pleines de vieilles photos et de bibelots qui cachent des histoires intéressantes que mes parents pourraient me raconter.

Cooper se lève et prend un des plus gros cartons pour aller le poser dans le couloir.

– Je ne sais pas… avoir un tas de domestiques pour faire tout le boulot, ça n'est pas mal non plus, lance-t-il par-dessus son épaule.

– Sans parler de se réveiller avec une tonne de cadeaux ! ajoute Evan.

Un à un, je choisis délicatement les ornements encore en bon état et susceptibles de ne pas trop réveiller de souvenirs compliqués.

– Bien sûr, vu de loin, ça a l'air génial. C'était comme se réveiller dans l'atelier du Père Noël. Jusqu'à ce que tu sois assez grand pour réaliser qu'aucune des cartes sur tes cadeaux n'est écrite de la main de tes parents. Les fameux elfes ne sont en réalité que des gens, payés par tes parents, pour garder le plus de distance possible entre eux et tout ce qui pourrait s'approcher d'un vrai sentiment d'amour.

– Quand même, je parie que c'était des cadeaux de malade, non ? dit Evan en me faisant un clin d'œil.

C'est vrai, on est loin des remarques sur le nombre de poneys que j'ai pu avoir pour mes anniversaires, mais il ne peut toujours pas s'empêcher de faire une blague.

– Bah… je donnerais bien tout ça pour un vrai moment avec mes parents, ne serait-ce qu'une seule fois, je lui réponds, le cœur gros. Être comme une famille plutôt que d'avoir toujours l'impression d'être un simple rouage d'une entreprise commerciale. Mon père n'arrêtait jamais de travailler et maman était toujours plus préoccupée par ses œuvres de charité que par sa fille. Je sais, il y a pire que de lever des fonds pour un hôpital destiné aux enfants. Mais après tout, moi aussi, j'étais une enfant. Je n'aurais pas pu en avoir ne serait-ce qu'un peu, de cet esprit de Noël ?

Evan passe un bras autour de mon cou et m'embrasse sur le sommet du crâne.

– Allez, viens ici, petite rien du tout. Je me moque de toi. Les parents, ça craint… même les riches. De toute façon, d'une manière ou d'une autre, on s'est fait avoir, tu sais.

– Ce que je veux surtout vous dire, c'est que faire ça ensemble, tous les trois, signifie beaucoup pour moi. C'est mon premier vrai Noël.

Mes yeux commencent à piquer. Pourvu que je ne me mette pas à pleurer devant eux, sinon ils vont me charrier pendant des heures.

Cooper m'installe sur ses genoux et m'enlace en me serrant doucement contre lui.

– Nous aussi, nous sommes heureux que tu sois là.

Evan disparaît tout à coup, puis revient avec une petite boîte dans les mains.

– Bon, j'allais glisser ça dans ta chaussette plus tard, mais je pense que tu devrais l'avoir maintenant.

Je regarde la boîte plus attentivement. Il a fait un véritable travail de sagouin pour l'emballage. Les coins sont tordus dans tous les sens et l'ensemble est couvert d'une impressionnante quantité de ruban adhésif mis n'importe comment.

– Ne t'inquiète pas, ajoute-t-il, je ne l'ai pas volé.

Je lui réponds d'un large sourire et j'essaie d'ouvrir le cadeau du mieux que je peux, mais je dois ressembler à une enfant d'école maternelle en colère contre ce papier qui lui résiste. À l'intérieur, je trouve la figurine en plastique d'une fille habillée d'une robe rose. Visiblement ses cheveux sont colorés en noir au feutre permanent et elle porte, collée sur sa tête, une minuscule couronne découpée à la main dans un bout de papier jaune.

– Je te jure, j'ai cherché des ornements de princesse dans au moins six magasins différents. Tu n'as pas idée à quel point c'est dur d'en trouver. Alors j'ai fini par faire les miens.

Mes yeux piquent de plus en plus et maintenant, pour arranger le tout, j'ai une grosse boule dans la gorge.

– Mais je tenais à t'offrir quelque chose pour Noël, ajoute-t-il. C'est un clin d'œil, je voulais un truc drôle. Je te promets, Mac, je ne me fous pas de toi.

Mes mains tremblent et, pour éviter de pleurer, je commence à rire comme une folle. Si fort que j'en ai mal aux côtes. Cooper essaie bien de me retenir, mais je finis par tomber par terre.

– Elle rit ou elle pleure ? demande Evan à son jumeau.

Je suis tellement touchée, on ne m'a jamais fait un cadeau aussi personnel. Quelle gentillesse ! D'autant plus qu'Evan a fait beaucoup d'efforts pour trouver le cadeau parfait. Son frère va devoir trouver mieux s'il veut gagner la compétition.

Une fois calmée, je me lève et embrasse Evan qui semble surpris que je ne lui mette pas mon poing dans la gueule. Il se fout peut-être un peu de moi à travers ce cadeau, mais je pense qu'avec Evan nous avons trouvé un équilibre dans notre relation.

– Quand vous aurez fini tous les deux, on pourrait se remettre à ce foutu sapin.

Se sentant un peu exclu, je sens que Cooper boude derrière nous.

– Continue comme ça et tu n'auras pas de cadeau ce soir, je lui réponds en faisant les gros yeux.

– S'il vous plaît, dit Evan en posant son index devant la bouche, le petit Jésus pourrait vous entendre !

***

Après ces fêtes, les plus simples et les plus agréables que j'aie jamais passées de ma vie, je me retrouve avec Cooper dans son atelier. Je l'aide à dépoussiérer, polir et emballer quelques meubles prêts à partir. Me voir gérer la rénovation de l'hôtel l'a, je pense, poussé à se donner plus de mal dans sa propre entreprise. Il a fait des recherches, battu le pavé et du coup, cette semaine, il a reçu des appels de boutiques qui veulent vendre certaines de ses créations. Ce matin, nous avons envoyé de nouvelles photos pour leur site web et maintenant, nous préparons les expéditions.

– Tu ne vas pas vendre mon ensemble, je lui demande, un peu anxieuse.

– Celui que tu ne m'as jamais payé ? répond-il, plein de malice.

Il s'approche tout de suite de moi, couvert de la sciure de bois qui se dépose partout dans l'atelier.

– Les choses se sont un peu précipitées ces derniers temps, mais tu as raison, je te dois un chèque.

– Oublie ça, Mac. Je ne veux pas de ton argent. (Il hausse les épaules d'une façon qui me fait fondre.) Payées ou non, ces pièces ont toujours été à toi. Comme tu avais posé les mains dessus, j'aurais été mal à l'aise de les voir partir ailleurs.

Ah, il sait comment faire battre mon cœur.

– Tout d'abord, c'est l'une des choses les plus gentilles que tu m'aies jamais dites et, deuxièmement, je ne vois pas pourquoi tu ne prendrais pas mon argent. Le truc avec l'argent, c'est que ça marche partout !

– Tu parles comme une vraie clone.

Pour cette réponse idiote, je lui envoie un coup de chiffon à polir sur la figure.

– Tes mains, Cabot !

– Ouais, je vais te les montrer, mes mains, Hartley.

– Sans blague.

Il m'attire à lui d'un geste décidé et vient couvrir ma bouche d'un baiser fougueux et possessif. Sa langue commence à glisser sur la mienne quand une voix inconnue de femme gazouille sur le pas de la porte de l'atelier resté ouvert.

– Toc ! Toc !

Chapitre 35
COOPER

Mon sang se glace. Je suis tétanisé au son de cette voix qui vient de parler derrière moi. J'espère de tout mon être qu'en me retournant, ce ne sera qu'une hallucination.

Pas de chance.

À l'entrée, Shelley Hartley me fait bien un signe de la main.

Eh merde…

Je ne saurais dire combien de temps s'est écoulé depuis la dernière fois qu'elle a débarqué en ville. Des mois… un an peut-être ? L'image que j'ai d'elle est déformée et change constamment. Pourtant, c'est bien elle. Mauvaise teinture blonde, maquillage trop marqué, elle est habillée comme une femme de la moitié de son âge, égarée dans un concert de Jimmy Buffet, et qui n'en est jamais repartie. Alors qu'elle titube à moitié quand elle entre dans l'atelier, c'est son sourire qui me fout les boules. Il est tellement faux.

Je ne sais plus quoi penser. J'ai l'impression qu'on vient de tirer sur la goupille d'une grenade qu'on me tend et que je n'ai que quelques secondes pour ne pas la laisser m'exploser en pleine figure.

– Hey ! bébé, dit-elle en se jetant à mon cou.

Une odeur de gin, de tabac froid et d'un mauvais parfum de lilas fait remonter un relent de bile jusqu'au fond de ma gorge. Aucune odeur ne me renvoie si violemment à l'enfance que celle-là.

– Tu as manqué à maman, tu sais.

Ouais, sûrement.

Il ne lui faut que quelques secondes pour poser son regard sur Mac, et surtout sur le bracelet en diamants de son arrière-grand-mère qu'elle porte au poignet droit. Shelley n'hésite pas à me bousculer pour attraper la main de Mac sous prétexte de lui dire bonjour.

– Qui est cette jolie jeune fille ? me demande-t-elle en souriant.

– Mackenzie, ma petite amie, je réponds froidement.

Mac me regarde d'un air perplexe.

– Mac, je te présente Shelley, ma mère.

– Ah ?... Ravie de vous rencontrer.

– Eh bien, viens m'aider, dit ma mère en tenant toujours Mac par la main. J'ai fait des courses pour le dîner, j'espère que tout le monde a faim.

Pas de voiture dans l'allée, j'aperçois juste un tas de sacs en papier posés sur les marches du porche d'entrée. Je ne sais pas comment elle est arrivée ici ni quel vent terrible a bien pu la ramener en ville ? Elle a probablement été mise à la porte par un autre minable qu'elle a pompé jusqu'au dernier centime. À moins qu'elle ait décampé au milieu de la nuit avant qu'il réalise qu'elle l'avait volé. Une chose que je sais avec certitude : ça va mal se terminer. Shelley est une catastrophe ambulante. Elle ne laisse que des ruines derrière elle, dont beaucoup sont restées au pied de ses propres fils. Il y a longtemps que j'ai appris à ne jamais lui faire confiance : si elle respire, elle ment ; si elle sourit, gare à ton portefeuille.

– Evan, bébé, maman est à la maison ! lance-t-elle quand on entre.

Il sort de la cuisine. Il devient tout pâle en réalisant, comme moi, que ce n'est pas un mauvais tour de son imagination. Il reste figé, comme s'il espérait qu'elle va disparaître. Il se demande ce qui va bientôt lui tomber sur la tête.

L'histoire de nos vies.

– Viens par ici. (Shelley essaie de l'amadouer en lui ouvrant ses bras.) Fais-moi un câlin.

D'abord hésitant, il me regarde en cherchant une explication que je suis bien en peine de lui donner, puis il finit par l'embrasser. Contrairement à moi, il lui rend son étreinte.

Je n'approuve pas ses effusions d'une totale hypocrisie. Evan semble avoir une réserve inépuisable de pardons pour cette femme que je ne comprendrai jamais. Il refuse de voir la vérité en face. Chaque fois que notre mère franchit la porte de la maison, il pense qu'elle va rester et que nous allons reformer une famille. Malgré les années de déception et de souffrance qu'elle nous a fait subir.

– Qu'est-ce qui se passe ? lui demande-t-il.

– Le dîner, répond-elle en lui tendant deux sacs d'épicerie. Des lasagnes, tes préférées.

Mac propose d'aider, parce qu'elle est trop polie et qu'elle ne peut pas faire autrement. J'ai envie de lui dire de ne pas s'embêter, elle n'a personne à impressionner, mais je préfère me taire et, surtout, rester à proximité pour ne pas la laisser seule avec ma mère. Telle que je la connais, Shelley serait capable de raser la tête de Mac pour le prix qu'elle pourrait tirer de ses cheveux chez un perruquier au marché noir.

Un peu plus tard, je laisse Shelley et Evan dans la cuisine et prends Mac à part, sous prétexte de mettre le couvert.

– S'il te plaît, ne parle pas de ta famille, même si elle te pose des questions là-dessus.

Elle me regarde, tout étonnée.

– Et pourquoi pas ?

– S'il te plaît, j'insiste à voix basse, ne parle pas d'argent ni de ce que fait ton père. Ne dis rien qui laisserait à penser qu'ils sont fortunés. Pas plus que toi, d'ailleurs.

– Bien loin de moi l'idée de mettre ta mère mal à l'aise, si c'est ce que tu veux dire.

Mac est plutôt bonne à ne pas jeter sa fortune à la figure de tout le monde, mais ce n'est pas ce que je veux lui dire.

– Ce n'est pas ça, bébé, je m'en fous. Mais sur l'argent, mens, fais-moi confiance.

En voyant son bracelet, je lui prends la main, ouvre le bijou et le glisse dans la poche de son jean.

– Qu'est-ce que tu fais ? me demande-t-elle, l'air alarmée.

– S'il te plaît, avant qu'elle soit partie, je te demande de ne plus le porter devant elle.

Je n'ai aucune idée du temps que Shelley compte rester ici. De toute façon, sa chambre est exactement comme elle l'a laissée, nous n'y allons jamais. Mon expérience me dit cependant qu'elle sera dehors avant minuit, à la recherche d'un nouvel homme.

En faisant des efforts, on se comporte tous plutôt bien pendant le dîner, mais l'ambiance est tendue. Le pauvre Evan semble même heureux d'avoir sa mère à la maison. Ils parlent de ce qu'elle devient en ce moment. Il s'avère qu'elle vit à Atlanta avec un gars qu'elle a rencontré dans un casino.

– On s'est battus pour une machine à sous, dit-elle en riant. Et on a fini par tomber amoureux !

Hum… Bien sûr, ils vont vivre heureux jusqu'à la fin des temps. Tu parles, vu qu'elle est là, ils ont probablement déjà rompu.

– Tu vas rester combien de temps ? je demande en interrompant sa belle histoire d'amour.

En entendant le ton sec de ma voix, Mac me serre doucement la main sous la table. Un petit geste de réconfort qui me fait chaud au cœur.

Shelley, bien sûr, fait l'offensée, Comment puis-je oser lui poser une telle question !

– Mec, relaxe, me lance Evan en m'adressant un regard noir, elle vient juste d'arriver.

Oui, je sais. Je voudrais surtout savoir quand elle va repartir, j'ai envie de répondre. Je fais un effort quasi surhumain pour garder la bouche fermée.

– Alors, Mackenzie, dit Shelley en rompant le long silence tendu qui pesait entre nous, comment as-tu fini par sortir avec mon fils ? Comment vous êtes-vous rencontrés, je veux tout savoir.

Pendant les minutes qui suivent, Mac réussit à esquiver les questions indiscrètes du mieux qu'elle peut et débite des conneries bien choisies pour les autres.

J'ai le droit de temps en temps à un regard furtif de la part d'Evan qui arrive à ne pas faire de gaffes malgré sa grande gueule. Mon frère a beau perdre ses moyens devant Shelley, il est loin d'être idiot. Quant à moi, je parle aussi peu que possible. Malgré la retenue que je m'impose, j'ai peur d'ouvrir les vannes et de ne pouvoir m'arrêter de dire ce que je pense vraiment. Peu de gens m'énervent autant que Shelley Hartley.

Après le dîner, je suis seul dans la cuisine, occupé à rincer les assiettes, quand elle me coince pour discuter.

– Tu étais étrangement calme, ce soir, dit-elle en me prenant une assiette des mains pour la mettre dans le lave-vaisselle.

– Fatigué, je grogne.

– Tu travailles trop dur, mon garçon adoré. Tu sais, il faut se reposer de temps en temps.

Je continue à grogner de façon incompréhensible. De toute façon, je me crispe chaque fois qu'elle essaie de jouer à la maman, un rôle qui ne lui va pas du tout.

– Mackenzie a l'air gentille.

Je perçois parfaitement tous les sous-entendus d'une telle réflexion. Aucun d'eux ne m'est particulièrement agréable.

Tête baissée sur l'évier, je l'ignore du mieux que je peux en continuant à rincer les assiettes avant de les lui passer.

– Ouais… elle est cool.

– J'ai remarqué le bracelet. Et le sac à main dans le salon !

Je me tends.

– Très cher, tout ça. Bon boulot, bravo, mon fils.

Nous y sommes, voilà où elle voulait en venir. C'est pire encore quand elle me fait un petit sourire complice. Je sais très bien ce qu'elle pense. Mon fils s'est mis à l'abri du besoin, doit-elle se dire. Elle agit de cette façon depuis si longtemps, elle n'a jamais vécu autrement.

– Alors, écoute mon bébé…

Et c'est parti ! Putain de bordel, bien sûr qu'elle a quelque chose à demander !

– Tu sais que j'ai failli ne pas arriver ici en un seul morceau ? continue-t-elle, inconsciente de la colère qui commence à bouillir en moi. Ma vieille voiture a commencé à cracher de la fumée sur l'autoroute. J'ai dû appeler du secours et me faire remorquer jusqu'au garage le plus proche. Ne me demande pas ce que c'est, mais il paraît qu'une pièce importante du moteur est foutue. (Elle rigole bêtement.) Tu me connais, j'ai calmé le gars, mais il va me manquer un peu de fric pour la réparation.

– Que se passe-t-il ? (Evan arrive dans la cuisine, juste à temps pour entendre la fin de cette histoire de merde. Parfait.) Ta voiture est encore en panne ?

– Je n'ai que des problèmes avec ce tas de ferraille, tu le sais bien.

Manipulatrice comme toujours, elle joue la victime, sachant qu'Evan ne peut résister à l'occasion de jouer le héros.

– En plus, j'avais un boulot, mais ils m'ont licenciée après les vacances. C'est dur aujourd'hui de trouver quelque chose d'autre et cette réparation va bouffer toutes mes économies.

– On est à sec, je réponds en faisant un clin d'œil à Evan. On a tout mis dans les réparations de la maison.

– Et c'est superbe ! s'exclame-t-elle.

Elle évite de me regarder en face et préfère s'adresser à Evan, une cible plus facile.

– J'ai juste besoin de deux cents dollars pour récupérer la voiture. Ensuite, je vais chercher du travail par ici et je te rembourserai, bien entendu.

– Tu vas rester ? dit Evan.

Pauvre Evan, il est bien con. L'espoir que j'entends dans sa voix me fait pitié ? J'ai envie de le gifler pour qu'il se réveille.

Shelley s'approche de lui, l'embrasse et pose sa tête sur sa poitrine en faisant mine de chercher du réconfort.

– Si vous le voulez bien, mes garçons me manquent.

Evan fouille dans sa poche et en sort plusieurs billets de vingt, probablement ce qui lui reste de sa dernière paye.

– Voici déjà cent cinquante, je vais aller au distributeur pour le reste.

En clair, il va prendre sur son compte-épargne.

– Merci, mon bébé. (Elle l'embrasse sur la joue et s'extrait immédiatement de ses bras.) Qui veut un milk-shake, comme ceux qu'on avait l'habitude de boire sur la promenade ? Je vais sortir fumer une cigarette et je rapporte des milk-shakes pour tout le monde, OK ?

Je mets ma main à couper qu'on ne va pas la revoir avant le lever du soleil.

***

Plus tard, dans mon lit, je n'arrive pas à trouver le sommeil. La boule au ventre, la gorge serrée, je ne fais que ruminer les histoires de Shelley. Dès qu'elle est partie, Mac et moi sommes allés nous réfugier dans ma chambre. Ou plutôt, je suis allé me réfugier dans ma chambre où Mac m'a rejoint pour me tenir compagnie. Elle se jette sur le lit et allume la lampe de chevet.

– Je sais à quoi tu penses, murmure-t-elle en me voyant fixer le ventilateur au plafond.

– Ouais… c'est juste que… je suis désolé de t'avoir demandé de faire ça tout à l'heure. Ma mère avait repéré ton bracelet et ton sac, et elle a compris tout de suite que tu étais pleine aux as. (Je continue, plein de rancune.) Shelley n'a jamais rencontré quelqu'un sans vouloir en tirer profit d'une façon ou d'une autre. Je ne voulais surtout pas qu'elle sache que ta famille a de l'argent, sinon, je la connais, elle va trouver un moyen de s'en servir.

– D'accord, mais ça n'a rien à voir avec nous, dit Mac en caressant ma poitrine avant de poser sa tête sur mon bras. Mes parents et moi sommes deux choses différentes. Pas d'amalgame, Coop.

– Elle pense que je suis avec toi seulement parce que tu es riche.

– Ah bon ? Eh bien, elle a tort. Je sais que ce n'est pas vrai. Regarde, jusqu'à présent, tu ne m'as pas envoyé d'huissier pour récupérer ce que je te dois sur ces meubles que je ne t'ai toujours pas réglés.

– La facture sera majorée des intérêts de retard.

J'embrasse doucement le sommet de son crâne et la rapproche de moi. L'avoir dans mes bras me soulage tellement de mes soucis.

– Sérieusement, j'ajoute en arrêtant de plaisanter, je serais incapable de faire un truc pareil, je ne suis pas comme elle.

– Cooper (sa voix est rassurante), tu n'as pas besoin de me convaincre.

En réalité, je crois que c'est moi que j'ai besoin de convaincre.

– Combien de temps penses-tu qu'elle va rester dans les parages ? demande Mac en se blottissant contre moi.

– Oh… je lui donne vingt-quatre heures. Allez, quarante-huit, pas plus.

– C'est bien triste.

– Je ne dirais pas ça, je réponds en rigolant doucement. Quand nous étions jeunes, oui, c'était triste, mais aujourd'hui, sincèrement, je préfère la savoir loin et pour de bon ! Chaque fois qu'elle revient, elle manipule Evan en jouant avec ses émotions. Moi, elle me stresse et je finis par m'en prendre à tout le monde autour de moi. Maintenant, je n'attends qu'une chose, c'est qu'elle foute le camp en souhaitant que, cette fois, ce soit pour toujours.

– Mais si elle continue à revenir, ça doit vouloir dire quelque chose, tu ne crois pas ?

Mac, toujours généreuse, voudrait croire que les visites de Shelley répondent à un besoin maternel d'affection envers ses fils.

– Ça veut tout simplement dire que sa dernière relation vient de lui exploser à la gueule. Ou qu'elle est fauchée. Ou pire, les deux. Crois-moi, princesse, je connais la chanson depuis que j'ai quatorze ans. Shelley n'est pas ici pour nous, elle est ici pour elle.

Je sens le souffle chaud de Mac contre mon épaule ; elle se relève sur le coude et m'embrasse sur la joue.

– Je suis désolée pour toi, Cooper, tu ne mérites pas ça.

– Que veux-tu, c'est la vie…

– Arrête ! Je suis sincère… allez, laisse-moi t'aider à oublier ta peine pendant un petit moment.

Elle se met à déposer des petits baisers tout le long de mon corps, jusqu'à atteindre l'intérieur de mon caleçon. Je ferme les yeux, gémis doucement et j'oublie tout.

***

Quarante-huit heures… perso, j'aurais parié sur vingt-quatre, mais je l'avais dit. Deux jours seulement après son arrivée soudaine, j'aperçois de loin Shelley, prête à s'esquiver par la porte arrière avec son sac en bandoulière.

Il est à peine sept heures du mat et, comme toujours, je suis le premier levé. Je viens de faire du café après avoir laissé sortir Daisy quand Shelley arrive discrètement dans la cuisine.

– Alors, on fait déjà le mur ? je lui demande.

Surprise, elle sursaute et commence à rire nerveusement.

– Bébé, tu m'as fait peur, j'essayais de ne réveiller personne.

– Tu avais l'intention de partir sans dire au revoir ?

Personnellement, je m'en fiche, mais je sais que pour Evan la voir partir lui fait toujours mal au cœur. Prise au piège, elle laisse tomber son sac près de la porte et me fait un sourire niais en cherchant à détourner mon attention.

– Et si je faisais des pancakes ? Nous pourrions profiter d'un bon petit déjeuner ensemble.

Bon, appelons ça le chant du cygne, je veux bien encore jouer un peu si, au final, elle disparaît complètement.

Mac et Evan se lèvent peu après ; ils arrivent dans la cuisine, juste à temps pour que Shelley leur serve le petit déjeuner. Je commence tranquillement à manger un pancake et m'adosse à ma chaise en attendant que la première connerie fuse. Mais non. Évitant soigneusement mon regard, Shelley se met à raconter à Mackenzie une stupide anecdote sur notre enfance.

Nous avons presque fini et je me rends compte que Shelley ne va pas s'y mettre sans un peu d'encouragement.

– Alors, tu vas où maintenant ? je lui demande d'un ton méprisant.

Je ne fais qu'interrompre la énième histoire sur Evan et moi qui, j'en suis sûr, est entièrement inventée et destinée à la faire passer pour une moins mauvaise mère qu'on veut bien le dire.

Déstabilisée par ma question, Shelley s'arrête net. Elle est visiblement contrariée. Elle termine son verre de jus d'orange avant de s'essuyer la bouche. Bien sûr, elle s'adresse à Evan, bien sûr, elle prend une voix triste.

– C'était si bon de vous revoir, les garçons, j'aurais bien aimé rester plus longtemps, mais j'ai bien peur de devoir partir ce matin.

– Pourquoi ? demande tout de suite Evan, les lèvres tremblantes.

– Le truc, c'est qu'il n'y a pas travail pour moi ici, en ce moment. Je connais un homme que j'ai rencontré à Baton Rouge qui, lui, a du travail et m'a pratiquement suppliée de revenir pour diriger son bar. Tu sais que je n'ai aucune envie de vous quitter, mais je dois gagner ma vie si je veux vous aider à continuer les travaux de cette maison.

Elle continue à déblatérer ses conneries pendant encore un bon bout de temps, se persuadant elle-même qu'il y a une respectable finalité à ses abandons répétés et à ses promesses non tenues. Elle dit n'importe quoi : ne serait-ce qu'hier, j'ai vu en ville au moins cinq panneaux « Aide recherchée ». Je suis presque sûr que le mec de Baton Rouge n'est autre que son ex à qui elle a demandé une seconde chance. À moins que ce soit un vieil ex qu'elle n'a pas vu depuis longtemps et à qui elle propose un deuxième round. Je m'en fous, avec elle de toute façon, quand ce n'est pas une excuse, c'en est une autre. Elle est capable de nous quitter pour un cheeseburger tant que c'est loin d'ici.

Un quart d'heure plus tard, Shelley fait un câlin à Evan en lui disant au revoir.

– Une fois que je serai installée, tu devrais venir me voir. Je vais acheter un nouveau téléphone, le mien a rendu l'âme. Je t'appelle dès que j'en ai un nouveau.

Ce qu'elle ne fera pas. Il n'y aura pas d'appels, pas de textos, pas de vacances en famille. On en est aux adieux de merde et aux faux réconforts. Moi, je m'en fous, mais qu'elle fasse subir ça à Evan encore une fois, franchement, c'est nul. Qu'elle aille au diable !

– Ouais, surtout donne-nous ton nouveau numéro dès que tu l'auras, lui dit Evan, l'air sérieux. On doit pouvoir te contacter si besoin.

Pourquoi ? j'ai failli lui demander, mais je reste silencieux. Après tout, si Evan préfère vivre dans un monde rêvé où sa mère l'aime, qui suis-je pour le juger ?

Malgré mon geste instinctif de recul, Shelley me prend dans ses bras et arrive à déposer un baiser sur ma joue. Mais, bon sang ! Que quelqu'un lui donne le prix *Maman de l'année* et surtout, qu'on en finisse !

– Au revoir. À bientôt, promis.

Et puis, aussi vite que le vent, elle est partie. Ne laissant derrière elle qu'un minimum de casse.

Du moins, c'est ce que je pensais.

Ce n'est qu'une semaine plus tard, un soir après le travail, que je découvre la véritable étendue des dégâts causés par la visite de ma mère. L'anniversaire de Mac approche – il se trouve que c'est juste un jour avant le mien –, et bien qu'elle m'ait interdit de lui offrir quoi que ce soit, je veux lui acheter quelque chose de vraiment génial. J'ai si peu l'occasion de la gâter que, tant pis, j'ai décidé de passer outre son interdiction.

Dans ma chambre, derrière une planche branlante sous la commode, je sors la vieille boîte de caramels où je garde mon argent et ma beuh depuis que j'ai onze ans. J'ouvre le couvercle, m'attendant à trouver l'argent que j'y ai caché. Le cash qui vient de mes pourboires, que j'ai réussi à détourner des banques et des autorités fiscales, douze mille dollars tenus ensemble par deux gros élastiques. Le fonds de secours si jamais tout se mettait à foirer.

Mais l'argent a disparu.

Jusqu'au dernier centime.

Envolé.

Chapitre 36
MACKENZIE

Depuis le living, j'entends qu'on s'agite dans la chambre de Cooper. Un bruit sec dans le mur et quelque chose qui tombe brutalement sur le plancher. Soudain, Cooper déboule en trombe du couloir.

Daisy se met à aboyer comme une folle, elle est intenable pendant l'heure qui précède ses croquettes. Elle saute autour de lui, alors qu'il marche dans le salon.

– Cooper, tu vas bien ? je lui demande en me levant d'un bond.

– Ouais… dit-il en grognant une phrase incompréhensible entre ses dents.

Il ne s'arrête même pas pour me regarder.

– Mais qu'est-ce qui ne va pas ?

Pour toute réponse, je le vois ouvrir la porte coulissante en verre et se précipiter dehors. Il referme vite derrière lui, manquant écraser la truffe de Daisy qui a l'air bien déçue de n'avoir pu l'accompagner. Pour la consoler, je lui donne son dîner et j'enfile mes chaussures à la hâte pour aller rejoindre Cooper.

Je le retrouve à une centaine de mètres sur la plage en train de jeter des bouts de bois flottés dans les vagues. Arrivée près de lui, je regrette bien de ne pas avoir mis un pull et un pantalon plutôt que d'être sortie en short et tee-shirt. Il fait déjà presque nuit et la brise qui vient du large me donne tout de suite la chair de poule.

– Cooper, que se passe-t-il ? Parle !

– Rentre.

Sa voix étrangement plate contraste avec ses grands gestes violents et colériques.

– Certainement pas. On va tout de suite passer à la partie où tu me racontes.

– Merde, Mac ! Ce n'est pas le moment, OK ? Laisse tomber.

Il tape dans le sable, en cherchant un autre bout de bois à lancer, sa frustration augmente quand il ne trouve rien.

– J'aimerais bien, hurle-t-il. Je le ferais si je pensais que ça pouvait aider, mais je ne crois pas, alors…

Il se passe nerveusement les mains dans les cheveux, il s'arracherait la tête pour la jeter dans la mer s'il pouvait.

– Pourquoi faut-il que tu sois si…

Le reste ne sort que sous la forme d'un grognement que je ne comprends pas.

– Née comme ça, je suppose.

Sans prendre en compte la terrible colère qui le ronge, je m'assois sur le sable et l'invite à en faire de même. Un moment de silence finit par avoir raison de son refus, il finit par me rejoindre.

– Raconte-moi, qu'est-ce qui se passe ? je lui demande doucement.

– Elle l'a volé.

– Quoi ?

Cooper refuse de me regarder, son regard est rivé sur la mer.

– Mon fonds d'urgence… jusqu'au dernier dollar.

– Attends, tu veux dire… ta mère ? Tu en es sûr ?

– Certain. Evan ne sait pas où est ma cachette.

Merde ! C'est terrible.

– J'aurais dû changer de cachette dès qu'elle est arrivée, continue-t-il d'une voix triste. Elle avait trouvé mon herbe quand j'avais treize ans et avait tout fumé pendant que j'étais à l'école. J'avais oublié cette histoire, tu penses. Jusqu'à ce soir où je me suis rappelé qu'elle connaissait la cachette. Ou peut-être que, inconsciemment, j'ai été assez naïf pour penser qu'elle n'irait pas jusqu'à voler ses propres enfants.

– Je suis vraiment désolée.

Vu les circonstances, je me trouve plutôt conne de répondre une platitude pareille. Que puis-je dire à quelqu'un qui a souffert toute sa vie ?

– Combien elle t'a pris ?

– Douze mille dollars, murmure-t-il.

Aïe ! OK. Mon cerveau se met tout de suite en mode « solution », c'est ma façon de fonctionner. Dès qu'il y a un problème avec mes sites web ou un imprévu dans la rénovation de l'hôtel, je commence par analyser la situation. J'évalue les dégâts et, ensuite, j'essaie de trouver un moyen de le résoudre.

Je passe mon bras dans le sien et laisse tomber ma tête sur son épaule pour être plus à l'aise et, surtout, parce que je suis gelée. Cooper, lui, a toujours chaud, une vraie bouillotte.

– Ça craint, vraiment, c'est terrible ce que tu me racontes. Tu es très en colère, tu te sens trahi, et c'est normal. Mais ce n'est que de l'argent, n'est-ce pas. Là-dessus, je peux t'aider. Je peux le remplacer

– Vraiment. Pourquoi est-ce que tu… (Il ne finit pas sa phrase. Il se redresse d'un bond.) C'est quoi ce bordel, Mac ? Pourquoi tu penses toujours comme ça ? Tu crois que l'argent résout tous les problèmes ?

– Mais… précisément, je pensais que l'argent était le problème.

Le regard foudroyant qu'il me jette me glace. Pourquoi, chaque fois que je propose de l'aider, il m'envoie chier ?

– Sur quel ton je dois te le dire ? hurle-t-il, je ne veux pas de ton putain d'argent ! Tu ne te rends pas compte combien c'est infantilisant d'avoir ta copine qui te suit constamment avec son sac ouvert.

– Je n'ai jamais fait ça, je réponds, la mâchoire serrée.

Il commence à pousser le bouchon un peu trop loin. Il est en colère contre sa mère, OK. Il a besoin de se défouler, OK. Je veux bien être gentille, mais ma patience a des limites.

– J'essaie seulement de t'aider. Tu as besoin d'argent, j'en ai plus qu'il m'en faut. En quoi est-ce mal ? L'argent, tu sais, je n'y attache aucune importance.

– On sait, soupire-t-il d'un air abattu. C'est le putain de point. Vous, les clones, vous distribuez vos faveurs sans compter en attendant une reconnaissance éternelle de notre part. Mais moi, je ne suis pas un de ces domestiques qui rampent à vos pieds en attendant vos pourboires, putain de merde.

C'est donc ça, le problème. Il me remet à ma place de clone.

– Tu sais quoi, Coop ? Pourquoi tu ne commencerais pas par régler tes propres problèmes avant de me les jeter à la figure ? Je commence à en avoir marre de me faire agresser par tout le monde, ici. Il va falloir que ça change. Parce que laisse-moi te dire une chose que la vie m'a apprise. Chez les riches, comme chez les pauvres, les mauvais parents sont les mauvais parents. Ta mère est minable ? Bienvenue au club. Et, crois-moi, ce n'est pas l'argent qui l'aurait rendue meilleure.

À peine ai-je prononcé ces mots que je les regrette déjà.

Tous les deux, nous restons là, stupéfaits de ce que nous venons de vivre. La rapidité avec laquelle nous sommes montés dans les tours. Tous les sentiments que j'ai refoulés depuis que mes parents m'ont coupé les vivres sont remontés à la surface, et je les ai jetés au visage de Cooper comme si c'était sa faute. Exactement ce que je l'avais accusé de faire quelques secondes plus tôt.

Pleine de remords, je me précipite pour lui demander pardon. Mais il part déjà, en me criant par-dessus son épaule de ne surtout pas le suivre, sauf si je tiens absolument à ce que nous ayons notre dernière conversation. Cette fois, je le crois sur parole.

Quelques heures plus tard, il n'est toujours pas revenu. Quand Evan me demande si je sais pourquoi le téléphone de Cooper est sur répondeur, je commence à m'inquiéter. S'il était seulement en colère contre moi, je peux comprendre. Mais la façon dont il est parti en trombe… la rage que j'ai vue dans ses yeux… Il y a mille moyens pour un type comme Cooper de s'attirer des ennuis.

Et une seule suffit.

Chapitre 37
COOPER

Il y a un vieux bar pourri à environ une heure, à l'ouest d'Avalon Bay. Une sorte de cabane au bord d'une route départementale à deux voies qui ne traverse que des marécages désolés et quelques petites fermes. À un kilomètre de distance, on peut entendre le grondement des moteurs de motos qui tournent au ralenti sur le parking en terre battue. Je gare mon pick-up, coupe le contact et constate en entrant qu'il n'y a pas grand monde à l'intérieur. Quelques motards à la mine patibulaire près du billard et des vieux à moitié saouls étalés sur le bar, c'est tout. Je m'installe sur un tabouret et commande un petit Jack Daniels. Au deuxième verre, un type, assis deux sièges plus loin, parle tout seul de football en réagissant aux commentaires des journalistes d'ESPN qui déblatèrent dans l'unique télévision accrochée au-dessus de nous. Je ne fais pas attention à lui, jusqu'au moment où le type se penche vers moi et frappe un grand coup sur le bar avec l'aplat de sa main. Vieux réflexe du temps où j'étais barman, j'ai déjà envie de lui demander de se calmer.

– Y a un truc qui t'gêne ? bafouille-t-il.

Comme je l'ignore, il répète, plus fort et plus lentement :

– C'est l'Super Bowl qui t'gêne, petit ?

– Je te paie un verre si tu me fous la paix.

Cette fois, je le regarde. Lui rigole grassement en se foutant de moi.

– Ouh là ! J'en ai marre de lui, hein ?

Puis il met l'index sur sa bouche avant de lever son bras pour le montrer à tout le monde.

– Chut ! Vous allez vous calmer, les mecs ? Le gamin veut un peu de calme et de silence, vous pigez ?

Je suis venu ici pour me casser de la maison, pour être tranquille. Il n'y a aucune chance que Mac me trouve dans cet endroit et c'est le seul bar qu'Evan ne doit pas connaître. Alors qu'il s'accrochait encore aux basques de Shelley, après la mort de notre père, mon oncle m'a amené ici plusieurs fois pour me défouler aux fléchettes. J'ai envie d'être seul et si ce connard commence à me chauffer, il va avoir une surprise. Je devrais peut-être appeler Evan et organiser une petite bagarre, histoire de me défouler. Et pourquoi pas ?

Perdu dans mes pensées, je sursaute quand quelqu'un me donne une tape amicale dans le dos.

– Tu nous donneras deux bières, s'il te plaît, dit une voix familière au barman.

Incroyable, Levi vient de s'asseoir sur le tabouret à côté du mien.

– Salut Gary ! lance-t-il à l'ivrogne qui m'embêtait. Pourquoi tu ne rentres pas chez toi ?

– Y a l'Super Bowl, grogne l'autre, toujours agressif, en pointant la télé du doigt. Tu voudrais pas que j'parte pendant un match, quand même !

– C'est une redif de l'année dernière, vieux ! répond gentiment Levi. Le Super Bowl n'est que le mois prochain, Gary. Tu ferais mieux de rentrer retrouver Mimi. OK ? Sinon, elle va lancer les chiens à tes trousses, tu la connais !

– Ah ! Cette bonne femme, j'te jure ! grommelle Gary dans sa barbe.

Il ouvre son portefeuille et jette quelques billets sur le bar en marmonnant qu'un homme ne peut jamais être tranquille pour boire un coup. La vie est parfois étrange, il y a quelques minutes, j'avais envie de lui casser la gueule et, maintenant, je le regarde partir en titubant en m'inquiétant pour lui.

– Ne t'en fais pas. Il va faire cinq cents mètres à pied avant qu'elle le retrouve évanoui dans un fossé. Il ne va pas si mal que ça.

Étonné de voir mon oncle débarquer dans ce bar, je le regarde d'un air suspicieux.

– C'est Mac qui t'envoie ?

– Non, c'est Evan qui m'a envoyé un texto disant que tu étais parti de la maison sans demander ton reste.

Sans blague… je les connais par cœur. Mac a dû courir voir son « meilleur nouvel ami » et, comme d'habitude, ils ont dû raconter des histoires derrière mon dos. J'en ai ras le bol de ces ceux-là, ils s'entendent comme larrons en foire pour se liguer contre moi.

– Je ne veux même pas en parler, je murmure, ne laissant aucune place à la discussion.

– Comme tu voudras. De toute façon, je suis venu ici pour boire un coup.

Il pose sa bière sur le bar et fixe la télé sans faire attention à moi. Un soulagement. Au début. Une heure passe, puis une autre, et bientôt je me retrouve aussi saoul que Gary quand il est parti. Je suis mal, très mal, avec tout ce qui s'est passé ce soir, de la disparition de mes économies à la dispute avec Mac sur la plage. Je me repasse des bouts de notre conversation, je n'arrive pas à me souvenir de ce qu'on s'est dit exactement, mais je suis certain que mes paroles ont dépassé ma pensée.

– Shelley est revenue, je finis par lâcher, l'alcool m'ayant délié la langue. Juste deux jours, puis elle est repartie avec toutes mes économies.

Levi fait immédiatement un quart de tour sur lui-même et m'écoute attentivement.

– Douze mille dollars, je murmure en dessinant des ronds avec mon gobelet sur le bar humide. Et hop ! Partis en fumée, juste sous mon nez.

– Merde… tu as une idée de l'endroit où elle s'est enfuie ?

– Nope. Baton Rouge, peut-être ? Mais c'étaient sans doute des conneries. Quelle importance, de toute façon ? Cette fois, elle ne reviendra plus, c'est moi qui te le dis.

– Je suis vraiment désolé pour toi, Coop, cette femme est abominable, répond Levi en finissant sa bière. Déjà je n'ai jamais trouvé d'excuses au comportement de mon frère. Il vous a mis dans une situation terrible avec toutes les dettes qu'il a laissées derrière lui, mais cette maudite Shelley n'a jamais levé le petit doigt pour vous aider pendant les années qui ont suivi. J'en sais quelque chose, Evan et toi vous avez travaillé dur pour vous en sortir. Maintenant, elle ose se pointer et vous faire un coup pareil ? Quelle horreur ! Mais c'est ignoble ! s'exclame-t-il en tapant du poing sur le bar.

Je n'ai jamais vu mon oncle aussi en colère. C'est un gars tranquille. Réfléchi. Pendant des années, il n'a rien dit quand Shelley allait et venait au gré de ses caprices. Depuis qu'il est devenu notre tuteur, il ne nous a jamais fait sentir qu'on pouvait être un poids pour lui. Là, je le sens prêt à péter les plombs, ce qui ne va pas servir à grand-chose.

– Qu'est-ce qu'on pourrait bien faire ? je lui demande, aussi impuissant que lui devant la situation. On ne pourra pas la rattraper, c'est foutu. Si elle n'a pas envie qu'on la retrouve, on ne la retrouvera pas.

J'ai les nerfs en pelote. Pour l'argent, bien sûr, mais plus pour l'humiliation. Comment avons-nous pu supporter que cette femme se foute de notre gueule depuis des années ? On aurait dû réagir plus tôt ! Comment Evan a-t-il pu croire une seule seconde – pourtant il aurait pu s'en douter ! –, que, cette fois, elle revenait pour de bon ? Putain de Shelley.

– Écoute, tout n'est pas encore foutu, me dit Levi. On ne va pas la laisser pourrir notre vie éternellement, tu m'entends ?

Avant que je puisse lui répondre, il fait un signe à quelqu'un à l'autre bout du bar.

– Steve ! Hey ! J'ai une question pour toi ! lui crie mon oncle.

Le type, visiblement un flic en congé, porte une chemise d'uniforme largement ouverte, laissant apparaître un marcel blanc taché de sueur.

– Tu as besoin de quelque chose, Levi ? répond Steve, parce qu'à Avalon, tout le monde connaît tout le monde.

– Comment on fait pour porter plainte contre quelqu'un qui a quitté la ville ?

– Quoi ? je m'exclame en regardant mon oncle, totalement effaré.

Steve de son côté, surpris par la question, se redresse en se frottant les yeux.

– De quoi on parle ?

Avec une voix sinistre, Levi lui répond :

– Vol qualifié.

Chapitre 38
MACKENZIE

Même Daisy me laisse tomber. Au début, elle sautille autour de moi pendant que je fais les cent pas dans la maison en tapant, puis en supprimant tous les textos que je veux envoyer à Cooper. Ensuite, elle va s'allonger avec son nonosse près du frigo pendant que je nettoie compulsivement la cuisine. Ce qui est dingue, je n'ai jamais été du genre à me défouler en nettoyant tout de fond en comble ! Comment aurais-je pu ? J'ai grandi dans une maison remplie d'employées. Dès que je sors l'aspirateur, Daisy se met à grogner. Comment lui en vouloir ? Je ne suis pas la meilleure compagnie du monde ce soir. Quand un sol immaculé ne suffit plus à calmer mes angoisses, je finis dans la chambre d'Evan, où je retrouve Daisy lovée à ses pieds pendant qu'il joue à un jeu vidéo.

– Salut ! je lance, en frappant à sa porte.

– Ouais, qu'est-ce qu'il y a ? répond-il en appuyant sur « pause ».

– Rien.

– Il ne m'a pas répondu non plus, me dit-il tout de suite sans que je lui pose la question.

– Ouais… je m'en doutais.

Appuyée sur le chambranle de la porte, je ne sais pas ce que je fais là, mais j'en avais assez de tourner en rond, seule dans mon coin. Je ne suis pas du genre à me morfondre en attendant que les problèmes s'éloignent, je suis plutôt une hyper-active, c'est mon tempérament. Je déteste rester assise sans rien faire. Si Cooper voulait me punir après notre dispute, il a réussi son coup.

– Viens t'asseoir à côté de moi, me dit Evan en prenant la deuxième manette de la console.

Une console très vieille génération, fonctionnant sur un écran plat qui semble avoir été récupéré dans une poubelle. Il y a des pixels manquants un peu partout sur l'image et une fissure apparente en haut du cadre, grossièrement réparée avec du chatterton noir.

Je constate tout de suite qu'Evan aurait bien besoin de le remplacer. Comme s'il lisait dans mes pensées, il me fait un petit sourire entendu qui me dit de ne pas m'inquiéter.

OK. Respecte les limites. Il faut que je travaille là-dessus. Tout le monde n'a pas besoin de mon aide.

– Tu vois ce type, là ? C'est toi, t'as compris ? m'informe Evan.

Puis il m'explique sommairement les règles du jeu alors que nous sommes assis sur le rebord de son lit.

– Compris ?

– Yes. J'ai saisi l'essentiel de ce qu'il m'explique, du moins, je crois. En gros, je sais ce que je dois faire et comment je dois me déplacer.

– Suis-moi, m'ordonne-t-il en se penchant en avant.

Catastrophe ! Nous tombons dans une embuscade, et, bien sûr, au lieu de tirer sur les méchants, je dégoupille une grenade qui nous tue tous les deux.

Evan commence à jurer.

– De toute façon, je préfère les jeux de courses, je lui avoue pour me justifier. Je suis beaucoup plus douée pour ces jeux-là.

– Tu parles, princesse, je t'ai vue conduire.

– Arrête ! Je suis une excellente conductrice, je lui réponds du tac au tac.

– Si ça peut te faire plaisir…

Je lui envoie un bon coup de coude dans les côtes alors que le jeu se réinitialise. Cette fois, j'essaie de me concentrer. Nous arrivons un peu plus loin dans l'action, quand je me fais une nouvelle fois exploser toute seule

– Ça ne t'aide pas, n'est-ce pas ?

Je me mords la lèvre.

– Pas vraiment…

Je ne sais pas pourquoi, mais j'ai cru que m'asseoir à côté du double de Cooper allait m'empêcher de trop penser à lui. C'est étrange, ils ont beau se ressembler comme deux gouttes d'eau, leurs personnalités sont tellement différentes ! En voyant Evan assis devant son vieil écran, j'imagine cependant combien ma vie aurait été différente sans les caprices de la libido débridée de Bonnie.

En voyant ma tête déconfite, il arrête de jouer et met les manettes de côté.

– Allez, vas-y. Qu'est-ce qui te préoccupe ?

Même si nos rapports ont évolué dans le bon sens au cours des deux derniers mois, Evan n'est pas celui que je choisirais en premier pour faire des confidences. La plupart du temps, sa compassion ne dépasse pas la profondeur du bol d'eau de Daisy. Pour l'instant, il est ce qui se rapproche le plus de son frère.

– Et s'il ne revenait pas ? je lui demande d'une petite voix.

– T'inquiète. Il va revenir. Il habite ci.

– Non, je parle de moi. Et s'il ne revenait pas vers moi, tu comprends ?

Je laisse échapper un gros soupir et mon cœur bat plus fort à cette horrible idée.

– C'est juste que… au fond de moi, je n'arrive pas à me débarrasser du sentiment que c'est fini cette fois. Une dispute de trop. Et si Cooper en avait marre de moi ?

Evan réfléchit quelques secondes à ce que je viens de lui dire. C'est simple, je crois voir Cooper quand il fait ça, on dirait une vidéo où le son n'est pas synchro avec l'image. Tout est décalé.

– Je comprends, mais au risque de te paraître un peu brutal, là, tu déconnes complètement.

– Comment ça ?

– Sur toute la ligne. Tu te rappelles que mon frère a failli me casser la gueule parce qu'une fois je me suis mal comporté avec toi ?

– Une fois ? je réponds en levant un sourcil.

– Ouais, oh… ça va, continue-t-il en souriant. Je le connais bien et je peux te dire qu'il faudra bien plus que quelques disputes pour le faire fuir. Il y a eu un été où Coop et moi étions à couteaux tirés à propos d'une connerie. On se tapait dessus à peu près tous les deux jours. Tu vois, ça ne veut rien dire, ajoute-t-il en haussant les épaules. En fait, c'est en se battant qu'on a fini par régler nos différends.

– Mais… vous êtes frères, et jumeaux, je lui rappelle. C'est une énorme différence.

– Je peux te dire que Coop tient beaucoup à toi. Crois-moi, tu n'habites pas ici pour ce que tu donnes comme loyer ou parce qu'il aime ta cuisine.

Il a raison, je ne cuisine pas. Pas du tout. Jamais. Pas une seule fois. Quant au loyer, chaque mois, je laisse un chèque sur sa commode d'un montant que j'estime raisonnable pour ma part d'occupation des lieux, et chaque mois, il refuse de l'encaisser. Alors, je laisse toujours un petit quelque chose à Evan pour le dérangement que je pourrais causer.

– Mais… tu as vu la tête qu'il faisait quand il est parti comme une furie tout à l'heure ? je lui demande en me mordant les lèvres.

– Tu sais, je connais par cœur toutes ses grimaces.

Il se moque de lui en l'imitant pour essayer de me faire rire, et c'est vrai qu'il est drôle.

– Écoute, continue-t-il, je le connais par cœur, il va finir par débarquer, bourré comme un coing, et il te demandera pardon dès qu'il aura repris ses esprits. C'est comme ça qu'il fonctionne, il y va par étapes. Laisse-le faire, tu verras.

J'aimerais le croire. On a beau n'avoir rien en commun sur bien des points, Cooper et moi avons peu à peu développé une connexion plus forte que ce qui nous sépare, plus profonde que les cicatrices de l'âme qui parfois l'empêchent de dormir la nuit. L'alternative est trop douloureuse. Parce que je ne peux pas changer d'où je viens, pas plus qu'il ne peut changer son passé. Si notre relation n'arrive pas à dépasser ces différences, alors je préfère ne pas imaginer ce que pourrait devenir ma vie sans lui.

Comprenant mon désarroi, Evan pose gentiment un bras sur mes épaules.

– Je connais Cooper mieux que personne. Crois-moi, quand je te dis qu'il est fou de toi, je n'ai aucune raison de te mentir.

Les mots d'Evan arrivent à me réconforter, je me sens un peu mieux. Fatiguée par toutes ces émotions, je commence à bâiller, j'ai envie de me coucher.

– Tu jures de me réveiller s'il t'appelle ?

– Je te le promets, me dit-il d'une voix toute douce. Pas de stress, Mac, il sera là plus vite que tu le penses.

– OK, je réponds en hochant la tête.

***

Il est déjà minuit et quart quand je me réveille d'un sommeil agité en sentant le lit s'incliner à côté de moi. Cooper vient de se glisser sous les draps. Il est encore chaud de sa douche, il sent le dentifrice et le shampoing.

– Tu es réveillée ? me demande-t-il en chuchotant.

Je me retourne et m'allonge sur le dos en me frottant les yeux. Il fait nuit noire dans la chambre, tout juste si on voit le halo de l'éclairage extérieur qui filtre à travers les stores.

– Mouais…

Cooper respire un grand coup.

– J'ai parlé à Levi.

C'est tout ce qu'il trouve à dire ? Je ne vois pas le rapport avec notre dispute. J'aimerais bien qu'il ne commence pas à tourner autour du pot et, surtout, qu'il me rassure. Mais je préfère rester tranquille et garder mes distances. Evan a bien dit tout à l'heure qu'il procédait par étapes, après tout, c'en est peut-être une.

– Ah bon ? je réponds.

– Ouais. Je vais porter plainte contre Shelley. Pour le vol de l'argent.

– Waouh !

Je n'y avais pas pensé, mais c'est loin d'être idiot. Mère ou pas, elle lui a tout de même volé plus de dix mille dollars.

– Tu te sens comment par rapport à ça ?

– Sincèrement, j'ai les boules. On parle de ma mère, malgré tout. (Sa voix tremble un peu.) Je n'ai pas envie qu'on la jette en prison. En même temps, qui vole ses propres enfants ?

Si je n'avais pas besoin de cet argent, je m'en foutrais. Mais ces dollars, je les ai économisés centime après centime, ça m'a pris des années !

Il me parle. C'est plutôt bon signe.

Sauf qu'ensuite, il se tait. Nous sommes là, tous les deux allongés, immobiles, comme si nous avions peur de briser le silence. Après tout, rien ne m'empêche de parler la première.

– Je suis vraiment désolée, j'ai dépassé les bornes tout à l'heure. J'étais sur la défensive et je me suis emportée. J'ai été odieuse et tu ne méritais pas ça.

– Eh bien… (Je décèle un petit sourire au fond de sa voix.) Il faut dire que je l'avais un peu cherché, Shelley me tape sur les nerfs, tu sais. J'ai envie de tout casser quand elle est là. En plus, elle a volé toutes mes économies, tu imagines ?

Je sens la tension monter d'un cran. Il fait des efforts pour garder son calme, il respire encore un grand coup, se détend à nouveau et continue.

– Je t'ai dit des choses que je n'aurais pas dû parce que j'étais furieux contre elle. Tu as raison, j'ai des problèmes qui n'ont rien à voir avec toi et que j'avais bien avant que tu arrives ici.

– Je comprends. (En me tournant sur le côté, je devine sa silhouette qui se dessine dans l'obscurité.) Je t'ai proposé de l'argent, uniquement parce qu'à ce moment-là, j'ai pensé qu'il te serait utile. J'ai réalisé, seulement après, que j'avais touché un point sensible. Je n'essayais ni de résoudre tes problèmes en te jetant de l'argent à la figure ni de froisser ta virilité, loin de moi cette idée. C'est juste ma manière de fonctionner : un problème ? Je trouve une solution. De l'argent volé ? Voilà de quoi le remplacer. Rien à voir avec une quelconque considération de nos comptes en banque respectifs. (Je marque une légère pause en essayant de refouler ma culpabilité.) À l'avenir, si des problèmes de ce genre se représentent, famille ou argent, sache que si tu as besoin de moi, je serai là. Sinon, je me tairai.

– Comprends-moi bien, Mac. (Il se décale aussi sur le côté pour me faire face.) Ne crois surtout pas que je ne veux pas que tu t'impliques dans mes histoires. Mais j'en ai marre de toute cette merde, j'aimerais juste que les choses soient plus simples entre nous.

Cooper trouve ma main dans le noir et la plaque contre sa poitrine. Sa peau est douce et chaude. Je sens qu'il est torse nu et je sais que, selon son habitude, il ne porte que son boxer-short. Il continue d'une voix calme et apaisée.

– Le truc de l'argent sera toujours là. C'est à moi d'arrêter de me prendre la tête avec ça. Et je sais très bien que tu n'essaies en rien de me diminuer à ce sujet.

– J'ai eu tellement peur que tu ne reviennes pas… je lui dis en essayant de ravaler la boule que j'ai dans la gorge.

Il passe lentement sa main dans mes cheveux et vient frotter son pouce sur ma nuque. Un geste doux et apaisant qui me donne envie de me rendormir.

– Il va te falloir plus que ça pour te débarrasser de moi, tu sais, j'ai compris quelque chose, ce soir.

– Quoi ?

– Je suis allé dans ce petit bar miteux où j'étais assis avec Levi, entouré d'une bande de vieux solitaires qui avaient fui leur femme pour éviter leur maison cafardeuse. Des gars qui ont à peine deux fois mon âge et qui, déjà, sont usés par la vie. Tout de suite, j'ai pensé : Putain, mec, qu'est-ce que tu fous ici, tu as une nana super-sexy qui t'attend à la maison ? Ton plus gros problème est qu'elle essaie toujours de t'acheter des trucs ?

Je souris contre mon oreiller, je trouve qu'on a l'air de deux imbéciles.

– Et soudain je me suis dit : Et, si elle n'était pas là quand tu vas rentrer ? En fait, en regardant le fond de mon gobelet, je ne faisais que m'apitoyer sur mon sort. Et si tu faisais fuir la meilleure chose qui te soit jamais arrivée ?

– C'est gentil, mais tu y vas un peu fort.

– Je suis sérieux, continue-t-il d'une voix douce et insistante. Mac, les choses ici n'ont jamais été dans le bon sens. Et puis, mon père est mort, une confirmation que rien n'irait mieux. Après, Shelley est partie, on a fait avec, on ne s'est jamais plaints. Un jour, tu es arrivée dans ma vie, alors j'ai commencé à me faire des idées. Et si je n'avais plus à me contenter d'un peu mieux plutôt que de rien, comme je l'avais toujours fait ? Peut-être que j'avais le droit d'être heureux !

Il me brise le cœur. Vivre sans joie, sans penser que les lendemains peuvent encore chanter, ne détruira pas l'âme de quelqu'un. C'est ne plus voir que le froid, la nuit, se sentir étranglé par l'infini du néant et finir englouti par le désespoir. Rien de bon ne peut sortir du vide si nous nous résignons au pire. Moi aussi, je connais ce terrible tunnel qui lentement se refermait plus je réalisais l'avenir que Preston et mes parents avaient prévu pour moi.

C'est Cooper qui m'a sauvée de cette impasse. Pas seulement parce qu'il m'a réveillée de cette torpeur dans laquelle je végétais, mais surtout, parce que le rencontrer a fait naître en moi des sentiments qui je m'interdisais jusque-là, comme la passion, la curiosité et surtout l'exaltation devant l'inconnu.

J'étais endormie avant de le rencontrer.

– Je pensais être heureuse, je lui confie en faisant glisser mes doigts sur sa peau. Pendant longtemps. De quoi j'aurais pu me plaindre ? On m'avait donné tout ce dont je pouvais rêver. Sauf, l'essentiel. Un choix. On ne m'avait pas prévenue que je pouvais échouer, que je pouvais être blessée, que je pouvais aimer quelqu'un à un point tel que la seule idée de le perdre me briserait le cœur. Ce soir, en pensant que toi et moi, c'était peut-être vraiment fini, les pires idées me sont passées par la tête, j'ai cru devenir folle.

Cooper m'attire doucement contre lui et vient poser ses lèvres sur les miennes avec une infinie délicatesse.

Dans un souffle chaud qui caresse mes lèvres, il murmure :

– Je suis en train de tomber amoureux de toi, Cabot.

Mon cœur s'emballe.

– Euh… oh…

– Tu n'as pas idée.

Il fait lentement glisser sa main le long de mon dos, éveillant d'un seul coup tous mes sens. Je mordille ses lèvres et les aspire légèrement, un signe de notre langage secret qui veut dire que j'ai besoin de lui sans attendre. Je veux qu'il apaise cette tension qui monte en moi. Mais Cooper est un méthodique, sa patience, sa lenteur parfois peuvent devenir frustrantes. Sans se presser, il enlève mon débardeur, palpe délicatement un sein, tout en léchant l'autre avec gourmandise. Il retire son boxer. Je me tortille pour me débarrasser de ma culotte pendant qu'il met un préservatif. Rien qu'à l'idée de ce qui va suivre, un frisson me secoue des pieds à la tête alors qu'il fait glisser son sexe long et chaud sur mon corps.

Bientôt, il me tient fermement tandis qu'il va et vient en moi. Lentement, voluptueusement. Je m'accroche à lui, étouffant mes gémissements contre son épaule.

– Je t'aime aussi, je murmure à mon tour en tremblant dans ses bras pendant que je jouis.

Chapitre 39
COOPER

Peu de temps après avoir porté plainte contre Shelley, je reçois un appel me demandant de passer au poste de police. Au téléphone, le shérif m'apprend que les flics l'ont ramassée en Louisiane. Je suis certain qu'elle n'avait payé aucun des PV qu'elle a dû laisser derrière elle après que son « copain » l'a jetée sur le trottoir. Quand il a reçu le mandat d'arrêt de Caroline du Sud, le shérif de Baton Rouge l'a tout de suite fait transférer à Avalon.

Mac et mon frère m'accompagnent tous les deux au commissariat, mais je préfère qu'Evan attende dehors pendant que nous parlons au shérif Nixon. Evan était tout aussi furieux que moi d'apprendre que Shelley m'avait volé sans qu'on s'en rende compte, mais je connais mon frère, il aura toujours un faible pour sa mère. Pour l'instant, j'ai besoin de garder la tête froide pour ne pas me laisser embarquer par une sentimentalité inutile. Le shérif Nixon me serre la main.

– Asseyez-vous, Cooper. Votre mère avait environ dix mille dollars en liquide sur elle quand ils l'ont arrêtée à Baton Rouge.

Un grand soulagement m'envahit. Dix mille dollars, c'est moins que ce qu'elle m'a volé, mais c'est mieux que rien. Je m'attendais à moins. Elle n'est partie que depuis quatre jours, mais connaissant Shelley, elle aurait largement pu claquer les douze mille dollars en si peu de temps.

– Cependant, vous n'allez pas pouvoir récupérer cette somme tout de suite, ajoute Nixon.

– Et pourquoi ?

Il commence à me raconter des histoires sans fin sur les procédures et autres balivernes ; un peu perdu dans mes pensées, j'essaie de suivre du mieux que je peux. Si j'ai bien compris, ma mère va comparaître devant un juge qui devrait la mettre en accusation. Mac, voyant que je suis un peu paumé, pose beaucoup de questions à ma place. En fait, je suis obsédé par la vision de Shelley portant une combinaison orange avec des menottes aux poignets. J'ai beau mépriser tout ce que cette femme m'a fait subir, j'ai du mal à l'imaginer derrière les barreaux. Quel genre de fils envoie sa propre mère en prison ?

– Elle est ici en ce moment ? je demande à Nixon.

– Oui, en détention provisoire.

D'un revers de main, il frotte son épaisse moustache, avec cette allure typique d'un shérif de petite ville de province. Comme il est nouveau à Avalon, il ne sait probablement pas grand-chose sur moi et ma famille. Contrairement à son prédécesseur, le shérif Stone, qui nous détestait. Il avait passé tellement d'après-midi d'été à nous surveiller en voiture banalisée avant de nous poursuivre dans Avalon, Evan et moi.

– Que se passerait-il si je changeais d'avis ?

À côté de moi, Mac ne comprend plus rien, tout à coup.

– Vous voulez retirer votre plainte ? me demande Nixon en se penchant vers moi.

Après quelques secondes d'hésitation, je lui pose une question qui me tracasse.

– Dans ce cas, je pourrais récupérer mon argent aujourd'hui ?

– Il n'y aurait aucune raison de le garder comme preuve. Donc, oui.

Première chose que je voulais savoir.

– Que va-t-il arriver à ma mère ensuite ?

– Cela ne dépendra que de vous. En tant que victime, c'est votre droit de la poursuivre ou pas. Si vous retirez votre plainte, elle sera libérée. Madame Hartley n'a été arrêtée en Louisiane que suite à notre demande. Les amendes qu'elle encourt là-bas sont un autre problème. Pour le moment d'ailleurs, nous ne sommes au courant d'aucun mandat d'arrêt émanant de la justice de cet État.

Je jette un coup d'œil à Mac, sachant pertinemment que ce n'est pas le genre de décision qu'elle va prendre à ma place, mais je veux savoir si elle m'approuve. Elle me regarde attentivement et me fait un léger signe de tête.

– Fais ce qui te semble juste, murmure-t-elle.

– Oui, je veux retirer ma plainte, je dis en regardant le shérif. Finissons-en.

Il nous faut encore une heure pour signer toutes sortes de papiers et attendre qu'un officier de police apparaisse avec un sac en plastique contenant mon argent. Il compte un à un chaque billet et me fait signer une décharge. Un deuxième grand soulagement m'envahit quand je passe la liasse de billets à Mac pour qu'elle la range dans son sac. La première chose que je vais faire, c'est les mettre à la banque. Tant pis pour le fisc !

Dehors, Evan nous attend près du camion.

– Tout va bien ? nous demande-t-il.

– Impeccable.

On est sur le point de partir quand Shelley sort du commissariat en se frottant les poignets.

Merde.

Elle allume une cigarette et, en soufflant la fumée, elle voit qu'on essaie de s'enfuir.

– Je m'en occupe, propose Mac en me prenant la main.

– C'est bon, je réponds. Attendez, restez là, tous les deux.

Typique de Shelley, ma mère s'avance vers moi, toute guillerette.

– Tu parles d'une journée ! Quelqu'un a vraiment merdé, tu ne crois pas ? Ils se sont bien emmêlé les pinceaux. Je leur ai dit tout de suite de vous appeler et que je n'avais rien pu prendre qui ne m'appartenait pas.

– Je t'en prie, arrête ! Laisse tomber ton cinéma.

– Mon bébé…

– Et puis, arrête de m'appeler « bébé ».

Je n'en peux plus de ses conneries et de ses petits sourires hypocrites.

Je les connais par cœur depuis que j'ai cinq ans et j'en ai ras-le-cul de ses simagrées.

– Tu connaissais ma cachette, tu as piqué toutes mes économies et c'est pour cette raison que tu as quitté la ville, j'espère que ça valait le coup, Mam, je lui dis froidement en la regardant droit dans les yeux.

Elle attrape mon bras, je fais un pas en arrière.

– Non, bébé. J'ai juste emprunté un peu pour m'installer. J'allais te le renvoyer, dès que je me serais remise sur les rails, tu le sais très bien. Et puis, je ne pensais pas que tu y verrais un inconvénient.

– Tu parles ! je lui réponds en éclatant d'un rire nerveux. De toute façon, peu importe ! Je ne veux plus les entendre, tes conneries ! C'est la dernière fois que je te vois, tu m'entends ? En ce qui me concerne, je ne veux plus que tu remettes les pieds ici. Je ne suis simplement plus ton fils, Shelley.

Cette fois, elle n'en mène pas large.

– OK, je comprends que tu sois contrarié, Cooper, mais je reste ta mère. Vous restez mes garçons. On n'a pas le droit de tourner le dos à sa famille, ajoute-t-elle en regardant Evan qui s'est approché de moi. Pas vrai, mon bébé ?

– Pas cette fois, dit-il en regardant au loin les voitures qui passent sur l'autoroute. Je suis d'accord avec Coop, je pense qu'il serait préférable que tu ne reviennes plus jamais dans le coin.

J'ai envie de le prendre dans mes bras, mais pas ici, pas devant elle. Je connais la douleur qu'il ressent, la solitude qui l'envahit. Aujourd'hui, Evan a perdu sa mère.

La mienne, je l'ai perdue il y a longtemps.

Shelley fait une dernière et vaine tentative pour nous séduire. Elle comprend enfin qu'il n'y a plus rien à faire. Alors, tout s'effondre pour elle. Fini les faux sourires. Ses yeux deviennent ternes, on n'y lit plus que sa méchanceté naturelle. Sa voix se remplit d'amertume. À la fin, elle n'a plus rien à dire en guise d'adieu. À peine si nous apercevons un dernier regard à travers le panache de fumée qu'elle nous lâche à la figure, avant de se diriger vers un taxi qui l'emporte loin pour devenir le problème de quelqu'un d'autre. Nous voilà soulagés, même si, pour l'instant, nous avons tous la boule au ventre.

Plus tard dans la soirée, alors que Mac nous commande une pizza pour le dîner, Evan et moi emmenons Daisy faire une promenade. On ne parle pas de Shelley. On ne parle pas de grand-chose. L'humeur est sombre. Chacun de nous semble perdu dans ses pensées, je sais pourtant que nous pensons exactement à la même chose.

Quand nous rentrons à la maison, nous avons la surprise de trouver Levi qui sirote une bière sur la terrasse arrière.

– Salut, les garçons ! lance-t-il à la cantonade, dès qu'il nous voit arriver. Je suis venu aux nouvelles. Comment ça s'est passé au commissariat ?

Evan va nous chercher deux bières pendant que je m'appuie à la balustrade et lui raconte. Quand j'arrive au moment où Shelley disparaît enfin, sans même nous dire adieu, le visage de Levi s'illumine.

– Tu crois que cette fois elle a compris le message ? me demande-t-il, l'air satisfait.

– Peut-être. Elle n'en menait vraiment pas large, je te garantis.

– Sincèrement, je ne peux pas te dire que je vais la regretter.

Levi ne s'est jamais bien entendu avec Shelley, même quand elle vivait encore avec nous. Comment lui en vouloir ? Et pourtant, parmi les horreurs du passé, s'il y a une chose de formidable que nos parents nous ont laissée, c'est bien notre oncle Levi.

– Nous voilà maintenant orphelins, fait remarquer Evan en fixant les vagues.

– Merde, les gars, je sais que ça ne va pas être facile. Mais dites-vous que vous n'êtes pas seuls. Si vous avez besoin de quelque chose…

Il s'arrête là, mais il n'a pas besoin de terminer sa phrase. Levi a toujours fait de son mieux pour que nous nous sentions comme une famille. Et il a fait du bon travail quand on regarde d'où il est parti.

– Écoute, on ne te le dira jamais assez, si on en est là, c'est grâce à toi. Tu as toujours été présent pour nous et tu l'es encore à chaque coup dur. Sans toi, on n'aurait pas pu intégrer une vie normale. On aurait probablement été envoyés dans un foyer ou une famille d'accueil. Et sans doute, séparément.

– Tu sais, nous tenons beaucoup à toi, ajoute Evan d'une voix remplie d'émotion.

Levi est gêné. Voulant cacher sa propre émotion, il toussote.

– Vous êtes des types épatants, les garçons, répond-il, un peu bourru.

Levi ne sait pas montrer ses sentiments, pas plus qu'il ne sait les exprimer avec des mots, mais nous savons très bien ce qu'il ressent pour nous.

On n'a peut-être jamais eu la famille qu'on méritait, mais on a fini par trouver celle dont on avait besoin.

Chapitre 40
MACKENZIE

Rien à faire, Cooper est têtu comme une mule.

– Tu m'as dit que tu allais chercher de la glace en rentrant à la maison, je crie depuis le jardin où je viens de poser six glacières remplies de bières et de sodas à moitié chauds.

Avec février est soudain arrivé un hiver froid et cinglant. Ce qui fait que je me gèle les fesses dans le jardin avec toutes ces boissons tiédasses, parce qu'Evan les a laissées près du grand feu. Bien sûr, il est parti se soulager la vessie pendant que je me bats avec une table pliante dont j'essaie de déplier les pieds. Ces machins-là ont dû être conçus par un sadique parce que, malgré tous mes efforts, impossible d'ouvrir cette foutue table de merde.

– Le congélo du caviste ne fonctionne plus, me répond Cooper depuis la terrasse. Heidi m'a dit qu'elle allait faire un détour chez Publix[23] pour en acheter en venant ici.

– Mais les boissons n'auront pas le temps de rafraîchir avant que tout le monde arrive, c'est pour ça que je t'avais demandé d'y aller !

---

23. Publix Super Markets, Inc est une ancienne enseigne de supermarché américain fondée en 1930.

J'en ai marre, c'est la troisième fois que j'essaie de lui expliquer ça et j'ai l'impression de parler à un mur… irritable, par-dessus le marché.

– Je me serais bien arrêté, mais ce n'était pas sur mon chemin et je voulais rentrer plus tôt pour t'aider. Tu aurais préféré que je te laisse ici pour tout faire toute seule ?

– Mais moi, j'étais ici pour l'aider, lance Evan depuis sa chaise.

Comme d'habitude, il est assis sur son cul en buvant la dernière bière fraîche au lieu de m'aider à tout installer.

– Elle n'a pas tort, Coop, ajoute-t-il en me faisant un petit signe comme pour me dire « tu vois, je suis de ton côté ».

– Ne t'en mêle pas, répond son frère.

Je les regarde, absolument consternée.

Je me demande s'il y a pire que de partager un anniversaire à un jour d'intervalle avec des jumeaux qui ne savent pratiquement rien faire dans une maison. Hier soir, ils ont eu la brillante idée d'organiser une énorme fête à la dernière minute au lieu du dîner que j'avais prévu. Résultat, il faut tout faire en urgence, sauf qu'Evan est un gros paresseux et que Cooper n'a aucun sens de l'organisation.

Je n'en voulais pas, de cette stupide fête, mais, bien sûr, ils ont insisté car c'est mon vingt et unième anniversaire, on devait faire les choses en grand. Donc, forcément, je suis coincée là, à faire tout le boulot.

– OK, laisse tomber. Il faut que j'aille chercher de la bouffe dans une partie de la ville, le gâteau à une autre, pourquoi pas m'occuper aussi de la glace. Je vais simplement essayer d'être de retour avant la nuit. Souhaite-moi bonne chance.

– Je vois, répond-il en lâchant un grand soupir, l'air exaspéré. Je vais appeler Heidi et lui demander de venir plus tôt. Ça te va ? Tu es contente ?

Je donne un grand coup de pied dans la table pliante parce que merde, et je me précipite sur les marches pour aller dans la cuisine, sauf que Cooper se met devant la porte-fenêtre et m'empêche de rentrer.

– Devine, la chose qui me ferait le plus plaisir pour mon anniversaire, c'est une minute de moins de ses commentaires à la con et de ses petits regards narquois. Mais c'est trop demander, apparemment.

– Je lui ai parlé, OK. Je ne peux pas contrôler tout ce qu'elle fait, donne-lui un peu de temps, elle va finir par s'en remettre.

– Tu sais quoi ? Je ne lui en veux même pas, à Heidi. Si on m'avait laissée tomber pendant tout un été, je serais comme elle, j'aurais les boules.

– Ce n'est pas ce qui s'est passé, grogne-t-il entre ses dents.

– En tout cas, c'est ce qu'elle pense, ce qui revient au même. À mon avis, vous devriez tirer ça au clair entre vous.

– Putain, Mac, tu pourrais me lâcher une seconde ?

– Hey ducon ! C'est elle qui a raison, lance Evan depuis le jardin.

Cooper lui fait un doigt d'honneur et me suit dans la maison pendant que je me dépêche de prendre mon sac à main et de trouver ses clés. Ne les voyant ni dans la cuisine ni dans le salon, je vais dans sa chambre. Il est sur mes pas, l'air aussi énervé que je le suis. Je me retourne et lui dis :

– Tu sais quoi ? Je pense qu'on a un problème, Coop.

Nos disputes sont épuisantes… et agaçantes, parce qu'elles démarrent presque toujours sur un détail complètement stupide. On s'obstine, chacun campe sur ses positions, on use une énergie de dingue à se chamailler, tout ça pour, souvent, ne plus savoir à la fin qui a commencé.

– Qu'est-ce que tu veux dire ?

Il attrape ses clés sur la commode avant que je puisse les prendre.

Je serre les dents et j'aspire une grande bouffée d'air.

– Quand je me suis installée ici, il était entendu que c'était une solution provisoire. Je me rends compte que je commence à abuser. Vu comment on se dispute sans arrêt, il va falloir que je m'en aille.

Il me regarde, abasourdi, comme s'il venait de recevoir un coup de marteau sur la tête. Il se dégonfle comme un ballon de baudruche. Il a l'air perdu, tout à coup, en me mettant ses clés dans la main. Sa voix devient toute douce.

– Ce n'est pas ce que je veux ! Si tu as envie d'avoir ton propre appartement, je comprends. Mais ne pense surtout pas que tu dois déménager à cause de moi. Tu sais, j'aime bien t'avoir ici.

– Tu es sûr ? (J'ai remarqué que les plaintes concernant l'invasion de son espace ont augmenté de façon exponentielle depuis que je me suis installée ici.) Je préfère que tu me dises la vérité. Pas ce que tu crois que je veux entendre.

– Je te jure.

Il me regarde intensément, je ne peux pas le quitter des yeux. Une sensation de plénitude passe soudain entre nous. À chaque fois, c'est la même chose, quand la colère s'en va et que la tension retombe, quand la tempête se calme et que je le regarde à nouveau, je fonds. J'aime la façon dont ses tatouages sculptent les muscles de ses bras, comment ses beaux pecs se dessinent sous ses tee-shirts. Il sent si bon le shampoing pour homme et la sciure de bois.

Cooper pose ses mains sur mes hanches en me regardant avec des yeux de velours, il me fait reculer, ferme la porte de sa chambre et me plaque contre elle.

– J'aime t'avoir près de moi, me dit-il d'une voix grave, j'aime dormir avec toi, me réveiller près de toi… j'aime faire l'amour avec toi.

Il attrape le bas de ma robe et la remonte jusqu'à ma taille. Je sens tout de suite les battements de mon cœur qui viennent pulser plus fort dans mon cou. Je suis tellement folle de lui que, dès qu'il me touche, mon corps entier frémit dans l'attente de ce qui se prépare.

– J'espère ne pas te faire perdre tous tes moyens, je lui chuchote à l'oreille pour le provoquer, les mains à plat contre la porte.

Il fronce les sourcils en se rapprochant de plus en plus de mon visage ; sa bouche est sur le point d'effleurer la mienne quand il se lèche les lèvres et chuchote à son tour.

– Demande-moi de t'embrasser.

Je ne sais même pas quoi répondre, tellement je frissonne des pieds à la tête. Il appuie alors son front sur le mien et me tient fermement par les hanches.

– Si les hostilités sont terminées, demande-moi de t'embrasser, répète-t-il.

Autant je déteste me disputer avec lui, autant ce moment-là, la réconciliation, je l'adore.

– Embrasse-moi, je murmure.

Ses lèvres alors effleurent les miennes, on dirait qu'il me caresse. Il se relève légèrement.

– Ça… murmure-t-il à son tour en ne terminant pas sa phrase.

Il n'en a pas besoin, je sais exactement ce que ce « ça » veut dire.

Juste ça.

***

Il s'avère que je suis plutôt douée aux jeux à boire. En fait, j'ai l'impression que plus je bois, plus je m'améliore. Je n'avais jamais joué au Flip Cup avant ce soir, mais après quelques tours d'essai, je gagne toutes les parties, je les écrase tous les uns après les autres. Après ça, je réussis à en battre trois au Beer Pong. Et c'est au tour d'un grand type avec des tatouages sur le cou que j'humilie aux fléchettes. Une fois que j'ai descendu l'équivalent d'une bouteille de vin, je deviens nettement moins bonne et je n'arrive plus à toucher le centre de la cible.

Maintenant, je suis debout devant le grand feu, j'écoute Tate qui propose un petit test que mon cerveau éméché a du mal à comprendre.

– Attends, je ne comprends pas. S'il y a des bateaux qui arrivent sur l'île, pourquoi je ne peux pas en prendre un et rentrer chez moi tranquillement ?

– Parce que ce n'est pas ce qu'on te demande, coupe Tate, exaspéré.

– Mais je m'en suis déjà tirée une fois, j'argumente. Alors, pourquoi je ne peux pas monter sur un bateau ? Je préfère ça plutôt que de devoir choisir entre Cooper et un tas de provisions sans avoir accès à aucun des deux bateaux !

– C'est ça, la vraie question, idiote. Ce n'est pas comment tu vas quitter l'île, c'est quel bateau tu vas choisir.

– Je prends les deux bateaux !

Là, j'ai l'impression que Tate va me tuer, ce qui est un peu étrange parce que quelque chose me dit que cette histoire d'île déserte n'est pas si compliquée.

– Tu sais quoi ? (Il laisse échapper un soupir de désolation et me sourit en montrant ses belles fossettes.) Tu es très mignonne, Mac, mais en test, tu es nulle.

– Waouh, tu sais que tu es mignon aussi, mon petit canard bleu des îles.

– Je te déteste, répond-il en soupirant encore une fois.

Je sais que ça n'est pas vrai. Il aura fallu un certain temps, mais je crois que j'ai enfin trouvé ma place dans la vie de Cooper. Je ne suis plus l'empêcheuse de tourner en rond. Pas seulement dans sa vie, dans la nôtre, tout simplement.

– J'ai froid.

– Tu plaisantes ? me demande Tate en montrant du doigt le feu qui fait rage devant nous.

– Ce n'est pas parce qu'il y a un feu que nous ne sommes pas en février, je réponds en haussant des épaules.

Je le laisse devant son feu et me dirige vers la maison pour aller chercher un pull. Au moment où j'arrive sur les marches, j'entends une voix prononcer mon nom, je me retourne pour répondre avant de réaliser que c'est Heidi qui parle à quelqu'un sur la terrasse, au-dessus de moi. Je me penche en arrière et finis par apercevoir entre les balustres, sa tête blonde et la tête rouge d'Alana qui discutent ensemble, avec d'autres filles que je ne connais pas. Je suis sur le point de monter les marches quand je décide d'écouter leur conversation.

– Éventuellement, je peux lui pardonner d'être une véritable idiote, mais qu'est-ce qu'elle est chiante ! dit Heidi en rigolant. Et Cooper n'est plus drôle du tout ! Tout ce qu'il sait faire maintenant, c'est jouer au petit couple marié, il ne sort presque plus.

Elle commence à m'énerver sérieusement, cette fille, c'est toujours la même merde avec elle. Pas une seule fois je n'ai empêché Cooper de sortir avec Heidi, je ne lui ai jamais demandé de ne pas l'inviter quelque part, au moins, moi, je la tolère. Je ne comprends pas pourquoi elle ne me rend pas la pareille et n'arrive pas à m'accepter. Au lieu de ça, elle continue à me lancer des regards assassins et à me faire des petites réflexions acides. Et, apparemment, elle ne se gêne pas pour déblatérer sur moi dans mon dos.

– Je ne sais pas comment elle a pu croire que Cooper n'avait jamais rencontré l'autre mec. (Heidi pouffe de rire et continue avec un petit ton supérieur.) Je veux dire, réveille-toi, tu ne vois pas que c'est un coup monté, sans déconner.

Attends, quoi ?

Elles parlent de Preston ?

– La pauvre fille, je la plaindrais si elle n'était pas aussi naïve.

Mais… je l'emmerde, cette Heidi ! De quoi je me mêle ! Pourtant, je veux savoir quel autre venin elle va pouvoir cracher. Pour me rapprocher d'elle, je me glisse sur les marches en me mettant dans l'ombre d'autres personnes qui parlent ensemble.

– OK, mais ça commence à dater, ton histoire, dit une autre fille. Il doit être vraiment à fond sur elle, tu ne crois pas ?

– Qu'est-ce que ça peut faire, de toute façon, elle va bien finir par découvrir qu'il lui ment depuis le début ! Qu'il n'est sorti avec elle que pour se venger !

– Laisse-les tranquilles, répond Alana. Tu as promis de la fermer, non ?

Je n'en crois pas mes oreilles. Si j'ai bien compris ce que vient de lui répondre Alana, elle ne fait que confirmer cette histoire.

Qu'est-ce que ça peut vouloir dire d'autre ?

– Et alors ? répond Heidi en baissant le ton.

Je suis à peine à un mètre de distance des filles. Si proche que j'en tremble.

– Je n'ai pas dit que j'allais tout lui raconter. Pas exprès, en tout cas.

Mon cœur bat si fort que j'ai peur qu'il explose. Alana se tient là, juste à côté. Elle ne contredit pas la version de Heidi.

Ce qui signifie, si j'ai bien compris, que Cooper me ment depuis qu'on s'est rencontrés ?

Pire, il m'a menti quand je lui ai posé des questions sur la plage. Et il s'est débrouillé pour que tous ses amis – nos amis, comme je le pensais jusqu'à maintenant – le soutiennent dans ses mensonges ! Evan, Alana, Steph.

Je suis liquéfiée, j'ai l'impression que je vais couler entre les planches de la terrasse. Quelle humiliation ! Qui d'autre encore est au courant ? Est-ce qu'ils se foutent tous de ma gueule depuis le début ? Pauvre, stupide clone !

– Eh bien, allons-y ! je lance à la cantonade en m'avançant pour affronter le groupe. Pourquoi attendre que je l'apprenne par la bande ? Quelque chose pourrait m'échapper, dis-le-moi donc en face, Heidi.

Alana a la décence de prendre un air de circonstance. Heidi, comme d'habitude, me regarde avec son petit sourire en coin.

Sérieusement, si elle continue, je vais la frapper. J'ai été patiente avec elle, très patiente même. Je lui ai fait la conversation, je suis restée bien élevée, je lui ai laissé du temps. Elle n'en a jamais tenu compte, elle n'a fait que me mépriser depuis le début. Maintenant, je comprends pourquoi : ce n'est pas une trêve qu'il y avait entre nous, mais une véritable guerre froide dont je ne connaissais même pas l'existence. Quelle erreur de ma part !

– J'ai compris, tu me détestes, je lui dis avec rage. Trouve un nouveau passe-temps.

Elle me regarde, les yeux mi-clos.

Je me tourne ensuite vers Alana.

– C'est vrai ? Il y avait une sorte de plan de vengeance contre mon ex ? Cooper a menti ?

Rien que de le dire, j'en ai la nausée. Tout l'alcool que j'ai ingurgité ce soir fait de terribles va-et-vient dans mon estomac pendant que je passe en revue les événements des six derniers mois. J'essaie de me rappeler les conversations avec Cooper en me demandant quels indices évidents ont pu m'échapper. Combien de fois la réponse a dû être là, juste sous mon nez, mais j'étais trop envoûtée par ses yeux sombres et son sourire ravageur.

Toujours silencieuse, Alana ne bronche pas, tout juste si je peux lire une vague hésitation sur son visage. Je pensais qu'on s'était rapprochées, qu'on avait passé des moments difficiles, mais qu'on était devenues amies. Pourtant, elle reste impassible, le visage fermé, tandis qu'Heidi n'arrête pas de me charrier devant les autres. Comment ai-je pu être si conne! En fait, elles m'ont toutes trahie.

– Alana? j'insiste une dernière fois, presque honteuse de me voir aussi impuissante devant la situation.

Après une pause qui me semble interminable, son expression distante change juste assez pour que je puisse y lire une lueur de regret.

– Oui, admet-elle, c'est vrai, Cooper a menti.

Chapitre 41
COOPER

Je viens d'entrevoir Mac passer de l'autre côté des flammes du grand feu qu'on a allumé sur la plage, une vision fugace et magnifique, avant de recevoir tout à coup un grand jet de bière à travers la figure.

– Enfoiré !

Sincèrement, je ne comprends rien à ce qui m'arrive. En reculant, j'essuie mes yeux avec mes doigts pleins de sable. Je n'arrête pas de cligner des paupières en utilisant mon avant-bras pour éponger toute la bière qui coule sur mon visage. Mac se poste devant moi avec un gobelet rouge vide dans la main. Tous nos amis nous regardent. J'ai du mal à comprendre de qui se passe.

– Connard de menteur ! répète-t-elle, totalement hors d'elle.

– Waouh ! C'est quoi ce bordel ? demande Evan en s'approchant de nous.

– Non ! Va te faire foutre toi aussi ! lance-t-elle en pointant un doigt sur lui. Vous m'avez menti tous les deux !

Derrière elle, j'aperçois Alana qui se fraie un passage à travers la foule, suivie par Heidi. Alana a l'air coupable. Sur le visage d'Heidi, je ne vois que de l'indifférence.

Sur celui de Mac, la colère et la trahison.

Et là, je comprends. En la voyant, je perds pied, je sais que je suis foutu. J'ai l'impression que ma tête va exploser, je suis tétanisé, je sais pertinemment que c'est ma faute. Cette fois, ça va faire mal. Trop tard, impossible de me rattraper. Elle va me tuer.

– Attends, Mac, laisse-moi t'expliquer.

– Tu t'es servi de moi ! hurle-t-elle.

Elle lance son gobelet de toutes ses forces. Il rebondit sur ma poitrine devant un public abasourdi qui préfère battre en retraite en silence derrière la fosse du feu.

– Tout était une question de vengeance depuis le début.

Elle secoue la tête à plusieurs reprises, les émotions dans ses yeux vont de l'embarras à la colère en passant par la déception.

Quand je pense à la première fois où je l'ai approchée, je me souviens combien j'étais énervé d'avoir à faire semblant de m'intéresser à une clone coincée. Comment elle m'a surpris avec son sourire et son esprit.

Qu'est-ce qu'elle a bien pu voir en moi pour en arriver là ?

– Ça commencé comme ça, j'admets.

Je n'ai que quelques secondes pour me sortir de cette impasse avant qu'elle ne s'enfuie et ne me parle plus jamais. Alors je laisse tomber les conneries et je balance tout.

– Oui, c'est vrai, au début, je suis parti à ta recherche uniquement parce que je voulais me venger de lui. J'étais idiot et en colère. Et puis, je t'ai rencontrée et ça a chamboulé toute ma vie. Mac, je suis tombé amoureux. Ces six derniers mois ont été les plus merveilleux de ma vie.

Les plus compliqués également. Elle a tout supporté avec moi. Malgré moi. Elle m'a soutenu dans les épreuves, même si je n'ai pas toujours été sympa avec elle. Elle n'avait aucune raison d'accepter mes sautes d'humeur et mon caractère à la con. Et pourtant, elle a trouvé le moyen de m'aimer. Bien sûr, j'ai tout gâché, comme d'habitude.

Mais, putain de merde, l'idée de perdre Mackenzie m'est bien plus insupportable que je l'aurais imaginé. Mon cœur est pris dans un étau.

– Eh oui, j'aurais dû te dire la vérité il y a longtemps. Mais, comprends-moi, j'avais peur. (La boule que j'ai dans la gorge devient si grosse que je cherche ma respiration.) J'avais peur du moment que nous sommes en train de vivre, là, maintenant. Je pensais bêtement que si tu ne savais rien, ça t'éviterait de souffrir. Je sais, j'ai fait une terrible erreur, mais je voulais te protéger.

– Tu m'as humiliée, voilà ce que tu as réussi à faire, crache-t-elle entre larmes et rage.

J'ai envie de la prendre dans mes bras pour apaiser la peine dont, hélas, je suis le seul responsable et chaque regard dévasté qu'elle me lance me déchire le cœur.

– Tu me fais passer pour une imbécile.

– S'il te plaît, Mac, je ferais n'importe quoi.

J'attrape ses mains en les serrant bien fort alors qu'elle fait déjà un mouvement pour partir. Si elle fait un seul pas, je la connais, elle s'en ira pour toujours.

– Je t'aime, laisse-moi te le prouver. Donne-moi une chance.

– Tu l'as déjà eue, cette chance, continue-t-elle, alors que des larmes lui coulent sur les joues. Tu aurais pu me dire la vérité il y a des mois. Tu as eu des centaines d'occasions de le faire, y compris sur la plage, quand je t'ai demandé si tu connaissais Preston et si c'était lui qui t'avait fait virer. Mais non, tu m'as refusé la vérité. Tu as préféré laisser tout le monde se moquer de moi derrière mon dos. (Mac retire ses mains des miennes pour essuyer ses larmes.) Tu vois, je crois que j'aurais pu te pardonner tout ce que tu m'as fait subir si tu ne m'avais pas menti. Oh… je dois te l'accorder,

Cooper, tu t'y es pris de main de maître. Tu as tellement bien fait les choses que tous ceux que je pensais être devenus mes amis m'ont menti, eux aussi. Tu m'as enfermée dans une cage de conneries pour ton propre amusement.

– Mackenzie… (J'ai l'impression d'essayer de monter sur une corde enduite de savon. À chaque respiration que je prends, je la sens s'éloigner de plus en plus.) Je t'en supplie, laisse-moi réparer tout ça.

– Il n'y a rien à réparer, me dit-elle d'un ton glacé, je rentre à la maison, je fais mes valises et je m'en vais. C'est la seule chose qui me reste à faire, et surtout, ne t'avise pas de m'en empêcher.

Puis elle fait volte-face et disparaît derrière le feu.

Ne laissant derrière elle que le silence.

– Oublie tout ce qu'elle t'a dit, lâche Evan en me donnant un coup d'épaule. Cours après elle, vas-y, va la chercher.

– Elle ne voudra jamais, je murmure en regardant dans le vide.

Je connais assez Mackenzie pour savoir que lorsqu'elle prend une décision, elle s'y tient. À partir de maintenant, tout ce que je pourrais tenter la fera fuir davantage et ne fera qu'augmenter la haine qu'elle me voue. Parce qu'elle a raison, je n'étais qu'un petit con quand je l'ai rencontrée.

Et je n'ai rien fait depuis pour prouver le contraire.

– Alors, je vais y aller moi-même, grogne Evan qui s'obstine, malgré ma tentative de le retenir.

Qu'importe… il ne réussira pas à la faire changer d'avis. Elle part.

Elle est partie.

Tous les autres se dispersent par petits groupes, je finis seul sur la plage. Je m'enfonce dans le sable. Je reste assis là je ne sais pas combien de temps. Si longtemps que le feu s'est réduit à quelques braises. Evan ne revient pas. Inutile de me dire ce que je sais déjà. Le soleil pointe au-dessus des vagues quand je me décide à rentrer à la maison en traversant les restes de la fête.

Daisy n'accourt pas vers moi pour que je la laisse sortir, son bol d'eau n'est plus dans la cuisine.

Les placards de ma chambre sont à moitié vides.

Je m'écroule sur mon lit et fixe le plafond, incapable de réagir.

J'aurais aimé savoir plus tôt combien Mackenzie Cabot allait me manquer !

Chapitre 42
MACKENZIE

J'ai vécu toute ma vie sans Cooper Hartley. Il a suffi de six mois pour me faire oublier cette vie d'avant. Six mois… et seulement quelques minutes pour tout réduire en cendres.

Une conversation volée au hasard.

Un seul aveu dévastateur.

Aussi vite qu'on souffle une allumette, mon cœur s'est arrêté de battre.

Après avoir quitté la maison de Cooper dans un brouillard total, je me suis assise à l'arrière d'un taxi avec Daisy. J'ai demandé au chauffeur de conduire sans s'arrêter pendant presque deux heures. Il a fini par me déposer devant Tally Hall. Je me suis présentée à la porte de Bonnie avec, pour tout bagage, mon sac dans une main et la laisse de Daisy dans l'autre et, avec une moue compatissante, elle nous a accueillies à la maison. Heureusement pour moi, sa nouvelle coloc découche la plupart du temps. La chance tourne quand tout le monde commence à partir pour aller en cours. Daisy se met à aboyer comme une folle en entendant le vacarme dans le couloir. Il ne faut pas longtemps au responsable de Tally Hall pour nous demander de quitter les lieux.

Dans l'intérêt de Bonnie, je lui dis que je passais juste quelques minutes pour lui dire bonjour, mais je doute qu'il m'ait crue. Dans l'après-midi, je me retrouve, toujours avec Daisy, à l'arrière d'un autre taxi à la recherche d'un plan B. C'est bien ma veine, aucun hôtel d'Avalon n'accepte les animaux de compagnie ; d'après ce que j'ai compris, une expo canine a mal tourné il y a quelques années.

Au bout d'un moment, j'atterris chez Steph et Alana. Daisy, la petite traîtresse, saute tout de suite sur les genoux de Steph qui est assise sur le canapé. Je suis un peu réticente quand je vais m'asseoir près de Steph, pendant qu'Alana plaide sa cause. Elles m'ont envoyé une bonne douzaine de textos après que j'ai quitté la fête avec fracas. Ce n'est pas tant le contenu que le nombre de leurs messages qui m'a convaincue de leur sincérité.

– Pour notre défense, commence Alana, debout les bras croisés, on n'avait pas prévu que tu serais une fille aussi sympa.

Je dois reconnaître qu'elle est fidèle à elle-même. Même si je pense qu'elle a joué un rôle important dans l'élaboration de ce plan de vengeance, visiblement, elle a mis de l'eau dans son vin.

– Crois-moi, continue-t-elle, quand Cooper nous a annoncé que vous sortiez ensemble, comme un vrai couple, ça nous nous a semblé un peu vache de te dire la vérité.

– Non, je réponds simplement, c'était bien plus méchant de mentir.

S'il est vrai que la vérité blesse, le mensonge, lui, vous dégrade. Quand j'ai découvert que Preston m'avait trompée, j'ai compris, à mes dépens, ce que c'est d'être la fille que l'on montre du doigt derrière son dos. Pendant des années, nos amis me faisaient de grands sourires par-devant tout en me regardant comme un pantin, inconsciente que j'étais de ses activités « extra-scolaires », du défilé des Marilyn qui lui tournaient autour. En revanche, il ne m'est jamais venu à l'esprit que Cooper puisse me mentir, lui aussi. Une fois de plus, ceux que j'appelle mes « nouveaux amis » se sont faits complices de mon ignorance. Dure réalité, mais il y a des leçons que l'on apprend deux fois.

Pour être franche, ceux-là, les nouveaux, je dois admettre qu'ils ont une circonstance atténuante : ils étaient les amis de Cooper, et depuis longtemps, avant de devenir les miens. Je dois en tenir compte. J'aurais tout à fait le droit de haïr Steph et Alana pour le rôle qu'elles ont tenu dans cette mascarade, mais je dois admettre qu'elles ont été prises entre deux feux. Oui, elles auraient dû me dire la vérité. Mais c'est Cooper qui leur a fait jurer de garder le secret. C'est lui qu'elles couvraient.

Si quelqu'un mérite de porter la faute, c'est donc Cooper.

– Tu sais, nous sommes très mal à l'aise avec cette histoire, dit Steph. Je trouve ça nul à chier comme blague.

– Ouaip… tu peux le dire.

– Nous sommes plus que désolées, Mac. Je suis désolée. Si tu as besoin d'un endroit où dormir, tu peux prendre la chambre d'amis, OK ? Pas seulement parce qu'on te le doit mais parce que tu es vraiment cool et je – pardon, nous, corrige-t-elle en jetant un coup d'œil à Alana – te considérons comme une véritable amie.

Malgré la situation compliquée, rester ici me paraît la meilleure option en attendant de trouver une solution plus permanente. Sans compter que Daisy a déjà pris ses aises.

– Et nous ne parlerons pas de Cooper, sauf si tu le demandes, promet Alana. Bien que, d'après ce que je sais, il soit complètement dévasté. Evan m'a dit qu'il était resté toute la nuit dans le froid, assis sur le sable à regarder la mer.

– Tu ne vas tout de même pas me demander de le plaindre ?

– Certainement pas, me répond Steph en ricanant. Nous pensons même que tu as toutes les raisons du monde de lui en vouloir. Personnellement, j'aurais trouvé normal que tu mettes le feu à son camion.

– Toute cette histoire de vengeance était une connerie d'ados attardés, ajoute Alana. Mais il ne faisait pas semblant de t'aimer. On lui avait bien précisé qu'il n'avait pas le droit de faire semblant d'être amoureux, donc, cette partie du plan a réussi à 100 %.

– Il s'en veut beaucoup, renchérit Steph, il est tout à fait conscient d'avoir commis une grosse erreur.

J'attends encore quelques secondes, mais il semble qu'elles en aient fini. Bien. Maintenant, passons aux limites à ne pas dépasser.

– Je comprends. Vous êtes coincées au milieu de tout ça, et ça craint. Alors que diriez-vous si on établissait une règle : je promets de ne pas faire la gueule chaque fois que quelqu'un mentionne le nom de Cooper et je ne dirai pas de mal de lui devant vous ; de votre côté, promettez-moi de ne pas faire constamment campagne pour lui. On est d'accord ?

– Deal ! répond Steph, l'air désolée.

Cette nuit-là, je pleure beaucoup, seule dans le noir. J'ai besoin d'apaiser les tensions accumulées par trop de douleur et de colère. J'ouvre les vannes en grand. Et puis, je m'efforce de mettre tout ça de côté, de l'enterrer profondément. Quand je me réveille le lendemain matin, je me dis qu'il y a beaucoup plus dans ma vie que Cooper Hartley. L'année dernière, je n'ai pas arrêté de me plaindre de tout ce qui m'empêchait de faire avancer mes projets. Eh bien, plus rien ne peut me freiner maintenant. J'ai tout le temps dont j'ai besoin pour me consacrer à mes sites web et à la restauration de l'hôtel.

GOOD GIRL COMPLEX

Il est temps d'essuyer le mascara et de devenir une méchante femme d'affaires.

Au diable l'amour et vive mon empire !

Chapitre 43
COOPER

– Hey Coop ! Tu es là ?

– Oui, derrière.

Heidi me retrouve à l'atelier où je suis terré depuis plus de six heures. Des commandes de nouveaux meubles continuent de tomber via le site web que Mac a mis en ligne pour moi. Elle avait demandé à quelqu'un qui travaille sur ses propres sites de le concevoir et un de ses employés en charge du marketing m'avait également créé un compte Facebook pro. Encore un exemple de la façon dont elle a changé ma vie en mieux. Les commandes arrivent plus vite que je ne peux les honorer, alors, chaque seconde que je ne passe pas sur les chantiers de Levi, je suis ici à me bouger le cul pour produire de nouvelles créations. Sincèrement, je suis content que ça m'occupe autant. Soit je m'occupe, soit je déprime à mort.

Je lève à peine la tête en guise de bonjour. Je travaille sur un morceau de chêne brut que je suis en train de tailler pour en faire un pied de chaise. Les longs coups répétitifs de mon ciseau sont à peu près la seule chose qui me permet de garder la tête froide ces jours-ci.

– Pourquoi votre terrasse ressemble à un magasin d'objets funéraires ? me demande Heidi en s'asseyant sur mon établi.

– C'est Mac. Elle continue à me renvoyer tous les cadeaux que je lui fais.

Voilà maintenant deux semaines que je lui envoie des fleurs, des paniers garnis, des tas d'autres trucs. Ils finissent sur la terrasse. Au début, je les envoyais à l'adresse de l'hôtel, sachant qu'elle y passe tous les jours pour vérifier l'avancement des travaux que Levi a confiés à l'une de ses équipes. Ensuite, à force de cuisiner Steph, elle m'a avoué que Mac s'était installée chez elle et Alana. J'étais sûr qu'au moins l'une d'entre elles allait accepter la livraison, peine perdue.

L'obstination avec laquelle cette nana refuse d'accepter mes excuses commence à devenir ridicule. Elle est même partie avec notre petite chienne. Il m'arrive encore de me réveiller au milieu de la nuit en pensant avoir entendu Daisy aboyer. Je me retourne pour demander à Mac si elle l'a sortie, pour finir par me rendre compte qu'aucune des deux n'est là.

Mes filles me manquent, putain. Je perds la tête.

– Je suppose que c'est la réponse à la question de savoir où vous en êtes, me dit Heidi en dessinant un visage triste dans la fine poussière de sciure. Ce n'est pas pour rien si…

– Ça suffit ! Je te jure que si tu finis cette phrase, tu ne remettras plus jamais les pieds ici !

– Waouh… qu'est-ce qui te prend, Coop ?

De rage j'appuie trop fort sur mon ciseau en faisant une grosse entaille juste au milieu du pied de la chaise. Merde ! L'outil m'échappe des mains et rebondit sur le sol.

– Tu as réussi ce que tu voulais faire, n'est-ce pas, Heidi ? Mac ne veut même plus me parler. Et maintenant, tu oses venir parader devant moi ? Je t'en supplie, épargne-moi ce spectacle.

– Tu penses que c'est à cause de moi ?

– Je ne pense pas, je le sais, c'est différent.

– Bordel, Cooper, tu n'es qu'un gros connard !

Rouge de colère, elle me jette une poignée de sciure à la figure.

– Putain de merde !

Maintenant, j'ai de la sciure plein la bouche et plein le nez.

En retenant ma respiration, je m'asperge la tête avec de l'eau en crachant sur le sol. Je garde malgré tout un œil attentif sur Heidi qui, visiblement énervée, n'arrête pas de faire les cent pas dans l'atelier.

– Je t'avais prévenu que c'était une mauvaise idée, s'emporte-t-elle. Qui a dit que c'était cruel de jouer avec quelqu'un ? Bien sûr, tu ne m'as pas écoutée, parce qu'Heidi, elle est jalouse, pas vrai ? C'est ce que tu pensais, hein ?

Sur ce point, je dois reconnaître, je suis un peu coupable. Oui, c'est vrai, c'est exactement ce que j'ai pensé quand elle a protesté contre le plan de vengeance d'Evan.

– Eh bien, continue-t-elle en pointant son index en l'air, je suis désolée que cette histoire t'ait explosé à la gueule, exactement comme je l'avais prévu. Mais ne me mets pas ça sur le dos, assume, Coop.

– Tu parles ! je réponds en levant l'index à mon tour. Tu n'as pas arrêté d'emmerder Mac jusqu'à ce que tu réussisses à la faire fuir.

– Elle écoutait aux portes. Elle a joué, elle a perdu.

Heidi commence à sérieusement me gonfler. Pendant six mois, j'ai fermé ma gueule, mais il y a une limite à tout.

– Tu as fait savoir à tout le monde que tu la détestais, dès qu'on est sortis ensemble. Je t'ai demandé – comme à une amie – de te calmer. Au lieu de ça, tu m'as poignardé dans le dos. Merci. Honnêtement, je pensais que nous étions plus proches que ça.

Heidi s'élance et jette la grosse cale à poncer dans ma direction. Heureusement, je suis assez rapide pour l'attraper avant qu'elle ne s'écrase sur ma figure.

– Ne commence pas avec cette histoire d'amitié ! Depuis cet été, tu ne rates pas une occasion de me faire comprendre que je suis la dingue au cœur brisé qui ne peut plus se passer de ta queue, mais qui s'est pointé un soir à ma porte, ivre et excité ? Et maintenant, c'est moi que tu accuses de te harceler ?

– D'où ça vient, ça ?

Heidi n'arrête pas de tourner autour de l'établi. Je ne suis pas tranquille de la voir si proche des ciseaux et des maillets.

– De toi, crétin. Ah, c'est vrai, pardon… J'ai fait l'erreur impardonnable d'avoir des sentiments pour toi. Putain, pour une telle faiblesse, je mérite d'être crucifiée. Je ne me souviens pas que tu m'aies dit que notre histoire était terminée. Je ne me souviens pas de t'avoir entendu me dire : « Hey, ce n'est que du sexe et on reste cool, OK ? » Un jour, tu m'as envoyée balader, et c'est tout.

J'hésite, je réfléchis, j'essaie de me souvenir de l'été dernier. Ma mémoire est un peu floue sur les détails. Je ne sais même plus comment nous avons fini par nous retrouver dans un lit la première fois, pas plus que je ne me souviens d'avoir eu une réunion formelle sur les détails de nos ébats. Pas même une petite discussion où nous aurions pu définir quelques règles de base, rien. J'ai juste pensé que…

Avec toujours cette petite culpabilité qui traîne au fond de moi, je commence à douter. Et si c'était moi, le connard ?

– Je n'avais pas réalisé ce que tu ressentais, j'admets, tout en gardant mes distances. (Un autre accès de violence n'est pas à exclure.) J'ai pensé qu'on était sur la même longueur d'onde. Après, c'est vrai, je me suis senti coincé et j'ai fait comme j'ai pu. Je ne voulais pas que ça devienne gênant.

Heidi s'arrête un instant, elle soupire et s'affale sur son tabouret.

– Je me suis sentie comme un simple coup sans importance. Comme si, même en tant qu'amie, je ne comptais pas pour toi. Crois-moi, j'en ai souffert, Coop. Alors j'ai commencé à t'en vouloir.

Merde... Heidi a toujours été là quand j'ai eu besoin d'elle. J'étais tellement obsédé par mon histoire avec Mac que je n'ai même pas vu que je lui avais fait du mal.

– Viens par ici, je lui dis d'un ton bourru en lui tendant les bras.

Après une petite hésitation, elle s'avance vers moi et me laisse l'enlacer. À son tour, elle se plaque contre moi et me prend dans ses bras.

– Je suis vraiment désolé, je lui dis, je n'ai jamais eu la moindre intention de te faire du mal. Ce n'était pas cool du tout de ma part. Je crois que si j'avais vu quelqu'un te traiter comme je l'ai fait, je lui aurais cassé la gueule.

Elle relève la tête en essuyant les larmes qui perlent dans ses yeux.

– Moi aussi, je suis désolée. J'aurais dû me conduire en adulte plutôt que de m'en prendre à ta copine.

Ah, cette Heidi ! Elle m'épate, toujours une longueur d'avance. Je la serre à nouveau dans mes bras en insistant légèrement.

– Ça va, maintenant ? Tout va bien entre nous ?

– On va faire avec.

– Si tu as besoin que je rampe un peu plus, demande. Tu sais, ces deux dernières semaines, je suis devenu sacrément bon à ce petit jeu, je lui dis, plein d'autodérision.

– Ce n'est pas ce que semblent dire les fleurs sur ta terrasse, ajoute-t-elle avec un petit sourire entendu. Mais ramper un peu plus, je prends. Tu ne peux pas te conduire comme un connard et t'en sortir comme ça.

– Mon Dieu, non… ne me laisse surtout pas m'en sortir comme ça… je réponds dans un grognement.

Qu'est-ce que je viens de dire ?

– Je viens juste de réaliser que je parle comme Evan.

Heidi éclate de rire, elle ne peut plus s'arrêter. Elle rit à s'en décrocher la mâchoire.

– Putain, c'est tellement lui ! hurle-t-elle.

Quand enfin elle retrouve son calme, ses joues sont toutes rouges et pleines de larmes. Mais, cette fois, ce ne sont que des larmes de joie.

– Plus besoin de ramper, tu m'as trop fait rire.

***

Je connais suffisamment Heidi pour savoir que nos rapports vont progressivement revenir à la normale. Cette discussion dans l'atelier va tout à fait dans ce sens. Mac, en revanche, reste ma mission la plus compliquée. Sa détermination à m'ignorer a dépassé mes estimations les plus pessimistes. Deux semaines vont bientôt en faire trois, et cette femme têtue comme une bourrique continue d'agir comme si je n'existais pas.

Depuis un moment, histoire de compenser la douzaine de messages vocaux que je m'interdis de lui laisser pendant la journée, j'ai pris l'habitude de lui envoyer un petit SMS en sortant du boulot. Bien entendu, elle ne répond jamais, mais je garde le secret espoir qu'un jour elle craque.

Je viens juste d'appuyer sur « envoi » de mon dernier « s'il te plaît, s'il te plaît, appelle-moi » quand un message de Levi me demande de le rejoindre avec Evan chez son avocat, sur Main Street. Je ne suis pas vraiment surpris, il y a quelques jours, il a mentionné quelque chose à propos de la modification de son testament. Mais, arrivés là-bas, c'est une bombe qu'il nous lâche.

Une fois assis dans la petite salle de réunion, Levi fait glisser une pile de documents sur la table.

– Tenez, c'est pour vous, les garçons.

– Qu'est-ce que c'est ? je demande, interloqué.

– Lisez rapidement.

Ne comprenant toujours pas où il veut en venir, je jette un rapide coup d'œil sur les documents. Je ne peux pas m'empêcher d'écarquiller les yeux quand je lis : Hartley & Sons.

– Levi, mais qu'est-ce que c'est ? je répète.

Evan regarde les papiers à son tour.

– J'ai décidé de restructurer l'entreprise, explique mon oncle en poussant deux stylos vers nous. Et si tu es d'accord, Coop, on va créer la filiale H&S pour tes meubles.

– Attends, s'étonne Evan après une lecture plus attentive des statuts, tu veux qu'on devienne propriétaires ?

Levi acquiesce avec un petit sourire tout simple.

– Des partenaires à parts égales.

– Je… je… je ne sais surtout pas quoi dire, tellement je suis stupéfait. (Je n'ai rien vu venir.) Je ne comprends pas, pourquoi une telle décision ?

Levi se racle la gorge et lance à son avocat un regard qui fait sortir le vieil homme de son fauteuil en cuir pour nous laisser seuls tous les trois.

– Le jour où Shelley est partie pour de bon, quand je suis passé à la maison pour voir comment vous alliez, commence-t-il, puis il s'arrête en se grattant la gorge à nouveau. Ce que vous m'avez raconté, les garçons, m'a fait tellement mal au cœur. Vous aviez l'air si tristes d'être seuls et de vous sentir orphelins. En plus, pour être honnête, je vous ai toujours secrètement considérés comme mes fils.

Levi n'a jamais été marié et n'a jamais eu d'enfants. Au lycée, Evan et moi avons compris que son ami et colocataire Tim était en fait son boyfriend. Ils sont ensemble depuis très longtemps, je n'ai jamais connu Levi sans Tim, même s'ils essaient de rester le plus discrets possible. Il faut dire qu'Avalon, en bonne petite ville de province, n'est pas franchement progressiste. Je peux donc le comprendre, sa vie privée ne regarde que lui et nous avons toujours respecté son choix, Evan et moi.

– Je me suis dit qu'il était temps de rendre tout ça officiel, si vous êtes d'accord, bien entendu. (Il déglutit en s'agitant maladroitement sur sa chaise.) Je veux m'assurer que vous aurez un héritage dont vous serez fiers dans cette ville.

La seule chose que je peux faire, c'est le regarder totalement abasourdi. Waouh ! Personne n'a jamais investi sur nous, avant. En grandissant, la plupart des gens nous considéraient comme une cause perdue, on allait finir comme nos parents : ivrognes, mauvais payeurs et marginaux sur toute la ligne. Tout le monde attendait le jour où ils allaient pouvoir nous pointer du doigt et dire : « Tu vois, je le savais. » Pas Levi, non seulement parce qu'il est de la famille mais, surtout, parce que c'est un type bien. Très tôt, il a vu qu'il fallait nous protéger. Il avait compris que si on nous donnait une chance, si on nous aidait, on s'en sortirait. Un peu cabossés, peut-être, mais toujours debout.

– Alors… qu'est-ce que vous en dites, les garçons ?

Mon frère ne perd pas de temps, il attrape tout de suite un des deux stylos.

– Bien sûr, que je suis d'accord, dit-il d'une voix révélant qu'il est aussi ému que je le suis.

J'ai toujours su que notre oncle se souciait de nous, qu'il ne nous laisserait jamais tomber, mais, sincèrement, je ne m'attendais pas à autant de générosité. C'est un véritable avenir qu'il nous propose, une base sur laquelle Evan et moi allons pouvoir construire une vie. Enfin, quelque chose qui ne s'écroule pas autour de nous !

Evan griffonne sa signature au bas de la page, puis il se lève d'un bond, serre chaleureusement la main de Levi et lui donne une franche accolade avec une grande tape dans le dos.

– Merci, oncle Levi, dit-il sur un ton sérieux qui ne ressemble en rien à celui qu'il a d'habitude. Nous ne te laisserons jamais tomber, je te le promets.

Ma main se met à trembler légèrement au moment où j'appose ma propre signature sur le document, puis je me lève et embrasse notre nouvel associé.

– Je n'arriverai jamais à te remercier assez, je dis à mon oncle. Cela signifie tellement pour nous deux.

– Ne me remerciez pas encore, répond-il, l'air narquois. Vous êtes propriétaires maintenant, cela veut dire se lever tôt et travailler tard. J'ai encore pas mal de choses à vous apprendre.

– J'ai hâte, tu ne peux pas savoir.

Je pense sincèrement chaque mot que je dis.

– Bien. Pour commencer, il va falloir mettre l'un de vous deux à la tête de l'équipe chargée de la rénovation de l'hôtel de Mackenzie, ce qui va me libérer pour me concentrer sur le restaurant Sanderson.

Le simple fait d'entendre prononcer le nom de Mac me fait sursauter et me rappelle combien elle me manque.

– Ouais… peut-être qu'Evan pourrait s'en charger. Je ne suis pas certain qu'elle soit prête à me voir sur le site tous les jours.

– Vous êtes toujours en froid ? me demande Levi.

– Elle refuse de répondre à mes appels et n'accepte aucun de mes cadeaux, je réponds, le cœur lourd.

– Des cadeaux ? s'exclame-t-il, l'air amusé.

Mon frère, qui n'en loupe jamais une, prend un malin plaisir à décrire les innombrables bouquets de fleurs, les boîtes de chocolats en forme de cœur et tous les paniers garnis que je lui ai envoyés – et qu'elle m'a renvoyés – qui s'accumulent sur la terrasse couverte.

– Tous ces paniers, souligne Evan, c'est dégoûtant.

– Et totalement inutile, ajoute Levi qui ne peut pas s'empêcher de rigoler. Mon pauvre garçon, ce n'est pas avec des fleurs et des bonbons que tu vas reconquérir le cœur d'une fille !

– Ah bon ? Alors, comment faire ? je lui demande, la boule au ventre. Comment faire pour qu'au moins elle me parle ?

Mon oncle me donne une grande tape dans le dos.

– Rien de plus simple, Cooper, tu dois penser plus grand.

Chapitre 44
MACKENZIE

En rentrant chez Steph et Alana après ma visite quotidienne sur le chantier de l'hôtel, je m'arrête pour prendre un plat à emporter dans leur restaurant chinois préféré. Cela ne fait que quelques semaines que les gars de Levi ont commencé à travailler, mais avec la vieille moquette arrachée, les cloisons sèches abattues, les meubles endommagés partis à la décharge et tout un fatras de choses inutilisables dont on s'est débarrassés, le lieu est déjà méconnaissable à l'intérieur.

On va pouvoir repartir de zéro.

Actuellement, je repense une bonne partie de la décoration intérieure. J'ai toujours l'intention de préserver autant que possible l'aspect original, mais je veux aussi imprimer ma marque. Je veux ouvrir davantage le lieu sur l'extérieur pour faire entrer la lumière naturelle et donner l'impression que le jardin fait un tout avec l'hôtel. J'aimerais qu'on s'y sente relax, dans un environnement de luxe discret. Mon architecte commence à en avoir marre de mes coups de fil et de mes mails pour modifier toujours plus les plans, mais je sais que je vais me calmer quand la rénovation va réellement commencer. Après tout, c'est mon patrimoine que je construis ; avec un peu de chance, il sera encore debout dans cinquante ans.

Je me gare dans l'allée avec le SUV d'occasion que je me suis acheté la semaine dernière chez le concessionnaire local. J'ai finalement craqué pour cette voiture en me rendant compte que je ne pouvais pas passer mon temps sur les sièges arrière des taxis et des Uber.

Au moment où j'arrête le moteur, je reçois un SMS de ma mère.

Maman: Mackenzie, je te communique le nom de mon décorateur d'intérieur, comme promis. Si tu insistes dans ton petit projet, autant le faire correctement.

Je ricane doucement. Je n'en aurai pas plus mais, venant de ma mère, c'est ce que j'appelle une approbation. Même si j'ai joué au chat et à la souris avec eux pendant des mois, j'ai fini par contacter mes parents une semaine après avoir emménagé chez Cooper. Mon attitude est sans doute à mettre sur les troubles qui ont agité ma vie depuis un moment, mais il faut reconnaître que, même autoritaires et condescendants, nos parents restent nos parents. De plus, ils sont ma seule famille. J'ai donc pris le taureau par les cornes et fait le premier pas pour leur tendre la main. À ma grande surprise, ils ont accepté.

Il y a quelques jours, ils sont même venus voir l'hôtel pendant dix minutes. Assez longtemps pour voir les grimaces de mon père et entendre ma mère me donner une leçon sur le linge. Ce serait trop de dire qu'ils étaient enthousiasmés par le projet, mais ils ont fait un réel effort. Ce que je considère comme une ouverture vers la normalisation de nos relations. Je réponds donc au texto.

Moi : Merci, maman. Je t'appelle demain.

Maman: Si tu as besoin d'une autre paire d'yeux quand tu entres dans le vif du sujet, contacte Stacey. Elle t'ajoutera à mon agenda. Je viendrai si j'ai le temps.

Je lève les yeux au ciel devant l'écran. Du grand classique Annabeth Cabot. Ce n'est pas maintenant que je vais la changer.

À peine ai-je franchi la porte de la maison que mes deux colocs bondissent vers moi et m'arrachent les plats à emporter des mains. On met vite la table et on commence à dîner pendant que Steph allume la télé pour son marathon d'enquêtes paranormales. Six heures d'affilée de types avec des lunettes de vision nocturne courant à travers un centre commercial abandonné… et criant après un rat à la recherche de nourriture dans les aires de restauration, ou quelque chose comme ça. Je ne comprends pas vraiment son délire, mais c'est son truc.

– Qu'est-ce que tu disais à propos de la merde qui est arrivée au boulot ? demande Alana, prenant tout le porc du Lo mein avant que nous ayons pu mettre la main sur le carton.

– Ah… c'est vrai, répond Steph qui parle avec ses baguettes comme si elle dirigeait un orchestre. Donc, Caitlynn a dit à Manny que son ex l'avait critiqué sur *BoyfriendFails*. Tout le monde est dessus maintenant au bar.

– Comment on a su que c'était lui ?

– Parce que nous étions tous là quand l'incident s'est produit ! Pour faire court : Manny a rencontré une fille dans un bar le mois dernier et l'a ramenée chez lui. Quelques jours plus tard, il l'a revue, lui a demandé de sortir avec lui et, depuis quelques semaines, ils sont ensemble. Un jour que nous étions au bowling, il l'a appelée par un autre prénom. C'est là qu'on a su qu'il avait d'abord couché avec la sœur aînée la première nuit, qu'il avait rencontré la plus jeune par la suite et qu'il confondait les deux prénoms. Enfin, vous voyez le bordel !

– Non ! On pense tout savoir et hop, une nouvelle version d'une histoire vieille comme le monde, commente Alana.

– Quoi qu'il en soit, je vous la fais « avance rapide » jusqu'à ce soir, Caitlynn montrait donc le post *BoyfriendFails* à Manny quand un jeune ado entre. Il va droit au bar, on est en plein rush de midi, donc débordés, vous vous en doutez. Le gamin crie quelque chose en espagnol à Manny, attrape la boisson d'un autre mec, la renverse sur le bar et craque une allumette, vous voyez le tableau ?

– Mon Dieu ! Il va bien ? je demande tout de suite.

– T'inquiète, de toute façon, Joe a éteint des puits de pétrole pendant des années.

Voilà pourquoi, une fois que mes sites web ont commencé à faire de l'argent, craignant précisément ce genre d'incident, j'ai demandé à mon avocat de rédiger une clause de non-responsabilité, dès l'ouverture d'un profil.

– Comme le feu ne prenait pas, furieux, le gamin saute par-dessus le bar, continue Steph. C'est là que je m'aperçois qu'il fait à peine un mètre cinquante et ne doit pas avoir plus de quinze ans. Quant à Manny, ça ne doit pas être la première fois qu'il est poursuivi parce que je ne l'ai jamais vu bouger aussi vite. (Alana ricane.) Il ne demande pas son reste et fout le camp. Le gamin le rattrape illico, plonge sur les tables, prend une chaise et commence à le frapper quand Daryl intervient et arrive à le foutre dehors. Daryl doit ensuite barricader les portes jusqu'à ce que le gamin abandonne enfin la partie. Manny lui, s'enfuit par l'arrière. Vous imaginez la scène ? Il fallait s'y attendre, le gamin n'est autre que le petit frère des deux filles, venu botter le cul de Manny. C'est mignon, vous ne trouvez pas ?

– Si vous voulez mon avis, je leur dis en essayant de ne pas m'étouffer avec un nem, je trouve ça formidable de la part du gamin.

– Moi aussi.

En attaquant mon poulet au citron après une grande gorgée de Coca light, je continue.

– En parlant d'ex, figurez-vous que je suis tombée sur Preston aujourd'hui en déjeunant avec Bonnie sur le campus.

– Et alors ? demande tout de suite Steph. Comment ça s'est passé ?

– Pas terrible. Il était avec sa nouvelle copine, plutôt mignonne, typiquement Garnet. Bien sûr, son père dirige un fonds spéculatif et sa mère doit être l'héritière d'une grande marque d'appareils ménagers, ou un truc du genre. Ils sont déjà ensemble depuis quelques mois, d'après ce que j'ai compris.

– Pauvre fille ! commente Alana en faisant la grimace.

– Je ne sais pas… En tout cas, elle a l'air de vénérer Preston. Ce qui doit le satisfaire, je suppose. Quelqu'un qui a toujours le sourire et lui laisse prendre les décisions, je continue en reprenant du poulet. S'ils sont heureux comme ça, grand bien leur fasse.

Alana enfonce la dernière bouchée d'un egg roll dans sa bouche tout en léchant ses doigts pleins de sauce avant de me tendre son téléphone.

– Tiens, Mac, tu as vu ça ? Ça date d'aujourd'hui.

En jetant un coup d'œil sur l'écran, je vois un message de *BoyfriendFails* qui commence par une mise garde. Pour une fois, il ne s'agit pas d'une girlfriend mécontente qui dénonce anonymement son ex, mais d'un boyfriend qui confesse ses erreurs au vu et su de tout le monde.

TITRE

Je suis THE #BoyfriendFail

Vous avez bien lu, je suis « LE » boyfriend raté par excellence.

Comme dit le titre, j'ai tout fait foirer. Jusqu'au bout.

J'ai raté la femme que j'aime. J'ai raté notre relation.

Je me suis raté moi-même.

FIN

En levant la tête, je lance un regard suspicieux en direction d'Alana qui, visiblement, fait semblant d'apprécier ce qu'elle mange sans s'intéresser à moi. Je continue ma lecture.

Parce que je suis un connard d'égoïste, j'ai réussi à gâcher ce qui m'est arrivé de plus beau dans ma vie. J'ai laissé la fille parfaite me glisser entre les doigts. La nuit où le l'ai rencontrée, je ne pensais qu'à la vengeance, j'avais une dent contre son copain. Je voulais le punir de m'avoir fait virer de mon job, de m'avoir fait sentir que je n'étais qu'un loser de la ville, coincé dans sa médiocrité sans perspective d'avenir. Rien de plus.

Ensuite, j'ai appris à connaître cette fille et quelque chose de fort s'est passé. Elle m'a motivé. Elle m'a montré qu'il y avait bien plus en moi que cette ancre qui pèse autour de mon cou. Elle m'a prouvé que j'étais capable de m'en sortir et de me réaliser.

Elle avait raison et tort à la fois. Je ne veux pas de grandeur, je ne veux pas d'un avenir radieux et ensoleillé si elle n'est pas à mes côtés pour le partager avec moi.

J'ai l'estomac qui se noue à mesure que je lis ce post à la fois tellement simple, gentil et sincère. Mes doigts s'engourdissent et je sens des larmes me monter aux yeux.

Elle ne me doit pas de seconde chance, j'en ai conscience. En fait, elle ne me doit rien du tout, mais je veux quand même le lui demander à genoux : princesse, donne-moi une seconde chance. Et, si tu le fais, je te jure que plus jamais je ne te mentirai, plus jamais je ne te considérerai comme acquise, mais, au contraire, toujours à conquérir, plus jamais je n'oublierai le putain de trésor que tu es et que je veux garder pour le restant de mes jours.

La vision complètement brouillée par les larmes, j'arrive à peine à lire la fin du message. Il ajoute une demande de rendez-vous ce samedi à six heures, à l'endroit où nous avons sauvé notre petite chienne.

– Incroyable! je marmonne en posant le téléphone sur la table. Je pensais qu'on avait un accord.

Alana me tend une serviette pour essuyer mon visage rempli de larmes.

– Un accord peut-être, mais j'en connais un qui est malheureux comme les pierres et une qui ne vaut guère mieux. À ce petit jeu, aucun de vous deux ne sort gagnant. Je suis désolée d'essayer de t'influencer en te montrant ce post, mais, sincèrement, tu ne pourrais pas l'écouter pour une fois?

– Je ne suis pas malheureuse, je dis fièrement pour ma défense, je vais de l'avant.

Steph me jette un regard qui en dit long sur ce qu'elle pense.

– Tu es surtout dans le déni, corrige Alana. Excuse-moi, mais passer dix heures par jour sur ton hôtel et cinq heures supplémentaires sur tes sites web, n'est pas le signe de quelqu'un qui est particulièrement heureux.

Rien n'a été facile dernièrement, c'est vrai. Quand ma vie privée est hors de contrôle, le travail reste pour moi le meilleur moyen de garder mon équilibre, il m'a permis de penser à autre chose que Cooper.

La vérité est qu'il est un homme bien difficile à oublier. Il ne se passe pas un matin sans que je me réveille en m'attendant à sentir son bras autour de mon cou. Dix fois par jour, je suis sur le point de lui envoyer un texto avec une blague ou pour le tenir au courant des progrès sur les travaux de l'hôtel… et puis je me rappelle que nous ne sommes plus ensemble. Je le vois, même Daisy le cherche et le demande en sentant encore son odeur ici et là. Toutes les nuits, elle reste allongée par terre de son côté du lit et souvent elle attend, derrière la porte d'entrée, quelqu'un qui ne reviendra jamais. Désormais, vivre sans lui dans cette ville me paraît étrange. Mais tout cela n'enlève rien au fait qu'il m'a menti… et à plusieurs reprises ! C'est aussi grave que s'il m'avait trompée et je ne peux pas l'oublier aussi facilement que ça. Je dois garder la tête haute. Si je n'ai plus de respect pour moi-même, alors… qui en aura ?

– Vois-le, accepte le rendez-vous, m'exhorte Alana. Écoute ce qu'il a à te dire ! Écoute ton cœur, surtout. Tu verras bien, quel mal y a-t-il à faire ça ?

Quel mal ? Un dommage irréparable. La petite fissure qu'il a ouverte dans la digue est peu à peu devenue une douleur quasi insurmontable. Quand j'ai quitté Cooper, pour me défendre, j'ai construit autour de moi des murs solides, faits pour durer. Je ne suis pas le genre de fille qu'on prend, qu'on laisse tomber et qu'on reprend à volonté. Plus que tout, j'ai peur que si je m'autorise à le revoir, la douleur qui est la mienne ne fasse qu'augmenter. Lui pardonner, c'est peut-être m'exposer à pire, parce que je ne suis pas certaine de pouvoir m'éloigner de Cooper Hartley une deuxième fois.

Ce serait une fois de trop, je n'y survivrais pas.

Chapitre 45
COOPER

Déjà sept heures.

Je me sens minable. J'aurais dû mieux m'habiller. J'aurais dû prévoir des fleurs. J'ai tourné en rond tout l'après-midi chez moi en essayant de ne pas y penser ; résultat, je suis dans tous mes états. Qu'est-ce qui m'a pris de sortir en short cargo et simple tee-shirt, je ressemble à un putain de clochard ! Surtout pour demander à cette fille géniale de me pardonner d'avoir été un total salaud depuis le jour où elle m'a rencontré.

Qu'est-ce que je fous encore ici, bordel ?

Voilà deux jours que je suis énervé. Alana m'a bien dit qu'elle avait montré le message que j'ai écrit à Mac, mais elle n'a pas voulu m'en dire plus sur sa réaction, si ce n'est qu'elle n'a pas jeté le téléphone par terre. Une heure déjà s'est écoulée depuis l'heure que j'avais fixée pour notre rendez-vous ; à chaque seconde qui passe, mon espoir s'évapore. Je ne sais pas pourquoi, mais je m'étais mis en tête que mon plan était infaillible. En lisant ce post sur *BoyfriendFails*, Mac allait constater ma sincérité et ma gentillesse et, bien sûr, elle allait me pardonner.

Un plan à la con ! Comment j'ai pu croire que m'épancher sur un site qu'elle a créé pour les débiles comme moi aurait quelque chose de romantique ? Quel imbécile je fais ! Si je n'avais pas fait l'erreur de lui courir après, ce fameux soir où je l'ai rencontrée, je ne serais pas ici avec les mouettes qui tournent au-dessus de ma tête, comme si elles préparaient un assaut. Agacé, je leur lance une grosse poignée de sable en tentant de leur montrer qui est le plus fort.

Sept heures et quart.

Elle ne viendra pas.

Quelle connerie d'avoir pensé que j'arriverais à la conquérir avec un geste que je trouve pourtant courageux de ma part, mais, de là à m'envoyer promener en m'ignorant totalement, quelle humiliation ! Un vrai coup de poing dans la poitrine qui m'oppresse. Plus haut, les lumières s'allument sur la promenade et le soleil peu à peu disparaît derrière la ville.

Cette fois, elle ne viendra plus.

Déçu et triste, je prends lentement le chemin du retour quand, soudain, je vois au loin une silhouette marcher vers moi. Je suis pris d'une véritable panique à la vue de Mac qui s'approche. Bientôt, elle n'est plus qu'à dix mètres… puis à cinq mètres. Elle est tout simplement sublime. Son grand corps élancé est comme drapé dans une robe bleue décolletée en V qui lui descend jusqu'aux chevilles. Je n'ai pas oublié une seule de ses petites taches de rousseur, je n'ai pas oublié les reflets légèrement bleutés du fond vert de ses yeux. Pas plus que le pli de ses lèvres quand elle prononce mon nom. Mais en la voyant là, devant moi, je la trouve plus belle que jamais.

– Je ne pensais pas que tu allais venir, je lui dis en essayant le plus possible de garder mon calme.

Maintenant qu'elle est là, la dernière chose à faire serait de l'effrayer et, pourtant, j'ai tellement envie de me précipiter sur elle et de la serrer fort dans mes bras.

– Tu sais, j'ai failli ne pas venir.

Elle s'arrête, préférant garder une certaine distance entre nous. Une distance insupportable. Étrange, je n'arrive pas à savoir ce qu'elle pense alors que la première fois, je pouvais lire à travers elle comme dans un livre. Elle semble impénétrable, elle paraît froide et distante. Le temps s'allonge, je me sens désemparé en pensant combien j'aimais passer mes doigts dans ses cheveux et sentir son impatience.

– Alors… quoi de neuf? demande-t-elle d'une voix neutre.

Pendant des jours, j'ai répété dans ma tête comment j'allais gérer cette rencontre, ce que j'allais dire et, maintenant que je me trouve devant elle, tout ce que j'avais prévu me semble d'une connerie aberrante. Si ça continue, je vais mourir sur place.

– Écoute, Mac, la vérité est que je risque d'être mauvais, je ne suis pas doué dans ce genre de situation. Peu importe comment je vais le faire, ce qui est important, c'est ce que j'ai à te dire.

Petit temps d'arrêt. J'ai besoin de prendre une grande respiration avant de continuer. Allez, petit connard, jette-toi à l'eau!

– Je regrette chaque jour où j'ai été trop lâche pour te dire la vérité. Oui, j'ai été égoïste et stupide et tu as tous les droits du monde de me détester pour ça. Je n'ai eu que trop de temps pour réfléchir à la façon dont je pourrais te convaincre de ma sincérité et te persuader de me reprendre. Honnêtement, Mac? Je n'ai aucune bonne raison d'avoir eu ce genre d'idée.

Elle regarde ailleurs. Je suis en train de la perdre parce que je m'exprime mal, mais je ne peux pas m'empêcher de parler.

– Ce que je veux dire, c'est que j'ai conscience que ce que j'ai fait était mal. J'ai détruit la confiance que tu avais en moi. Je t'ai trahie. Je n'ai pas fait assez attention à ce que j'avais de plus précieux. Bon sang, Mac ! Je suis tellement amoureux de toi que ça me rend dingue de te voir là, si proche et si lointaine, alors que je sais pertinemment au fond de mon âme que je peux te rendre heureuse si tu me laisses faire. J'ai été salaud ? Oublie-le ! Aime-moi encore. Ce n'est pas juste ? Je devrais souffrir éternellement pour t'avoir blessée ? Mais putain, je souffre comme un malade moi aussi, s'il te plaît, mets fin à mon supplice parce que je ne sais plus comment vivre sans toi.

Je suis pratiquement hors d'haleine, je n'en peux plus. Quelque chose dans mon cerveau me dit qu'il faut que je la ferme. Mac a l'air tout étonnée ; à mon tour, je dois regarder ailleurs pour m'empêcher de la prendre dans mes bras. Les secondes passent, pas de réponse. Le silence devient de plus en plus froid et pesant. Je sens qu'elle est sur le point d'abandonner. Alors je tente le tout pour le tout.

– J'aimerais te montrer quelque chose, je finis par lâcher. Veux-tu faire un tour avec moi ?

– Et pourquoi ? demande-t-elle sans bouger.

– Ce n'est pas loin. Je t'en prie, ça ne prendra qu'une minute.

Elle réfléchit. Trop longtemps à mon goût. Je suis à bout, je vais craquer. Enfin, elle approuve d'un simple mouvement de tête.

Je lui tends la main ; mais non, elle préfère marcher derrière moi. Après quelques pas sur la plage, j'arrive à la persuader de remonter jusqu'à la promenade et de pousser jusqu'à son hôtel. Tous les gravats ont disparu, le bâtiment n'est encore qu'une coquille vide, mais sous ce qui reste de la véranda, deux rocking-chairs assortis font face à la mer. Des bougies tremblent doucement sur la balustrade.

Mac n'en croit pas ses yeux. Lentement, elle se retourne et me regarde. J'ai tellement peur de sa réaction que je garde un visage grave et sérieux.

– Qu'est-ce que c'est que tout ça ? chuchote-t-elle.

– La première fois que tu m'as amené ici, tu m'as dit que tu imaginais des clients assis sur ces rocking-chairs, sirotant un verre en regardant les vagues déferler.

En la regardant bien, je vois, en tout petit, briller l'alignement des lampadaires de la promenade qui se reflète dans ses yeux.

– Incroyable, tu t'en souviens ?

– Je me souviens de chaque mot que tu m'as dit.

Elle se retourne et contemple la véranda. Je sens qu'elle commence à lâcher prise. Elle se détend peu à peu.

– Mac, quand j'imagine ma vie de demain, je me vois devenir vieux et grisonnant, assis sur un rocking-chair sous un porche… avec toi à mes côtés, c'est mon rêve le plus cher.

Avant elle, jamais je ne me suis projeté dans l'avenir. Même si je m'imaginais dans cinq ans, l'image n'était franchement pas très belle. Je me disais que mes journées se passeraient comme aujourd'hui, à me débrouiller pour arriver à vivre avec le strict minimum. Jamais je n'avais envisagé qu'une fille serait assez folle pour m'aimer. Et pourtant, Mac m'aimait… comment ai-je pu être assez con pour la faire fuir ? Rien que d'y penser, j'ai du mal à respirer et j'ai besoin de m'éclaircir la voix avant de continuer.

– Je ne peux pas te dire que je ne ferai plus jamais de conneries. Tu sais, en matière de relations qui fonctionnent, je n'ai pas beaucoup d'expérience. Je sais, parfois, je me prends trop la tête et souvent je suis trop têtu, mais je te promets de faire tout mon possible pour devenir l'homme que tu mérites. Pour devenir quelqu'un dont tu seras fière. Et plus jamais je ne te ferai le moindre mensonge. (Ma voix s'étrangle de plus en plus.) S'il te plaît, Mac, reviens à la maison, si je ne peux pas t'aimer, je ne suis plus personne.

Elle ne répond rien ; elle fixe ses pieds et se tord machinalement les doigts. Plus le silence dure, plus je me prépare au pire. Soudain, elle relève sa tête et s'anime.

– Tu m'as brisé le cœur, murmure-t-elle d'une voix si douce et si légère qu'une simple brise pourrait disperser ces mots tout simples. Je n'ai jamais été autant blessée par quelqu'un de ma vie et ce n'est pas une chose facile à t'avouer, Cooper.

– Je comprends.

Mon cœur s'emballe, je vais tomber à genoux si elle ne dit pas oui.

– Tu dois me promettre autre chose.

– Je t'écoute.

Au point où j'en suis, je congèlerais un rein pour elle si elle me le demandait… mais un léger sourire commence à poindre sur ses lèvres

– Dorénavant, tu vas encaisser tous mes chèques de loyer.

Mon cerveau soudain a des ratés, j'ai du mal à réaliser ce que je viens d'entendre. Puis son sourire devient plus lisible. Elle attrape le devant de ma chemise et attire doucement mes lèvres vers les siennes. Enfin soulagé, je la soulève, enroule ses jambes autour de mes hanches et l'embrasse fougueusement jusqu'à ce que nous soyons à bout de souffle. Jamais je n'ai embrassé une fille avec autant de conviction et de détermination. Jamais je n'ai eu autant besoin de sentir Mac à nouveau dans mes bras.

– Je t'aime… je marmonne contre ses lèvres.

C'est trop court, ce n'est pas suffisant, mais les mots ne me viennent pas assez vite.

– Je t'aime tellement, Mac. Je t'aime comme un fou.

Elle s'accroche à moi et m'embrasse en retour avec passion. Mon être tout entier se remplit à ras bord d'un amour franc et pur que jamais auparavant je me serais cru capable de ressentir… ni de trouver ! J'ai beaucoup appris sur moi-même au cours de ces derniers mois et j'ai appris aussi qu'il fallait prendre grand soin des gens qu'on aime.

Mac lève légèrement la tête et me regarde avec ses grands yeux verts qui brillent dans la nuit.

– Je t'aime aussi, murmure-t-elle dans un souffle.

À ce moment précis, je me fais le serment, même si cela doit durer le reste de ma vie, de prouver à Mackenzie que jamais elle ne va gaspiller son cœur à m'aimer.

FIN